Zwei Männer, das Glück & ich

Martina Gercke

Impressum

Zwei Männer, das Glück und ich ©2019 by Martina Gercke

www.martinagercke.com
Besuchen Sie mich auf Facebook:
http://www.facebook.com/pages/autorinmartinagercke

Covergestaltung: Catrin Sommer www.rausch-gold.com

Martina Gercke wird vertreten durch die Literatur-Agentur AVA
München

Herstellung und Verlag: BoD – Books on Demand, Norderstedt
ISBN: 978-3-7504-0056-6

Viel Spaß beim Lesen und alles Liebe.
Eure Martina Gercke

Amelie

Prolog

»Bestreichen Sie das Lamm in regelmäßigen Abständen mit Honig, während es im Ofen gart. Männer lieben es, wenn die Kruste herrlich knusprig ist«, säuselte die Stimme der Fernsehköchin verschwörerisch durch die Lautsprecher meines iPads, das ich vor mir auf dem Küchentresen aufgebaut hatte. Meine Güte, die Frau tat gerade so, als würde es sich bei dem Lamm um eine Art Aphrodisiakum handeln! »Am besten sollte der Honig Bioqualität haben. Wir wollen unseren Liebsten verwöhnen.«

Recht hatte sie, ich wollte meinen Mann verwöhnen. Schließlich war heute unser Hochzeitstag, und ich wollte, dass alles perfekt war. Bei Jasper traf der alte Spruch ›Liebe geht durch den Magen‹ absolut zu. Ihm zuliebe hatte ich Kochen gelernt.

Eifrig tauchte ich den Silikonpinsel in die goldbraune Flüssigkeit, um diese anschließend mit geübten Strichen auf dem mit Kräutern gespickten Lamm zu verteilen. Schweißperlen hatten sich auf meiner Oberlippe gebildet, und ich wischte mit dem Handrücken darüber. Meine ganze Konzentration war auf den Braten gerichtet.

Ich legte den Pinsel beiseite und schob den Braten zurück in das Ofenrohr.

»Das Lamm sollte nach einer Garzeit von knapp einer Stunde …« Ich drückte auf Pause. Die Frau war wirklich nur im bekifften Zustand zu ertragen.

Mein Blick fiel auf die Küchenuhr. Es war bereits kurz nach sieben. Jasper würde jeden Moment aus dem Theater kommen. Ich eilte durch den Flur ins Badezimmer, um mich etwas aufzuhübschen.

Obwohl wir schon vor über drei Monaten in das Appartement gezogen waren, fühlte ich mich hier noch immer ein wenig fremd. Alles war so neu, jedes Zimmer perfekt eingerichtet. Für meinen Geschmack etwas zu perfekt. Es fehlte die persönliche Note. Hier und da ein bisschen Nippes vom Flohmarkt oder einige Dekoartikel. Aber Jasper hatte mir strengstens untersagt, bei der Wohnung Hand anzulegen, sondern stattdessen eine sündhaft teure Inneneinrichterin beauftragt. Das einzig Vertraute waren die Bilder an den Wänden, die wir mitgenommen hatten.

Vor dem Umzug hatten wir in einer schnuckligen Wohnung in der Cowley Road, dem Multikulti-Viertel von Oxford, gewohnt, wo das Leben noch erschwinglich war. Die Wände waren dünn wie Papier gewesen, und ob man es wollte oder nicht, man hatte am Leben seiner Nachbarn teilgenommen. Manchmal war ich mir nicht sicher gewesen, ob unser Nachbar, ein Mann mit der Behaarung eines Affen, irgendwelche Gegenstände oder seine Frau an die Wand genagelt hatte. Trotzdem hatte ich mich dort wohlgefühlt, wenn die Sonne morgens durch die schiefen Fenster auf den alten Dielenboden gefallen war.

Unter uns im Erdgeschoss hatte ein Café seine Pforten bereits morgens geöffnet und das ganze Haus in einen Duft nach frischen Backwaren und Kaffee eingehüllt. Jasper hingegen hatte behauptet, die Wohnung wäre ein stinkendes Loch, das ihn in seiner Kreativität einschränkte. Also war es für ihn selbstverständlich gewesen, dass wir mit seinem ersten großen Vorschuss in eine andere Gegend zogen. In Jericho gab es keine Prostituierten, die einem frühmorgens mit dunklen Ringen unter den Augen auf meterhohen High Heels entgegengewankt kamen, wie es in der Cowley Road üblich war. Ich hatte die Bekanntschaft einiger Nutten gemacht und musste sagen, dass die meisten nette Frauen waren, mit denen es das Schicksal nicht so gut gemeint hatte. Lola zum Beispiel, unsere Nachbarin, war als junge Frau in die Hände eines Zuhälters geraten, an den sie gleich in mehrfacher Hinsicht ihre Jungfräulichkeit verloren hatte. Trotzdem hatten ihr all die Jahre auf der Straße nicht ihre Herzlichkeit und ihren Humor nehmen können. Ich hatte so manchen Nachmittag in ihrer Gesellschaft verbracht und mich immer sehr wohlgefühlt. Jasper hatte eine etwas andere Meinung dazu, und wenn er über Lola sprach, ließ er kein gutes Haar an ihr.

Ich stellte mich vor den Badezimmerspiegel und betrachtete mein Gesicht. Ich hatte meine Haare locker zusammengebunden, damit kein Haar ins Essen fallen konnte. Jasper hasste es, wenn das passierte. Ich kniff mir in die Wangen, um meine Blässe zu verscheuchen, griff nach dem Lippenstift und trug etwas Farbe auf. Als Letztes nahm ich das Parfüm, das Jasper mir zu Weihnachten geschenkt hatte, und sprühte es über mir in die Luft, damit die feinen Tröpfchen auf meine Haare niederregnen konnten. Der Duft war ziemlich süßlich, und ich wollte verhindern, dass ich zu stark danach roch. Ich bevorzugte normalerweise etwas dezentere, frischere Noten, aber ich hatte es nicht übers Herz gebracht, Jasper die Wahrheit zu sagen.

Zufrieden mit meinem Aussehen verließ ich das Bad. In der Wohnung hing der Duft von Lammbraten. Ich ging ins Wohnzimmer, um einen letzten Blick auf den Esstisch zu werfen. Ich hatte mir besondere Mühe gegeben und alles fein säuberlich gedeckt. Dafür war ich extra heute Morgen mit dem Rad zur Market Street gefahren, um frische Blumen zu kaufen, die ich zu einer Girlande gefasst und auf das weiße Tischtuch drapiert hatte. Der Ausflug war gleichzeitig mein heutiges Training gewesen, da ich meine Yoga-Klasse zugunsten unseres Hochzeitstages hatte ausfallen lassen.

Dem Anlass entsprechend hatte ich das gute Geschirr meiner Großmutter aus dem Regal geholt. Ich liebte das zarte Blumenmotiv darauf. Die silbernen Kerzenleuchter meiner Großmutter hatte ich in der Mitte des Tisches aufgebaut. Es klapperte an der Haustür. Sofort schlug mein Herz einen Takt schneller. Das musste Jasper sein. Für seine Verhältnisse war er ausgesprochen pünktlich.

Ich fuhr mir mit der Hand über den Kopf, um meine widerspenstigen Haare zu bändigen. Seit ich ein kleines Mädchen war, hatten meine Haare ihr Eigenleben entwickelt. Meine Mutter behauptete immer, dass sie meinen Gemütszustand widerspiegeln würden. Ein schrecklicher Gedanke, dass jeder anhand meiner Frisur sehen konnte, wie ich mich gerade fühlte. Deshalb trug ich sie meist streng zurückgekämmt, um ihnen gar nicht die Möglichkeit zu bieten, mich zu verraten.

Ich eilte zur Haustür. Der lange Rock, den ich extra für den heutigen Abend angezogen hatte, umspielte meine Fesseln. Jasper mochte es, wenn ich mich festlich kleidete.

»Hallo, Darling«, begrüßte mich mein Mann mit hochgezogener Augenbraue.

Er sah in der schwarzen Hose, dem hellen Leinenhemd und den braunen Loafers fantastisch aus. Seine braunen Haare waren leicht zerzaust, was sehr ungewöhnlich war. Normalerweise achtete er penibel darauf, dass jedes Haar an seinem angestammten Platz lag.

»Was riecht denn hier so lecker? Hat das einen Grund?« Seine braunen Augen sahen fragend auf mich herab. Er war mit einem Meter sechsundachtzig ein gutes Stück größer als ich.

Angesichts der Gesprächseröffnung war ich etwas fassungslos. Erinnerte sich mein Mann nicht an unseren Hochzeitstag?

»Du hast es vergessen?«, stammelte ich, gegen meine leichte Enttäuschung ankämpfend.

Jasper kam einen Schritt auf mich zu. »Was?«

»Unseren Hochzeitstag.« Ich machte einen Schmollmund.

Seine Arme umschlossen meine Taille. »Verdammt.«

Er sah mich mit seinen wunderschönen braunen Augen an. Alles an seinem Gesicht war mir vertraut, als wäre es mein eigenes.

Okay, das war nicht die Antwort, die ich mir erhofft hatte, aber so war Jasper nun mal. Immer praktisch und ein bisschen verstrahlt.

»Ja, heute vor genau einem Jahr haben wir geheiratet.« Bei dem Gedanken an unsere Trauung breitete sich ein warmes Gefühl in meinem Bauch aus, und ich schenkte meinem Mann ein Lächeln.

»Tut mir leid. Ich war so beschäftigt, dass ich nicht mehr daran gedacht habe. Bitte entschuldige.«

»Mhm.«

Jasper gab mir einen Kuss.

»Ich mache es wieder gut. Versprochen.« Seine melodische Stimme klang einladend warm.

Ich winkte ab, wie so häufig, wenn er etwas vergessen hatte. »Kein Thema.«

Das war schon so, seit wir uns vor knapp eineinhalb Jahren kennengelernt hatten. Ich war von der ersten Minute an Jaspers Charme erlegen, mit dem er mich um den Finger wickelte.

»Prima. Dann gehe ich mich noch kurz duschen. Ich fühle mich etwas verschwitzt.« Er zog das Jackett aus und reichte es mir, damit ich es für ihn aufhängen konnte.

»Was ist mit deinen Haaren passiert?« Ich deutete mit der Hand auf eine lose Strähne, die wie zufällig in seine Stirn fiel.

»Ich war spazieren«, murmelte er und fuhr sich mit den Fingern über den Kopf.

Ich stellte mich auf die Zehenspitzen und gab ihm einen Kuss. »Alles Liebe zum Hochzeitstag.«

»Mhm, du duftest gut.« Es klang ein wenig so, als wäre er darüber überrascht.

»Das ist der Duft, den du mir geschenkt hast«, erwiderte ich.

»Ach deshalb.«

Es piepste leise aus der Küche.

»Ich muss kurz nach dem Braten schauen.«

»Braten?« Mit einem Mal hatte ich seine volle Aufmerksamkeit.

»Ja, ich habe zur Feier des Tages dein Lieblingsessen gekocht.« Ich legte mein Mona-Lisa-Lächeln auf, wie Mum es immer nannte.

»Honiglamm.« Sein Gesicht verzog sich zu einem seligen Grinsen. »Alles klar. Ich bin unter der Dusche. Gib mir zehn Minuten.«

Ohne ein weiteres Wort verschwand er in Richtung Badezimmer. Ich eilte in die Küche, wo ich von einem verheißungsvollen Duft empfangen wurde. Ein Blick in den Ofen genügte, um mir zu zeigen, dass der Braten fertig war. Die Kruste war wunderbar goldbraun und kross. Jetzt musste ich nur noch die Soße zubereiten.

Keine Viertelstunde später befüllte ich die Sauciere. Ich brachte den Braten und das Gemüse ins Esszimmer. Von Jasper keine Spur.

»Essen ist fertig«, flötete ich durch den Flur wie bei einem Lockruf.

Keine Reaktion.

Ich runzelte die Stirn. Dass er den Hochzeitstag vergessen hatte, war eine Sache, aber dass er zum Essen zu spät kam, war eine andere. Ich hatte schließlich seit heute Mittag in der Küche gestanden, damit alles perfekt war.

Ich ging ins Schlafzimmer, das durch eine Tür mit dem Badezimmer verbunden war. Jaspers Klamotten lagen auf dem Bett verteilt. Ich bückte mich, um die Hose aufzuheben. Sofort hatte ich den Duft seines Eau de Toilette in der Nase. Lächelnd hängte ich seine Klamotten über den Stuhl. Es brummte in Jaspers Hosentasche. Ich zog das Handy heraus. Eine WhatsApp-Nachricht ploppte auf dem Display auf.

Das Blut rauschte in meinen Ohren, als ich die ersten Zeilen las.

Ich sehne mich nach dir. Das Bett ist so leer ohne dich. Ich komme in deine Träume.

Küsschen, Annie

Ich kannte nur eine Annie.

Jaspers Agentin.

Amelie

1

»Und du bist dir ganz sicher?« Meine Mutter legte den Kopf schräg. Eine widerspenstige grau melierte Locke fiel ihr ins Gesicht. Zweifel sprach aus ihrem Blick.

»Bin ich nicht«, gestand ich. »Aber ich muss hier raus. Ich habe das Gefühl, nicht mehr atmen zu können. Kannst du das verstehen?« Mums Hand strich mir warm über das Gesicht. »Amelie, du musst nicht weg. Du kannst auch bei uns wohnen, bis du dir sicher bist, wie es mit dir und Jasper weitergehen soll.«

Verletzt und gedemütigt war ich die ersten Wochen nach der Trennung bei Mum und ihrem Lebensgefährten Milton untergekrochen und hatte meine Wunden geleckt. Dabei hatte ich mir eingestehen müssen, dass ich keine Alternative hatte. Nicht, dass wir keine Freunde gehabt hätten. Im Gegenteil! Jasper hatte durch seine Arbeit als Schauspieler jede Menge Leute kennengelernt und auch häufig zu uns zum Essen eingeladen, um mit ihnen bis spät in die Nacht philosophische Gespräche über den perfekten Mord zu führen. Er genoss es, wenn Menschen ihn für seinen wachen Verstand und seinen Witz bewunderten. Meine Rolle an jenen Abenden war die der perfekten Gastgeberin gewesen.

»Mum, das ist total lieb von dir, aber egal, wohin ich gehe, alles erinnert mich an Jasper …«

»Schätzchen, vielleicht solltest du mit ihm reden, bevor du gehst?«

Ich schüttelte energisch den Kopf. »Auf keinen Fall.«

Ich war zu verletzt. Sein Verrat an mir war unverzeihlich.

Meine Mutter schwieg. Ihr Blick glitt über mich hinweg. »Versprich mir, dass du genug isst. Du siehst schrecklich dünn aus.«

»Mach dir keine Sorgen. Ich werde schon nicht verhungern«, beteuerte ich, um die Sorgenfalten aus Mums Gesicht zu verscheuchen. »Und melde dich, sobald du heil angekommen bist«, fuhr sie typisch mütterlich fort. »Ich halte es ja nach wie vor für eine Schnapsidee, dass du dieses Cottage angemietet hast.« Sie schürzte die Lippen.

Das Wort ›Cottage‹ sprach sie aus, als würde es sich dabei um eine Art Psychiatrie handeln, in die ich mich freiwillig begab. Dabei hatte *Little Brown Cottage* auf dem Prospekt bezaubernd ausgesehen. Ein kleines Häuschen mit honigfarbenem Mauerwerk und Reetdach, eingehüllt in die lilafarbenen Blüten des Blauregens, der rund um das Häuschen im Überfluss wuchs. Ich hatte mich sofort verliebt. Der Text der Anzeige war ebenso ansprechend gewesen.

Entzückendes Cottage, umgeben von der Natur der Cotswolds, am Ortsrand von Chipping Campden, hatte unter dem Foto gestanden. *Bis zum Dorfkern sind es nur fünfzehn Gehminuten. Das Cottage verfügt über einen großen Garten. In unmittelbarer Nähe befindet sich das neu eröffnete Yogazentrum. Der ideale Ort, um sich zu erholen und die Seele baumeln zu lassen.*

Der letzte Satz hatte genau ausgesprochen, wonach ich mich sehnte. Meine Seele baumeln zu lassen und noch dazu Yoga zu praktizieren. Ich hatte meine Leidenschaft für diesen Sport schon vor Jahren während meines Studiums entdeckt. Dank des intensiven Trainings war ich mittlerweile auf einem ganz passablen Level. Also hatte ich kurzentschlossen eine Anfrage geschickt. Noch am Nachmittag hatte ich den Mietvertrag unterschrieben.

»Ich weiß, dass du nicht sonderlich glücklich darüber bist, dass ich weggehe«, sagte ich schließlich. »Aber bitte dräng mich nicht weiter. Ich brauche Abstand, um klar denken zu können.«

Seit jenem Abend waren knapp sechs Wochen vergangen, in denen ich das Gefühl gehabt hatte, mich in einem Wasserglas zu befinden. Ich war unfähig gewesen, auch nur einen klaren Gedanken zu fassen. Immer und immer wieder war ich den Abend im Geiste durchgegangen. Wie hatte ich nicht bemerken können, dass mein Mann eine Affäre hatte? Als ich Jasper zur Rede gestellt hatte, hatte er nur mit den Schultern gezuckt und mich dabei angesehen wie ein kleiner Junge, den man beim Naschen erwischt hatte.

»Es ist eben einfach passiert«, waren seine Worte gewesen, als ob es sich bei seiner Affäre um eine Naturgewalt handeln würde.

Ich hatte in Tränen aufgelöst einige Klamotten in den Koffer gestopft und war mit dem letzten bisschen Würde, das mir noch geblieben war, mit der U-Bahn zu meiner Mutter gefahren, da ich nicht genügend Geld für ein Taxi mitgenommen hatte. Das Auto gehörte Jasper. Wir waren zu der Übereinkunft gekommen, dass ich keinen eigenen Wagen brauchte, da ich fast alles mit dem Rad erledigte.

»Entschuldige.« Mum schniefte. »Ich mache mir einfach Sorgen.«

Aus ihren Augen sprach bedingungslose Liebe. Bis zu meiner Trennung hatte ich nicht geahnt, wie wenig Mum meinen Mann mochte. Als ich ihr von seinem Betrug erzählt hatte, hatte sie nur mit den Mundwinkeln gezuckt und gesagt: »Jasper war schon immer ein selbstverliebtes Arschloch, für den du ein hübsches Beiwerk warst.«

Ich musste zugeben, dass mich diese Offenbarung ziemlich getroffen hatte. Ich hatte bis zu diesem Zeitpunkt angenommen, dass Mum die üblichen Bedenken hatte. *Macht er meine Tochter wirklich glücklich? Kann er die Familie ernähren?* Dass ihre Abneigung gegen Jasper derart tief verankert war, hatte ich nicht geahnt.

»Ich weiß.« Ich beugte mich zu ihr und gab ihr einen Kuss auf die faltige Wange. »Bitte mach dir keine Gedanken. Ich bin durchaus in der Lage, auf mich selbst aufzupassen.«

Sie nickte stumm, die Lippen fest aufeinandergepresst. Der Zug fuhr lauthals in den Bahnhof ein. Instinktiv trat ich einen Schritt zurück. Zischend kam er zum Stehen. Menschen quollen aus den Türen, vorbei an den Wartenden.

Mum zog mich an die Brust. »Ich komme dich besuchen, sobald du dich eingelebt hast.«

Ich erwiderte ihre Umarmung und versicherte ihr, dass ich mich über einen Besuch sehr freuen würde.

»Ich liebe dich, Mum.« Ich drückte sie ein letztes Mal.

»Ich dich auch.«

Ihr Mund hinterließ einen feuchten Fleck auf meiner Wange. Nur mit Mühe widerstand ich dem Drang, mit der Hand darüber zu wischen. Stattdessen schnappte ich mir meinen Koffer und stapfte mit erhobenem Haupt zum Zug. Eine Frau mit spitzem Gesicht drängelte sich an mir vorbei.

»Hey!«, protestierte ich.

Doch die Frau war schon verschwunden. Missmutig und um einiges unsicherer, als ich es vor meiner Mutter zugeben wollte, stieg ich die schmale Treppe hoch. Das Mistding von Koffer war tierisch schwer, und ich ächzte laut, als ich es die Treppe hochwuchtete.

»Warten Sie!« Ein Mann tauchte wie aus dem Nichts auf und eilte mir zu Hilfe. Mit fast spielerischer Leichtigkeit wuchtete er den Koffer in den Zug.

»Danke schön«, stotterte ich.

Beim Einsteigen sah ich aus dem Augenwinkel meine Mutter, die mir ihren Daumen entgegenstreckte. Ich schüttelte kaum merklich den Kopf. Wie ich sie kannte, war sie im Geiste schon dabei, mich mit dem nächstbesten Mann zu verkuppeln.

»Gern geschehen.« Die goldbraunen Augen des Fremden fixierten mich.

Er hatte ein freundliches Gesicht. Ich spürte die Hitze in meinen Wangen. Wahrscheinlich sah ich aus wie ein Streichholzkopf kurz vor dem Verglühen.

Ein dumpfes Klopfen erregte meine Aufmerksamkeit, und ich drehte mich zur Seite. Mums Gesicht schimmerte blass durch das Glas. Sie sah besorgt aus.

Für einen winzigen Moment geriet ich ins Wanken. War meine Entscheidung, für drei Monate in ein winziges Dorf zu ziehen, wirklich die richtige? Ich knabberte unsicher an meiner Unterlippe. In meinem Kopf tauchte Jaspers Gesicht auf. *Dieser Mistkerl!* Mit einem Schlag waren meine Zweifel verflogen.

Das Signal zur Abfahrt ertönte. Hastig drehte ich mich zu dem Fremden. Sein Blick ruhte noch immer auf mir. Worauf wartete der Typ?

»Danke«, wiederholte ich höflich.

Er tippte sich mit den Fingern gegen die Schläfe. »Einen schönen Tag noch.«

Ich nickte stumm. Mir war nicht danach, mich zu unterhalten – schon gar nicht mit einem Mann. Von denen hatte ich vorerst genug.

Ich warf Mum einen letzten Blick zu. Ihr Mund formte lautlos die Worte *Ich liebe dich.*

Der Zug setzte sich mit einem Ruck in Bewegung.

»Ich dich auch!«, rief ich ihr zu.

Ein Lächeln signalisierte mir, dass sich mich verstanden hatte. Langsam fuhr der Zug den Bahnsteig entlang. Mum schenkte mir einen letzten traurigen Blick, dann war sie verschwunden. Seufzend wandte ich mich ab und ging den schmalen Gang entlang, bis ich ein leeres Abteil fand. Ich hatte keine Lust, mit irgendwem zu reden. Ich wollte einfach nur alleine sein. Betrübt sah ich aus dem Fenster. Oxford lag bereits hinter uns. Vor mir breitete sich die Häuserlandschaft der Randbezirke aus. Schmucklose graue Gebäude entlang der Bahnlinie mit Fenstern, in denen Gardinen wie Trauerschleier hingen, um die Bewohner gegen die Blicke der Zugreisenden zu schützen. Ich lehnte mich zurück und schloss die Augen.

Ich dachte wieder an Jasper und kämpfte sofort gegen die aufsteigenden Tränen. Meine Güte, ich hatte nicht gewusst, zu welchen Massen an Tränen ich fähig war. Seit ich Jasper verlassen hatte, versiegte der Strom nicht. Verdammt. Das musste unbedingt aufhören.

Eine Träne, die es schon bis in mein Auge geschafft hatte, quetschte sich durch die geschlossenen Lider und lief mir heiß die Wange herunter.

Es klapperte. Hastig schlug ich die Augen auf. Der Mann, der mir mit meinem Koffer geholfen hatte, stand im Türrahmen.

»Entschuldigen Sie, ist hier noch frei?« Die Frage war eine höfliche Floskel angesichts der leeren Plätze um mich herum.

Für einen Moment war ich versucht zu lügen, aber meine Ehrlichkeit siegte. »Ja.«

Ich setzte eine sauertöpfische Miene auf, in der Hoffnung, dass es ihn vielleicht abschrecken könnte. Fehlanzeige! Der Mann quetschte sich mit seiner Ledertasche, die an alte Arztfilme erinnerte, durch die schmale Tür. Unauffällig wischte ich mir mit den Fingerspitzen über die Wange, um die verräterischen Spuren zu entfernen.

»Oh.« Der Fremde sah mich betroffen an. »Ich wollte nicht stören.«

Ich lächelte grimmig. »Noch haben Sie die Gelegenheit abzuhauen.«

Zumindest hatte ich einen einigermaßen zusammenhängenden Satz zustande gebracht.

Der Fremde blieb unschlüssig stehen und musterte mich intensiv. Eine heiße Welle flutete mein Gesicht. Verdammt, auch das noch!

Hastig drehte ich den Kopf zur Seite und starrte angestrengt aus dem Fenster.

Es raschelte. Der alte Ledersitz knarrte bedenklich, als sich der Fremde mir gegenüber niederließ. Offensichtlich gehörte er zu der Sorte Mann, die gegen Frauentränen immun war. Anders konnte ich mir nicht erklären, dass er entgegen aller Warnzeichen meinerseits geblieben war.

Ich spürte seine Blicke auf mir brennen. Wahrscheinlich hielt er mich für eine Psychopathin, die weder ihren Koffer noch ihr Leben im Griff hatte, und mit keiner der beiden Annahmen lag er falsch. Ich war eine jämmerliche Versagerin, die ihren Mann und ihr Heim verloren hatte. Rotz lief mir aus der Nase, ich schniefte verstohlen.

Wieder raschelte es. Der Mann tippte mir auf die Schulter. »Bitte, Miss.«

Merkte er nicht, dass ich mich in einer emotional äußerst schwierigen Lage befand? Ich wollte mit niemandem reden. Der Zug ratterte beharrlich weiter auf den Schienen. Irritiert drehte ich mich um.

»Miss.« Mein aufdringlicher Zugnachbar wedelte mit einem Papiertaschentuch vor meiner Nase herum, als könnte ich jeden Moment auslaufen.

»Danke.« Ohne ihn eines Blickes zu würdigen, nahm ich das Taschentuch entgegen.

Ich schnäuzte beherzt in die weiße Zellulose, und ich gehörte nicht zu den Menschen, die dies leise und dezent taten. Wenn ich niesen musste, dann wusste man es in Afrika genauso wie in China. Das Gleiche war der Fall, wenn ich mich übergab. Jasper meinte immer, ich würde kotzen wie ein volltrunkener Lastwagenfahrer. Ich hatte zwar noch nie einen Trucker dabei beobachtet, aber irgendwie klang es nicht nett.

Das Gleiche schien der Unbekannte zu denken, denn aus dem Augenwinkel konnte ich sehen, wie er das Gesicht verzog. *Selbst schuld.* Ich hatte ihn schließlich nicht gebeten, mir Gesellschaft zu leisten. Ich lugte verstohlen auf meine Uhr. Bis nach Moreton-in-Marsh war es noch gut eine Stunde. Danach würde ich den Bus bis Chipping Campden nehmen.

»Geht es Ihnen gut?«, fragte mein Abteilgenosse. Seine Stimme klang nach einer Mischung aus Besorgnis und Neugier.

»Nein«, schleuderte ich ihm entgegen.

Im gleichen Moment bereute ich es. Mein Gefühlszustand ging ihn nichts an.

»Oh.« Sein Blick klebte auf meinem Gesicht. »Sie haben da was.«

Irritiert sah ich ihn an. »Wo?«

»Da.« Er deutete mit der Hand auf mein Gesicht.

Ich wischte hektisch über die Stelle. »Weg?«

»Nein. Jetzt hängt es an der Wange.«

Ich rubbelte mit dem Stoff über die Stelle und warf meinem Gegenüber einen fragenden Blick zu. Er schüttelte den Kopf.

»Was ist es denn?«

»Das wollen Sie lieber nicht wissen«, entgegnete er trocken.

»Oh.« Meine Wange brannte.

Ich drehte den Kopf zur Seite, sodass er mein Gesicht nicht sehen konnte, und bearbeitete die Stelle großflächig mit dem Taschentuch. Verstohlen musterte ich das zerknitterte Papier. Zu meinem Entsetzen zog sich ein grünlicher Streifen über den weißen Stoff.

Wie peinlich! Nicht genug, dass ich heulend vor einem Fremden saß. Nein, ich präsentierte ihm auch noch die Reste meiner Erkältung, die mich letzte Woche ereilt hatte. Tiefer konnte ich wohl kaum noch sinken.

In Zeitlupe wandte ich mein Gesicht wieder dem Fremden zu.

»Weg.« Seine Mundwinkel zuckten.

Ich rutschte auf meinem Sitz hin und her, den Kopf gesenkt, um dem Fremden nicht in die Augen sehen zu müssen.

Männer waren schon immer mein Problem gewesen. Sobald einer in meine Nähe kam, verabschiedete sich mein Selbstbewusstsein auf Nimmerwiedersehen. Zurück blieb eine stotternde Frau, die keinen geraden Satz mehr zustande brachte, mit einem Gesicht, das die Farbe eines roten Ampelmännchens hatte. Wenn sich die männliche Person aus meinem Umfeld verabschiedete, kehrte mein Selbstbewusstsein wie ein reumütiger Hund zurück zu mir. Bei Jasper war es nicht anders gewesen, aber er hatte es irgendwie geschafft, mir das Gefühl zu geben, dass es ihm gefiel, wenn ich wie ein pubertierender Teenager vor ihm stand. Er hatte es stets als ›niedlich‹ bezeichnet. Bei dem Gedanken an ihn verzog ich das Gesicht. Niemals hätte ich es für möglich gehalten, dass wir uns trennen würden. Es hatte mir gefallen, die Frau an seiner Seite zu sein, die ihm den Rücken freihielt, wenn er sich auf eine neue Rolle konzentrierte. Es war von Anfang an klar gewesen, dass er als Schauspieler derjenige war, der im Vordergrund stand.

»Wohl einen schlechten Tag gehabt«, bemerkte mein Gegenüber.

»Nein«, brummte ich.

Was der Wahrheit entsprach. Der Tag war okay gewesen – bis jetzt. Jaspers Betrug war die Ursache für meine schlechte Laune und nichts anderes, aber das konnte ich dem Fremden kaum auf die Nase binden.

»Okay«, erwiderte der gedehnt, als würde er darüber nachdenken, was die Ursache für meinen Gefühlsausbruch gewesen sein könnte. Mir wäre es lieber gewesen, er hätte es einfach auf sich beruhen lassen, anstatt weiterzubohren. »Kann ich irgendwas für Sie tun?«

»Meinem Mann den Hintern versohlen«, murmelte ich.

»Bitte?«

Mist. Dem Grinsen in seinem Gesicht nach zu urteilen, verfügte mein Abteilgenosse über ein hervorragendes Hörvermögen und hatte jedes Wort verstanden.

»Ach nichts.«

»Hört sich nicht nach nichts an«, bemerkte er prompt.

Ich seufzte. Normalerweise waren Männer nicht am Seelenleben einer Frau interessiert. Warum musste ausgerechnet ich auf das eine Exemplar treffen, das sich tatsächlich für die Emotionen seines Gegenübers zu interessieren schien?

Ich schwieg. Dabei kaute ich heftig auf meiner Unterlippe herum, was zur Folge hatte, dass ich kurze Zeit später den metallenen Geschmack von Blut im Mund hatte. Eine Angewohnheit, die mich seit meiner Kindheit begleitete, wie das Nägelkauen. Letzteres hatte ich zumindest in den Griff bekommen.

Ich spürte seinen Blick auf mir ruhen.

»Mein Mann hat mich betrogen«, brummte ich schließlich, aus dem Gefühl heraus, dem Mann eine Erklärung schuldig zu sein.

Es spielte keine Rolle. In einer Stunde würden wir den Bahnhof erreichen, und unsere Wege würden sich für immer trennen.

Der Fremde schwieg. Offensichtlich hatte er beschlossen, dass er genug erfahren hatte. Mir auch recht. Ich lehnte mich zurück und schloss die Augen. Sollte er ruhig denken, dass ich schlief.

»Ich frage mich, ob Sie es geahnt haben oder von seinem Betrug völlig überrascht wurden«, nahm er den Gesprächsfaden zu meinem Bedauern wieder auf.

Die Schnelligkeit, mit der er die Situation erfasst hatte, überraschte mich. Ich hatte gespürt, dass Jasper unzufrieden war, es aber auf seinen Job geschoben.

Ich schlug die Augen auf und blickte geradewegs in sein Gesicht. Mitleid sprach aus seinem Blick.

»Ich habe es durch Zufall am Hochzeitstag erfahren«, beantwortete ich seine Frage.

Was hatte es mit diesem Mann nur auf sich, dass ich ihm mein Privatleben offenbarte, wo ich kaum drei Sätze mit ihm gewechselt hatte?

»Das ist bitter.« Ein strenger Zug hatte sich um seinen geschwungenen Mund gebildet. »Ich war mal in einer ähnlichen, wenngleich weniger extremen Situation.«

»Wirklich?« Ich bezweifelte, dass ein Mann verstehen konnte, was ich gerade durchmachte. Noch dazu ein gutaussehender Kerl wie mein Abteilgenosse.

»Ja. Mein bester Freund hat mich auch hintergangen, als ich auf einem Kongress war.«

»Mit Ihrer Frau?«

Er schüttelte den Kopf. »Nein, mit einer Freundin, von der ich dachte, sie wäre in mich verliebt.«

»Ach so.« Ich ließ mich zurück in den Sitz sinken und blickte nach draußen, wo die grüne Landschaft an uns vorbeizog.

»Das ist vielleicht nicht das Gleiche«, gab er zu. »Aber es hat ganz schön wehgetan.« Meine Neugier war geweckt. »Wir hatten eine Abmachung – ein Gentleman's Agreement, wenn man so will«, fuhr er unaufgefordert fort. »Wenn einer von uns eine Frau gut findet und das kundtut, dann muss der andere die Finger von ihr lassen.«

Ich schüttelte über so viel gequirlten Blödsinn den Kopf. »So einen Quatsch können sich auch nur Männer ausdenken.«

»Das hat Rylee auch gesagt.«

»Ihre Freundin?«

»Nein, *seine* Freundin«, korrigierte er mich.

»Und haben Sie die Freundschaft zu Ihrem Freund beendet?«

»Zunächst ja, aber mittlerweile sind wir drei wieder beste Freunde«, erklärte er im Brustton der Überzeugung.

»*Beste Freunde?*«, wiederholte ich ungläubig.

Jasper und ich hatten kaum ein Wort mehr miteinander gewechselt.

»Ja. Wir haben uns ausgesprochen, und letztendlich musste ich einsehen, dass die beiden füreinander bestimmt sind.«

»Hm.« Ich dachte an Jasper und seine Agentin. Auch wenn ich es nicht gern eingestand, die beiden würden ein hübsches Paar abgeben.

»Wir machen alle mal Phasen im Leben durch, wo es nicht rundläuft«, bemerkte er mit dem Tonfall des Hundertjährigen, der alles erlebt hatte.

Auch ansonsten wirkte er wie jemand, der hinter einem Schreibtisch saß und Akten sortierte. Er hatte etwas Distinguiertes, Adliges an sich, das durch seine Tweedjacke und die Stoffhose noch unterstrichen wurde. Ich schätzte, dass er Anwalt, Banker oder Professor an der Universität war. Wobei er mir für Letzteres zu jung erschien.

»Dann ist das gerade die meine«, bemerkte ich unglücklich.

Ein Kloß hatte sich in meinem Hals gebildet. Ich schluckte, aber er wollte nicht verschwinden.

»Wie lange waren Sie denn verheiratet?«

»Sind«, korrigierte ich ihn. »Wir *sind* seit einem Jahr verheiratet.«

Bei dem Gedanken an unseren Hochzeitstag traten mir erneut Tränen in die Augen. Ich blinzelte hektisch, um sie zu vertreiben, was mir nur mäßig gelang.

»Bitte nicht weinen.« Der Fremde sah mich bestürzt an. »Das wollte ich nicht.«

»Kein Problem.«

Das war eine glatte Lüge. Ich war jedes Mal den Tränen nahe, wenn ich nur daran dachte. Meine Illusion von der ewigen Liebe war an diesem Tag in tausend Stücke zersprungen.

»Scheint mir nicht so«, brummte mein Gegenüber prompt. Er tätschelte unbeholfen meine Hand.

»Ich weiß auch nicht, was mit mir los ist.« Trotz meiner Bemühungen hatte ich den Kampf gegen die Tränen verloren. »Ich bin normalerweise nicht so nah am Wasser gebaut.«

Er zog ein neues Taschentuch auf seiner Jackentasche und reichte es mir wortlos. Anscheinend hatte er einen größeren Vorrat bei sich.

»Danke.« Im Stillen fragte ich mich, ob es sich bei dem Kerl um eine Art modernen Ritter handelte, der im Zug mitfuhr, um einsame Frauen zu trösten, oder um einen Schwerenöter, der auf diese Weise hoffte, die Bekanntschaft von Frauen zu machen.

Ich entschied mich für Ersteres.

Er lächelte mir aufmunternd zu. »Keine Ursache.«

»Ich komme mir so schrecklich dumm vor …« Ich unterdrückte nur mit Mühe ein Schluchzen.

»Weil Sie weinen?« Er schüttelte den Kopf. »Jeder in Ihrer Situation würde weinen.«

»Sie auch?«, rutschte es mir heraus.

Das war schon immer meine Schwäche gewesen. Ich konnte nichts für mich behalten. Mum meinte immer, ich hätte das Herz auf der Zunge.

Die Mundwinkel des Mannes zuckten. »Vielleicht nicht nach außen, aber innerlich.«

Jetzt musste ich schmunzeln. Es kam selten vor, dass ein Mann derart ehrlich einer Frau und noch dazu einer Fremden gegenüber war.

Der Zug hatte seine Fahrt verlangsamt. Ich warf einen Blick durch das Fenster, wo die Umrisse eines Bahnhofs auftauchten. Wir hatten den letzten Stopp vor Moreton-in-Marsh erreicht. Quietschend kam der Zug zum Stehen.

Die Tür zu unserem Abteil wurde aufgerissen, und eine Gruppe Jugendlicher drängte herein. Ohne uns Beachtung zu schenken, fläzten sich die vier lautstark auf die freien Sitze.

Mein Ritter zuckte hilflos mit den Achseln. »Wie es aussieht, sind wir nicht mehr allein.«

»Nein. Aber es war nett, sich mit Ihnen zu unterhalten«, gab ich zu.

Tatsächlich hatte mir das Gespräch gutgetan. Ich lehnte mich zurück in den Sitz und schloss die Augen, um mich von der Außenwelt abzuschotten. Der Fremde war eine Sache, aber eine Horde wildgewordener Jugendlicher eine ganz andere. Zum Glück war es nur noch eine halbe Stunde bis nach Moreton-in-Marsh.

Harry

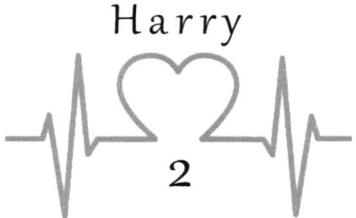

2

Seit die Jugendlichen das Abteil gestürmt hatten, war kein normales Gespräch mehr möglich. Die Frau hatte die ganze Zeit die Augen geschlossen und sah aus, als würde sie schlafen. Wobei ich mir ziemlich sicher war, dass dies nicht der Fall war. Dazu hätte sie bei dem Lärm um uns herum taub sein müssen.

Also begnügte ich mich damit, mir ihr schlafendes Gesicht anzusehen. Winzige Sommersprossen stachen aus ihrem blassen Gesicht hervor. Unter ihren Augen lagen Schatten. Sorgenfalten hatten sich um ihren Mund in ihr ansonsten jugendliches Gesicht eingegraben. Ich schätzte sie auf Ende zwanzig. Sie hatte hohe Wangenknochen und eine kerzengerade Nase, die es mit der von Kleopatra locker hätte aufnehmen können. Ihr voller Mund hingegen war geschwungen und lud zum Küssen ein. Sie war schlank und hatte eine sportliche Figur. Sie war ungefähr einen Meter siebzig groß. Als wir nebeneinandergestanden hatten, hatte sie mir bis zur Nase gereicht. Mit dem Porzellangesicht und den großen blauen Augen war sie mir sofort aufgefallen. Ich hätte mich gerne länger mit ihr unterhalten, aber wie es aussah, hatte sie kein Interesse an mir, was sehr bedauerlich war.

Das Handy brummte in meiner Tasche, und ich nahm es zur Hand. Vom Display leuchtete mir das Gesicht meiner Sprechstundenhilfe entgegen.»Hi, Alice.«

»Hallo, Doktorchen«, schepperte ihre Stimme fröhlich durch den Hörer.»Gut, dass ich dich erwische.« Ich richtete mich unbewusst auf.»Simmons hat gerade angerufen«, plapperte sie gewohnt lebhaft weiter.»Seine Kuh kalbt und irgendetwas stimmt nicht. Er bittet dich, *sofort*«, sie betonte das Wort, als wäre ich schwer von Begriff,»zu kommen.«

»Verdammt.« Ich hatte mich auf einen entspannten Nachmittag gefreut. Jake und ich wollten uns später im *Red Lion* auf ein Bier treffen.

Daraus würde wohl nichts werden. Ich warf einen Blick auf die Uhr.
»Ich bin noch unterwegs. Mein Zug müsste in …«
»… zehn Minuten in Moreton-in-Marsh eintreffen«, vollendete
Alice meinen Satz. »Ich stehe am Bahnhof und warte auf dich.«
»Manchmal bist du mir wirklich unheimlich«, brummte ich.
»Ich bin eben gut organisiert. Außerdem war ich es, die deine Tagung geplant hat.«
»Das beruhigt mich zumindest«, sagte ich schlecht gelaunt.
Ich liebte meinen Job als Tierarzt, aber nach den letzten zwei Tagen in Oxford sehnte ich mich nach etwas Ruhe. Ich war als Gastredner eingeladen gewesen, um über das Leben als Landarzt zu referieren. Natürlich war es nicht nur bei dem Vortrag geblieben, und ich war nach einer opulenten Essenseinladung todmüde ins Bett gefallen, um gleich am nächsten Morgen einer Führung durch eine der modernen Tierarztpraxen in Oxford beizuwohnen.
»Wie war die Tagung?«, holte Alice mich aus meinen Gedanken.
»Gut.«
Sie stöhnte laut.
»Was?«, fragte ich irritiert.
»Es wäre schön, wenn du in ganzen Sätzen mit mir reden würdest.«
»Manchmal führst du dich auf wie meine Mutter.«
»Und du dich wie ein kleiner Junge.«
Für einen Moment herrschte Schweigen zwischen uns. Alice' und meine Beziehung war als turbulent zu bezeichnen. In meinen Augen war sie die beste Sprechstundenhilfe, die ich mir vorstellen konnte. Aber sie war durchaus schwierig und hatte ihre eigene Vorstellung davon, wie die Dinge zu laufen hatten.
»Auf jeden Fall warte ich hier auf dich«, nahm sie das Gespräch wieder auf.
»Danke. Hast du meine Arbeitssachen mitgenommen?« Ich wollte nur ungern in meinem Anzug einer Kuh bei der Geburt helfen.
»Natürlich, und auch deine Gummistiefel.« Im Hintergrund hörte ich leises Pfeifen.
»Gut, dann sehen wir uns in zehn Minuten.« Ich legte auf und steckte das Handy zurück in meine Jackentasche.
Die Frau war aus ihrem Dornröschenschlaf erwacht und blinzelte mir entgegen. Ich lächelte. Einer der Jugendlichen war aufgestanden

und baute sich breitbeinig vor dem Fenster zwischen mir und der Fremden auf.

»Ey, Leute, wir sind gleich da.« Er grinste zu seinen Freunden rüber. Dabei legte er seine Zähne frei, die aussahen, als ob Moos darauf wachsen würde. *Na lecker!*

Das Mädchen neben mir schien es jedenfalls nicht zu stören, den verliebten Blicken nach zu urteilen, die sie ihm zuwarf. Die junge Frau hatte selbst ein Piercing unterhalb der Lippe, das wie ein gigantischer Pickel anmutete.

Der Zug verlangsamte sein Tempo. Die Jugendlichen sprangen aus ihren Sitzen auf und stürmten hinaus, als ginge es darum, ein Wettrennen zu gewinnen. Die Frau stand ebenfalls auf.

»Es war nett, Sie … kennenzulernen«, murmelte sie. Sie streckte mir die Hand entgegen.

Nett? Ich erwiderte ihren Händedruck. Ihre zarten Finger waren überraschend stark. Unsere Blicke kreuzten sich für einen winzigen Augenblick. Wahnsinn. Sie hatte die leuchtendsten blauen Augen, die ich jemals gesehen hatte. Wie zwei Kristalle, wenn das Licht darauf fiel.

»Passen Sie auf sich auf«, bat ich sie. »Der Typ ist ein ziemlicher Idiot, dass er eine Frau wie Sie hat gehen lassen.«

Ein Lächeln huschte über ihr Gesicht, und ihre Wangen verfärbten sich augenblicklich dunkelrot. Irgendwie niedlich.

»Danke.« Sie zog ihre Hand zurück, was ich sehr bedauerte.

Die Bremsscheiben quietschten, und der Zug kam mit einem Ruck zum Stehen. Die Frau schwankte. Mit einem Schritt war ich bei ihr und schlang die Arme um ihre schlanke Taille – gerade noch rechtzeitig. Keine Sekunde später und sie wäre kopfüber gefallen.

»Hoppala!«, stieß ich wie ein Depp hervor.

Sie sah mich mit großen Augen an. Meine Arme hielten sie fest umklammert. Ich spürte ihr Herz wie das eines wildgewordenen Kaninchens gegen ihre Brust schlagen. Ihr Duft stieg mir in die Nase. Sie roch wie eine Sommerwiese nach dem Regen.

»Würden Sie mich bitte loslassen?« Ihr Gesicht war puterrot, was ihrer Schönheit keinen Abbruch tat. Im Gegenteil, sie wirkte erfrischend natürlich.

Ich löste augenblicklich meinen Griff. »Entschuldigen Sie bitte.«

Offensichtlich hatte sie nicht mit dieser Reaktion gerechnet, denn sie verlor erneut das Gleichgewicht und fiel direkt zurück in meine Arme. Sie schnappte hörbar nach Luft.

»Wie es aussieht, wollen Sie doch lieber bei mir bleiben«, witzelte ich.

Zugegebenermaßen nicht besonders geistreich, aber ihre Gegenwart verunsicherte mich. Die Röte in ihrem Gesicht vertiefte sich um eine weitere Nuance, wenn das überhaupt noch möglich war.

Blinzelnd presste sie ihre flachen Hände gegen meine Brust und drückte sich von mir weg. Sehr zu meinem Bedauern. »Ich bin gestolpert.«

»Ich weiß, das war nur ein dummer Witz«, lenkte ich ein.

Die Fremde nickte. Es war ihr anzusehen, wie unangenehm ihr die Situation war, und meine Bemerkung hatte nicht gerade zur Besserung beigetragen. Eine unangenehme Stille entstand zwischen uns. Reisende drängten sich an unserem Abteil vorbei nach draußen.

»Tja, ich muss dann mal.« Sie deutete auf den Gang.

»Ja, ich auch.« Ich schnappte mir meine Tasche und ging zur Tür. Die Unbekannte hatte die gleiche Idee gehabt, was zur Folge hatte, dass wir aneinanderstießen.

Sie rieb sich die Schulter. »Autsch!«

»'tschuldigung«, murmelte ich.

Sie winkte ab. »War mein Fehler.«

Ihr Gesicht war keine Handbreit von meinem entfernt. Mein Blick folgte den sanften Linien ihrer Wange hinunter zu ihrem Mund, der förmlich danach schrie, geküsst zu werden.

Harry!, ermahnte ich mich selbst. Mit einer Handbewegung deutete ich ihr an vorzugehen.

»Danke.« Ihr schlanker Körper drängte sich an mir vorbei, darauf bedacht, mich nicht zu berühren. Ich folgte ihr auf den Bahnsteig.

Moreton-in-Marsh war ein winziges Örtchen, und dementsprechend klein war der Bahnhof. Bis auf eine Handvoll Reisende war der Bahnsteig leer. Die Fremde, die vor mir ging, blieb urplötzlich stehen. Um ein Haar wäre ich gegen sie gestoßen. Ich konnte mir angesichts der Tatsache, dass wir bereits das dritte Mal in einer Stunde aneinandergerieten, ein Lächeln nicht verkneifen.

»Harry!« Alice' kristallklare Stimme hallte über den Bahnsteig.

Ich drehte mich zur Seite. Meine Sprechstundenhilfe kam mit wehenden blonden Haaren auf mich zugelaufen.

»Alice.« Ich runzelte die Stirn.

Alice gehörte zu den Frauen, die nichts von dezenten Farben hielten, sondern sich gerne knallbunt kleideten. Mit dem roten Kleid fiel sie zwischen den Einheimischen auf wie ein bunter Hund.

»Wie schön, dich zu sehen.« Sie fiel mir um den Hals und drückte mir mit ihren feuerroten Lippen, die mit der Farbe des Kleides zu konkurrieren schienen, einen Kuss auf die Wange.

»Ähm, was ist denn in dich gefahren?«

»Ohne dich war nichts los in der Praxis«, gestand sie mir lachend, dabei bildeten sich Grübchen auf ihren Wangen. »Ich habe dich Idioten tatsächlich vermisst.«

»Ich werte das als positiv.«

»Kannst du auch.«

Aus dem Augenwinkel entdeckte ich die Fremde. Sie stand etwas verloren auf dem Bahnsteig. Ihr Blick fiel in meine Richtung. Ich lächelte ihr zu. Ihre Mundwinkel zuckten, was ich als ein Schmunzeln deutete. Urplötzlich verspürte ich den dringenden Wunsch, zu ihr zu gehen, um sie nach ihrer Adresse zu fragen.

Ohne Vorwarnung wischte Alice mir mit dem Finger über die Wange. Instinktiv wich ich zurück.

»Hey, was soll das?« Ich drehte mich zu ihr um.

»Du hast da etwas Lippenstift.« Sie deutete auf die Stelle.

Ich wischte schnell mit dem Handrücken darüber. »Weg?«

Alice schüttelte den Kopf. »Nicht wirklich.«

»Mist.« Ich fluchte leise und rubbelte mit der Hand über die Stelle. Mein Blick wanderte zu der Unbekannten. Zu meiner Enttäuschung war sie weg.

Alice zupfte an meinem Jackett. »Suchst du was?«

»Ja. Nein. Hör auf, mich wie deinen Sohn zu behandeln.« Ich schob ihre Hand beiseite.

»Oh, das Doktorchen hat schlechte Laune«, erwiderte sie spitz.

»Nein, *das Doktorchen* mag es nur nicht, wenn du ihn wie einen kleinen Jungen behandelst.«

»Weil ich dir einen Kuss gegeben habe?« Sie sah mich angriffslustig an.

Ich seufzte. »Nein, natürlich nicht.«

»Dachte ich es mir doch.« Triumphierend hakte sie sich bei mir unter. »Ich bin mir sicher, dir geht es gleich wieder besser, wenn du in deine Gummihandschuhe schlüpfen und der Kuh beim Kalben helfen darfst.« Sie prustete los.

»Sehr witzig, Alice. Wirklich.«

»Finde ich auch.« Glucksend schob sie mich mit sanfter Gewalt zum Ausgang.

Ich ließ meinen Blick ein letztes Mal über den Bahnsteig schweifen, aber von der unbekannten Schönheit keine Spur. Schade. Ich hätte zu gerne mehr über die traurige junge Frau mit den blauen Augen erfahren. Anscheinend hatte das Schicksal andere Pläne für uns. Seufzend folgte ich Alice zum Parkplatz.

Amelie

3

Der Busfahrer drosselte das Tempo und bog rechts ab. Ich sah durch das verschmierte Fenster nach draußen. Die schmale Straße bot genau so viel Platz, dass der Bus darauf fahren konnte, ohne im Graben zu landen. Rechts und links wuchsen hohe Büsche und Bäume, deren Äste sich gen Himmel reckten. Das saftige Grün der Blätter war so dicht, dass man die Landschaft dahinter nur erahnen konnte.

Ohne Vorankündigung brach die Baumkette ab und wurde von einer Trockensteinmauer abgelöst. Dahinter breitete sich eine Graslandschaft aus, die bis zum Horizont zu reichen schien. Eine Herde Kühe graste gemütlich in einiger Entfernung.

Ein Schild tauchte vor mir auf. Bei seinem Anblick machte mein Herz einen kleinen Hüpfer.

Chipping Campden

Ich hatte mein Ziel erreicht.

Die ersten Häuser kamen in Sichtweite. Ich reckte mich in meinem Sitz, um besser sehen zu können. Die honigbraunen Fassaden der Gebäude reihten sich dicht aneinander. Einige der Häuser waren mit Reet gedeckt, die meisten Dächer jedoch waren mit grauen Schieferplatten überzogen, die im Sonnenlicht schimmerten, als hätte man sie poliert.

Der Bus bog in die Hauptstraße ein, die schnurgerade in den Ortskern führte. Einige Menschen schlenderten über den schmalen Gehweg, der gerade so viel Platz bot, dass zwei Menschen nebeneinander laufen konnten. Dann verzweigte sich die Straße. In der Mitte der Gabelung stand die Kirche der Heiligen Katharina. Die ersten Schilder von Tante-Emma-Läden ragten hervor, um potenzielle Kunden anzulocken.

Ich hatte vor meiner Abreise in ein paar Reiseführern geblättert und mich über meine Heimat der nächsten drei Monate etwas schlaugemacht. Die Straßen rund um die Markthalle waren terrassenförmig angelegt und hatten den Ort berühmt gemacht. Quietschend kam der Bus auf einem Parkplatz hinter eben dieser Markthalle zum Stehen. Als ich nach draußen trat, wurde ich von warmer Sommerluft empfangen. Ein blauer Himmel überspannte das Städtchen, und nur ein paar wenige Schäfchenwolken trieben träge am Horizont.

Ich blinzelte, geblendet von der Sonne. Ich legte die Hand vor die Augen und sah mich um. Vor dem Bus neben uns hatten sich japanische Touristen versammelt. Der Reiseführer stand in der Mitte der Gruppe und hielt einen roten Schirm in die Höhe. Ich lächelte. Irgendwie schienen sich die meisten Klischees zu bewahrheiten.

Der Fahrer zog meinen Koffer aus der Ladefläche des Busses hervor und stellte ihn vor mir ab. Ich bedankte mich freundlich.

In der Beschreibung der Besitzerin hatte gestanden, dass es vom Marktplatz aus nur wenige Autominuten bis zum Cottage waren. Hilfesuchend sah ich mich nach einem Taxi um. Keine zehn Meter entfernt entdeckte ich eines. Erleichtert schnappte ich mir meinen Koffer und stapfte los. Das Mistding wog gefühlt eine Tonne, und ich ächzte trotz der Rollen.

Ein Mann stand gegen das Taxi gelehnt und rauchte genüsslich eine Zigarre. Er hatte eine Schiebermütze auf dem Kopf, unter der rote Haare hervorlugten. Seine Kleidung war zwar sauber, aber viel zu groß und abgetragen.

»Guten Tag. Sind Sie der Taxifahrer?«, fragte ich höflich.

Misstrauisch beäugte ich den Wagen. Soweit ich es erkennen konnte, handelte es sich um einen alten Jaguar, der definitiv schon mal bessere Zeiten gesehen hatte. Das Dach wies einige Dellen auf, ebenso die Kofferraumhaube.

Der Mann zuckte mit der Augenbraue. »Wer will das wissen?«

»Tja, ähm … ich«, stotterte ich, überrascht über das wenig geschäftsorientierte Verhalten des Mannes.

Ich konnte nur hoffen, dass nicht alle Bewohner von Chipping Campden so waren wie dieses Exemplar vor mir.

»Wohin?« Ich kramte in meiner Tasche und reichte ihm den Zettel, auf dem ich die Adresse notiert hatte. »Little Brown Cottage.« Er stieß einen anerkennenden Pfiff aus und schob die Schiebermütze ein Stück nach hinten.

»Was meinen Sie damit?«, fragte ich, durch seine Reaktion leicht verunsichert.

Er sah mich mit seinen grauen Augen an. »Wie?«

»Na ja, was meinten Sie damit, als Sie *Little Brown Cottage* gesagt und dabei gepfiffen haben?«

Seine winzigen Äuglein weiteten sich auf Knopfgröße. »Was?«

»Ich habe Ihrer Reaktion entnommen, dass es mit Little Brown Cottage etwas auf sich hat«, startete ich einen zweiten Versuch, mich zu erklären.

»Is' 'n Cottage.«

Ich seufzte. Es hatte keinen Sinn. Der Mann und ich sprachen definitiv zwei verschiedene Sprachen. »Würden Sie mich fahren?«

Er deutete auf das Taxischild. »Is' mein Job.«

Ich kam mir in seiner Gegenwart wie ein Trottel vor. Ohne mich weiter zu beachten, drückte das Klappergestell von einem Mann die Zigarre aus und schnappte sich meinen Koffer. Mit erstaunlicher Leichtigkeit hievte er das schwere Gepäckstück in den Wagen, als würde es sich dabei um eine leere Pappschachtel handeln. Dabei hatte ich alles, was ich besaß, hineingequetscht.

»Wollen Sie mitfahren oder soll ich nur Ihren Koffer zum Cottage bringen?«, fragte der Kerl.

»Haha. Sehr witzig.«

»Das war kein Witz«, entgegnete er mit ernster Miene. »Ich frage mich nur, weil Sie noch immer hier herumstehen, anstatt Platz zu nehmen.«

Ich schnappte nach Luft. Ich hatte es definitiv mit dem unverschämtesten Taxifahrer unter der Sonne zu tun, was meine Abneigung gegen die Berufsgruppe nur verstärkte. Der Mann nahm auf dem Fahrersitz Platz. Ich beeilte mich einzusteigen, bevor er noch ohne mich abfuhr. Zuzutrauen wäre es ihm.

Müde ließ ich mich auf den cremefarbenen Ledersitz gleiten. Dafür, dass das Taxi schon so alt war, sah es von innen erstaunlich gepflegt aus. Kaum, dass ich Platz genommen hatte, fuhr er los. Leise surrend wurde eine Glasscheibe zwischen der Rückbank und den Vordersitzen hochgeschoben. Ich kam mir vor wie in einem dieser schlechten Horrorfilme, die gegen Mitternacht liefen, wenn die Sender Geld sparen wollten, weil kaum noch Zuschauer wach waren. In den letzten Wochen seit unserer Trennung hatte ich genau zu dieser Sorte Zuschauer gehört. Fast jeden Abend hatte ich auf dem Sofa meiner Mutter gesessen und mir die alten Schwarz-Weiß-Schinken angeschaut.

Ein leises Gefühl von Panik überkam mich. Vielleicht war der Mann gar kein Taxifahrer, sondern ein Irrer, der sich dafür ausgab, um Nichtsahnende wie mich um die Ecke zu bringen. So wie in *Psycho*, wo dieser verrückte Norman Bates die Frauen in sein Motel lockte, um sie qualvoll zu töten.

Ich schielte nach vorne. Das Gesicht des Taxifahrers zeichnete sich im Spiegel ab. Seine Mausaugen waren starr auf die Straße gerichtet und zeigten keinerlei Regung. Die rechte Wange zuckte in unregelmäßigen Abständen. Sein Gesicht sah aus, als hätte es jemand aus Wachs geformt und kurz vor Beendigung einfach aufgehört. Die Nase zu groß, die Augen zu klein, dazu ein breiter Mund, der so gar nicht zum Rest passte. Ich betrachtete seine schmalen Schultern und malte mir im Geiste aus, welche Chancen ich in einem Zweikampf gegen ihn hätte. Ich war dank meines täglichen Trainings gut in Form, und wenn ich schnell war, würde ich ihn besiegen.

Das Taxi fuhr im Schneckentempo die Straße entlang. Der Mann schien es nicht eilig zu haben. Eine etwas korpulente Frau schlenderte mit einem Mops auf dem Arm über den Gehweg. Fast hätte ich angefangen zu lachen, als ich die winzige goldene Krone entdeckte, die auf dem Kopf des Hundes saß. Dazu hatte ihm sein Frauchen einen schwarzen Schlips umgebunden. Ich schüttelte kaum merklich den Kopf über so viel Unsinn. Ich liebte Tiere, hatte aber nicht sonderlich viel dafür übrig, wenn man Haustiere wie Menschen behandelte.

Als die Frau das Taxi entdeckte, verzog sich ihr rundes Gesicht zu einem Lächeln. Der Fahrer stieß ein freudiges Grunzen aus. Zumindest klang es durch die Scheibe so. Als das Taxi auf der Höhe der Frau war, warf diese dem Fahrer eine Kusshand zu. Der Mops schien ebenfalls erfreut, das Taxi zu sehen, denn er wedelte mit dem Stummelschwänzchen.

Der Fahrer stieg auf die Bremse. Ich machte einen Satz nach vorne und knallte mit der Stirn gegen die Scheibe.

»Hey!« Ich klopfte gegen die Scheibe. »Passen Sie doch auf!«
Ich rieb mir die schmerzende Stelle. Ohne mich zu beachten, ließ
der Fahrer das Fenster an seiner Seite herunter.

»Guten Morgen, Marge. Guten Morgen, Sir Edmund«, dröhnte
seine Stimme dumpf durch die Glasscheibe zu mir.

Interessiert sah ich nach draußen. Na klar, das konnte nur der berühmte Sir Edmund sein. Ich hatte einiges über den legendären Mops
im Netz gelesen, dessen Bekanntheit weit über die Grenzen von Chipping Campden hinausging.

»Hallöchen, mein lieber Archie«, flötete die Frau. Dabei bewegte
sich ihr Mund wie bei einem Vögelchen. »Wie schön, dich zu sehen.
Was macht die Gicht?«

»Könnte besser sein. Danke der Nachfrage«, antwortete Archie zu
meiner Überraschung äußerst höflich und in ganzen Sätzen.

Wie es schien, war er nur mir gegenüber so wortkarg.

»Wenn du Lust hast, kannst du gerne auf einen Tee bei uns vorbeikommen. Liz und ich würden uns freuen.« Ihrem Gesichtsausdruck
nach zu urteilen, schien sie es ehrlich zu meinen, was ich kaum glauben konnte.

Was sollte daran nett sein, den Nachmittag mit diesem Brummel-
kopf von Fahrer zu verbringen? Aber Geschmäcker waren ja bekanntlich verschieden. Zumindest war ich etwas beruhigter. Der Kerl
würde mich wohl kaum um die Ecke bringen, nachdem ihn mehrere
Menschen zusammen mit mir im Taxi gesehen hatten. Ich entspannte
mich und ließ mich zurück in den weichen Ledersitz sinken.

»Muss los!« Archie deutete mit einer Kopfbewegung zu mir.

»Ach du meine Güte.« Die Frau gab ihm ein Zeichen. Sofort fuhr
die Glaswand nach unten, genau so weit, dass ich sie verstehen
konnte. »Es tut mir leid. Ich habe Sie gar nicht gesehen«, schrie die
Hundebesitzerin mit kristallklarer Stimme in den Wagen.

Archie, der direkt daneben saß, zuckte noch nicht einmal. Die Augen der Frau musterten mich neugierig. Sir Edmund sah aus, als
würde er jeden Moment anfangen zu gähnen. Seine Augen tränten
leicht. Anscheinend schien ihn das alles nur zu langweilen.

»Kein Problem.« Was natürlich gelogen war.

Ich wollte so schnell wie möglich zu Little Brown Cottage und raus
aus dem Taxi. Ich hatte mal gelesen, dass der Mensch im Durchschnitt

zweihundert Mal am Tag log. Wenn das so war, dann brauchte ich wenigstens kein schlechtes Gewissen zu haben. Ich musste wieder an Jasper denken. Wie oft er mich wohl angelogen hatte? Seine Affäre mit Annie lief seit mehreren Wochen. Wahrscheinlich hatte er mich mehrere hundert Mal belogen, und ich doofe Kuh hatte es nicht bemerkt! Wie konnte man nur so dumm sein?

»Auf Wiedersehen!« Die Hundebesitzerin hatte den Kopf wieder zurückgezogen und winkte uns vom Bürgersteig aus zu, begleitet durch leises Bellen von Sir Edmund.

Archie trat auf das Gaspedal, und der Jaguar machte einen Satz nach vorne. Ich knallte zum zweiten Mal mit dem Kopf gegen die Scheibe. Fluchend rieb ich mir über die schmerzende Stelle. Der Fahrer schien von all dem nichts bemerkt zu haben, denn er fuhr unbeirrt weiter. Ich war froh, wenn die Fahrt vorbei war und ich endlich aussteigen konnte.

Kurz vor dem Ortsende bog der Jaguar in eine Seitenstraße ein, die so schmal war, dass die Äste der Büsche, die rechts und links wuchsen, den Wagen streiften. Nach ein paar Metern brachte Archie das Taxi zum Stehen.

Überrascht sah ich nach draußen. Kein Haus in Sicht. Der einzige Hinweis, dass wir noch in einer bewohnten Gegend waren, war die hüfthohe Trockensteinmauer, die längs des Weges verlief.

Die Trennscheibe fuhr herunter. Ich sah Archie fragend an.

»Endstation«, brummte er.

»Hier?« Panik erfasste mich.

War ich doch auf einen Verbrecher reingefallen?

»Is' dahinten.« Er deutete nach vorne ins Nichts.

»Aha.« Ich reckte mich, in der Hoffnung, etwas zu erkennen, aber außer ein paar Bäumen und wilden Sträuchern war da nichts.

Halt. In der Ferne hörte ich das Blöken von Schafen. Zumindest gab es noch andere Lebewesen in diesem entlassenen Winkel Englands.

Im Geiste sah ich schon die Schlagzeile der lokalen Presse:

Erneutes Opfer des Cotswolds-Mörders gefunden

Dazu ein Foto von mir inmitten des Grüns, und ein Schaf, das den Kopf über mich gebeugt hielt, sodass sich der Leser fragen musste, ob es gerade dabei war, mir die Nase abzuknabbern.

Nein, so wollte ich nicht sterben. Überhaupt, vom Sterben war keine Rede! Ich war zutiefst frustriert und traurig, aber Selbstmordgedanken waren mir in den letzten Wochen nie in den Sinn gekommen.

Archie war in der Zwischenzeit ausgestiegen und machte sich am Kofferraum zu schaffen. Mit klopfendem Herzen stieg ich aus.

Amelie

4

Die laue Sommerluft hüllte mich ein, und ich nahm einen tiefen Atemzug. Archie hatte meinen Koffer ans Tageslicht befördert und ihn auf dem schmalen Weg abgestellt. Okay, damit konnte ich nun endgültig ausschließen, dass er mich umbringen würde. Wie es aussah, wollte er mich tatsächlich einfach absetzen, um sich dann auf Nimmerwiedersehen aus dem Staub zu machen.

»Macht acht Pfund«, brummte er und hielt mir seine ausgestreckte Hand entgegen.

Ich zog brav mein Portemonnaie hervor und bezahlte. Aus reiner Höflichkeit gab ich ihm ein Trinkgeld – immerhin hatte er mein Leben verschont. Wobei ich mir doch noch nicht ganz sicher war, angesichts der Tatsache, dass ich mit meinem Gepäck auf einem Feldweg stand, ohne einen Hinweis auf Little Brown Cottage oder eine andere menschliche Behausung.

Archie brummte etwas, das sich anhörte wie »Danke«. Ich griff nach meinem Koffer. Er machte keine Anstalten, wieder einzusteigen, sondern beobachtete mich mit zusammengekniffenen Augen. Auf was wartete er noch?

Misstrauisch drehte mich einmal um die eigene Achse, um mir einen Überblick über die Lage zu verschaffen. Um mich herum war alles in ein saftiges Grün getaucht. Sanfte Hügel, so weit das Auge reichte, dazwischen kleine Baumgruppen.

Archies Mundwinkel zuckten. Er deutete auf den schmalen Weg, der vom Taxi wegführte. »Dahinten. Sind nur ein paar Meter. Machen die Stoßdämpfer vom alten Willi nicht mehr mit.«

Er tätschelte die Kofferraumhaube des alten Jaguars.

Aha. Die Art, wie Archie über sein Auto sprach, ließ annehmen, dass er ein besonderes Verhältnis zu dem alten Karren hatte. Mir war es egal. Ich wollte nur weg.

Wild entschlossen und mit grimmiger Miene machte ich mich auf den Weg. Der Koffer holperte ratternd über den Lehmboden. Im Hintergrund hörte ich, wie Archie den Motor startete.

Der Wind blies mir ins Gesicht und wirbelte meine Haare durcheinander. Ich hielt inne. Das Motorengeräusch verlor sich in der Ferne. Ich war mir noch nie so alleine vorgekommen wie in diesem Moment.

Was Jasper wohl gerade tat? Um diese Uhrzeit war er für gewöhnlich im Studio – aber wer wusste das so genau. Vielleicht hatten er und Annie sich immer heimlich dort getroffen? Ich schüttelte unbewusst den Kopf und versuchte, die Gedanken zu vertreiben.

Ein Kloß bildete sich in meinem Hals. Was machte ich hier? Was um Himmels willen hatte mich geritten, mir ein Cottage im Nirgendwo zu mieten? Hatte Mum vielleicht doch recht gehabt?

Nein. Aufgeben kam nicht infrage. Ich hatte mich lange genug hinter meinen Ängsten versteckt. Es wurde Zeit, dass ich mein Schicksal selbst in die Hand nahm.

Ich schleppte mich weiter. Plötzlich tauchte vor mir zwischen dem Grün etwas Braunes auf. Mein Puls schaltete freudig einen Gang höher, und ich beschleunigte meine Schritte, soweit das mit einem Koffer, der gefühlt so viel wog wie ein ganzer Kleiderschrank, möglich war. Knorrige Wurzeln verliefen erschwerend über den Weg und zwangen mich, den Koffer anzuheben. Ich stöhnte unter der Last. Jasper hatte sich immer bemüht, mir alles abzunehmen. Er war ein Mann, der eine gute Erziehung genossen hatte und mir stets wie ein Gentleman die Tür aufhielt oder eben das Gepäck trug. Nun kam Annie in den Genuss, die blöde Kuh.

Ein Schweißtropfen lief mir kitzelnd den Rücken hinunter. Die Umrisse eines Häuschens zeichneten sich zwischen dem Grün der Bäume ab. Zumindest hatte Archie nicht gelogen. Ich beschleunigte meine Schritte. Ich war gespannt darauf, mein neues Zuhause endlich zu Gesicht zu bekommen.

Nach wenigen Metern hatte ich einen schmalen Zugang erreicht, der zwischen den Bäumen hindurchführte. Jemand hatte ein Schild an einem Pfahl befestigt, auf dem in geschwungener Schrift *Little Brown Cottage* stand.

Endlich! Ich hatte mein Ziel erreicht. Erleichtert stellte ich den Koffer ab und betrachtete das Gebäude aus der Distanz.

Das Cottage sah genauso aus wie auf den Fotos. Die hellbraune Fassade sah verwittert aus. Einige Risse wurden zum Teil durch einen üppigen Blauregen verdeckt, der wohl ursprünglich nur die hölzerne Eingangstür umrahmt hatte und sich mittlerweile fast über die gesamte Front erstreckte. Das Häuschen war umgeben von einem Garten, dessen Rasen wild wucherte. Dazwischen wuchsen Gänseblümchen und Löwenzahn. Ein Walnussbaum, dessen knorrige Äste in den Himmel ragten, stand im Vorgarten. Darunter befand sich ein Tisch mit zwei Stühlen, die aussahen, als würden sie auseinanderbrechen, wenn man sie nur scharf ansah.

Ich kam mir vor, als wäre ich in eine Postkarte von Jane Austen gehüpft. So unwirklich und schön zugleich.

Die Besitzerin, eine gewisse Mrs Cook, hatte mir in ihrer Email geschrieben, dass sie den Schlüssel sicherheitshalber unter die Fußmatte legen würde, falls ich früher als geplant kommen sollte. Bei Fragen hatte sie mir eine Telefonnummer mitgeteilt, unter der ich sie im Notfall erreichen konnte. Dabei hatte sie das Wort *Notfall* dick gedruckt.

Ich ging die wenigen Schritte zum Cottage. Der süßliche Duft des Blauregens hüllte alles ein. Tatsächlich fand ich den Schlüssel unter der Fußmatte, wie Mrs Cook es beschrieben hatte.

Quietschend sprang die Tür auf, als ich den Schlüssel im Schloss umdrehte. Ich trat ein. Dabei musste ich den Kopf einziehen, um mich nicht an den niedrigen Balken am Eingang zu stoßen. Ich rümpfte die Nase. Ein leicht muffiger Geruch hing in der Luft, wie er anzutreffen war, wenn Räume länger nicht gelüftet worden waren. Dazu mischte sich der Geruch von Lavendel, der zweifellos von den Bündeln stammte, die von der Decke hingen. Ich stellte den Koffer ab, um mein neues Zuhause zu inspizieren.

Ich durchquerte den kleinen Flur bis zum Wohnzimmer. Die alten Holzdielen knarrten bei jedem Schritt. An der Stirnwand des Raumes befand sich ein Kamin mit einem eisernen Schutzgitter. Davor stand eine gemütlich aussehende Sitzecke. Aquarelle zierten die groben Wände. Die meisten davon waren landschaftliche Motive, die die Umgebung zeigten. Schwere Vorhänge, deren Blau im Laufe der Jahre an Farbe verloren hatte, umrahmten die Fenster. Auch die Teppiche hatten schon bessere Zeiten gesehen. Meine Nase kitzelte – ein sicheres Zeichen dafür, dass Hausstaubmilben hier ein Zuhause gefunden hatten.

Mist. Tränen brannten mir in den Augen, und ich suchte nach einem Taschentuch. Ich zog das weiße Stück Stoff hervor, das mir der Fremde im Zug gegeben hatte. Ich hatte es gedankenverloren in meine Jackentasche gesteckt, als die Jugendlichen das Abteil gestürmt hatten.

Bei dem Gedanken an meinen Reisebegleiter huschte ein Lächeln über mein Gesicht. Er war sympathisch gewesen, und wären wir uns unter anderen Umständen begegnet, hätte ich das Gespräch mit ihm bestimmt mehr genossen. Mir kam die junge Frau in den Sinn, die ihn am Bahnhof so stürmisch empfangen hatte. Die zwei hatten sehr vertraut miteinander gewirkt. Wahrscheinlich handelte es sich dabei um seine Freundin. Wenn dem so war, war der Fremde keinen Deut besser als Jasper. Er hatte offensichtlich mit mir geflirtet, und das, obwohl er liiert war. Aber egal – ich würde den Mann eh nie wiedersehen. Außerdem war ich nicht hier, um jemanden kennenzulernen. Im Gegenteil, was ich jetzt brauchte, war Abstand von Jasper, meiner Ehe und dem Leben, das ich in Oxford geführt hatte. Ich musste herausfinden, was ich wirklich im Leben wollte.

Ich machte auf dem Absatz kehrt, um mir den Rest der Wohnung anzuschauen. Gleich neben dem Wohnzimmer befand sich die Küche. Beim Betreten des kleinen Raumes befiel mich sofort ein wohliges Gefühl. Alles war sauber und ordentlich. Die Sitzecke mit den pastellfarbenen Kissen wirkte gemütlich.

Ich öffnete den Kühlschrank. Bis auf eine Flasche Ketchup und ein Stück Käse, das aussah, als hätten sich darauf neue Lebensformen gebildet, konnte ich nichts Essbares entdecken. Die Besitzerin hatte mir versichert, dass sie den Kühlschrank mit dem Nötigsten bestücken würde. Frustriert schloss ich ihn wieder. Ich hatte seit heute Morgen nichts gegessen.

Ich warf einen Blick durch das Fenster. Dunkle Wolken mit schweren Bäuchen zogen über das Haus hinweg. Wettertechnisch braute sich etwas zusammen.

Direkt neben der Küche führte eine schmale Treppe nach oben. Ich schnappte mir den Koffer und zog ihn über die Stufen, bis ich das obere Stockwerk erreicht hatte. Auch hier gab es nur zwei Räume.

Ich stieß die erste Tür auf, hinter der sich das Schlafzimmer verbarg. Das Zimmer war verhältnismäßig groß und lichtdurchflutet. Bei dem Anblick des großen Bettes machte mein Herz einen freudigen Hüpfer. Ich war hundemüde und hätte mich am liebsten für ein kleines Nickerchen hingelegt, aber angesichts des leeren Kühlschranks würde mein Schlaf warten müssen. Zuerst musste ich ins Dorf, um die Vorräte aufzustocken.

Ein Quilt lag als Tagesdecke auf dem Bett. Granny hatte Mum vor Jahren einen solchen geschenkt. Ich erinnerte noch gut, wie sie in ihrem Schaukelstuhl gesessen und daran gestickt hatte. Andächtig strich ich mit den Fingerspitzen darüber, während ich mich weiter umsah.

Eine Tür führte in das Badezimmer nebenan. Ich lächelte, als ich die alte Badewanne unter dem Fenster entdeckte. Diese hatte schon so manches Jahrzehnt erlebt. Die weiße Emaille war an einigen Stellen abgeplatzt, das Gold an den Löwenfüßen war verblasst. Eine Dusche konnte ich nicht entdecken, dafür war der Raum viel zu klein.

Ich musste an unser Appartement in Oxford denken, das seinen Bewohnern jeglichen Luxuswunsch erfüllt hatte. Eine Regenwasserdusche, eine moderne Waschmaschine, eine Eismaschine, ein moderner Kamin, eine voll ausgestattete Küche und noch vieles mehr. Trotzdem hatte ich mich dort nie wirklich heimelig gefühlt. Hier hingegen hatte ich sofort das Gefühl, zu Hause angekommen zu sein.

Ich ging wieder ins Schlafzimmer, um meine Regenjacke aus dem Koffer zu holen. Ich warf einen Blick auf meine Armbanduhr. Es war bereits spät, und wenn ich noch etwas einkaufen wollte, musste ich mich beeilen. Es war Freitag und Gott allein wusste, wie lange die Läden hier geöffnet hatten.

Ich eilte die Treppe nach unten.

Amelie

5

Als ich nach draußen trat, schlug mir ein kühler Wind entgegen, der meine Haare durcheinanderwirbelte. Grimmig sah ich nach oben, wo sich ein Unwetter zusammenbraute. *Egal.* Wenn ich etwas zu essen haben wollte, musste ich wohl oder übel in den sauren Apfel beißen und mich auf den Weg ins Dorf machen.

Ich sah mich um. Ein schmaler Weg führte um das Haus, wo ein kleiner Schuppen stand. Vielleicht würde ich dort etwas finden, was mich schneller ins Dorf bringen würde.

Auch der hintere Teil des Gartens war stark verwildert. Uralte Bäume ragten in den düsteren Himmel. Das Gras reichte mir fast bis zu den Knien. Dazwischen wuchsen Wildblumen, deren Namen ich nicht kannte. Ich stapfte zu dem baufälligen Schuppen. Zu meiner Erleichterung war er nicht verschlossen. Die Scharniere waren verrostet, und ich musste mich mit aller Gewalt gegen die Tür stemmen, um sie zu öffnen. Als ich ins Innere taumelte, wirbelte Staub durch die Luft und kitzelte mich in der Nase. Es dauerte einen Moment, bis sich meine Augen an die Dunkelheit im Inneren gewöhnt hatten.

Ich stieß einen erleichterten Seufzer aus, als ich das alte Fahrrad entdeckte. Soweit ich es auf den ersten Blick beurteilen konnte, befand es sich in einem fahrtüchtigen Zustand, wenn man von den Roststellen am Rahmen und an den Felgen absah. Am Lenker war ein großer Korb befestigt. Sobald ich etwas Zeit hatte, würde ich den alten Drahtesel auf Vordermann bringen. Für heute würde es so gehen müssen.

Ich schob das schwarze Monstrum bis zu dem Weg, der ins Dorf führte, schwang mich auf den Sattel und trat in die Pedale. Tatsächlich fuhr das Rad besser als erwartet, und es dauerte nicht lange, bis ich die Straße erreicht hatte. Ein kräftiger Wind blies mir ins Gesicht, während ich leise summend in Richtung Dorf fuhr.

Es dauerte knapp fünf Minuten, bis ich die Hauptstraße erreicht hatte. Da ich keine Ahnung hatte, wo sich der Supermarkt befand, beschloss ich, das Fahrrad zu schieben und mir bei der Gelegenheit gleich mal das Örtchen anzuschauen.

Es herrschte erstaunlich viel Betrieb. Menschen, die die Straße entlangschlenderten oder sich auf ein Pläuschchen vor den Läden trafen. Kinder, die vergnügt miteinander spielten. Keine störenden Autoschlangen, die sich die Straße entlangschlängelten. Gelegentlich fuhr ein Wagen vorbei, ansonsten herrschte bis auf das Kinderlachen himmlische Ruhe. Die meisten Leute waren entweder zu Fuß oder wie ich mit dem Fahrrad unterwegs.

Ich kam an einer Gruppe Frauen vorbei und spürte ihre Blicke auf mir ruhen, als ich mich näherte. Mit einem freundlichen Lächeln ging ich an ihnen vorbei.

Die Frauen erwiderten meinen Gruß, um sich dann wieder ihrem Gespräch zu widmen. Ich schlenderte weiter über die High Street, konnte jedoch bis auf einige kleine Gemischtwarenläden keinen Supermarkt entdecken.

Mein Blick fiel auf die gegenüberliegende Straßenseite, wo ein Schild mit dem Aufdruck *Tolkes* über einer Tür hing. Davor standen zwei Tische, an denen mehrere Leute saßen und Kaffee tranken. Vielleicht konnte ich mir dort einen frischen Tee holen. Ohne Tee war ich nur ein halber Mensch, und die letzte Tasse lag Stunden zurück.

Ich stellte das Fahrrad vor dem Laden ab. Ein Schloss besaß ich nicht, ging aber davon aus, dass ich keine Angst zu haben brauchte, dass es jemand klauen würde. Chipping Campden mutete nicht wie ein Verbrecher-Knotenpunkt an.

Ein Glöckchen klingelte leise, als ich den Laden betrat. Es roch nach frisch gebackenem Brot, und ich fühlte mich augenblicklich wohl. Ich ging zum Tresen, hinter dem ein bärtiger Mann stand.

»Hi«, begrüßte mich der Barista freundlich. »Was kann ich für Sie tun?«

»Hi.« Ich lächelte. »Ich hätte gerne einen Chai Tee und«, mein Blick fiel auf die Glasvitrine, »eines von den Teilchen.«

»Zum hier Essen oder zum Mitnehmen?«

»Zum Mitnehmen.« Ich würde mich beim nächsten Besuch im Dorf reinsetzen. Heute hatte ich tausend andere Dinge zu erledigen.

Der Mann lächelte. »Alles klar.« Ich wartete geduldig am Tresen, während er meinen Tee zubereitete. Er sah kurz zu mir auf. »Sie sind zu Besuch hier.«

Es war keine Frage, sondern eine Feststellung.

»Wie man es nimmt.« Ich zuckte mit den Schultern. »Ich habe Little Brown Cottage für die nächsten drei Monate gemietet.«

Die Gespräche im Hintergrund verstummten.

Irritiert drehte ich mich um. Alle Blicke waren auf mich gerichtet. Ich lächelte unsicher. So langsam bekam ich es mit der Angst zu tun. Immer wenn ich den Namen meines Häuschens erwähnte, sahen die Leute mich so eigenartig an. Ich musste unbedingt in Erfahrung bringen, was es mit dem Cottage auf sich hatte.

»Oha.« Der Barista zwirbelte andächtig seinen Bart.

»Was meinen Sie mit *Oha*?« Ich hoffte, dass er das Zittern in meiner Stimme nicht bemerkte.

»Na ja …« Er zögerte. »Liegt ganz schön weit draußen. Das letzte Mal, dass jemand dort gewohnt hat, ist schon eine Weile her. Ein schönes Cottage, allerdings bedarf es einer gründlichen Generalüberholung.«

Ich dachte an die Fassade und die abgeblätterten Fenster. »Ja, aber für die nächsten drei Monate wird es hoffentlich noch halten.«

Der Barista lachte auf. »Gute Einstellung. Ich bin übrigens Travis.«

Er reichte mir die Hand.

»Amelie.«

Er musterte mich interessiert. »Oxford?«

Ich stieß einen überraschten Laut aus. »Ja! Woher weißt du das?«

»Ich habe einfach geraten.« Er zwinkerte mir zu. »Ich hätte genauso gut London sagen können.«

Er war mir auf Anhieb sympathisch. Ich mochte seine offene Art.

»Gut geraten.«

»Man könnte auch sagen, das ist Menschenkenntnis. Wenn man wie ich Tag ein, Tag aus mit so vielen Menschen zu tun hat, bekommt man schon einen Blick dafür. Die Londoner sind etwas versnobter als die Oxforder. Ihr seid eher traditionell.« Er reichte mir meinen Tee und eine braune Tüte mit dem Gebäck.

»Mhm«, erwiderte ich nachdenklich. »Könntest du mir noch sagen, wo ich einen Supermarkt finde?«

»Am Ende der Straße gibt es einen kleinen Laden, der die nötigsten Lebensmittel hat. Wenn du einen richtigen Supermarkt suchst, brauchst du ein Auto.«

Ich nickte und bezahlte. »Vielen Dank. Bis bald.«

»Würde mich freuen«, verabschiedete sich Travis.

Gerade als ich das *Tolkes* verließ, brummte mein Handy. *Mum.*

»Hallo, Mum«, begrüßte ich sie.

»Geht es dir gut?«, schrie sie durch den Hörer. »Ist etwas passiert? Wo steckst du?«

»Es geht mir gut«, versuchte ich sie zu beruhigen.

»Ich sitze hier und mache mir furchtbare Sorgen«, fuhr sie fort, ohne auf meine Aussage einzugehen. »Ich wollte gerade die Polizei anrufen! Ich dachte schon, dir wäre etwas passiert. Heutzutage gibt es so viele schlimme Menschen auf der Welt.«

Dass ich für einen klitzekleinen Moment selbst gedacht hatte, dass der Taxifahrer mich um die Ecke bringen wollte, behielt ich lieber für mich.

Stattdessen versicherte ich ihr noch einmal, dass es mir gut ging. »Ich hätte dich gleich angerufen, aber vorher wollte ich unbedingt noch schnell einkaufen. Der Kühlschrank war komplett leer, und auch sonst war nichts im Haus.«

Mum schnaubte laut in den Hörer. »Hast du mir nicht erzählt, dass die Frau, die dir das Haus vermietet hat, den Kühlschrank auffüllen wollte?«

»Ja. Ich schätze, sie hat es vergessen.« Tatsächlich hatte ich mich auch schon gefragt, was passiert war. In den E-Mails, die ich mit der Vermieterin ausgetauscht hatte, hatte ich einen ganz ordentlichen Eindruck gehabt.

Ein Auto fuhr brummend an mir vorbei.

»Wo bist du?«, fragte Mum misstrauisch. Ich erzählte ihr von meiner abenteuerlichen Anreise und der Fahrt ins Dorf. »Ich habe dir ja gleich gesagt, dass das eine Schnapsidee war.«

»Mum, fang nicht wieder von vorne an. Ich kann doch nicht immer bei dir wohnen. Ich bin achtundzwanzig. Es wird Zeit, dass ich mein Leben selbst in die Hand nehme und auf eigenen Füßen stehe.«

Ich hatte noch nie alleine gewohnt. Erst bei meinen Eltern, während des Studiums in einer WG und dann mit Jasper.

»Vielleicht hast du recht«, gab sie zögerlich zu. »Aber ich bin deine Mutter, und Mütter haben die Eigenschaft, dass sie sich immer Sorgen um ihre Kinder machen. Das verstehst du natürlich jetzt noch nicht, aber warte ab, bis du selbst Kinder hast.«

Zum jetzigen Zeitpunkt war die Wahrscheinlichkeit, dass ich in absehbarer Zeit Mutter werden würde, ungefähr gleich null. Jasper hatte immer großen Wert darauf gelegt, meinen Zyklus genau zu kennen, was ich immer als ein wenig befremdlich empfunden hatte. Als uns bei einem unserer letzten Male Sex das Kondom geplatzt war, war er völlig aus dem Häuschen gewesen. Als ich ihn gefragt hatte, warum er so panisch sei, hatte er mir erklärt, dass er nur so besorgt sei wegen seiner Karriere, die gerade in Schwung gekommen war. Ein Kind wäre für ihn zu diesem Zeitpunkt eine unnötige Belastung. Er hatte so überzeugt geklungen, dass ich ihm geglaubt hatte. Im Nachhinein zweifelte ich an seinen Worten. Wahrscheinlich hatte er nur nicht gewollt, dass ich schwanger wurde, weil er sich in Annie verliebt hatte.

Tränen hatten sich in meine Augen geschlichen. Ich schluckte.

»Liebling?«, holte mich Mums Stimme aus meinen Gedanken.

»Ja. Entschuldige, ich war nur gerade abgelenkt. Hier ist ziemlich viel los.«

Die zweite Notlüge an diesem Tag. Damit hatte ich noch hundertachtundneunzig Lügen offen, bevor ich den Bevölkerungsdurchschnitt erreicht hatte. Verstohlen wischte ich mir die Tränen weg. Hoffentlich hatte niemand gesehen, dass ich öffentlich weinte.

»Viel los!« Mum schnaubte. »Ich dachte, das ganze Dorf hat nur 2206 Einwohner, und die sind alle auf der Straße?«

»Da hat sich aber jemand erkundigt!«

»Natürlich. Ich muss doch wissen, wohin meine Lieblingstochter geht.«

»Ich bin deine einzige Tochter«, erinnerte ich sie.

»Als ob ich das nicht wüsste. Trotzdem bist du nicht mein einziges Kind. Da ist ja schließlich noch William. Auf den Fotos im Internet sah das Dorf recht nett aus. Sehr provinziell, aber schön.«

»Ist es auch.« Leises Donnergrollen war zu hören. Besorgt sah ich nach oben. Es konnte jeden Moment anfangen zu regnen. »Du, ich muss jetzt Schluss machen. Ich melde mich später noch einmal bei dir.«

»Vergiss es nicht!«

»Nein, versprochen. Bis nachher.« Ich legte auf.

Begleitet von leisem Donnergrollen fuhr ich bis zum Ende der High Street, wo sich der Supermarkt befand – wobei der kleine Tante-Emma-Laden der Definition von ›Supermarkt‹ nicht gerecht wurde. Es gab genau vier Regalreihen, in denen man das Nötigste an Grundnahrungsmitteln fand. Der Besitzer, ein grauhaariger Mann mit krummem Rücken und Händen so groß wie Klodeckeln, stand hinter der Kasse und beobachtete mich genau, während ich den Einkaufswagen mit Lebensmitteln füllte. Ich spürte seine Blicke in meinem Rücken brennen, als ich mich dem Weinregal näherte. Kurzentschlossen packte ich eine Flasche französischen Rotwein in meinen Einkaufskorb, zusammen mit einer Tüte Chips und einer Packung Erdnüsse. Dann ging ich zur Kasse, wo mich der Mann bereits erwartete.

»Haben Sie alles gefunden, was Sie gesucht haben?« Sein Blick fiel auf die Flasche Wein.

»Ja, vielen Dank«, versicherte ich und zog meine Geldbörse aus der Tasche.

Ich hatte keine Lust, mich länger zu unterhalten. Ich wollte nur noch zurück zum Cottage und mich mit einem Glas Wein und den Chips unter der Bettdecke verkriechen.

»Gut.« Er tippte die Preise in die altertümliche Kasse ein. »Brauchen Sie eine Tüte?« Er deutete auf meinen Berg von Lebensmitteln.

»Eine Tüte wäre großartig. Vielen Dank«, murmelte ich.

»Macht zehn Cent extra!«

So wie er es sagte, klang es, als ob ich gerade dabei war, ein Schwerverbrechen zu begehen. Hatte ich etwas falsch gemacht?

»Wir legen sehr viel Wert auf unsere Umwelt«, beantwortete er meine stumme Frage.

»Das ist gut.« Wortlos legte ich die zehn Cent auf den Tresen.

Der Kassierer schnipste mit den Fingern. Wie aus dem Nichts tauchte ein junger Mann neben ihm auf und machte sich sogleich daran, meine Einkäufe in der Tasche zu verstauen. Der Laden mochte klein sein, aber zumindest verstand man es hier, seine Kunden zufriedenzustellen.

»Darf ich Ihnen die Einkäufe zum Auto bringen?«, fragte mich der junge Helfer freundlich. Dabei ruhte sein Blick bewundernd auf mir.

Ich schätzte ihn auf siebzehn, im besten Fall achtzehn. Er hatte markante Gesichtszüge und strahlend grüne Augen. Er wäre ein hübscher Kerl, wären da nicht die vielen Pickel gewesen, die sein Gesicht verunstalteten.

»Ähm, ich bin mit dem Fahrrad da«, erklärte ich.

Der Ladenbesitzer und der Junge tauschten Blicke, die ich nicht zu deuten wusste.

»Haben Sie mal nach draußen geschaut? Sieht verdammt nach Regen aus«, meinte der Junge schließlich.

»Ich habe nur ein Fahrrad, außerdem bin ich nicht aus Zucker.«

»Sollten wir sie nicht lieber fahren?« Der Teenager sah fragend zu dem Älteren. Der Mann nickte zustimmend.

»Nein, vielen Dank. Es geht wirklich«, wehrte ich ab.

Nach meinem Erlebnis mit dem Taxifahrer zog ich es vor, nach Hause zu radeln. Allerdings war ich gerührt von der Fürsorge der beiden. Ich schnappte mir die Tüte.

»Alles klar. Dann bis bald«, verabschiedete mich der Junge mit leuchtenden Augen.

Schwer beladen ging ich nach draußen. Mein Fahrrad stand noch immer dort, wo ich es gelassen hatte. Eilig machte ich mich daran, die Tüte im Korb zu verstauen, dann fuhr ich los.

Ich war keine hundert Meter gefahren, als es donnerte. Instinktiv trat ich schneller in die Pedale. Vielleicht hätte ich doch das freundliche Angebot der beiden Männer annehmen sollen. Dicke Wolken, deren Bäuche schwer nach unten hingen und aussahen, als würden sie jeden Moment platzen, zogen über das Städtchen hinweg. Einige wenige Anwohner hetzten über den Gehweg. Die Ladenbesitzer waren dabei, die Auslagen nach drinnen zu schaffen. Ein sicheres Zeichen dafür, dass es jeden Moment losgehen würde.

Ich bog rechts ab auf die Straße, die zum Cottage führte. Ein Donnerknall ließ mich zusammenzucken. Ich fuhr, als wäre der Teufel persönlich hinter mir her. Schon als Kind hatte ich Angst vor Gewittern gehabt.

Eine kräftige Windbö zog durch die Straße. Die Blätter der Bäume raschelten laut, die Büsche bogen sich demütig zur Seite. Einige Haarsträhnen wirbelten mir vors Gesicht und versperrten mir die Sicht. Genervt wischte ich mir die lästigen Strähnen aus den Augen.

Die ersten Tropfen landeten platschend auf meinem Kopf. *Verdammt!* Wie es aussah, würde ich es nicht schaffen, ohne nass zu werden. Das hatte mir noch zu meinem Glück gefehlt! Fluchend fuhr ich weiter.

Um mich herum herrschte unheimliches Zwielicht, das lediglich durch die Blitze, die über den Himmel zuckten, unterbrochen wurde. Innerhalb von Minuten war ich bis auf die Knochen durchnässt. Wasser lief mir über das Gesicht. Ich war den Tränen nahe. So hatte ich mir meinen ersten Tag im Dorf nicht vorgestellt!

Ich sehnte mich zum ersten Mal seit der Trennung nach unserer komfortablen Wohnung.

Die Lichter eines Autos huschten in der Ferne über die Straße. Instinktiv lenkte ich mein Rad an den Fahrbahnrand. Der Regen hatte sich mittlerweile zu einer grauen Wand verdichtet. Ich blinzelte. Das Auto näherte sich mit hoher Geschwindigkeit. Innerhalb weniger Sekunden hatte es mich erreicht und fuhr mit nur wenigen Zentimetern Abstand an mir vorbei.

Platsch!

Eine Ladung Wasser spritzte mir direkt ins Gesicht. Für einen Moment war alles um mich herum verschwommen. Ich blinzelte und wischte mir mit der Hand über die Augen. Mein Vorderrad schlitterte über die Straßenkante auf den weichen Untergrund. Ich geriet ins Schlingern. Das Fahrrad rutschte und kippte zur Seite. Mit einem Schrei ging ich zu Boden und landete im Gras. Die Rücklichter des Wagens verschwanden hinter dem nächsten Hügel.

Mistkerl!

Mühsam rappelte ich mich auf und kam zum Sitzen. Jetzt waren meine Klamotten nicht nur nass, sondern auch noch komplett versaut. Braune und grüne Flecken säumten den hellen Stoff. Bei dem Sturz musste ich schlimm aufgeschlagen sein, denn ich entdeckte einen riesigen Riss über dem Knie, aus dem Blut hervorquoll. Außerdem war mir kalt. Ich schlotterte am ganzen Körper. Um mich herum lagen die Lebensmittel verstreut, die ich gekauft hatte. Das Leben meinte es nicht gut mit mir.

Tränen mischten sich mit dem Regen, der unablässig auf mein Gesicht fiel. Ich kam mir schrecklich alleine vor. Was hatte ich mir nur dabei gedacht, in ein einsames Cottage zu ziehen, in einem Dorf, dessen Namen die meisten Besucher noch nicht einmal richtig aussprechen konnten?

Die Strophen eines alten Hits kamen mir in den Sinn. *All by myself. Don't wanna be …* Ich wusste nicht, ob ich lachen oder weinen sollte – also tat ich beides. Ich weinte um meine verlorene Liebe, darüber, dass ich alleine war und nicht wusste, was ich mit meinem Leben anfangen sollte. Mein ganzes persönliches Elend brach über mich herein.

Ich wusste nicht, wie lange ich schon im Regen saß und heulte, als ich von einem hellen Licht geblendet wurde. Schützend hielt ich die Hand vors Gesicht. Eine Tür wurde zugeknallt. Mein Herz setzte einen Schlag aus, als sich Schritte näherten.

»Miss!« Eine bekannte Stimme rief nach mir.

Wie in Zeitlupe hob ich meinen Kopf. »Sie?«

Ich traute meinen Augen nicht. Vor mir stand die schlanke Gestalt meines Zugnachbarn.

Er sah mich bestürzt an. »Was machen Sie denn hier?«

Mit zwei Schritten war er bei mir.

»Gehen Sie weg!« Ich wedelte mit der Hand in der Luft, als wollte ich eine Herde Schafe verscheuchen. »Lassen Sie mich allein.«

Der Fremde blieb stehen. Sein Blick glitt über mich hinweg. Ich musste ein Bild des Jammers bieten. Nass. Mit Haaren, als hätte jemand eine Ladung Vollkornspaghetti über meinen Kopf geschüttet. Blutend und weinend.

»Kommen Sie, ich helfe Ihnen.«

»Ich will nicht«, wehrte ich mich wie ein kleines Kind.

»Sie sind total nass.«

»Ich sitze gerne im Regen.«

Seine Mundwinkel zuckten. »Ihre Einkäufe gehen alle kaputt.«

Ich schob trotzig die Unterlippe vor. »Macht nichts.«

»Jetzt seien Sie doch vernünftig«, appellierte er an mich. »Sie holen sich noch den Tod bei dem Regen.«

Ich verschränkte die Arme vor der Brust. »Ist mir egal.«

»Hey, das bringt doch nichts, außer dass Sie morgen krank im Bett liegen, während Ihr Typ sich mit einer anderen vergnügt.«

Ich sah zu dem Mann hoch. Tropfen fielen auf mein Gesicht. Ich blinzelte. Sein letzter Satz hallte in meinen Ohren. Irgendwie hatte er recht. Jasper hatte es gar nicht verdient, dass ich mich wegen ihm aufgab.

Starke Arme packten mich und hoben mich hoch. Der Tweedstoff seiner Jacke kratzte auf meiner Haut, aber mein Retter roch gut.

Moschus und Hölzer. Mmm, sehr angenehm.

Er strich mir die nassen Strähnen aus dem Gesicht.

»Kopf hoch. Morgen sieht die Welt wieder anders aus. Meine Güte, Sie sind ja halb erfroren.« Er warf mir seine Jacke über die Schultern.

Ich nickte stumm, die Lippen fest aufeinandergepresst. »Hüpfen Sie rein.« Der Mann fummelte mit einer Hand an der Wagentür.

Mit einem Ruck riss er die Tür auf und ließ mich vorsichtig auf den Vordersitz seines Wagens gleiten. Regungslos blieb ich sitzen und ließ diesem nicht endenden Strom von Tränen freien Lauf. Ich zitterte am ganzen Körper, und meine Zähne klapperten so laut, dass sie mein Schluchzen übertönten.

Der Mann rutschte auf den Sitz neben mir. »So schlimm wird es schon nicht sein.«

»Doch, noch viel schlimmer.«

Ich fror entsetzlich. Wasser lief mir den Rücken und den Bauch herunter. Ich kam mir vor wie ein Schneemann, der langsam in der Sonne schmolz.

»Als Erstes bringe ich Sie nach Hause.« Sein Blick fiel auf mich. »Sie haben doch ein Zuhause?«

Fast hätte ich laut gelacht. »Little Brown Cottage.«

»Wirklich?« Mein Retter runzelte die Stirn. »Ich wusste nicht, dass jemand dort wohnt.«

»Ich habe es für drei Monate gemietet.«

»Erstaunlich. Na dann wollen wir mal.« Er startete den Motor.

»Wieso erstaunlich?«

»Es hätte sich im Dorf herumsprechen müssen, dass jemand dort einzieht.«

Ich deutete auf den Korb mit den Lebensmitteln. »Meine Sachen.«

»Natürlich.« Ohne zu zögern, sprang er aus dem Wagen.

Wer war der Mann, und warum war er so nett zu mir?

Einen Moment später waren meine Einkäufe – oder besser gesagt das, was davon noch übrig war – auf dem Rücksitz verstaut und wir fuhren den schmalen Weg zum Cottage entlang. Im Gegensatz zu

Archies alter Karre schien es dem Rover keine Mühe zu bereiten, über den holprigen Lehmweg zu fahren.

»Da wären wir!« Der Mann stoppte den Wagen, und wir stiegen aus. »Haben Sie einen Schlüssel?« Er machte eine Kopfbewegung zur verschlossenen Tür.

Ich fummelte ungeschickt mit steifen Fingern nach dem Schlüssel in meiner Hosentasche. Ein stechender Schmerz fuhr durch mein Bein, als ich mein Gewicht darauf stützte. »Autsch!«

Der Fremde kam sofort zu mir und stützte mich, bis wir an der Tür waren. Ich zitterte wie Espenlaub. Meine Finger und Zehen fühlten sich taub vor Kälte an.

»Vielen Dank für Ihre Hilfe«, versuchte ich ihn abzuwimmeln. Ich wollte allein sein.

»Ich gehe nicht, bevor ich mir nicht die Wunde am Knie angesehen habe«, erwiderte er, schloss die Tür auf und schob sich an mir vorbei in den Flur.

Seufzend gab ich nach und führte ihn ins Wohnzimmer. Die Dämmerung hatte eingesetzt und tauchte das Zimmer in schummriges Licht.

»Setzen Sie sich«, befahl er.

Erleichtert, endlich im Trockenen zu sein, sank ich in die weichen Polster. Zu meiner Überraschung kniete sich der Mann vor mich auf den Boden.

»Als Erstes müssen wir Ihre nassen Klamotten ausziehen. Sie holen sich noch den Tod.« Er machte sich an meinen Schuhen zu schaffen. Ich stieß einen protestierenden Laut aus. »Ich akzeptiere keine Widerrede!« Der zweite Schuh ging zu Boden. Der Fremde kam wieder auf die Füße. »Ziehen Sie die Jacke aus, ich mache solange Feuer.« Er deutete mit einer Kopfbewegung zum Kamin.

Ich richtete mich auf. Unbeholfen schob ich die Jacke zur Seite, die er mir umgelegt hatte, und fummelte an den Knöpfen meiner eigenen Jacke herum.

»Warten Sie.« Mit geübten Bewegungen öffnete er die Knöpfe und zog die Jacke von meinen Schultern. Meine Bluse lag wie eine zweite Haut an meinem Körper. Noch dazu war sie durchsichtig. Verschämt kreuzte ich die Arme vor meiner Brust. »Keine Sorge.« Anscheinend hatte er meine unsicheren Blicke bemerkt. »Ich bin Arzt. Darf ich?«

Ein Arzt also. Hm. Das hörte sich zumindest seriös an. Nach kurzer Abwägung der Umstände ließ ich ihn gewähren. Blitzschnell hatte er die Bluse geöffnet und mir den nassen Stoff ausgezogen. Als die kalte Luft auf meine nackte Haut traf, schauderte ich.

»Meine Güte, Sie sind eiskalt!«

Mit einem Ruck hatte er die Jeans von meinen Beinen gezogen. Achtlos fiel sie zu Boden. Nur noch in meinem alten verwaschenen Baumwollslip und BH lag ich auf dem Sofa. Trotz der Kälte wurde mir plötzlich heiß. Meine Wangen brannten, als ob jemand einen Flammenwerfer darauf halten würde.

Der Arzt schnappte sich die Decke, die über der Stuhllehne hinter ihm hing, und legte sie mir über die Schultern. Dankbar zog ich den wärmenden Stoff über meiner Brust zusammen. Mein Knie pochte schmerzhaft.

»Jetzt heizen wir hier erst einmal ordentlich ein, und dann hole ich meinen Notfallkoffer aus dem Auto«, erklärte er.

Der Regen prasselte gegen die Scheiben der Verandatür, während sich mein Helfer an dem Kamin zu schaffen machte. Ich beobachtete verstohlen, wie er das Holz schichtete und scheinbar mühelos das Feuer entfachte. Es dauerte keine zehn Minuten und der Kamin verströmte eine wohlige Wärme.

Mein selbsternannter Retter sah mich fragend an. »Geht es besser?«

Ich nickte stumm, noch immer mit den Tränen kämpfend. Das Zittern hatte nachgelassen.

»Ich bin gleich wieder da!« Er eilte aus dem Zimmer.

Ich starrte in den Kamin, wo die Flammen gierig am Holz nagten. Feuer hatte schon immer eine beruhigende Wirkung auf mich gehabt, und ich entspannte mich langsam. So hatte ich mir meinen ersten Abend wahrlich nicht vorgestellt.

Schritte hallten durch den Flur. Der Arzt kam zurück ins Wohnzimmer. Er hatte eine altertümlich wirkende braune Tasche dabei.

»So, jetzt lassen Sie mich mal sehen.« Zu meiner Überraschung zog er eine Brille aus seiner Jackentasche.

Mit dem Horngestell auf der Nase sah er aus wie ein Gelehrter. *Irgendwie sexy.*

Vorsichtig tastete er mit den Fingern den Bereich rund um die Wunde ab. Dort, wo er mich berührte, prickelte die Haut.

»Tut das weh?« Er drückte auf eine Stelle, die geschwollen aussah. Ich verneinte. »Gut. Ich glaube, es ist nichts Ernstes, aber die Wunde muss gesäubert und verbunden werden, damit keine Entzündung entsteht«, erklärte er. Seine braunen Augen musterten mich aufmerksam durch die Brille.

»Ja, natürlich«, presste ich hervor. Ich hatte aufgehört zu weinen.

»Gut.« Er klappte die Tasche auf und zog eine Flasche heraus, bei der es sich wahrscheinlich um Desinfektionsmittel handelte. »Das kann jetzt ein wenig wehtun«, bestätigte er meine Annahme.

Ich verzog das Gesicht. Das Zeug brannte wie Hölle, und ich war kurz davor, laut zu schreien.

»Die Wunde ist ganz schön tief. Vielleicht ist es doch besser, wenn ich Sie mit ein, zwei Stichen nähe.«

»Was?« Ich richtete mich auf. »Muss das wirklich sein?«

»Ich denke schon.« Er machte sich an seiner Tasche zu schaffen. »Sie haben da einen ziemlich tiefen Schnitt.«

Ich schluckte, als ich das Monstrum von Spritze sah. Das Ding war so groß, dass man ein Pferd damit hätte betäuben können.

»Nur ein kurzer Pieks«, versuchte er mich zu beruhigen.

Leider ohne Erfolg. Ich ballte die Hände zu Fäusten und biss mir auf die Lippe, als er das Riesending in meine Haut versenkte.

Sekunden später hatte ich die Prozedur überstanden. Ermattet und mit klopfendem Herzen sank ich zurück in die Sofakissen.

Der Arzt tippte mit dem Zeigefinger auf die Gegend rund um die Wunde. »Spüren Sie noch etwas?«

Ich verneinte. Die Lippen fest aufeinandergepresst, beobachtete ich, wie der Arzt sich an die Arbeit machte. Die Spritze hatte ihr Werk getan, und ich spürte absolut nichts.

Nach zwei Stichen legte er die Nadel beiseite. »Das war's.« Er klebte ein medizinisches Pflaster auf die Stelle. »In zehn Tagen müssen wir die Fäden ziehen. Ich glaube nicht, dass eine Narbe zurückbleibt.«

»Okay«, antwortete ich schwach.

Seine wunderschönen Augen musterten mich kritisch. »Geht es Ihnen gut?«

»Ja, ja.« Ich winkte ab. »Das war einfach ein bisschen viel heute.« Mich überkam eine bleierne Müdigkeit.

Er nickte und klappte seine Tasche zu. »Haben Sie eine Schmerztablette im Haus?«

»Keine Ahnung.«

Er reichte mir ein Röhrchen mit Tabletten. »Die sind relativ stark. Wenn Sie Schmerzen haben, können Sie eine halbe davon nehmen. Das sollte reichen.«

»Danke, Dr …« Ich stockte. Der Mann hatte mich gerettet, und ich wusste noch nicht einmal seinen Namen.

»Harry Lisiter«, kam er mir zu Hilfe.

»Amelie Walsh.« Ich reichte ihm förmlich die Hand. »Danke, Dr Lisiter.«

»Kann ich noch etwas für Sie tun?«

»Nein, ich glaube nicht.« Ich überlegte kurz. »Oder doch. Könnten Sie mir noch meine Sachen bringen? Der Kühlschrank ist leer, und ich habe auch sonst nichts im Haus. Mrs Cook hat mir zugesichert, dass die Küche mit dem Notwendigsten ausgestattet ist.«

»Betty?« Dr Lisiter fuhr sich mit der Hand über das Kinn.

»Sie kennen sie?«

»Mrs Walsh, wir sind in Chipping Campden. Hier kennt jeder jeden«, versicherte er mir schmunzelnd. Dabei bildeten sich zwei Grübchen auf seinen Wangen. »Normalerweise ist Betty äußerst zuverlässig.«

»Hm.«

»Ist Ihnen wärmer oder soll ich noch eine Decke holen?« Seine Augen scannten jeden Millimeter meines Gesichts.

Unsicher rutschte ich auf meinem Po hin und her. Ich mochte es nicht, wenn Menschen mich derart intensiv ansahen.

Im Hintergrund prasselte das Kaminfeuer. Ansonsten war es bis auf ein leises Donnergrollen in der Ferne still um uns herum.

»Alles gut.« Ich bestätigte meine Worte mit einem Kopfnicken.

Tatsächlich fühlte ich mich deutlich besser. Das Gefühl war in meine Finger und Füße zurückgekehrt.

»Das ist gut. Ich geh dann mal und hole die Sachen.« Mit diesen Worten ging er nach draußen.

Mit klopfendem Herzen sah ich ihm hinterher. Harry Lisiter – ich meinte natürlich *Doktor* Harry Lisiter – war ein recht passables Exemplar seiner Gattung. Hochgewachsen, schlank, sportliche Figur,

mit einem Po, der nicht von schlechten Eltern war – wie zwei Apfel-
bäckchen. Wäre ich nicht gerade in tiefer Trauer gewesen, wäre der
Doktor durchaus ein Mann von Interesse gewesen. Aber im Moment
hatte ich definitiv andere Sorgen.

Mit einem Mal wurde mir bewusst, dass ich noch immer in meiner
alten Unterwäsche auf dem Sofa saß. So schnell es ging, erhob ich
mich. Bis Dr Lisiter zurück war, konnte ich mich schnell umziehen.

Ich humpelte in den Flur. Die Wunde tat nicht weh, was mit Sicherheit an den Nachwirkungen der Betäubung lag. Sehr gut. Das machte
die ganze Sache einfacher. Ich ging die Treppe hoch zum Schlafzimmer, wo der Koffer noch immer auf dem Bett lag.

Rasch holte ich Jeans, ein Shirt und frische Unterwäsche heraus
und humpelte ins Badezimmer. Ein Blick in den Spiegel genügte, um
mir zu zeigen, dass ich genauso beschissen aussah, wie ich mich
fühlte. Meine Haut war fleckig vom Weinen, die Augen gerötet. Das
bisschen Wimperntusche, das ich heute Morgen aufgetragen hatte, lag
verschmiert unter meinen Augen. Meine Haare sahen aus, als hätte
ein Vogel darin genistet. Ich fuhr mit den Fingern durch das Chaos.
Eine Bürste hatte ich nicht – die lag sicher in meinem Koffer.

»Amelie?«

Mist! »Ich bin im Badezimmer!«

Ich schlüpfte in meine Sachen. Keine Sekunde zu spät.

Es klopfte an der Tür. »Ist alles okay mit Ihnen?«

»Ja!« Ich riss die Tür auf und wäre fast mit dem Arzt zusammen-
gestoßen, der direkt dahinter stand.

»Ihnen scheint es tatsächlich wieder besser zu gehen«, stellte er
grinsend fest.

Ich trat einen Schritt vor. »Habe ich doch gesagt.«

»Trotzdem sollten Sie halblang machen. Das war ein anstrengender
Tag für Sie, noch dazu haben Sie eine Spritze bekommen. Das war
zwar nur eine örtliche Betäubung, aber die belastet den Kreislauf zusätzlich«, ermahnte er mich. »Ich habe den Korb in die Küche gestellt. Bis auf das Obst habe ich alles in den Kühlschrank getan.«

Der Mann war wirklich zu gut, um wahr zu sein.

»Ich weiß gar nicht, wie ich Ihnen danken soll. Erst lesen Sie mich
von der Straße auf und versorgen meine Wunden, dann räumen Sie
auch noch meine Lebensmittel in den Kühlschrank.«

»Bitte machen Sie sich deshalb keine Sorgen. Ehrlich gesagt habe ich mich gefreut, als ich Sie wiedergesehen habe.«

»Oh.« Unsere Blicke kreuzten sich. »Wirklich?« Ich verspürte ein leichtes Kribbeln in der Magengegend.

»Ja, ich habe im Zug ganz vergessen, Sie nach Ihrem Namen zu fragen.«

»Ach so.«

Unsere Gesichter waren keine Handbreit voneinander entfernt. Sein warmer Atem streichelte meine Wange. Schweigen legte sich über uns wie eine dämpfende Decke.

»Tja.« Er trat einen Schritt zurück. »Ich denke, ich geh dann mal.«

»Ja.« In meinem Kopf herrschte ein absolutes Vakuum.

»Und Sie sind sicher, dass Sie alleine zurechtkommen?«

Ich zwang mich zu einem Lächeln. »Dank Ihnen bin ich ja jetzt bestens versorgt.«

»Ich gebe Ihnen zur Sicherheit meine Privatnummer.« Er tastete mit den Händen die Brusttasche seiner Jacke ab. Sekunden später zog er ein Stück Papier und einen Stift hervor. Ich beobachtete, wie er mit seinen feingliedrigen Fingern etwas notierte. »Hier.« Er reichte mir den Zettel. »Sie können mich Tag und Nacht anrufen.«

»Danke, aber ich denke, das wird nicht nötig sein.«

Für einen winzigen Augenblick verschwand das Lächeln von seinem Gesicht. »Man kann nie wissen.«

Ich begleitete ihn nach unten. Es war angenehm warm im Flur, was dem Feuer im Kamin zu verdanken war. Ich folgte ihm bis zur Haustür.

»Auf Wiedersehen, Doktor Lisiter«, verabschiedete ich ihn.

Der Regen hatte aufgehört.

»Hoffentlich bis bald, Mrs Walsh.« Seine Augen blitzten auf

»Ja, bis bald.«

Ein Lächeln zierte sein ebenmäßiges Gesicht. »Auf Wiedersehen.«

Ich sah ihm hinterher, bis er ins Auto stieg und losfuhr. Seufzend schloss ich die Haustür. Das Bein hatte angefangen zu schmerzen, und ich sehnte mich nach meinem Bett. Ich würde noch Mum anrufen und dann hoffentlich schnell schlafen.

Harry

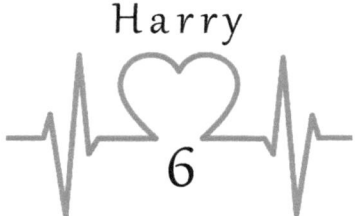

6

»Hi, Jake«, begrüßte ich meinen besten Freund. »Du wirst nicht glauben, was mir heute passiert ist.« Ich klopfte ihm brüderlich auf die Schulter.

»Hallo, Kumpel. Du bist ja völlig aus dem Häuschen.« Jake musterte mich kritisch.

Um uns herum herrschte lebhaftes Treiben. Um diese Uhrzeit war das *Red Lion* brechend voll. Am Tresen drängte sich eine Gruppe Männer, und auch die Tische waren bis auf den letzten Platz besetzt. Redgy, der Besitzer, stand hinter der Zapfanlage und füllte die Gläser auf. Unter seinen hochgekrempelten Ärmeln blitzten die muskulösen Unterarme auf, die jeden umstehenden Mann schmächtig erscheinen ließen.

»Kann man wohl sagen.« Ich gab Redgy ein Zeichen. Der Wirt nickte. Jake und ich waren Stammkunden in seinem Pub, und wir verstanden uns auch ohne viele Worte. »Aber erst einmal brauche ich ein kühles Ale.«

»Ich habe uns zwei Plätze freigehalten.« Jake deutete auf zwei Stühle rechts vom Tresen. Redgy hatte in der Zwischenzeit die Biere gezapft und schob sie uns gekonnt über den Tresen. Die Gläser rutschten über das glatte Holz um in Armlänge vor uns zum Stehen zu kommen.

»Auf uns!« Ich prostete Jake zu und nahm einen kräftigen Schluck. Das Bier lief mir eiskalt die Kehle hinunter. »Ah, das tut gut.«

»So, und nun schieß los«, forderte mich Jake auf.

»Ich habe eine Frau kennengelernt ...«, erzählte ich.

»Kenne ich sie?«

»Nein, aber wenn du mich ausreden lassen würdest, dann wüsstest du mehr«, ermahnte ich ihn und berichtete von meinen Erlebnissen des heutigen Tages.

»Und du hast sie behandelt?«

»Ja klar. Was hätte ich sonst tun sollen? Ich bin schließlich Arzt.« Jake lachte laut auf. Ich sah meinen Freund düster an. »Das ist nicht witzig!«

»Und wie sieht die Kleine so aus?«, wechselte er das Thema.

»Sie hat das Gesicht einer Madonna.«

»Oha!«, kommentierte Jake zwischen zwei Schlucken Bier.

»Ja, wenn ich es dir sage! Sie hat große blaue Augen, eine Stupsnase und einen Mund, den man am liebsten küssen möchte.«

Amelies zarte Gestalt tauchte vor meinen Augen auf, wie sie halb nackt vor mir auf dem Sofa lag. Ich war zwar Arzt, aber ich war auch ein Mann. Natürlich hatte ich die zarten Rundungen ihrer vollen Brüste ebenso registriert wie die milchige Haut ihrer schlanken Schenkel und die langen Beine, die unter der Decke hervorgelugt hatten.

»Sie hat 'ne tolle Figur.«

»Ist das alles, was du mir gibst – sie hat eine tolle Figur?« Jake schürzte verächtlich die Lippen. »Ein paar mehr Infos dürfen es schon sein.«

»Sei mir nicht böse, aber ich finde, das reicht an Informationen.«

Der Stachel von Jakes Betrug an mir saß noch immer tief. Es hatte eine Weile gedauert, bis wir nach der Sache mit Rylee wieder normal miteinander hatten reden können. Frauen waren nach wie vor ein wunder Punkt zwischen uns.

»Und, wirst du sie wiedersehen?«, bohrte er weiter.

Ich nahm einen weiteren kräftigen Schluck. »Für einen Bürgermeister bist du ganz schön neugierig.«

»Hey, ich bin hier als dein Freund und nicht als Bürgermeister.«

»Da hast du auch wieder recht.« Seufzend setzte ich das Bier ab. »Sie ist frisch getrennt von ihrem Mann und macht nicht gerade den Eindruck auf mich, als hätte sie irgendein Interesse daran, mich wiederzusehen. Was ich ihr in ihrer Situation nicht verdenken kann. Wären wir uns unter anderen Umständen begegnet, hätte ich sie um ein Date gebeten.«

»Wer weiß, was noch passiert.«

»Nein, ich bin mir ziemlich sicher, dass sie lieber alleine ist. Schade, dass die nettesten Frauen entweder anderweitig vergeben«, ich warf Jake einen vielsagenden Blick zu, »oder nicht interessiert sind.«

Er klopfte mir kumpelhaft auf die Schulter. »Du wirst auch noch deine Traumfrau finden.«

»Das hoffe ich doch schwer.«

Wir prosteten uns zu.

Amelie

7

Ich wurde von einem dumpfen Klopfen geweckt. Verschlafen richtete ich mich auf. Mein Blick fiel auf den Wecker neben dem Bett. Es war kurz nach neun.

Die Sonne fiel durch das Fenster. Staubpartikel tanzten im goldenen Licht. Der Himmel strahlte in einem leuchtenden Blau. Anscheinend hatte das Wetter über Nacht eine überraschende Wendung genommen.

Es trommelte erneut gegen die Haustür. Wer konnte das sein?

Ich schlüpfte schwerfällig aus dem Bett. Jeder Knochen tat mir weh, und die Wunde an meinem Knie pochte leicht.

Nachdem der Arzt gegangen war, hatte ich mir einen Tee gemacht. Zu mehr war ich nicht fähig gewesen. Dann hatte ich mich mit letzter Kraft nach oben ins Schlafzimmer geschleppt und war in einen unruhigen Schlaf gefallen. Immer und immer wieder war ich den vergangenen Tag in Gedanken durchgegangen. Erst gegen Morgen war ich fest eingeschlafen.

»Hallo?« Eine fremde Stimme rief von draußen.

Barfuß und nur in Shirt und Boxershorts eilte ich, so schnell ich konnte, die Treppe nach unten.

»Hallo. Jemand zu Hause?«, drang eine Frauenstimme durch die Haustür.

Ich riss die Tür mit einem Ruck auf.

»Hi«, begrüßte mich eine schlanke Frau mit langen braunen Haaren und einem sympathischen Gesicht.

Sie hatte einen Korb in der Hand, der mit einem Tuch abgedeckt war. Ich schätzte sie auf Anfang dreißig. Sie war lässig in Jeans und Shirt gekleidet, was nicht darüber hinwegtäuschen konnte, dass sie eine äußerst sportliche Figur hatte.

»Hi.« Ich fuhr mir verschlafen mit der Hand durch die Haare.

Wahrscheinlich sah ich verheerend aus. Ich hatte es gestern noch nicht einmal mehr geschafft zu duschen und war so, wie ich war, ins Bett gefallen.

Die Frau musterte mich interessiert. »Entschuldigen Sie bitte die Störung.« Sie streckte die Hand zu mir aus. »Ich bin Lucy. Lucy Summers. Die Besitzerin des Cottage hat mich gebeten vorbeizukommen und nach dem Rechten zu schauen. Die arme Betty liegt mit einem Blinddarmdurchbruch im Krankenhaus.«

»Amelie Walsh«, stellte ich mich vor. »Ich habe mich schon gewundert, warum Mrs Cook nicht vorbeigekommen ist, so wie wir es verabredet hatten.« Ich sah sie fragend an. »Geht es ihr denn gut?«

»Ja, sie hat die Operation gut überstanden. Sie wird wohl übermorgen aus dem Krankenhaus entlassen. Aber sie ist ziemlich angeschlagen und muss sich noch ein paar Tage schonen.« Lucys Blick wanderte zu meinen Knien. »Entschuldige, wenn ich das sage, aber du siehst selbst etwas angeschlagen aus.«

Sie war nahtlos in die persönliche Anrede übergegangen, was mir sehr willkommen war. Ich hasste steife Umgangsformen. In den Künstlerkreisen, in denen sich Jasper bewegte, war das Du ohnehin üblich.

»Ich bin gestern beim Regen mit dem Fahrrad auf der Fahrbahn ausgerutscht.«

Lucy verzog das Gesicht. »Autsch.«

»Ja, zum Glück ist ein Arzt vorbeigekommen und hat mir geholfen.«

»Du meinst, eine Ärztin?«

»Nein, das war definitiv ein Mann. Dr Harry Lisiter.«

Lucys Augen weiteten sich. »Harry?«

»Ja, genau. Er hat mich vorsorglich behandelt und die Wunde genäht.«

»*Harry* hat deine Wunde genäht?!«, wiederholte sie ungläubig.

»Ja, wieso? Der Mann ist Arzt.«

»Das ist er!« Lucy grinste breit, und ihre blauen Augen funkelten vergnügt. »Tierarzt, um genau zu sein!«

»WAS?!« Blankes Entsetzen breitete sich in mir aus. »Ich wurde von einem Tierarzt behandelt!«

»Du dachtest, er wäre ein normaler Arzt?«

Ich nickte. »Er hat zumindest nichts Gegenteiliges gesagt.«

Der Mistkerl hatte mich angelogen. Dabei hatte er so vertrauensvoll gewirkt.

Warum war ich nur so leichtgläubig? Ich musste in Zukunft vorsichtiger sein.

Lucy lachte. »Herrlich! Das muss ich Rylee erzählen.«

Angesichts so viel geballter Fröhlichkeit konnte ich nicht anders und fiel in das Lachen ein.

»Oh mein Gott. Ich wäre zu gern dabei gewesen und hätte das gesehen!« Sie kicherte.

»Das erklärt, warum er eine so riesige Spritze benutzt hat«, sagte ich grimmig.

Ich zeigte ihr mit der Hand die Größe der Spritze auf, was dazu führte, dass Lucy erneut in einen Lachkrampf verfiel.

»Na warte, wenn ich den erwische, kriegt er was zu hören!« Ich hob die geballte Faust in die Luft.

»Ach, Harry ist ein ganz lieber Kerl, der seinen Beruf sehr ernst nimmt.« Lucys Mundwinkel zuckten. »Ich bin mir sicher, er hatte nur dein Bestes im Sinn. Und ein Tierarzt ist nichtsdestotrotz ein Arzt.« Sie kicherte erneut.

»Das habe ich gemerkt. Aber sag mal, möchtest du nicht reinkommen?« Ich machte eine Handbewegung zum Flur. »Ich hoffe, dich stört die Unordnung nicht. Ich bin gestern erst angekommen, und nach dem Sturz habe ich einfach alles liegen gelassen, so wie es war.«

»Das ist völlig okay.« Lucy strahlte und folgte mir ins Innere. »Ich habe dir ein paar Lebensmittel mitgebracht, damit du fürs Erste hier draußen überleben kannst.«

Sie ging schnurstracks in Richtung Küche. Anscheinend war es nicht das erste Mal, dass sie hier zu Besuch war.

Auf dem Esstisch lag noch die Einkaufstüte von gestern. Daneben das Obst in einer Holzschale. Meine benutzte Tasse stand in der Spüle. Ansonsten war alles einigermaßen aufgeräumt.

»Tut mir leid, ich habe nur schwarzen Tee, den ich dir anbieten kann«, entschuldigte ich mich.

Lucy winkte ab. »Mach dir deshalb mal keine Sorgen. Ich habe alles dabei. Was hältst du davon, wenn du dich unter die Dusche schwingst und ich uns solange einen Kaffee mache?«

»Ich trinke keinen Kaffee, aber ein Tee wäre toll.«

»Von mir aus auch Tee.« Sie schlug das Tuch auf dem Korb zurück und zog eine Packung Kaffee, Tee, Müsli, Marmelade, etwas Käse, Joghurt, Milch und eine Tüte mit frischen Brötchen und Croissants hervor. »Ich wusste nicht, was du magst, deswegen habe ich einfach von allem etwas mitgebracht.«

Sie wurde mir mit jeder Sekunde sympathischer. Mein Magen meldete sich knurrend zu Wort.

Lucy lächelte. »Wie es sich anhört, hat da jemand Hunger.«

»Ich sterbe, wenn ich nicht gleich was zu essen bekomme«, gestand ich.

»Gut, dann decke ich den Tisch, und du beeilst dich, bevor du mir aus den Latschen kippst. Du bist ein wenig blass um die Nase.«

»Vielen Dank.« Ich war überwältigt von so viel Gastfreundschaft.

»Ach, keine Ursache. Dafür sind Nachbarn doch da.« Sie schenkte mir ein strahlendes Lächeln. »Meine Tochter und ich wohnen gleich am Ortseingang, keine zehn Minuten zu Fuß von dir entfernt. Gleich daneben befindet sich mein Yoga-Studio.«

Sie ging zum Herd, wo der Wasserkessel stand.

»Das bist du!«, rief ich erstaunt aus. »Dein Yoga-Studio ist einer der Gründe, warum ich mich entschlossen habe, nach Chipping Campden zu kommen.«

»Ach wirklich?« Lucy füllte den Kessel mit Wasser.

»Ja. Ich praktiziere schon seit Jahren Yoga. Das hilft mir, mich zu entspannen. Welche Richtung unterrichtest du? Jivamutki, Iyengar, Kundalini oder Hatha?«

»Ich merke schon, du kennst dich aus. Ich gebe Kurse in Hatha, aber auch Jivamutki. Kundalini war nie so mein Ding.«

»Dann geht es dir wie mir. Diese ewigen Gesänge gehen mir auf die Nerven.«

Wir lachten.

»Das ist ja cool. Dann freue ich mich auf dich.« Lucy sah zu mir hoch. »Wenn wir noch lange quatschen, ist der Tee fertig, bevor du geduscht hast.«

Ich grinste. »Da hast du absolut recht. Ich bin gleich wieder da. Gib mir fünf Minuten.«

»Zehn sind auch okay.« Sie zwinkerte mir zu.

***

Tatsächlich wurden es zwölf Minuten, bis ich geduscht und angezogen wieder in der Küche stand. Es roch wunderbar nach frisch gebrühtem Tee und Brötchen. Lucy hatte es sich an dem kleinen Küchentisch gemütlich gemacht und schaute auf ihr Handy.

Sie sah zu mir hoch. »Da bist du ja.«

»Es hat doch etwas länger gedauert«, entschuldigte ich mich.

Ich ließ mich auf dem Stuhl ihr gegenüber nieder. Sie hatte den Tisch ansprechend gedeckt. Bei dem Anblick der krossen Brötchen lief mir das Wasser im Mund zusammen und mein Magen meldete sich lautstark zu Wort. Verschämt fasste ich mir an den Bauch.

»Kein Thema.« Sie deutete auf den Becher vor mir. »Tee?«

»Unbedingt.«

Sie griff nach der Kanne und füllte meinen Becher auf. »Hier, ist eine Spezialmischung von Travis.«

»Du meinst den vom *Tolkes*?«

»Genau den. Wie ich sehe, hast du den wichtigsten Laden von ganz Chipping Campden schon kennengelernt. Das *Tolkes* ist das beste Café weit und breit.«

Neugierig nahm ich einen Schluck von dem heißen Gebräu. Der Tee war stark und mit einem kräftigen Aroma.

»Mmm. Das tut gut.« Ich setzte den Becher ab.

»Sag ich doch.« Lucy nickte zufrieden. »Entschuldige meine Neugier, aber was hat dich nach Chipping Campden verschlagen?«

Sie war direkt – das gefiel mir.

»Ich brauchte eine Auszeit«, erklärte ich mit finsterer Miene.

»Das kommt mir bekannt vor«, antwortete Lucy mitfühlend. »So bin ich damals auch wieder zurück nach Chipping Campden gekommen, nachdem mein Mann mich betrogen hat, als ich mit Harper schwanger war.«

»Oh«, war alles, was ich herausbrachte.

Ich hatte gedacht, dass ich voll in die Scheiße gegriffen hatte, aber das war weitaus schlimmer als meine Geschichte.

»Ach, schon gut. Das ist schon ein paar Jahre her. Damals ist für mich eine Welt zusammengebrochen, aber mittlerweile denke ich, dass es das Beste war, was mir passieren konnte. Ich wäre in London geblieben und hätte dort ein völlig anderes Leben geführt. Hier in Chipping Campden habe ich zu mir gefunden und erkannt, was ich wirklich möchte. Mein Bruder Jake hat mir geholfen, das Yoga-Studio zu eröffnen.« Ihre Augen strahlten.

»Das lässt mich hoffen. Wobei ich mich im Moment noch ziemlich verloren fühle«, gestand ich ihr. Ein Kloß hatte sich in meinem Hals gebildet. Ich schluckte dagegen an.

»Das ging mir damals auch so«, versicherte Lucy. »Noch dazu hatte ich ein Baby und war gezwungen, mit dem Vater Kontakt zu halten.«

»Das ist bei mir zum Glück nicht der Fall.«

Ich konnte nur ahnen, was Lucy damals durchgemacht hatte. Ich hatte mir immer Kinder gewünscht, aber Jasper hatte mich stets vertröstet, wenn das Thema zur Sprache gekommen war. Im Nachhinein musste ich ihm dankbar dafür sein. Eine Trennung mit Kind wäre deutlich schwieriger. Aber noch wusste ich überhaupt nicht, ob ich mich trennen wollte. Was wäre, wenn Jasper mich um Verzeihung bitten würde? Würde ich ihm verzeihen können und noch einmal von vorne anfangen?

»Harper ist das Beste, was mir passieren konnte«, sagte Lucy im Brustton der Überzeugung.

Ich spielte nachdenklich mit einer Haarsträhne. »Wie alt ist deine Tochter?«

»Sechs. Sie kommt dieses Jahr in die Schule.« Stolz schwang in ihrer Stimme mit.

»Sechs Jahre schon!« Lucy sah so jung aus.

Sie lachte. Anscheinend hatte sie meine Gedanken erraten. »Ich bin früh Mutter geworden.«

Wir schwiegen für einen Moment. Jeder hing seinen Gedanken nach. Ich dachte daran, wie es gewesen wäre, wenn Jasper und ich ein Kind gehabt hätten. Hätte er mich dann auch betrogen?

»Aber du hast ja noch nichts gegessen«, nahm Lucy den Gesprächsfaden wieder auf. »Du musst unbedingt die Marmelade probieren, die macht eine der Yogiletten selbst, und sie schmeckt einfach köstlich.«

Ich runzelte die Stirn. »Yogiletten?«

»So nennen sich meine Yoga-Mädels. Ein verrückter Haufen.« Sie sah mir in die Augen. »Du würdest gut zu uns passen. Hast du Lust, Freitag zu einer Probestunde zu kommen?«

64

»Ich wüsste nicht, was ich lieber täte«, erwiderte ich schmunzelnd.

»Natürlich solltest du vorher deinen Arzt«, sie machte mit den Fingern Gänsefüßchen in die Luft, »fragen, ob du Sport machen darfst.«

»Haha. Sehr witzig. Der kann mir gestohlen bleiben.« Ich nahm einen Biss vom Brötchen. Augenblicklich legte sich der fruchtige Geschmack von frischen Erdbeeren auf meine Zunge.

»Sei nicht zu hart zu dem lieben Harry. Er hat es bestimmt nur gut gemeint.«

Ich dachte daran, wie rührend er sich um mich gekümmert hatte. Wahrscheinlich hatte Lucy recht. Er war wohl tatsächlich nur besorgt um mich gewesen und hatte die Tatsache, dass er Tierarzt war, einfach aus Rücksicht unterschlagen.

»Vielleicht, aber ein bisschen Strafe muss sein. Schließlich hat er mich in dem Glauben gelassen, dass er Arzt ist.«

»Ist er ja auch.« Lucy grinste. »Aber eben nicht für Menschen.«

Wir lachten beide. Es tat gut zu lachen. Die letzten Wochen waren von einer tiefen Traurigkeit und Wut überschattet gewesen.

Lucy warf einen Blick auf die Uhr an ihrem Handgelenk. »Ach du meine Güte.« Mit einem Satz war sie auf den Füßen. »Ich muss los, meine erste Stunde beginnt in zwanzig Minuten.«

»Wie schade.« Ich hätte noch Stunden mit ihr zusammensitzen und plaudern können.

»Ja, das finde ich auch.« Sie kramte in ihrer Tasche. »Kann ich dir noch bei etwas helfen?«

Ich ließ meinen Blick durch die Küche wandern. »Nein, ich glaube nicht. Dank dir bin ich fürs Erste bestens versorgt.«

»Hier.« Sie reichte mir ihre Visitenkarte. »Da steht meine Nummer drauf. Du kannst mich gerne anrufen, wenn du Hilfe brauchst. Ansonsten sehen wir uns spätestens am Freitag zum Yoga. Ach, und wenn du einen wirklichen Arzt brauchst, gehst du am besten zu Dr Rylee Adams. Sie ist die hiesige Allgemeinärztin und echt gut. Das sage ich nicht nur, weil sie meine Freundin ist. Sie ist übrigens auch hierhergezogen, allerdings aus London. Hat sich in meinen Bruder verliebt.« Lucy grinste breit.

Wie es aussah, war in diesem Ort jeder mit jedem irgendwie verbandelt.

Ich nahm die Karte entgegen. »Danke für den Tipp!«

»Wir Frauen müssen doch zusammenhalten.«

Ich musste an Annie denken.

»Das dachte ich auch immer«, brummte ich.

Lucy sah mich fragend an, sagte jedoch nichts. Wahrscheinlich machte sie sich ihren eigenen Reim darauf. Schweigend gingen wir zur Tür.

»Es war nett, dich kennenzulernen.« Sie reichte mir die Hand. »Ich freue mich auf Freitag.«

»Ich mich auch.«

Ich sah der schlanken Gestalt hinterher. Zumindest hatte ich bereits eine Verbündete gefunden. Das war eine mehr als in Oxford.

***

Den restlichen Tag verbrachte ich damit, mein neues Zuhause unter die Lupe zu nehmen. Obwohl die Möbel starke Abnutzungsspuren aufwiesen und die Elektrik im Haus veraltet war, strahlte das Cottage eine Gemütlichkeit aus, wie man es nur selten fand. Ich fühlte mich schon zu Hause.

Alles passte auf eine eigenartige Art zusammen. Das Wohnzimmer mit den alten abgewetzten Chesterfield-Sofas war mein Lieblingsraum. Von hier hatte man einen fantastischen Blick auf den Garten und die Hügellandschaft der Cotswolds, die sich dahinter erhob.

Ich ließ mich auf das Sofa fallen und starrte nach draußen. Meine Gedanken wanderten zu Jasper. Ich dachte daran, wie wir uns kennengelernt hatten. Ich war gerade dabei gewesen, meine Masterarbeit in Kreativem Schreiben zu schreiben, und hatte mich in mein Zimmer verkrochen, als meine Mitbewohnerin vorbeigekommen war. Sie erzählte aufgeregt von einer Feier, wo die Absolventen der Schauspielklasse ihren Abschluss feierten. Ich hatte kein Interesse, mit irgendwelchen Fremden Party zu machen, aber sie redete so lange auf mich ein, bis ich schließlich einwilligte mitzukommen. Ich zog eine Jeans und eine Bluse über, schlüpfte in meine Sneakers und band meine Haare zu einem lockeren Bun zusammen. Da ich auf Make-up nie sonderlich viel Wert gelegt hatte, trug ich lediglich ein wenig Wimperntusche und eine getönte Tagescreme auf. Meine Mitbewohnerin hatte sich deutlich mehr Mühe gegeben, aber das war mir egal. Ich ging schließlich nur mit, um vor den anderen nicht als Spaßbremse dazustehen.

Bereits beim Betreten des Hauses, in dem die Party stattfand, bereute ich meine Entscheidung. Ein buntes Völkchen aus Künstlern und Schauspielern verstopfte die Gänge – allesamt in Partylaune. Ich kam mir dazwischen wie das hässliche graue Entlein vor. Der Moment, als wir den Raum betraten und ich Jasper das erste Mal sah, war mir bis heute im Gedächtnis, als wäre es gestern erst geschehen.

Jasper stand inmitten einer Gruppe von Kommilitonen und gestikulierte wild, während er eine Geschichte zum Besten gab.

Ich war sofort von seiner Ausstrahlung gefangen. Von ihm ging etwas Charismatisches aus. Seine blauen Augen, die wie das Meer an sonnigen Tagen schimmerten, wanderten unruhig durch den Raum und blieben zu meiner großen Überraschung an mir hängen. Als sich unsere Blicke trafen, hatte ich das Gefühl, die Welt um mich herum würde stillstehen. Leider kam meine Mitbewohnerin dazwischen und forderte mich auf, ihr zur Bar zu folgen. Nur widerwillig löste ich mich.

Die ›Bar‹ war ein Tapeziertisch, hinter dem zwei Typen standen und fröhlich abkassierten. Es gab Bier und Wein. Kaum hatten wir unsere Getränke in der Hand, wurden wir von einer Gruppe Männer belagert, die uns in ein Gespräch verwickeln wollten. Einer der Kerle kam mir ziemlich nahe. Ich wollte gerade die Flucht ergreifen, als Jasper plötzlich neben mir stand.

»Da bist du ja. Ich habe dich überall gesucht.« Mit diesen Worten ergriff er meine Hand und zog mich weg.

Kichernd folgte ich ihm. Kaum dass wir außer Sichtweite waren, stellte er sich vor. »Hi, ich bin Jasper.«

»Amelie.« Ich bewunderte sein markantes Gesicht und den geschwungenen Mund.

Er fragte mich, was ich hier machte. Ich erzählte ihm von meinem Studium. Schon nach kürzester Zeit befanden wir uns in einem Gespräch über Bücher, Theater und Filme. Es zeigte sich, dass wir beide eine Vorliebe für Filme von Guy Richie und Quentin Tarantino hatten. Wie ich liebte er es, ins Kino zu gehen.

Als mich Jasper spät in der Nacht angetrunken und vom Abend berauscht nach Hause begleitete, war es bereits um mich geschehen. Der

Abschiedskuss weckte die Sehnsucht nach mehr in mir. Ich machte in jener Nacht kein Auge zu, und als Jasper am nächsten Morgen nach einem Date fragte, zögerte ich keinen Moment.

Schon am nächsten Abend ging ich mit ihm ins Bett. Seit diesem Tag waren wir ein Paar und verbrachten jede freie Minute miteinander. Wir träumten davon, durch die Welt zu reisen und gemeinsam Abenteuer zu erleben. Ich zog aus meiner Wohngemeinschaft aus und bei Jasper ein. Obwohl die Wohnung klein und schäbig war, war ich glücklich dort.

Während ich meine Masterarbeit beendete, hatte Jasper seine ersten Auditions. Kleine Rollen für Werbefilme, die unsere Miete und den täglichen Bedarf zahlten. Wir hatten keine hohen Ansprüche und waren zufrieden mit dem, was wir hatten.

Dann kam die erste Nebenrolle in einem Fernsehfilm.

Ein Lächeln huschte über mein Gesicht bei dem Gedanken daran, wie wir damals des Nachts auf dem Dach des Hauses gesessen und Jaspers Erfolg bei einer Flasche Sekt gefeiert hatten. Damals hatte er mich gefragt, ob ich ihn heiraten würde. Lachend war ich ihm um den Hals gefallen und hatte unter Tränen *Ja* gesagt.

Mum war außer sich gewesen, als ich ihr am nächsten Tag davon erzählt hatte. »Du kennst den Mann doch kaum!«

Aber ich war auf diesem Ohr taub gewesen. Auch die Bedenken meiner Familie in Bezug auf eine übereilte Hochzeit schlug ich in den Wind. So kam es, dass Jasper und ich fünf Monate, nachdem wir uns kennengelernt hatten, in der City Hall standen und von einem Beamten mit roten Socken getraut wurden.

Kurze Zeit später feierte Jasper seinen Durchbruch als Schauspieler. Obwohl ich meinen Master in der Tasche hatte, konzentrierte ich mich darauf, Jasper zu unterstützen. Ich übernahm die Hausarbeit und probte mit ihm seine Texte. Ich war es, der er als Erste seine Rolle vorspielte, was mich mit ungeheurem Stolz erfüllte. Ich war glücklich, auch wenn ich meine Freunde und meine Eigenständigkeit manchmal vermisste.

Je bekannter Jasper wurde, desto häufiger verbrachte ich die Tage alleine. Immer öfter wurde er eingeladen und musste zu Presseterminen reisen. Am Anfang begleitete ich ihn und übernahm die Koordination seiner Termine. Doch dann wurde es immer mehr und die

Agentur riet Jasper, sich eine Agentin zu nehmen, die die Organisation übernahm.

Plötzlich begleitete Annie ihn zu allen wichtigen Terminen, während ich zu Hause vor dem Fernseher saß. Ich wurde unglücklich, aber redete mir ein, dass es besser werden würde, wenn sich erst einmal alles eingespielt hatte.

Ich stürzte mich in meine sportlichen Tätigkeiten. Die Yogamatte wurde zu meinem täglichen Begleiter, wenn ich mit dem Rad durch Oxford fuhr, um mein altes Sportstudio aus Studienzeiten zu besuchen. Gelegentlich tauschte ich die Yogamatte gegen ein Ruderboot ein und zog meine einsamen Runden über die Themse. Abends saß ich in der Wohnung und wartete darauf, dass Jasper nach Hause kam.

So wie jetzt.

Obwohl ich in Chipping Campden war, hatte sich nichts geändert. Ich saß wieder auf einem Sofa und wartete darauf, dass sich etwas in meinem Leben änderte.

Amelie

8

Die nächsten Tage verbrachte ich damit, mich häuslich im Cottage einzurichten. Ich wusch die Vorhänge, putzte das Badezimmer und klopfte die alten Teppiche aus. Das Haus duftete nun frisch nach dem Weichspüler, den ich verwendet hatte. Außerdem lenkte mich die Arbeit ab, wenn die Einsamkeit mich zu überrollen drohte.

Nachdem in den letzten Tagen Regen und Gewitter das Wetter bestimmt hatten, schien heute die Sonne vom Himmel herab. Ich beschloss, mich um das Fahrrad und den Garten zu kümmern.

Ich ging nach draußen in den Garten. Die Terrasse war mit hellen Terrakottafliesen überzogen. Eine Sitzecke aus alten Holzmöbeln stand darauf. Der Garten, der zum Cottage gehörte, war riesig. Überall wuchsen Blumen, deren Namen ich nicht kannte und die den Rasen wie einen ein bunten Fleckenteppich aussehen ließen. Ich hatte mir immer einen kleinen Garten gewünscht, aber in Oxford waren die Grundstückspreise in den letzten Jahren derart gestiegen, dass wir uns kein Häuschen in der Stadt hatten leisten können.

Ich ging zum Schuppen, wo das Fahrrad untergestellt war, nachdem ich es wieder von der Straße eingesammelt hatte. Ich hatte mir bereits einen Eimer mit Wasser und Putzmittel bereitgestellt. Summend machte ich mich an die Arbeit. Putzen hatte etwas Beruhigendes auf mich. Ich wienerte so lange, bis das Metall silbrig glänzte und vom Rost befreit war. So sah das Rad zumindest ganz passabel aus. Jetzt musste ich mich nur noch um die Bremse und die Gangschaltung kümmern. Die Kette konnte auch ein paar Tropfen Öl gebrauchen.

Ich suchte im Schuppen nach Werkzeug. Tatsächlich wurde ich schon nach kurzer Zeit fündig. Da ich in Oxford bereits so viel mit dem Fahrrad gefahren war, hatte ich gelernt, kleinere Reparaturen selbst vorzunehmen. Jasper hatte in dieser Hinsicht zwei linke Hände und Ausbesserungen aller Art immer mir überlassen.

Konzentriert machte ich mich an die Arbeit. Nach knapp einer Stunde hatte ich das Rad so weit auf Vordermann gebracht, dass man problemlos längere Strecken damit fahren konnte. Gutgelaunt befestigte ich den Korb mit einer zusätzlichen Schelle, damit ich auch schwere Einkäufe problemlos transportieren konnte, ohne dass er abbrach.

Ich trat einen Schritt zurück und betrachtete mein Werk. Der schwarze Lack und die silbernen Felgen glänzten im Sonnenlicht. Bis auf wenige abgeplatzte Stellen sah das Fahrrad wieder wie neu aus. Zufrieden stellte ich es in den Schuppen zurück. Zumindest war ich jetzt mobil und musste nicht auf die Dienste von *Grumpy Archie*, wie ich ihn getauft hatte, zurückgreifen. Wir waren uns noch einmal im Dorf begegnet, wo er mich zu meiner Verwunderung angesprochen und nachgefragt hatte, wie ich in dem alten Haus zurechtkäme. Als ich meinte, es wäre alles in bester Ordnung, hatte er sich am Kopf gekratzt und einen Namen gemurmelt, der wie ›Mary‹ geklungen hatte. Auf meine Nachfrage hatte er wie üblich nur geschwiegen und mich mit diesem komischen Archie-Ausdruck angesehen. Ich für meinen Teil hatte beschlossen, dass Archie ein Eigenbrötler war, der keiner Seele etwas zuleide tat, und meinen Frieden mit ihm geschlossen. Das sollte mir genügen.

Ich schlenderte durch den Garten und bewunderte das Meer an Blumen. Bienen flogen von einer Blüte zur nächsten. Schmetterlinge segelten scheinbar schwerelos durch die Luft. Sanft strich ich mit den Fingern über das Gras. Es war herrlich warm und der Himmel wolkenlos.

Einer spontanen Eingebung folgend, legte ich mich mit ausgebreiteten Armen auf den weichen Untergrund und schloss die Augen. Sonnenflecken bildeten sich hinter meinen geschlossenen Lidern, während die Sonnenstrahlen mein Gesicht kitzelten. Das Gras raschelte leise im Wind. Es war wunderbar ruhig.

Meine Gedanken wanderten zu Jasper. Was er wohl gerade machte? Ob er an mich dachte? Würde es ihm hier genauso gut wie mir gefallen?

Für einen Moment stellte ich mir vor, wie es wohl sein würde, wenn Jasper hier wäre. Wir würden zusammen auf der Veranda sitzen und dabei einen kühlen Weißwein trinken, während die Sonne im

Hintergrund versank. Wir würden uns lieben und uns ewige Liebe schwören.

Nein. Jasper war ein Stadtmensch. Die Wahrscheinlichkeit, dass er aufs Land ziehen würde, belief sich auf null. Davon abgesehen, dass er in Annies Armen lag. Ich schluckte. Was war passiert, dass wir von einem total verliebten Pärchen zu einem Ehepaar mutiert waren, das sich nichts mehr zu sagen hatte?

Zum hundertsten Mal in den letzten Wochen ging ich im Geiste den Abend unseres Hochzeitstages durch. Hätte ich nicht auf das Handy geschaut, wüsste ich mit ziemlicher Sicherheit heute noch nichts von seinem Betrug an mir.

Wieso hatte ich in all der Zeit nichts davon bemerkt? Dabei hätte ich die Zeichen sehen können. Seine Ausflüchte, wenn er abends spät nach Hause kam. Das neue Aftershave, das ihn plötzlich umgab wie eine zweite Haut. Die kühle Distanz, die sich zwischen uns aufgebaut hatte und die ich mir nie hatte erklären können. Ich hatte gedacht, dass seine Arbeit und der Druck, der auf ihm lastete, damit zusammenhingen. Verdammt, ich war so naiv zu glauben, dass er mich immer lieben würde.

Ein leises Miauen ließ mich hochschrecken. Ich blinzelte und sah mich um. Dann entdeckte ich es. Ein schwarzes Kätzchen schlich durch die Wiese mit direktem Kurs auf mich. Es war winzig klein und verschwand fast völlig in dem hohen Gras. Dabei schien es überhaupt nicht scheu zu sein, denn es kam bis auf eine Armlänge an mich heran. Seine intensiven grünen Augen musterten mich neugierig.

»Was machst du denn hier?«, fragte ich mit leiser Stimme. Das Kätzchen legte seinen Kopf leicht schräg, als müsste es erst überlegen, ob es mir antworten sollte. »Hast du dich verlaufen? Wo ist deine Mutter?«

Das Tier war zweifellos noch ein Baby und auf seine Mutter angewiesen. Ich streckte die Hand nach ihm aus. Das Kätzchen reckte den Hals nach vorne, sodass seine Nase meine Hand berührte. Vorsichtig schnupperte es daran, ohne mich aus den Augen zu lassen. Es war kaum größer als meine Hand. Seine Hinterbeine waren bis zur Mitte mit weißem Fell überzogen.

Das Kätzchen miaute leise und tat einen Schritt nach vorne. Anscheinend hatte es mich für ungefährlich befunden.

72

»Du bist ja ein hübsches Ding«, flüsterte ich.

Ich strich dem Tier über den Rücken. Das Fell wirkte ein wenig struppig. Erst jetzt bemerkte ich sein Ohr. Eine Ecke war herausgerissen. Verkrustetes Blut klebte daran. Das arme Ding hatte sich verletzt. War das der Grund, warum es alleine durch die Weltgeschichte tapste? Hatten seine Brüder es verstoßen? Vielleicht hatte es seine Mutter verloren?

Ich konnte kein Halsband entdecken, das einen Hinweis auf den Besitzer gegeben hätte.

»Was ist denn da passiert?« Ich wollte die Stelle untersuchen, aber das Kätzchen wich aus. »Schon gut. Ich will dir ja nur helfen«, redete ich auf das Tier ein.

Der winzige Fellball näherte sich mir erneut. Ehe ich mich versah, machte es einen Satz und krabbelte in meinen Schoß. Dabei bewegte sich sein Schwanz wie der Zeiger eines Metronoms. Ich schätzte es auf zwei bis drei Monate. Viel zu jung, um von der Mutter getrennt zu sein.

»Bist du alleine?« Mein Blick wanderte über das hohe Gras, auf der Suche nach eventuellen Nachzüglern. Ich konnte nichts entdecken.

Das Kätzchen kuschelte sich in meinen Schoß, dabei wackelte es mit seinem verletzten Ohr. Ich kraulte es an seinem Bauch. Ein leises Vibrieren ging von dem Tierchen aus, begleitet durch ein zufriedenes Schnurren. Wie es aussah, hatte ich einen neuen Freund gefunden.

Die Sonne schien wärmend auf uns beide herab. Ich schloss die Augen und dachte nach, was ich am besten tun sollte. Ich hatte noch nie ein Haustier besessen.

Vorsichtig untersuchte ich das Tier. Soweit ich sehen konnte, hatte es bis auf das Ohr keine weiteren Verletzungen. Es war unterernährt und die Rippen stachen bedenklich hervor. Allem Anschein nach war das Tier schon zu lange alleine unterwegs.

»Was hältst du davon, wenn ich deine Wunde versorge?«, murmelte ich. »Das sieht wirklich nicht gut aus.« Die Ränder der Wunde waren ausgefranst und dick entzündet. Die Verletzung war nicht ganz frisch. »Außerdem riechst du ein wenig, wenn ich das sagen darf. Wir sind ja schließlich unter uns.« Ich lächelte traurig.

Die Katze stieß einen Laut aus, der wie eine Zustimmung klang.

»Gut. Freut mich, dass du einverstanden bist.«

Ich schlang meinen Arm um das dünne Tier. Augenblicklich versteifte sich der magere Körper. Wie dumm von mir, zu glauben, dass ich eine wildfremde, offensichtlich verletzte Katze einfach so ins Haus nehmen und versorgen konnte. Ich musste behutsam vorgehen, um ihr Vertrauen zu gewinnen.

»Hey, schon gut. Ich will dir nicht wehtun«, versuchte ich es erneut. Dabei streichelte ich sanft das Fell.

Langsam entspannte sich der kleine Körper. Schritt für Schritt näherte ich mich der Terrasse, darauf bedacht, keine hektischen Bewegungen zu machen, um das Kätzchen nicht zu erschrecken. Als wir das Haus betraten, hob das Tier neugierig den Kopf.

»Das ist das Wohnzimmer«, erklärte ich. »Dahinten ist die Küche.« Ich deutete auf die Tür, als ob die Katze mich verstehen könnte. »Wir gehen jetzt nach oben ins Badezimmer, damit ich dich waschen und versorgen kann.«

Das Kätzchen legte den Kopf auf meinen Unterarm und beobachtete von dort jeden meiner Schritte. Wer wusste, was das arme Tier alles erlebt hatte, bevor es in meinem Garten gestrandet war. Die ganze Zeit redete ich beruhigend auf das verängstigte Tier ein. Ich spürte, wie sein Herz wie verrückt gegen meinen Arm schlug.

Endlich hatte ich das Badezimmer erreicht. Ich setzte mich auf den Badewannenrand und stellte das Wasser an. Sofort stellten sich die Ohren der Katze auf. Wahrscheinlich hatte das Tier noch nie die Bekanntschaft von Wasser gemacht.

Ich griff nach dem Waschlappen, der eigentlich für mich gedacht war. »Was hältst du davon, wenn ich dich ein bisschen sauber mache?«

Zu meiner Erleichterung wehrte sich das Tier nicht, als ich es in die Wanne setzte und das warme Wasser über seinen dürren Körper fließen ließ. Im Gegenteil, es wackelte freudig mit den Ohren. Wie es aussah, hatte ich das einzige Katzentier der Welt kennengelernt, das Wasser mochte. Ich lächelte still in mich hinein. Mit ruhigen Bewegungen schäumte ich das Tier ein und wusch es ab.

Im nassen Zustand sah das Kätzchen noch erbärmlicher aus. Es zitterte am ganzen Körper wie Espenlaub. Rasch hob ich es hoch, wickelte es in ein Handtuch ein und machte mich daran, die Wunde zu säubern. Die Katze hielt erstaunlich still. Nachdem ich das verkrustete Blut gelöst und die Wunde notdürftig gereinigt hatte, betrachtete ich das Ohr aus der Nähe.

Die Ränder der Wunde waren gerötet und geschwollen. Dazu kam der schlechte Allgemeinzustand des Tieres. Es war deutlich unterernährt. Am besten, ich würde es zu einem Tierarzt bringen. Bei dem Gedanken an ein Wiedersehen mit dem attraktiven Veterinär schlug mein Herz einen Takt schneller.

Ich könnte die Katze in den Fahrradkorb legen und so zum Arzt fahren. Ich setzte sie vorsichtig auf dem Vorleger ab und holte mein Handy aus der Hosentasche, um nach der Adresse des Arztes zu googeln. Ich tippte auf das Display, um den Browser zu öffnen. *Mist!* Die Balken meines Telefonnetzes waren auf null. Leider passierte es immer wieder, dass sich das Netz verabschiedete und ich quasi von der Außenwelt abgeschnitten war.

Kurzentschlossen wickelte ich die Katze in ein trockenes Handtuch und warf das benutzte in die Badewanne. Bevor ich den Raum verließ, warf ich einen kurzen Blick in den Spiegel. Nach meinem Auftritt letzte Woche wollte ich zumindest heute einen ordentlichen Eindruck machen. Bis auf die Schatten unter meinen Augen sah ich ganz passabel aus.

Ich hielt mein Gesicht eher für durchschnittlich. Einziger Pluspunkt waren meine großen blauen Augen. Jasper hatte immer gesagt, dass sie ihn mit den goldenen Punkten darin an einen Sternenhimmel bei Nacht erinnern würden. Na ja, für Jasper hatte es sich jedenfalls *ausge-sternenhimmelt!*

Entschlossen, das Kätzchen zu retten, stapfte ich mit ihm in den Armen nach draußen.

Amelie

9

Vorsichtig legte ich das Kätzchen samt Handtuch in den Korb, sodass es sich nicht verletzen konnte. Dann fuhr ich langsam los. Das Tier hatte sich tief in das Handtuch gekuschelt, lediglich das Gesicht schaute noch aus dem rosa Stoff heraus.

Es dauerte nur wenige Minuten und die ersten Häuser von Chipping Campden kamen in Sicht. Eine alte Frau schlenderte über den Gehweg. Ich hielt an, um sie nach dem Weg zu fragen.

»Dr Lisiter!« Ein Strahlen huschte über das wettergegerbte Gesicht der Frau. »So ein charmanter Mann.«

Dem konnte ich zustimmen. Harry war tatsächlich charmant, wenn auch ein Schwindler, der sich als richtiger Arzt ausgegeben hatte. In dieser Hinsicht würde ich noch ein Hühnchen mit ihm rupfen.

»Sie müssen nur die Straße bis zur großen Kreuzung weiterradeln und dann in die nächste Seitenstraße rechts einbiegen.« Die veilchenblauen Augen der Frau musterten mich. »Sie sind neu hier.«

»Ja. Entschuldigen Sie, ich habe mich gar nicht vorgestellt. Amelie Walsh.« Ich schenkte ihr ein Lächeln. »Ich habe Little Brown Cottage gemietet.«

»Soso. Little Brown Cottage.«

Was hatte es nur mit dem Cottage auf sich, dass alle so komisch darauf reagierten?

»Und was treiben Sie hier, wenn ich fragen darf?«

Puh. Ich hatte nicht vorgehabt, jedem Einwohner, der mir begegnete, meine Geschichte zu erzählen, deshalb entschloss ich mich für eine Notlüge.

»Ich mache Urlaub«, erklärte ich in der Hoffnung, dass man mir nicht ansah, dass ich log.

Wobei, so ganz gelogen war es nicht. Ich brauchte eine Auszeit, quasi Urlaub von meinem Mann, dem Betrüger.

»Da hätten Sie sich kein besseres Fleckchen Erde aussuchen können«, bestätigte die Frau mit einem Kopfnicken. »Ich bin übrigens Mrs Perkins. Vielleicht haben Sie meinen Antiquitätenladen in der High Street schon mal gesehen.«

»Der gehört Ihnen?« Tatsächlich war mir der kleine Laden, dessen Schaufenster mit allerlei Kuriositäten gefüllt war, schon aufgefallen.

»Ja, ich habe ihn nach dem Tod meines Mannes übernommen«, erklärte mir Mrs Perkins mit Stolz in der Stimme. »Wenn Sie auf der Suche nach etwas Besonderem für das Cottage sein sollten, kann ich Ihnen bestimmt behilflich sein.«

Geschäftstüchtig war die ältere Dame also auch noch.

»Ich komme bestimmt mal vorbei, wenn ich mich etwas eingelebt habe«, erwiderte ich höflich.

»Wie lange haben Sie vor zu bleiben?« Mrs Perkins mochte alt sein, aber sie war bei wachem Verstand und hatte meinen Fehler sofort bemerkt.

»Ähm, drei Monate«, stotterte ich.

Das Kätzchen meldete sich laut miauend zu Wort. *Gut gemacht.*

Sofort wanderte der Blick der älteren Dame zu dem Tier. »Ich glaube, Sie sollten sich beeilen. Das arme Kätzchen sieht aus, als ob es Hilfe dringend nötig hätte.«

»Ja. Hat mich gefreut Sie kennenzulernen.«

»Ebenfalls.« Ihre Augen sahen gütig auf mich herab.

»Auf Wiedersehen, Mrs Perkins.« Eilig radelte ich davon. Ich merkte förmlich, wie ihre Blicke sich in meinen Rücken brannten.

»Gut gemacht«, flüsterte ich dem Kätzchen zu. Das Tier warf mir einen verschwörerischen Blick aus seinen grünen Augen zu.

Ich bog wie beschrieben um die Ecke in die kleine Seitenstraße ein. Ich bremste ab, als ich das Schild mit der Aufschrift *Tierarzt Dr Harry Lisiter* entdeckte.

Das alte Steinhaus wirkte auf gepflegt und unterschied sich bis auf das Schild über dem Eingang nicht von den anderen.

Ich hob das Kätzchen aus dem Korb und trug es die wenigen Schritte bis zum Eingang hoch. Mit leisem Summen öffnete sich die Tür, als ich den Klingelknopf drückte.

Direkt hinter dem Eingang befand sich der Empfangstresen. Eine Frau thronte dahinter und starrte mit konzentriertem Gesichtsausdruck auf das Display vor sich. Es war dieselbe Frau, die ich bereits auf dem Bahnhof in Moreton-in-Marsh gesehen hatte.

Als sie die Schritte hörte, blickte sie auf. »Guten Tag.«

Sie hatte ein herzförmiges Gesicht und leuchtend rote Lippen. Unsere Blicke kreuzten sich.

»Hallo, ich bin wegen des Kätzchens hier.« Wie zum Beweis hielt ich ihr das Tier entgegen. »Es ist verletzt.«

»Das sehe ich.« Die Sprechstundenhilfe nickte. Unauffällig schielte ich auf das Namensschild auf ihrer Bluse. *Alice Hill.* Zumindest waren sie und der Doc nicht verheiratet. »Wenn Sie mir bitte folgenden Zettel ausfüllen könnten. Sie können solange im Wartezimmer Platz nehmen.« Miss Hill reichte mir einen Bogen.

»Alles klar.« Ich schnappte mir mit der freien Hand das Blatt Papier und ging in den Raum, der direkt gegenüberlag.

Leises Stimmengemurmel schlug mir entgegen. Als ich eintrat, wurde es abrupt still. Alle Blicke waren auf mich gerichtet.

»Hi!«, grüßte ich unsicher und ließ mich auf dem nächsten freien Stuhl nieder.

Mit unverhohlener Neugier musterten mich die Anwesenden. Zwei Frauen mit je einem Hund, ein Junge mit einem Kaninchen auf dem Schoß und ein Mann, der ebenfalls eine Katze bei sich hatte.

Ich füllte den Fragebogen aus, als die Tür zum Wartezimmer aufging. »Der Nächste bitte.«

Harry Lisiter stand plötzlich im Raum. Er hatte seine dunkle Hornbrille auf und einen weißen Kittel übergezogen, der einige kleine Blutspritzer aufwies. Seine Haare waren ordentlich zurückgekämmt. Der Junge mit dem Kaninchen war aufgesprungen.

»Philipp«, begrüßte Harry ihn freundlich.

Der Junge grinste frech zurück. »Hi, Doc!«

Harrys Blick wanderte durch das Wartezimmer. Als er mich entdeckte, stieß er überrascht Luft aus. »Amelie!«

Alle Blicke wanderten erneut zu mir. Aus dem Augenwinkel sah ich, wie die beiden Frauen die Köpfe zusammensteckten und tuschelten.

Harry kam zu mir geeilt. »Was machst du denn hier?«

»Hallo, Dr Lisiter«, antwortete ich deutlich unterkühlt. Schließlich hatte mich der Mistkerl reingelegt, wenn auch nur ein bisschen.

Sein Blick wanderte zu mir und dann zur Katze, die es sich auf meinem Arm gemütlich gemacht hatte.

»Wie geht es?«, fragte er.

»Meinen Sie jetzt mich oder die Katze?«, entgegnete ich spitz.

»Ähm.« Es war ihm anzusehen, dass er sich deutlich unwohl in seiner Haut fühlte. »Eigentlich Sie.«

»Ich bin mir nicht ganz sicher, weil mich ein Tierarzt zusammengeflickt hat.« Es fiel mir schwer, angesichts seines schuldbewussten Blickes nicht laut loszulachen.

»Dazu wollte ich dir … ähm, Ihnen noch was sagen«, stotterte er.

»Ach wirklich?« Ich tippte mit der Fußspitze auf den Boden. »Da bin ich mal gespannt, wie Sie jemandem erklären möchten, dass Sie sich als Arzt ausgegeben haben und die klitzekleine Kleinigkeit, dass Sie Tierarzt sind, vergessen haben zu erwähnen.«

Ein Raunen ging durch das Wartezimmer.

»Was halten Sie davon, wenn wir die Angelegenheit unter vier Augen besprechen?«

»Sechs Augen, meinen Sie wohl.« Ich deutete auf das Kätzchen, das unsere Unterhaltung interessiert mitverfolgte.

»Von mir aus auch sechs.« Harry nestelte unsicher an seinem Kittel herum. Er wandte sich an seine Patienten. »Das war nicht so, wie es sich angehört hat.«

Beifälliges Nicken der Wartenden. Ich biss mir auf die Unterlippe, um nicht in lautes Lachen auszubrechen.

»Wenn Sie mir nun folgen möchten«, bat er mich deutlich distanziert.

»Selbstverständlich, Doktor Lisiter«, sagte ich mit zuckersüßer Stimme, sehr zur Belustigung der anderen Patienten.

Alice kam um die Ecke gestürmt. Ihr Blick wanderte erst zu mir und dann zu ihrem Boss. »Harry, du bringst die ganze Reihenfolge durcheinander.« Sie deutete auf den Jungen. »Philipp ist vor der Dame an der Reihe.«

Philipp nickte eifrig. *Die kleine Ratte!*

»Das Kätzchen ist ein Notfall«, erwiderte Harry ruhig.

»Mein Hase hat einen Kaugummi verschluckt«, konterte der Junge.

»Schon wieder!« Harry warf ihm einen bösen Blick zu. »Ich habe dir doch gesagt, dass du ihm keinen Kaugummi geben sollst.«

»Aber Fluffy mag Kaugummi.« Der Junge machte ein Gesicht wie der Gestiefelte Kater aus dem Film *Shrek*.

Harrys Blick wanderte zu mir.

»Ja, bis es ihn irgendwann umbringen wird«, knurrte er.

»Ich kann warten«, entgegnete ich freundlich.

Sollte der Tierarzt ruhig noch eine Weile schmoren. Ich wollte es mir auf keinen Fall mit der Sprechstundenhilfe verscherzen, die alles andere als begeistert von mir aussah. Wahrscheinlich dachte sie, ich hätte mich vorgedrängelt.

»Also gut.« Seufzend winkte Harry den Jungen zu sich.

Ich nahm wieder Platz und wartete.

»Haben Sie den Fragebogen ausgefüllt?« Die Sprechstundenhilfe baute sich vor mir auf, die Hände in die Hüften gestützt.

So aus der Nähe wirkte sie irgendwie furchteinflößend. Gegen sie kam ich mir wie Schlumpfine vor.

»Ja, natürlich.« Ich hatte den Bogen neben mir auf dem Stuhl abgelegt und reichte ihn ihr.

»Sie wohnen im Little Brown Cottage!« Alice zog die Augenbraue hoch. »Dann sind Sie die Frau, von der Lucy erzählt hat.«

Wie es aussah, bewahrheitete sich gerade das Vorurteil aller Städter, das in einem Dorf nichts geheim blieb.

»Ja genau.«

Leises Murmeln im Hintergrund. Die beiden Frauen tuschelten wieder. Selbst der Mann hatte die Augen weit aufgerissen und sah mich wie ein Wundertierchen an. Die Miene der Sprechstundenhilfe hingegen wechselte von einer Sekunde auf die andere. Hatte sie eben noch grimmig ausgesehen, strahlte sie mich jetzt an.

»Aber warum haben Sie das nicht gleich gesagt? Dann hätte ich Sie und das arme Kätzchen natürlich vorgelassen.« Irritiert von dem plötzlichen Sinneswandel sah ich die Frau fragend an. »Lucy hat mir erzählt, dass Sie zu uns zum Yoga kommen wollen.«

Aha, daher weht der Wind.

»Ja, das war der Plan.« Ich deutete auf das Kätzchen. »Jetzt muss ich mal sehen.«

»Ach, die Kleinen sind zäher, als man denkt, und der hier ist ein Kämpfer.« Mrs Hill wischte meine Bedenken beiseite. »Aber bitte nenn mich doch Alice.«

Ich nickte, wobei ich mir noch immer nicht ganz sicher war, ob ich Alice mochte oder nicht. »Amelie.«

»Sehr schön.« Sie grinste.

Die Tür zum Wartezimmer ging auf, und Harry kam zusammen mit dem Jungen herausstolziert.

»Das war das letzte Mal«, warnte er den Jungen. »Noch mal, und ich behalte Fluffy bei mir.«

»Das dürfen Sie gar nicht, hat mein Dad gesagt.« Offenbar hatte Harry die Warnung schon mal ausgesprochen.

Harry sah den Jungen herausfordernd an. »Wetten?«

Der Kleine seufzte. Ohne den Tierarzt noch eines Blickes zu würdigen, schlurfte er nach draußen.

Harry

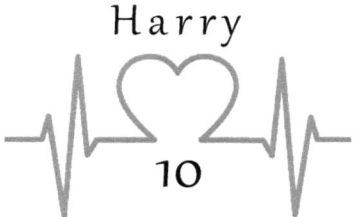

10

»Mrs Walsh.« Ich winkte Amelie zu mir.

Im trockenen Zustand sah sie deutlich besser aus als letzte Woche, wo sie wie ein nasser Cockerspaniel vor mir gesessen hatte. Die dunklen Schatten unter ihren Augen waren fast verschwunden. Ihre Haare schimmerten kastanienbraun.

»Gemütlich haben Sie es hier«, witzelte sie.

Ich ignorierte ihre Bemerkung geflissentlich. Das Sprechzimmer hatte ungefähr den Charme einer Gummizelle. Weiße Wände, gepflastert mit anatomischen Bildern von Tieren, mein Schreibtisch und in der Mitte ein Tisch, an dem ich kleinere Eingriffe vornahm. Über allem schwebte eine Halogenlampe, die selbst die schönsten Frauen wie Wasserleichen aussehen ließ. Aber dafür war alles zweckmäßig, und das war schließlich der Sinn einer Praxis.

»Wie geht es dir … ähm … Ihnen?« Mein Blick wanderte zu ihren Knien, die unter einer Jeans versteckt lagen. Ich fand es albern sie zu siezen, nachdem ich sie schon halbnackt gesehen hatte.

»Bis auf die Tatsache, dass die Wunde rot und geschwollen ist und ich heute Morgen leichtes Fieber hatte …«, Amelie machte eine kurze Pause, »eigentlich ganz gut.«

»Wirklich?« Ich sah sie bestürzt an. Mein Puls schaltete einen Gang höher. Hatte ich einen Fehler gemacht? Ich war zwar kein Humanmediziner, aber eine Wunde zu nähen war im Prinzip bei Tier und Mensch gleich. Dabei hatte ich mir bei Amelie besonders Mühe gegeben, damit keine hässliche Narbe ihr makelloses Knie verschandelte. »Ich rufe sofort Dr Adams an, dass Sie zu ihr kommen. Ich übernehme selbstverständlich die volle Verantwortung.«

Ein Kichern entwich Amelies Kehle.

»Du …« Ich schnappte nach Luft. »Du bist gar nicht krank?« Ohne nachzudenken, warf ich die förmliche Anrede über Bord.

Amelie schüttelte den Kopf und prustete los. »Nein. Es geht mir bestens.«

Das kleine Miststück hat mich reingelegt.

»Das ist also der Dank dafür, dass ich dich gerettet habe«, knurrte ich, obwohl mir zum Lachen zumute war. Die Frau hatte Humor.

»Entschuldige, aber ein bisschen Strafe dafür, dass du mir nicht gesagt hast, dass du Tierarzt bist, musste sein.« Sie hatte ebenfalls beschlossen, auf die förmliche Anrede zu verzichten.

Ich stieß einen lauten Seufzer aus. »Das tut mir wirklich leid.«

»Schon gut. Ist bereits verziehen.« Amelie lächelte, und mein Herz machte einen freudigen Hüpfer. Sie streckte mir die Hand entgegen. »Freunde?«

Ich schlug ein. »Freunde.«

Unsere Blicke trafen sich. Ich hatte das Gefühl, im Blau ihrer Augen zu versinken. Das letzte Mal, dass ich so etwas empfunden hatte, war bei Rylee gewesen. Na, und wohin das geführt hatte, wusste das ganze Dorf. Ich musste auf der Hut sein, damit ich nicht wieder in die gleiche Falle tapste. Immerhin war Amelie verheiratet, wenn auch nicht glücklich. Der Typ musste ein ziemlicher Idiot sein, dass er eine Frau wie sie betrog.

Das Kätzchen stieß ein wehleidiges Miauen aus. Abrupt ließ ich ihre Hand los. Vor lauter Aufregung hatte ich den Grund ihres Besuches völlig vergessen.

»Das ist also der kleine Patient«, stellte ich mit ernster Miene fest und wechselte in den Arztmodus.

Der Kopf des Kätzchens schaute aus dem Handtuch hervor, in das Amelie es gewickelt hatte. Die grünen Augen musterten mich interessiert. Ein gutes Zeichen. Das Tier wirkte auf den ersten Blick nicht apathisch.

Amelie erzählte mir, wie sie das Tier gefunden hatte.

»Am besten, du legst das Kätzchen auf den Tisch, damit ich es untersuchen kann«, schlug ich vor.

Das Tier protestierte, als Amelie es auf den Tisch legen wollte. Mit ganzer Kraft krallte es sich an ihr fest. Ich konnte es ihm nicht verübeln.

»Wie man sieht, hast du einen Fan.« Ich strich dem Tier über das glänzende Fell. Ein weiteres gutes Zeichen. Bei kranken Tieren war es oft glanzlos und struppig. Dieses hier wirkte wie frisch gebadet. Ich redete beruhigend auf es ein. »Du bist ja ein hübsches Kerlchen. War wohl ein ganz schöner Scheißtag? Was hast du nur gemacht?«

Endlich hüpfte die Katze von Amelies Arm auf den OP-Tisch. Ich beugte mich vor, um das Tier zu untersuchen. Dabei erhaschte ich einen Hauch von Amelies Parfüm. Wie eine Sommerwiese nach dem Regen. Ich musste mich beherrschen nicht an ihr zu schnuppern. Stattdessen schenkte ich meine ganze Aufmerksamkeit dem Kätzchen. Vorsichtig untersuchte ich meinen kleinen Patienten.

»Soweit ich es beurteilen kann, fehlt ihm nichts. Es ist, wie du bereits festgestellt hast, leicht untergewichtig. Aber es ist noch jung. Mit der richtigen Ernährung hat es das in ein paar Tagen wieder aufgeholt«, stellte ich abschließend fest. »Allerdings muss die Wunde behandelt werden. Ich werde ihm eine Spritze gegen die Entzündung geben und einen leichten Verband anlegen, damit kein Dreck in die Wunde kommt. In ein paar Tagen ist es wieder wie neu.«

»Gott sei Dank.« Amelie atmete erleichtert aus. »Was meinst du mit jung?«

Ich legte den Kopf leicht schräg. »Ich schätze, es ist neun Wochen alt. Genau kann man es nicht sagen. Hast du eine Ahnung, wem es gehören könnte?« Amelie verneinte die Frage. »Ich kann mich mal umhören, ob einer der Bauern der Umgebung eine Katze vermisst«, schlug ich vor. »Es wäre natürlich gut, wenn du dich um das Kätzchen kümmern könntest, bis der Besitzer gefunden ist.«

»Ich habe kein Problem damit, es zu behalten, bis sich der Besitzer meldet.« Ihre Stimme klang leicht unsicher, so als wäre sie über sich selbst überrascht.

»Gut. Einverstanden. Kennst du dich denn mit Katzen aus?«

»Nein, aber das kriege ich hin«, versicherte sie mir. Ihr Blick strafte sie lügen. Ihre Hand zitterte, als sie das Tierchen streichelte.

»Daran habe ich keine Zweifel.« Ich schob die Brille mit dem Zeigefinger hoch. »Ich kann dir ein Merkblatt mitgeben, auf dem die wichtigsten Punkte aufgelistet sind. Das Entscheidende ist die Versorgung der Wunde«, ich spürte ihren Blick von der Seite, »und die Ernährung. Eigentlich würde die Mutter es noch säugen.«

Die Tür zum Sprechzimmer wurde mit einem Ruck aufgezogen, und Alice kam ins Zimmer gestürmt. Ich hatte meine Sprechstundenhilfe schon hundert Mal gebeten, vorher anzuklopfen, was sie geflissentlich ignorierte. Wie fast alles, was ich ihr sagte.

»Gut, dass du da bist, aber noch besser wäre es gewesen, wenn du vorher geklopft hättest.« Ich warf ihr einen strafenden Blick zu. »Du kannst mir eine Spritze aufziehen.«

»Hände abgefallen?«, kommentierte sie angriffslustig.

Ich sah rechts und links zur Seite, als würde ich jemanden suchen. »Bist du nicht meine Sprechstundenhilfe?«

»Doch. Aber ein ›Bitte‹ und ›Danke‹ könnten äußerst hilfreich sein, wenn du etwas von mir möchtest.« Sie zwinkerte mir zu.

»Alice!« Ich hasste es, wenn sie mich vor meinen Patienten – oder besser gesagt deren Besitzern – wie einen Schuljungen behandelte.

»Harry.« Alice verschränkte die Arme vor der Brust und sah mich herausfordernd an. Eine blonde Ponysträhne fiel ihr ins Gesicht.

Aus dem Augenwinkel sah ich, wie sich Amelies geschwungener Mund zu einem breiten Grinsen verzog. Ich zuckte resigniert mit den Schultern. Wenn Alice auf Kampf gebürstet war, hatte es keinen Sinn, mit ihr zu argumentieren. Schon gar nicht, wenn eine attraktive Frau mit im Raum war.

»Liebe Alice, wärst du so nett und würdest mir bitte eine Spritze aufziehen?«

»Nichts, was ich lieber täte«, flötete sie.

Ich wandte mich wieder Amelie zu. »Hast du schon einen Namen für den Stubentiger?«

»Miss Pettigrew«, kam es wie aus der Pistole geschossen. *Ein eigenartiger Name.* »Ich hatte als Kind eine Stoffkatze mit dem Namen«, erklärte sie.

Anscheinend hatte sie meine Gedanken erraten.

»Für ein Mädchen eine hervorragende Wahl, aber Miss Pettigrew ist ein Kater.« Ich konnte mir ein breites Grinsen nicht verkneifen.

»Oh.« Eine flammende Röte ergoss sich über ihr Gesicht.

»Wie wäre es mit Zorro?«, mischte sich Alice in das Gespräch ein.

Amelie runzelte die Stirn. »Zorro?«

»Das hier sieht aus wie ein Z.« Alice deutete auf die Wunde am Ohr. Ich kam etwas näher. Tatsächlich verlief eine schmale Linie von dem Riss, die aussah wie ein Z. »Und die Hinterbeine sehen aus, als würden sie in weißen Stiefeln stecken.«

Amelie gluckste leise. »Zorro!« Sie strich dem Kater über das Fell. »Was meinst du? Gefällt dir der Name?«

Das Tier hob den Kopf und sah seine Retterin mit grünen Augen an. Dabei wedelte es fröhlich mit seinem Schwanz.

»Ich werte das als ein Ja«, sagte Amelie lächelnd.

Zorro stieß ein tiefes Maunzen aus. Alice reichte mir die silberne Spritze, damit ich dem Tier eine Ladung Antibiotikum verpassen konnte.

»Die sieht aus wie die Spritze, die du mir verpasst hast«, sagte Amelie prompt.

»Du hast was?!« Alice' Augen blitzten angriffslustig.

»Das erkläre ich dir später«, erwiderte ich zackig. Ich hatte keine Lust, das zweite Mal an diesem Tag bloßgestellt zu werden. »Also gut, Zorro. Dann musst du jetzt ganz tapfer sein.« Ich gab Alice ein Zeichen, den Kater festzuhalten. Blitzschnell versenkte ich die Nadel in Zorros Fell. Der Kater stieß ein empörtes Miauen aus, dann war der Spuk vorbei. »Jetzt müssen wir nur noch die Wunde verbinden.«

Alice nahm die Spritze entgegen und reichte mir das Verbandsmaterial.

»Hast du die Wunde gesäubert?«, fragte ich Amelie.

»Ja, warum?« Ihre Stimme klang piepsig.

»Weil ich es nicht besser hätte machen können«, lobte ich sie.

Die Wundränder waren ohne Dreck oder Kruste, lediglich leicht gerötet. Allerdings nicht so, dass ich mir Sorgen machen musste. Vorsichtig tupfte ich die Ränder mit Desinfektionsmittel ab. Anschließend versorgte ich die Wunde mit einer Salbe, die die Entzündung rausnehmen und die Wundheilung fördern sollte.

»Du bist ein tapferer Kerl. Ganz wie dein Frauchen«, lobte ich das Tier, was dieses mit einem lang gezogenen Miauen beantwortete.

Amelies Blick ruhte auf mir. Sie hatte wirklich die schönsten blauen Augen, die ich je gesehen hatte. Wie zwei Kristalle, in denen sich das Licht brach und tausendfach zersplitterte.

Ich hob das Tierchen hoch und übergab es ihr. »Warte kurz. Ich möchte dir noch etwas geben.« Ich eilte zum Kühlschrank, wo ich Medikamente und Katzenmilch aufbewahrte. Ich reichte Amelie eines der kleinen Fläschchen. »Am besten, du probierst gleich mal aus, ob es klappt.«

»Danke.« Sie lächelte, als sie das Fläschchen entgegennahm.

Sie setzte sich auf den Stuhl und hielt dabei den Kater wie ein Baby auf dem Arm. Zorro saugte sofort gierig an dem Fläschchen.

»Er trinkt.« Amelies strahlendes Gesicht war Belohnung genug.

Ich erwiderte ihr Lächeln. »Ja. Du wirst sehen, in ein paar Tagen macht dir der kleine Racker das Cottage unsicher.«

»Kleine Katzen sind schon was Süßes«, sagte Alice aus dem Hintergrund.

Ich wusste, dass meine Sprechstundenhilfe eine Schwäche für Hunde- und Katzenbabys hatte, wie viele Frauen. Ansonsten war sie ein echt harter Brocken, der sich nichts sagen ließ.

Das Fläschchen war im Nu leer. Der Kater stieß ein zufriedenes Schnurren aus, als Amelie die Flasche beiseitestellte.

»Na also. Geht doch«, sagte ich, zufrieden mit dem Ergebnis.

»Alice, würdest du Amelie bitte eine Dose von dem Trockenmilchpulver mitgeben? Das reicht für die nächsten Tage.«

»Wird gemacht.« Alice rauschte aus dem Sprechzimmer, was mir sehr recht war.

So konnte ich noch ein paar Worte mit Amelie wechseln, ohne dass sie zuhörte.

»Vielen Dank für deine Hilfe. Was schulde ich dir für die Milch und die Behandlung?«

Ich winkte ab. »Nichts. Das ging aufs Haus.«

»Das kann ich nicht annehmen!«

»Das ist absolut kein großes Ding«, beteuerte ich.

»Nein, wirklich, das geht nicht.« Sie schüttelte den Kopf. Eine braune Strähne fiel ihr vor das Gesicht.

Ich musste mich zusammenreißen, sie ihr nicht hinter das Ohr zu schieben.

»Du könntest mit mir was trinken gehen«, schlug ich beiläufig vor.

Abrupt hob Amelie den Kopf. »Nein. Falls ich auf dich den Eindruck gemacht habe, dass ich darauf aus bin, Männerbekanntschaften zu machen, dann tut mir das leid.«

Ich hatte das Gefühl, als hätte sie mich geohrfeigt. Aus ihrem Mund klang es, als hätte ich eine Einladung zu wildem Sex ausgesprochen. Dabei hatte ich sie einfach nur ein bisschen näher kennenlernen wollen.

Amelies Wangen hatten eine tiefrote Farbe angenommen. »Ich möchte die Behandlung bezahlen, wie jeder andere Tierbesitzer auch.«

Ich seufzte. Die Heftigkeit ihrer Reaktion hatte mich überrascht.

»Amelie, ich wollte dir wirklich nicht zu nahetreten«, versicherte ich ihr.

»Kein Problem. Ich möchte nur klarstellen, dass zwischen uns …«

Sie schien nach Worten zu suchen.

»Schon gut«, beruhigte ich sie. »Ich habe verstanden. Es war wirklich nur ein harmloses Angebot, ohne Hintergedanken.«

Es war mir wichtig, dass sie mich nicht für einen dieser Typen hielt, denen es nur darum ging, eine Frau abzuschleppen.

»Gut.« Sie presste die Lippen aufeinander.

Alice kam mit einer Dose zurück.

»Ich würde vorschlagen, dass du nächste Woche noch einmal vorbeikommst, damit ich mir die Wunde ansehen kann«, verabschiedete ich Amelie. Ich reichte ihr die Hand.

Sie zögerte. »Einverstanden. Bis nächste Woche.«

Ehe ich noch etwas erwidern konnte, war sie aus dem Sprechzimmer verschwunden. Frustriert starrte ich in den Flur. So eilig hatte es noch keine Frau gehabt, von mir wegzukommen.

Amelie

11

Ich lag auf dem Sofa und starrte auf den alten Röhrenbildschirm, wo ein Krimi lief. Zorro hatte es sich auf meinem Schoß gemütlich gemacht und schnurrte leise im Schlaf. Der Verband am Ohr war ab. Keine Ahnung, wie Zorro das angestellt hatte, aber als er heute Morgen zu mir ins Bett gekrochen kam, war der Verband verschwunden. Nach einer gründlichen Untersuchung hatte ich beschlossen, deswegen nicht zum Tierarzt zu fahren, sondern auf die natürlichen Heilkräfte des Katers zu vertrauen. Die Wundränder waren gegenüber gestern völlig reizlos und die Schwellung verschwunden. Ich wollte auf keinen Fall noch mal in die Augen des attraktiven Tierarztes schauen müssen, da ich befürchtete, doch schwach zu werden und mich auf eine Einladung mit ihm einzulassen.

Das Handy brummte neben mir auf dem Couchtisch. Erschrocken fuhr Zorros Kopf hoch, und er sah mich vorwurfsvoll an. Ganz nach dem Motto: *Siehst du denn nicht, dass ich schlafe?*

Ich nahm das Handy. Das Gesicht meines Bruders leuchtete auf dem Display auf. Hastig drückte ich auf Annehmen.

»William!«, schrie ich aufgeregt in den Hörer. Ich vermisste meinen Bruder so sehr, dass ich es bis in die Haarspitzen spürte.

»Wie geht es meiner Lieblingsschwester?« Im Hintergrund waren Stimmen zu hören.

»Gut. Ich würde sagen, den Umständen entsprechend.«

»Wirklich?« William hatte schon immer ein untrügliches Gespür gehabt, wann es mir nicht gut ging.

»Ja. Ich bin nicht mehr alleine.«

»Was? Du hast einen Freund? Das ging aber schnell.«

Ich lachte. »Nein.« Zorro sah mich mit großen Katzenaugen an, die sagten: *Los, erzähl es ihm.* »Ich bin unter die Katzenbesitzer gegangen.«

»Aaaa-ha. Was ist mit Jasper? Hat sich das Arschloch gemeldet?«
Ich räusperte mich, dann holte ich tief Luft und erzählte meinem kleinen Bruder, was seit unserem letzten Telefonat alles passiert war.

»Ich hasse meinen Job«, stieß Will aus, als ich fertig war.

»Ich dachte, du liebst deinen Job!«

»Ja, schon, aber in genau solchen Momenten hasse ich ihn, weil ich nicht bei dir sein kann, wenn du mich brauchst.«

Tränen hatten sich in meine Augen geschlichen. Ich blinzelte. William und ich hatten schon immer eine enge Bindung gehabt.

»Ist schon okay. Ich komme ganz gut klar.«

»Das höre ich. Weinst du?«

Ich schniefte leise. »Nein.«

»Lügnerin.«

»Nein.«

»Doch.«

»Nur ein bisschen.«

William schwieg für einen Moment. »Ich könnte mich in den nächsten Flieger setzen und dem Arschloch samt dieser Schlampe eine reinhauen.«

Ich konnte förmlich sein Gesicht sehen, wie er grimmig in sein Handy starrte. Ich kicherte. Die Vorstellung war gar nicht so übel.

»Lieber nicht«, sagte ich stattdessen. »Ich glaube, ich bin nicht ganz unschuldig an dem Schlamassel.«

William seufzte. »Das ist mal wieder typisch Frau. Immer sucht ihr die Schuld bei euch. Was in Gottes Namen könntest du falsch gemacht haben, das Japser das Recht gibt, dich zu betrügen?«

»Ich habe mich gehen lassen«, gestand ich ihm.

»Gehen lassen?! Wie meinst du das?«

Ich hatte in den letzten Wochen viel darüber nachgedacht und war zu dem Ergebnis gekommen, dass nicht nur Jasper Schuld an der ganzen Sache hatte, sondern ich auch.

»Ich habe mich aus den Augen verloren«, erklärte ich Will. »Anstatt weiter an meinen Plänen zu arbeiten, habe ich mich ganz Jaspers Karriere untergeordnet.«

»Hm, und was hast du jetzt vor?«

Ich erzählte ihm von meinen Plänen, die nächsten drei Monate in Chipping Campden zu verbringen und mich selbst zu finden.

»Ist das nicht ein bisschen einsam?«

»Nö, ich habe ja Zorro.« Bei der Erwähnung seines Namens hob Besagter den Kopf. Ich erzählte Will von meiner Quasi-Adoption des Katers. »Ich kann nur hoffen, dass sich der Besitzer nicht meldet. Ich würde den kleinen Kerl gerne behalten.«

»Kann ich verstehen.« Ein lautes Knallen war zu hören.

»Was ist das?«, fragte ich.

»Maschinengewehr«, lautete die knappe Antwort.

Mir wurde spontan schlecht bei dem Gedanken, dass mein Brüderchen inmitten eines Kriegsgebietes saß, während ich gemütlich auf dem Sofa hockte. »Oh Gott. Geht es dir gut?«

»Amelie, das ist mein Job. Ich weiß, du kannst das nicht verstehen, aber es geht mir wirklich gut«, versicherte er mir. »Ich sehne mich nach einer heißen Dusche und einem guten Ale.«

»Wie lange musst du noch bleiben?«

»Keine Ahnung. Solange man uns hier braucht.« Jemand schrie im Hintergrund. Mein Magen vollzog eine Drehung, aber keine von der guten Sorte. »Ich muss aufhören. Die Jungs brauchen mich.« William klang gehetzt. »Ich rufe dich noch mal an, wenn es etwas ruhiger ist.«

»William? Pass auf dich auf. Ich brauche dich.«

»Das Gleiche wollte ich dir sagen.«

»Ich hab dich lieb.«

»Ich dich auch.«

Er hatte aufgelegt. Keine Sekunde zu spät, denn mein Magen hatte beschlossen, sich seines Inhalts zu entledigen. Zorro protestierte lautstark, als ich mit einem Satz vom Sofa sprang und zur Toilette stürzte.

***

Eine Stunde später saß ich auf dem Fahrrad und strampelte ins Dorf. Zorro hatte es sich auf seinem Platz im Korb gemütlich gemacht und ließ sich den Fahrtwind um die Nase wehen. Dabei stieß er ab und zu ein lautes Miauen aus, das ich als Freudenschrei einstufte.

Ich hatte mit dem Gedanken gespielt, ihn zu Hause zu lassen, aber dann angesichts der Tatsache, dass er so klein war, entschieden, ihn mitzunehmen. Vielleicht auch ein bisschen deshalb, weil ich nicht ohne ihn sein wollte.

Ich summte leise vor mich hin. Die frische Luft füllte meine Lungen. Dafür, dass ich gekotzt hatte, ging es mir erstaunlich gut.

Mein Frühstück samt des Mittagssnacks hatte das Licht der Welt ein zweites Mal erblickt, diesmal in halbverdauter Form. Kein angenehmer Anblick. Ganz abgesehen von dem Geruch. Ich hatte schon immer einen empfindlichen Magen gehabt, und der ganze Stress der letzten Wochen hatte seine Spuren hinterlassen. Die kleinste Aufregung genügte, und mein Magen spielte verrückt.

Zorro, die treue Seele, hatte die ganze Zeit neben mir verharrt und mich dabei bewundert, wie ich kotzend über der Schüssel gehangen hatte. Wahrscheinlich hatte er sich gefragt, warum ich Essen in die Toilette warf.

Als endlich alles raus war, hatte ich mich deutlich besser gefühlt. Deshalb hatte ich mich aufgerafft, meine Tasche mit den Sportsachen gepackt und war in Richtung Chipping Campden aufgebrochen, um Lucys Yogastudio das erste Mal zu besuchen.

Nach knapp einer Woche alleine hatte ich ein Bedürfnis nach Gesprächen. Weinen musste ich auch nicht mehr. Das Meer der Tränen war endlich versiegt – wie ein Brunnen, dessen Grundwasserpegel unter die Norm gesunken war.

Ich lehnte das Fahrrad gegen die Hauswand und nahm Zorro vorsichtig aus dem Korb. Sofort krabbelte der Kater meinen Arm hoch und machte es sich auf meinem Kopf gemütlich, wo er wie ein Pascha thronte und sich alles von oben ansah.

Ich klingelte. Schritte ertönten hinter der Tür.

»Amelie!« Die Tür wurde aufgerissen und Lucy stand vor mir. Sie hatte hautenge lachsfarbene Leggings an, die ihre schlanke Figur vorteilhaft zur Geltung brachten. Das Tanktop war farblich exakt auf die Hose abgestimmt. »Wie schön, dass du gekommen bist.« Ihr Blick fiel auf Zorro. »Wie ich sehe, hast du noch einen Teilnehmer mitgebracht.«

Ich lachte. »Darf ich vorstellen, das ist Zorro.«

»Sehr erfreut, deine Bekanntschaft zu machen.« Lucy grinste. »Eigentlich sind zu diesem Kurs nur Frauen erlaubt, aber in diesem besonderen Fall will ich mal eine Ausnahme machen.«

Wir lachten beide. Ich war froh, dass ich mich entschlossen hatte, trotz des kleinen Zwischenfalls herzukommen.

»Die meisten Frauen sind schon da.« Sie deutete auf meine Klamotten. »Du willst dich wahrscheinlich noch umziehen?«

»Ja. Ich habe alles dabei.« Ich zeigte auf meine Matte, die ich mir über den Rücken geschnallt hatte.

»Wie ich sehe, bist du bestens vorbereitet. Komm.« Sie winkte mir, ihr zu folgen, und führte mich in die Umkleidekabine. »Hier kannst du deine Sachen aufhängen, und falls du möchtest, kannst du nach der Stunde auch hier duschen. Zum Studio gelangst du durch den Flur über die Treppe nach oben.« Sie sah mich fragend an. »Brauchst du noch etwas?«

»Nein, ich ziehe mich nur schnell um.« Vorsichtig setzte ich Zorro vor mir auf dem Boden ab.

»Alles klar. Wir sehen uns gleich.« Lucy huschte davon.

Rasch zog ich meine Sportsachen an. Meine Klamotten hängte ich in einen der freien Schränke.

Mit Zorro auf dem Arm ging ich die Treppe hoch ins Studio. Als ich den Raum betrat, herrschte augenblicklich Stille. Lucy eilte an meine Seite.

»Das sind Amelie und Zorro«, stellte sie uns vor. »Die beiden würden gerne für die Dauer ihres Aufenthalts mit uns gemeinsam Yoga machen.«

Verzückte Rufe ertönten.

»Wie toll!«

»Klasse!«

»Was für ein süßes Kätzchen!«

Die Frauen stürzten nach vorne, um mich und Zorro zu begrüßen. Meine Bedenken, eventuell ein Eindringling in dieser eingeschworenen Gemeinschaft zu sein, waren augenblicklich verschwunden. Ich fühlte mich pudelwohl.

In der Luft hing ein schwacher Geruch nach Patschuli, der zweifellos von den Räucherstäbchen stammte, die neben einer sitzenden Buddha-Figur in einer Schale brannten.

Zorro kletterte von meinem Arm nach unten. Mehrere Frauen versammelten sich um ihn, während er pfötchenleckend und sehr malerisch mitten im Raum saß und sich bewundern ließ. *Typisch Mann.*

Eine nach der anderen stellten sich die Frauen bei mir vor. Alle machten einen sehr sympathischen Eindruck und wirkten gar nicht so ländlich, wie ich es mir vorgestellt hatte. Im Gegenteil, die Frauen waren aufgeschlossen, modern. Fast alle gingen – im Gegensatz zu mir – einer geregelten Arbeit nach. Maddie war die einzige Bäuerin unter den Frauen.

Lucy klatschte in die Hände. »Lasst uns anfangen, sonst ist die Stunde rum, bevor wir etwas getan haben!«

Ich rollte meine Matte auf einem der freien Plätze aus. Zorro kam herbeigetapst und legte sich neben mich. Ich sah aus dem Augenwinkel, wie Maddie und Shannon auf ihn deuteten und grinsten. Wie es aussah, hatte er die Mädelstruppe im Sturm erobert.

Musik setzte ein, und ich konzentrierte mich auf die Übungen.

***

»Namaste«, holte Lucys Stimme mich zurück.

Langsam öffnete ich die Augen. Die Stunde war wie im Flug vergangen. Ich fühlte mich herrlich entspannt. Meine Muskulatur war geschmeidig, und die Dehnung hatte mir gutgetan. Die Anspannung der letzten Tage war verflogen. Die Sonne war mittlerweile untergegangen, und im Studio herrschte ein angenehmes Dämmerlicht.

Zorro lag regungslos ausgestreckt vor mir und sah aus wie ein Stofftier, wären da nicht die lebhaften grünen Augen gewesen, die mich musterten. Zur Belustigung des ganzen Kurses hatte sich Zorro ebenfalls in Yoga versucht und neben mir die unmöglichsten Verrenkungen gemacht, die tatsächlich so wirkten, als hätte er verstanden, was Lucy von uns wollte.

Leises Murmeln entstand. Mehrere Frauen hatten sich aus ihren Positionen erhoben und unterhielten sich miteinander. Lucy war davongeeilt, um ein Tablett mit Tee zu holen. Ich kam mir ein wenig verloren zwischen den Frauen vor, die sich wahrscheinlich schon seit Jahren kannten.

»Wie gefällt es dir hier bei uns?«, wandte sich Shannon an mich.

»So weit sehr gut.« Ich lächelte. »Wobei ich noch nicht viel gesehen habe.«

Was der Wahrheit entsprach. Ich hatte die letzten Tage im Cottage verbracht und war nur kurz zum Einkaufen ins Dorf gefahren. Der Besitzer des kleinen Supermarkts, Mr Howard, und ich waren mittlerweile beste Freunde. Max, sein Sohn, war mein großer Bewunderer. Jedes Mal, wenn ich den Laden betrat, war Max sofort zur Stelle und trug mir meine Einkäufe. Ein Umstand, an den ich mich durchaus gewöhnen könnte. Mr Howard selbst hatte es sich zur Aufgabe gemacht, mich bei meinen Einkäufen zu beraten. Beim letzten Mal hatte er mir sogar eine Tasse Tee angeboten. Wir hatten uns zusammengesetzt, und er hatte mir von seiner verstorbenen Frau erzählt. Dabei hatte er mit so viel Liebe über sie gesprochen, dass es mir fast das Herz gebrochen hätte.

»Das müssen wir unbedingt ändern. Wie lange bist du noch hier?« Shannon sah mich fragend an.

»Noch fast drei Monate.« Mit einem Mal kam mir die Zeit gar nicht mehr so lang vor. Die erste Woche war wie im Flug vergangen.

»Wie cool. Seit Travis das *Tolkes* hat ist es schwierig geworden für uns in den Urlaub zu fahren.«

Ich zog überrascht die Augenbraue hoch. »Travis ist dein Mann?«

»Ja genau. Kennt ihr euch?«

»Ja. Ich war gleich an meinem ersten Tag dort und habe mich mit Tee und einem süßen Teilchen eingedeckt.« Allein bei dem Gedanken an die Gebäckstückchen lief mir das Wasser im Mund zusammen. »Dann hast du diese absolut fantastischen französischen Köstlichkeiten gebacken?«

Shannon errötete. »Backen ist eine Leidenschaft von mir …«

»Shannon unterreibt. Sie ist die beste Bäckerin in ganz Chipping Campden«, mischte sich Lucy in das Gespräch ein, die bewaffnet mit einem Tablett zurück war.

Rylee gesellte sich ebenfalls zu uns. »Das *Tolkes* war meine erste Anlaufstelle in Chipping Campden«, sagte sie lachend. »Ohne euch wäre ich an chronischem Kaffeeentzug gestorben.«

»Aber der Tee ist auch nicht schlecht.« Ich zwinkerte Shannon zu.

»Apropos Tee.« Lucy hielt uns das Tablett entgegen. »Hier ist noch frischer Ingwertee, um euren Stoffwechsel etwas anzuheizen.«

Artig nahm ich eine der Tassen.

»Ein ordentlicher Whiskey wäre mir lieber«, brummte Alice, als sie an der Reihe war.

»War natürlich klar, dass du das sagen würdest«, witzelte Rylee. »Du alte Schnapsdrossel.«

»Hey, das sagt gerade die Richtige!«, konterte Alice und zog eine Schnute. »Schließlich hast du Harry im Suff geküsst.«

Rylee war also die Freundin, von der Harry im Zug gesprochen hatte! Ich musterte die Ärztin interessiert. Sie war ungefähr so groß – oder besser gesagt so klein – wie ich. Sie hatte Augen wie eine Raubkatze in einem schimmernden Bernsteinton. Ihre Nase war geradezu perfekt geformt, und ihr Mund hatte einen Schwung, wie ihn sich jede Frau wünschte. Noch dazu hatte sie ein absolut sympathisches Lächeln. Rylee Adams war eine Frau, wie sie sich jeder als Freundin wünschte.

»Ja, aber damals dachte ich auch noch, dass Jake der totale Idiot wäre.«

»Also ich muss schon bitten«, mischte sich Lucy mit gespielter Entrüstung ein. »Meinen Bruder als Idioten zu bezeichnen, das geht zu weit!«

Dann war also Jake der Bürgermeister, der Bruder von Lucy und Rylees Freund. So langsam begann ich, die Zusammenhänge zu begreifen.

Wieder gab es Gelächter unter den Frauen.

»Und was ist mit dir?«, wandte sich Alice an mich. »Bist du vergeben oder Single?«

Ich schluckte. Mit der Frage hatte ich nicht gerechnet. »Single.«

Lucy legte beschützend den Arm um meine Schultern. »Amelie braucht eine Auszeit.« Sie sah mir in die Augen.

Ich nickte.

»Oh.« Für einen Moment herrschte betroffenes Schweigen.

»Das ist ja wie bei mir. Ich bin nach Chipping Campden gekommen, weil mein Arsch von Freund mit mir Schluss gemacht hat«, unterbrach Rylee die Stille.

Alice grinste. »Wie es scheint, ist unser Dorf ein Auffangbecken für verlassene Frauen.«

»Ich bin ja nur vorübergehend hier«, korrigierte ich sie. Ich wollte nicht, dass mein Privatleben zum Gesprächsthema wurde.

»Das habe ich auch gesagt.« Rylee hob die Hand in die Luft, sodass wir alle den Ring sehen konnten. »Und jetzt bin ich mit dem Bürgermeister verlobt.«

»Uhhhhh!« Allgemeiner Beifall ertönte.

»Ich weiß ja nicht, wie es euch geht, aber ich könnte jetzt was Ordentliches gebrauchen.« Alice stellte die Tasse mit angewiderter Miene zurück auf das Tablett.

»Definiere ›ordentlich‹«, forderte Jessica.

»Bier, Whiskey, Wein«, gab Alice fröhlich zurück.

»Also ich wäre dabei. Jake ist in Cirencester auf irgendeiner Sitzung«, sagte Rylee.

»Ich bin auch dabei«, warf Lucy ein. »Harper schläft heute Abend bei einer Freundin.«

»Ich auch.« Shannon grinste.

»Ich bin raus. Ich muss mich um meine Mutter kümmern«, sagte Jessica.

»Bei mir geht es leider auch nicht.« Maddie hatte sich das erste Mal zu Wort gemeldet. »Ich muss morgen früh raus.«

»Ach komm schon, Maddie. Ein Bier«, bettelte Alice.

»Okay. Aber wirklich nur ein Bier!«

»Dann sind wir zu sechst. Da wird Redgy sich freuen«, meinte Lucy.

»Wer ist Redgy?«, fragte ich.

»Redgy Meiers ist der Besitzer des *Red Lion*«, klärte mich Rylee auf. »Ich warne dich, der Mann hat es faustdick hinter den Ohren.«

»Aha.« Ich nahm mir vor, mich vor diesem Redgy in Acht zu nehmen. Mein Blick fiel auf Zorro. »Ich kann doch nicht mit.« Ich deutete auf das schwarze Fellknäuel zu meinen Füßen. »Ich kann Zorro unmöglich in die Kneipe mitnehmen.«

»Richtig. Daran habe ich überhaupt nicht gedacht«, stimmte Alice mir bedauernd zu. »Schade. Wir hätten dich gerne dabeigehabt.«

Beifälliges Nicken.

»Na dann beim nächsten Mal.« Lucy klopfte mir auf die Schulter. »Es war jedenfalls toll, dass du da warst.«

»Ich fand es auch klasse. Ihr macht richtig gutes Yoga hier.«

»Wirklich? Das von dir als erfahrene Yogaschülerin ist ein ziemliches Lob.« Lucy lächelte.

»Nein, wirklich! Ich habe das nicht nur gesagt, um mich einzuschmeicheln. Ich meine es so. Das Yoga war klasse, und ihr seid eine total nette Truppe.«

»Das freut mich zu hören«, flötete Melissa.

Alice gab ihr lachend einen Stups. »Sie meint nicht dich, Melissa.«
Shannon gluckste.

Melissas Augen feuerten böse Blicke. »Nur weil ich es als Reporterin als meine Pflicht ansehe, Wahrheiten aufzudecken, bin ich kein schlechter Mensch.«

»Nein, schon klar.« Alice klopfte ihr auf die Schulter. »Aber manchmal täte es dir gut, wenn du nicht alles aus dem Privatleben anderer herausposaunen würdest. Das war auch nur ein Scherz.«

Beifälliges Nicken aus der Runde. Wie es aussah, war Melissa trotz ihrer Macken in der Runde akzeptiert.

»Na gut. Dann wollen wir mal.« Ich bückte mich und hob den Kater hoch. Sofort nahm Zorro seine Position auf meiner Schulter ein. »Wann ist das nächste Treffen?«

»Warte, ich gebe dir den Kursplan.« Lucy eilte davon.

»Und, gefällt es dir im Little Brown Cottage?«, fragte Maddie. Es lag eine gewisse Ungläubigkeit in ihrem Blick.

Sofort richteten sich alle Blicke auf mich.

»Ja, ähm, eigentlich schon.« Zorro maunzte leise. »Der Garten ist wunderschön, und das Cottage gemütlich«, fuhr ich fort. »Wenn es mir gehören würde, würde ich ein paar Änderungen vornehmen, aber ansonsten fühle ich mich echt wohl.«

»Und du hast nichts bemerkt?« Shannon musterte mich intensiv.

Ich schüttelte verwirrt den Kopf. »Nein. Was meinst du?«

»Also. Na ja …«, druckste Maddie. »Geräusche oder so?«

»Ja, oder ein Poltern«, warf Shannon scheinbar beiläufig ein.

Melissa hatte ihr Handy gezückt, was ich etwas befremdlich fand. Irgendwas ging hier vor.

»Oder eine Frau vielleicht?«, fragte Lucy zögerlich.

Ich sah fragend zu Alice. »Hä?«

»Die wollen wissen, ob du einen Geist gesehen hast«, platzte Alice heraus.

Ich lachte. »Ihr wollt mich verarschen, oder?«

Außer mir lachte keiner.

»Eigentlich nicht!« Alice grinste schief. »Hast du dich nicht gefragt, warum das Haus schon so lange leer steht?« Ich schüttelte sprachlos den Kopf. »Es gibt eine Legende, nach der es in Little Brown Cottage spukt«, kam Alice mit der Wahrheit raus.

»Das ist jetzt ein Witz.« Ich stemmte die Hände in die Hüften. Es war mucksmäuschenstill im Raum.

»Nein. Das ist ernst gemeint.« Melissa holte tief Luft. »Angeblich spukt in Little Brown Cottage der Geist der armen Mary Elisabeth Whistle. Es gibt etliche Zeugenberichte, die eine weißgekleidete Frau im Garten des Cottage gesehen haben wollen. Eine Besucherin hat erzählt, sie hätte des Nachts komische Geräusche gehört, während sie dort gewohnt hat.«

»Und das glaubt ihr?« Ich schüttelte heftig den Kopf. Zorro, der noch immer auf meiner Schulter thronte, rutschte mir laut protestierend in den Nacken. »Entschuldige, mein Kleiner.«

Ich schnappte ihn mir und setzte ihn wieder auf die Schulter. Sofort schmiegte sich das schwarze Köpfchen gegen meine Wange.

»Mary war eine Magd und lebte dort Anfang des neunzehnten Jahrhunderts. Sie verliebte sich in einen Mann«, fuhr Melissa mit typischer Moderatorenstimme fort. »Eine weitere Frau war in denselben Mann verliebt. Als sie herausfand, dass er Mary seine Liebe erklärt hat, brachte sie ihr angeblich einen Korb mit Präsenten vorbei, um ihr zur Verlobung zu gratulieren. Der Mann fand sie am nächsten Tag tot in ihrem Bett liegend vor. Man nahm an, dass die Frau Mary vergiftet hat, aber niemand konnte es ihr nachweisen.«

Für einen Moment herrschte Stille. Keiner sagte ein Wort.

»Okay, das ist eine schöne Geschichte, aber absolut lächerlich«, sagte ich, meinem Verstand folgend. »Little Brown Cottage ist wunderschön, und es gibt keine Geister.«

»Gut, dass du das so siehst«, erwiderte Alice, immer noch grinsend. »Damit bist du die Erste in einer langen Reihe von Mietern.«

»Ist das der Grund, warum Betty nicht selbst dort lebt?«, fragte ich. Alle nickten. »Okay. Dann weiß ich ja jetzt Bescheid.«

»Schön, dass du es so locker nimmst.« Lucy tätschelte meine Hand. »Wir hatten schon Angst, wir könnten dich verscheuchen, wenn wir dir das erzählen, und das fände ich höchst bedauerlich.«

Wieder nickten alle.

»Da macht euch mal keine Sorgen. So schnell werdet ihr mich nicht los.« Ich zwang mich zu einem Lächeln.

Ich lebte in einem Geisterhaus. Als Kind hatte ich Geschichten über Gespenster geliebt. Aber nachdem alle Frauen so fest an diese Geschichte glaubten, rumorte es bei dem Gedanken, in einem solchen Haus zu leben, wieder in meinem Magen.

»Prima. Ich habe eh nie an diesen Blödsinn geglaubt.« Alice streichelte Zorros Köpfchen. »Außerdem hast du ja einen Tiger an deiner Seite.«

Ich zwang mich zu einem halbherzigen Lachen. Zorro gab ein zufriedenes Miauen von sich.

»Solltest du Hilfe brauchen, ruf mich an. Gemeinsam kriegen wir Marys Geist schon verscheucht«, witzelte Alice.

»Das wird nicht nötig sein«, erwiderte ich.

Hoffentlich!

Amelie

12

Ich legte die Zahnbürste beiseite und fuhr mir mit der Zunge über die Zähne. Dabei betrachtete ich mich im Spiegel. Die letzten Tage im Garten hatten einen feinen Goldhauch auf mein Gesicht gezaubert und die Blässe verscheucht, die mir sonst zu eigen war. Die Yogastunde hatte nach der längeren Zwangspause gutgetan. Ich nahm mir vor, nicht mehr so lange Unterbrechungen zuzulassen. Ich würde die freie Zeit nutzen und auf der Terrasse meine Morgengrüße praktizieren.

Mit einer angenehmen Müdigkeit in den Knochen ging ich ins Schlafzimmer. Ich hatte das Fenster offengelassen, und die kühle Nachtluft strömte herein. Zorro hatte sich bereits aufs Bett gekuschelt und sah mich erwartungsvoll an.

Lächelnd schloss ich das Fenster und kuschelte mich zu ihm.

»Schlaf gut, mein Kleiner.« Ich schaltete die Nachttischlampe aus.

Augenblicklich herrschte völlige Dunkelheit um mich herum. Meine Gedanken wanderten zu den Frauen zurück.

Alice hatte mich noch ein Stück nach Hause begleitet, bevor sie zum *Red Lion* abgebogen war. Wir hatten uns über die Yogiletten unterhalten, und sie hatte mir zu jeder einzelnen etwas erzählt. Nun war ich bestens informiert.

Melissa zum Beispiel war ein einsames Herz und sah ihren Lebenssinn in ihrer Sendung. Maddie war glücklich verheiratet, aber leider bisher kinderlos, obwohl sie und ihr Mann sich nichts sehnlicher wünschten als ein Kind. Shannon und Travis waren ebenfalls glücklich verheiratet, soweit man das als Außenstehender beurteilen konnte, und reisten gerne. Sie hatten sich in einem Surfcamp in Südfrankreich kennengelernt. Lucys Geschichte kannte ich ja bereits. Alice selbst war bekennender Single und liebte laut ihrer eigenen Aussage die Unabhängigkeit.

Es knackte. Ich zuckte zusammen, mein Puls schnellte in die Höhe. Unwillkürlich musste ich an die Geschichte der Yogiletten denken.

Der Geist!

Was für ein Blödsinn. Typisch Dorfbewohner, an so etwas Absurdes zu glauben. Ich schüttelte den Kopf.

Tatsache war, dass diese Mary Elisabeth in Little Brown Cottage gelebt hatte. Nachdem ich nach Hause gekommen war, hatte ich den Namen sofort gegoogelt. Als ich Chipping Campden mit dem Namen in Verbindung gebracht hatte, war ich tatsächlich auf mehrere Berichte gestoßen, in denen Besucher berichtet hatten, dass sie eine weiß gekleidete Frau im Vorgarten des Cottage gesehen hätten. Ein anderer Bericht hatte von nächtlichen Störungen durch Poltern und lautes Stöhnen erzählt. Was natürlich völliger Blödsinn war!

Zorro schnurrte leise. *Eine Katze würde niemals schnurren, wenn ein Geist in der Nähe ist*, beruhigte ich mich selbst.

Seufzend warf mich auf die Seite und schloss die Augen.

***

Mitten in der Nacht wurde ich durch ein lautes Geräusch aufgeweckt. Mit klopfendem Herzen blieb ich liegen und lauschte. Leises Klappern drang von unten zu mir ins Schlafzimmer. Ich tastete mit der Hand nach dem Lichtschalter. Zorro lag am Fußende und schüttelte empört über die Störung den Kopf. Er schielte zu mir rüber.

»Hörst du das?«, wisperte ich.

Es rumpelte erneut. Ich schreckte zusammen. Hatte ein Einbrecher den Weg in mein Haus gefunden?

Ich schlüpfte unter der Bettdecke hervor und tapste auf nackten Füßen zur Tür. In Zeitlupe drückte ich die Klinke hinunter und ging in den Flur.

Ein leises Heulen war zu hören. Mein Magen zog sich zusammen. Das Geräusch brach abrupt ab.

Es folgte völlige Stille.

Ich blieb an der oberen Treppenstufe stehen und lauschte erneut. Nichts war zu hören. Ich würde sicherheitshalber nachschauen.

Stufe für Stufe ging ich nach unten, dabei versuchte ich, so leise wie möglich aufzutreten. Trotzdem knarrte es bei jedem Schritt. Es dauerte eine gefühlte Ewigkeit, bis ich die unterste Stufe erreicht hatte. Ich schnappte mir den Besen, den ich gestern neben der Treppe abgestellt hatte. Meine Hände umschlossen den hölzernen Stiel. So bewaffnet ging ich weiter.

Es raschelte. Kleine Tippelschritte waren klar zu hören. Hektisch drehte ich den Kopf hin und her, um den Ursprung des Geräuschs zu orten. Wieder waren Schritte zu hören.

Scheiße! Jemand ist in meiner Küche!

Panisch sah ich mich um. Mein Handy lag sicher oben neben dem Nachttisch. *Na toll.* Ich war auf mich alleine gestellt.

Mein Herz schlug bis zum Hals. Entschlossen nahm ich den Besenstiel und hielt ihn wie eine Waffe, bereit, jeden Moment zuzuschlagen.

Ich musste wieder an die Geistergeschichte denken. Vielleicht hatten die Frauen doch recht und es spukte in Little Brown Cottage! Einige der Zeugen, die den Geist gesehen haben wollten, hatten ebenfalls Geräusche und Schritte gehört, bevor ihnen der Geist von Mary erschienen war.

Mit einem Mal war ich mir nicht mehr so sicher, was den Geist anbelangte. Um mich herum war es stockdunkel. Durch den Türspalt im Wohnzimmer fiel etwas Licht auf den Boden. Gerade so viel, dass ich nicht stolperte. Vorsichtig tastete ich mich den Flur entlang. Ein Geräusch, als würde jemand etwas über den Fußboden schleifen, war zu hören. Mit angehaltenem Atem blieb ich stehen.

Kann man einen Geist mit dem Stock erschlagen?

Meine Finger umklammerten den Besenstiel noch fester. Es gab nur einen Weg, das herauszufinden.

Wildentschlossen drückte ich die Küchentür auf. Plötzlich ging alles rasend schnell.

Etwas strich meine Beine entlang. Ich stieß einen spitzen Schrei aus. Parallel nahm ich aus dem Augenwinkel eine Bewegung wahr. Oberhalb der Spüle flatterte etwas Weißes.

Der Geist!

Es quietschte. Schritte klapperten auf dem Holzboden.

Ich tastete mit der Hand an der Wand neben der Tür. Wenn ich schon starb, dann wollte ich dem Geist – oder was immer es war – wenigstens ins Gesicht sehen.

Mit einem leisen *Klick* sprang das Licht an. Ich blinzelte, geblendet von der plötzlichen Helligkeit. Mit zusammengepressten Lippen blickte ich meinem Feind ins Auge.

Das Erste, was ich sah, war Zorro, der auf der Küchenzeile herumturnte. Das Zweite war ein Marder, der auf seinen Hinterbeinen stand und mit den Vorderfüßen am Küchenfenster hing.

Das arme Tier hatte wahrscheinlich den Schreck seines Lebens bekommen. Es starrte mich mit weit aufgerissenen braunen Knopfaugen an. Erleichtert ließ ich meinen Arm mit dem Besenstiel sinken.

Zorro machte einen Satz nach vorne. Das war das Signal für den Marder, blitzartig durch das Küchenfenster nach draußen in die Dunkelheit zu verschwinden. Die bodenlange weiße Gardine flatterte wie ein Umhang, als die Windbö durch die Küche wirbelte.

Ich lachte laut über meine eigene Doofheit. Für einen Augenblick hatte ich tatsächlich geglaubt, ich könnte es mit einem Geist zu tun haben. Ich konnte mir vorstellen, wie Alice reagieren würde, wenn sie die Story hörte.

Zorro wedelte Beifall heischend mit den Ohren.

»Na, mein tapferer kleiner Zorro.« Ich schloss das Fenster und nahm den Kater auf den Arm. »Das hast du ganz toll gemacht.«

Ich streichelte ihn sanft. Zorro schnurrte, was sich ein wenig anhörte wie ein Rasierer im Dauerbetrieb. Ich ließ meinen Blick durch die Küche schweifen.

Die Klappe unter der Spüle war ebenfalls geöffnet worden. Mehrere Putzlappen lagen am Boden verstreut. Anscheinend hatte der Marder nach etwas Essbarem gesucht. Die Tür des Vorratsschranks wies Kratzspuren auf, war jedoch geschlossen. Offensichtlich hatte ich das Tier überrascht, bevor es meine Lebensmittel plündern konnte.

Allem Anschein nach trieb der Marder schon länger sein Unwesen hier. Ich würde in Zukunft darauf achten, dass ich kein Fenster offenließ. Ansonsten würde ich den Kammerjäger rufen müssen. Ich nahm an, dass ich soeben das Geheimnis der weißen Frau gelöst hatte und die arme Mary Elisabeth nun endlich ihre wohlverdiente Ruhe finden würde.

Lächelnd schaltete ich das Licht aus und ging nach oben.

Amelie

13

Ein Schmetterling kam an mir vorbeigesegelt und ließ sich auf einer Blume im Rasen nieder. Ich hatte es mir mit einem Buch in der Hängematte gemütlich gemacht – ein blau geblümtes Stoffungetüm, das ich in dem alten Schuppen entdeckt und zwischen zwei Bäumen aufgehängt hatte. Zorro lag an mich gekuschelt und legte ein kleines Nickerchen ein. Begleitet von dem Schnurren meines Katers flog mein Blick über die Seiten. Die Welt um mich herum versank, und ich litt mit der Hauptfigur, die soeben ihre geliebte Zwillingsschwester bei einem Unfall verloren hatte.

»Hallo, jemand zu Hause?«

Blinzelnd blickte ich hoch. »Alice!«

Harrys Sprechstundenhilfe kam in Jeans und T-Shirt durch das hohe Gras gelaufen.

Nach meiner Nacht mit dem Marder hatte ich sie angerufen und ihr von meinen Erlebnissen erzählt. Wir hatten viel gelacht, und am Ende hatte sie gefragt, ob sie mich besuchen kommen dürfte. Einen festen Termin hatten wir allerdings nicht festgelegt, da Alice nie genau wusste, wann sie aus der Praxis kam. Die Arbeit eines Tierarztes war weit anspruchsvoller, als ich angenommen hatte. Hausbesuche, Notfälle und Geburten hielten alle Mitwirkenden auf Trab.

»Ich dachte, ich schaue mal bei dir vorbei«, sagte Alice fröhlich. Zorro war aus seinem Dornröschenschlaf erwacht und musterte den Neuankömmling interessiert. »Na du kleiner Racker.« Sie kraulte ihn zwischen den Ohren. »Ich habe dir eine Kleinigkeit mitgebracht.«

Sie zog eine Packung mit Leckerlis aus der Tasche, die über ihrer Schulter hing, öffnete sie und hielt ihm eine Handvoll der Leckereien entgegen. Misstrauisch schnupperte Zorro daran.

»Typisch Mann! Erst mal schauen, ob es gut ist«, kommentierte Alice lachend. »Keine Angst. Ich habe nicht vor, dich zu vergiften.«

»Was ist das?«, fragte ich.

»Vitamindrops, die ich aus der Praxis gemopst habe.« Sie grinste.

»Harry hat sowieso keine Ahnung, was wir alles haben.«

»Alice, das kann ich nicht annehmen.«

»Zu spät!« Sie deutete auf Zorro, der bereits fleißig am Kauen war. Ich seufzte. Alice überreichte mir ein Päckchen. »Ist auch für Zorro. Ich dachte mir, das könntest du als neue Katzenbesitzerin gebrauchen. Sozusagen mein Willkommensgeschenk.«

»Na ja, noch ist nicht sicher, ob Zorro bei mir bleibt.«

Ich hatte auf meinen Ausflügen ins Dorf überall Zettel mit einem Bild von Zorro aufgehängt. Bisher jedoch ohne Erfolg. Niemand im Dorf schien etwas über den Kater und seinen Besitzer zu wissen.

»Egal. Dann gibst du es eben an den Besitzer weiter.«

Vorsichtig nahm ich ihr das Papier ab. Vor mir lag ein Katzenhalsband auf einem schwarzen Samtuntergrund.

»Oh Alice. Das ist wirklich zu viel.« Ich nahm das Halsband zur Hand. Es war rot, und mit schwarzer Schrift war der Name ›Zorro‹ darauf gestickt. Ich umarmte sie. »Vielen Dank. Es ist wunderschön.«

»Ein echter Kater braucht auch ein schickes Halsband, damit er nicht verloren gehen kann.«

Ich wedelte mit dem Geschenk vor Zorros Augen herum. Sofort schnappte der Kater mit der Pfote danach.

»Seine Reflexe sind schon mal 1-A mit Stern«, meinte Alice.

Behutsam legte ich Zorro das Halsband um. Ich fand, dass es ihm hervorragend stand. Der Kater war da anderer Ansicht. Er bewegte seinen Kopf und versuchte das lästige Ding abzuschütteln.

»Sorry, mein Lieber.« Ich gab ihm einen Kuss auf den Kopf. »Wer schön sein will, muss leiden. Morgen hast du dich daran gewöhnt.«

Zorro stieß ein erbarmungswürdiges Miauen aus.

»Stell dich nicht so an.« Alice sah den Kater vorwurfsvoll an. »Damit kann er Sir Edmund Konkurrenz machen.«

Ich winkte ab. »Lieber nicht.«

»Du solltest ihm auch einen Instagram Account einrichten.«

»Nur über meine Leiche! Zorro soll wie ein normaler Kater leben, nicht wie ein Star.«

»Sir Edmund macht mir einen normalen Eindruck, wenn man von den grausamen Klamotten absieht, die Marge und Liz ihm anziehen.«

»Das letzte Mal, als ich ihn gesehen habe, hatte er eine Krone auf dem Kopf.« Ich kicherte.

»Warte ab, bis du ihn mit Zylinder siehst!«

Ich schüttelte den Kopf. »Lieber nicht. Möchtest du einen Tee trinken?«

»Klingt gut.« Alice strahlte. »Schön hast du es hier.« Ihr Blick wanderte über den Rasen hin zum Haus.

»Komm, ich gebe dir eine Führung.«

***

»Hier könnte ich mich auch wohlfühlen, jetzt, wo der Geist von Mary Elisabeth endlich seine Ruhe gefunden hat«, lautete Alice' abschließendes Urteil.

Wir brachen in fröhliches Gelächter aus. Die Geschichte hatte dank Alice bereits im Dorf ihre Runde gemacht. Melissa hatte sogar bei mir angerufen und mich um Erlaubnis gebeten, darüber berichten zu dürfen.

»Mit ein paar neuen Möbeln, etwas Farbe und Tapete könnte man aus dem alten Kasten ein richtiges Schmuckstück machen«, sagte Alice, nachdem wir uns wieder beruhigt hatten.

»Ja, das habe ich auch schon gedacht.«

Tatsächlich war ich schon mehrfach durch das Haus gegangen und hatte mir überlegt, was man verbessern könnte. Ich hatte sogar schon eine Liste angelegt. Im gleichen Moment hatte ich mich eine Närrin geschimpft, schließlich war mein Aufenthalt hier nicht von Dauer.

»Wahrscheinlich ist der Wert des Hauses rasant angestiegen, jetzt, wo der Geist weg ist«, meinte Alice.

Der Wasserkessel pfiff. Ich nahm ihn vom Herd und goss Tee auf.

»Das nehme ich auch an. Dann könnte ich es mir sowieso nicht mehr leisten.« Meine finanzielle Situation war ungewiss.

Jasper und ich hatten noch nicht darüber gesprochen, wie es mit uns weitergehen sollte. Im Moment griff ich auf unser gemeinsames Konto zu, wenn ich Geld brauchte.

»Schade.« Alice ließ sich auf dem Küchenstuhl nieder. »Ich fänd's cool, wenn du bleiben würdest. Du bist eine Frau, die weiß, was sie will.«

»Na ja, so würde ich mich nicht sehen. Ich bin ziemlich unent-schlossen, wie es weitergehen soll.«

Alice legte die Stirn in Falten. »Ach wirklich?«

»Ja. Ich bin genau das nicht. Ich habe keine Ahnung, was ich ma-chen soll.«

»Aber das liegt doch wohl auf der Hand! Dein Mann hat dich be-trogen, und wie es im Moment aussieht, unternimmt er nichts, um diesen Zustand zu beenden.«

Ich seufzte. »Das stimmt leider.«

Der wahre Grund meiner Flucht aus Oxford hatte sich mittlerweile im ganzen Dorf herumgesprochen. Ich war wohl in den ersten Tagen zu unvorsichtig gewesen und hatte genug erzählt, so dass sich die Dorfbewohner den Rest der Geschichte zusammenreimen konnten.

Ich dachte an Jasper. Bis auf einige knappe WhatsApp-Nachrichten hatte er sich nicht bei mir gemeldet. Kein Wort über seinen Betrug. Keine Entschuldigung. Keine Anrufe. Nichts. Es war, als ob ich nicht mehr in seinem Leben existieren würde.

Alice schwang die Beine auf den Küchentisch. »Was hast du ei-gentlich beruflich gemacht, bevor du nach Chipping Campden ge-kommen bist?«

»Wie meinst du das?«

»Na, du musst doch gearbeitet haben.«

»Ich habe die Termine für meinen Mann organisiert. Außerdem habe ich Jasper mit seinen Rollen geholfen. Er kann sich Text nicht so gut merken, und ich habe ihn abgefragt.« Ich räusperte mich. »*Ich habe noch nie eine Frau so begehrt wie dich. Als du in der Bar stan-dest, die Hände zu Fäusten geballt, und den Männern eingeheizt hast … Du hast ausgesehen wie die leibhaftige Rachegöttin. Ich wollte diese faszinierende Frau unbedingt kennenlernen. Dann habe ich dich mit diesem Danny gesehen und dachte, ich hätte keine Chance und dass du schon vergeben bist. Ich bin zu oft enttäuscht worden. Abby, ich bin kein Mann für eine Nacht*«, zitierte ich lachend. »Das war aus Jaspers letztem Film *Bee Mine – Liebe summt*. Ich kann die Rolle in- und auswendig.«

»Dann warst du quasi die treibende Kraft im Hintergrund.«

»Nein, das würde ich nicht behaupten. Jasper war der Künstler, der Kreative. Ich habe ihm nur ein bisschen dabei geholfen.«

»Mhm. Und wovon wirst du jetzt leben?«

Eine Frage, die mich die letzten Wochen auch beschäftigt hatte. Das Cottage hatte ich aus Jaspers und meinem gemeinsamen Konto bereits bezahlt. Zusätzlich hatte ich Geld abgehoben, damit ich die ersten Wochen klarkommen konnte. Was danach kam, hatte ich allerdings noch nicht bedacht, als ich Hals über Kopf nach Chipping Campden abgereist war.

»Oh Gott.« Ich spürte, wie das Blut aus meinem Gesicht wich und in meine Füße sackte.

»Dachte ich es mir.« Alice nippte an ihrem Tee.

»Ich bin aufgeschmissen.« Meine Stimme war kaum mehr als ein heiseres Flüstern. Mein Herz raste. Ich war nicht nur Single – ich war noch dazu mittellos. Wenn Jasper wollte, konnte er mir jeden Tag den Geldhahn zudrehen.

»Ich denke, du solltest dir einen Anwalt nehmen, der jeden Cent aus dem Kerl herauspresst, den du kriegen kannst.«

Ich schüttelte energisch den Kopf. »Das wird nicht nötig sein. Jasper ist kein Schwein.«

»Na ja, ich weiß nicht, was ein Mann bei dir alles tun muss, um diesen Titel zu verdienen. Aber in meinen Augen hat er schon einen ziemlichen Schweine-ähnlichen Status erreicht.«

»Hm.« Ich knabberte an meiner Unterlippe.

Ich hatte in den letzten Nächten häufig wachgelegen und über unsere Ehe nachgedacht. Wir hatten kopfüber geheiratet, und ich war so verliebt gewesen, dass ich mich ihm komplett untergeordnet hatte. Ich war nicht mehr die Frau gewesen, die er kennen und lieben gelernt hatte. Ich war nur ein Schatten meiner selbst gewesen, damit beschäftigt, meinem Liebsten alles recht zu machen. Vielleicht wäre alles anders gelaufen, wenn ich ihn nicht auf einen goldenen Sockel gestellt und ihn stattdessen als gleichwertigen Partner gesehen hätte.

»Hast du mal mit ihm gesprochen?«

»Du meinst mit Jasper?«

»Mit wem sonst? Bugs Bunny?«

»Nein.«

»Das ist nicht gut. Du solltest mit ihm reden und die Rahmenbedingungen abstecken. Ansonsten macht der Typ doch, was er will, und noch dazu geht er als Gewinner aus der ganzen Sache raus«, sagte

Alice nüchtern, als würde sie die Gebrauchsanleitung für die Waschmaschine vorlesen.

Ich senkte betroffen den Kopf. Ein Gespräch mit Jasper war das Letzte, was ich wollte. Allein der Gedanke daran, seine vertraute Stimme zu hören ...

Jasper hatte eine äußerst charmante Art, die einen dazu brachte, alles für ihn zu tun. Würde ich stark genug sein, ihm zu widerstehen, falls er mich um etwas bitten würde?

»Wir kennen uns zwar nicht lange, aber das, was ich von dir gehört habe, reicht, um zu wissen, dass du das nicht verdient hast.« Ich nickte. Tränen krochen in meine Augen. *Verdammt!* Ich schüttelte den Kopf, als könnte ich sie vertreiben.

»Hey, nicht weinen. Das macht mich immer völlig fertig, wenn ich jemanden weinen sehe.« Alice fasste sich an die Brust. »Ich habe so ein zartes Herz, das würde ich nicht verkraften.«

Ich musste trotz der Tränen kichern. Zorro sah mich irritiert an.

»Versprichst du mir, dass du deinen Jasper anrufst? Oder noch besser, nimm dir einen Anwalt.«

»Ja. Vielleicht.«

Anwalt – das klang so schrecklich endgültig, auch wenn alles darauf hinauslief.

Eines wusste ich bereits, auch wenn es wehtat, es mir einzugestehen: Unsere Ehe war gescheitert, und ich war nicht bereit, seinen Betrug zu akzeptieren. Ich hatte einmal eine Beziehung wieder aufgenommen, nachdem ich mich getrennt hatte. Ein Fehler, wie sich kurze Zeit später herausgestellt hatte, da sich die Gründe einer Trennung nie einfach in Luft auflösten. Ich war der Ansicht, wer einmal die Grenze des Vertrauens überschritten hatte, würde es auch wieder tun.

Gedankenverloren hob ich meine Teetasse zum Mund.

»Vorsicht, heiß!«, warnte mich Alice.

Zu spät. Kochend heißer Tee ergoss sich in meinen Mund.

»Autsch!« Ich fuhr mit der Zungenspitze über den Gaumen, wo sich bereits eine Blase bildete.

Alice reichte mir ein Glas Wasser. »Ich habe dich gewarnt.«

Ich nahm einen Schluck. Sofort ließ der Schmerz nach.

»Was hast du vor deiner Ehe gemacht?«, wechselte sie das Thema, wofür ich ihr sehr dankbar war.

»Ich habe Kreatives Schreiben und Literatur in Oxford studiert. Danach habe ich als Freelancer für einen Wirtschaftsverlag als Lektorin gearbeitet.« Ich verdrehte die Augen. »Das war der langweiligste Job meines Lebens, aber zumindest konnte ich die Miete davon bezahlen.«

»Wirklich? Du hast Literatur studiert?« Alice' Blick ruhte bewundernd auf mir.

»Ja. Ich habe sogar meinen Master gemacht.«

»Das ist nicht dein Ernst!« Aus ihrem Gesicht sprach völliges Entsetzen. »Und dann lässt du dich von dem Idioten zu seiner Managerin degradieren?«

»So war es nicht. Jasper hat mich gebeten, ihm zu helfen. Ich habe es gerne getan. Die Arbeit im Hintergrund hat mir Spaß gemacht.«

»Wieso schreibst du nicht selbst ein Buch? Offensichtlich hast du doch gelernt, wie es geht.«

»Meine Geschichten sind nicht gut«, erwiderte ich kleinlaut.

»Wer sagt das?«

Ich überlegte. »Ich. Jasper meinte auch, sie wären zu trivial.«

»Dachte ich es mir doch.« Alice schlug sich mit der flachen Hand gegen den Kopf. »Jetzt ist alles klar!«

Ich sah sie mit großen Augen an. »Was ist klar?«

»Der Typ war ein Highlander!«

Ich verstand nur Bahnhof. »Ein Highlander?«

»Na, kennst du nicht den Film *Highlander* mit Christopher Lambert in der Hauptrolle? Voll retro, aber auch geil.«

»Nein.«

»Ts, ts, ts. Das ist eine echte Bildungslücke, die wir unbedingt schließen müssen. Jedenfalls sagt dieser Highlander an einer entscheidenden Stelle des Films: *Es kann nur Einen geben!*«

»Und was hat das jetzt mit mir und Jasper zu tun?«

Alice schüttelte über so viel Unverständnis den Kopf. »Aber das liegt doch auf der Hand. Dein Ex-Mann —«

»Wir sind nicht geschieden«, korrigierte ich sie.

»Von mir aus. Dein Noch-Mann war eifersüchtig auf dich. Er wollte den Ruhm ganz für sich haben. Es ist doch allgemein bekannt, dass Schauspieler narzisstische Arschlöcher sind, die das Rampenlicht brauchen wie die Luft zum Atmen.«

Von dieser Warte aus hatte ich Jasper noch nie betrachtet. Für mich war Jasper eben Jasper. Ich kannte ihn, wenn er frühmorgens mit verknittertem Gesicht und leichtem Mundgeruch aufstand und sich beim Zähneputzen am Po kratzte. Ich kannte den Jasper, den niemand kannte, und genau diesen Jasper liebte ich. Mit all seinen guten und schlechten Eigenschaften. Na klar war mir aufgefallen, dass er sich in der Öffentlichkeit völlig anders verhielt und sich in den Vordergrund spielte. Aber das war Teil seines Jobs.

Er hatte immer gesagt:»Nur wer rasselt, wird gehört.«

Mich hatte es nie gestört, denn ich hatte gewusst, dass er des Nachts, wenn die Presse und seine Fans verschwunden waren, wieder ganz mir gehören würde. Zumindest hatte ich das gedacht. Wie sich herausgestellt hatte, war auch das ein Trugschluss gewesen.

»Warum fängst du nicht an zu schreiben?«, holte mich Alice' Stimme aus meinen Gedanken.

»Ich weiß nicht«, wehrte ich ab. »Ich bin total aus der Übung.«

Genaugenommen war ich nie wirklich in Übung gewesen. Ich hatte eine Kurzgeschichte für einen Schreibwettbewerb verfasst und tatsächlich einen Preis dafür bekommen. Aber einen richtigen Roman hatte ich nie zu Papier gebracht.

»Na und?« Alice schnappte sich meine Hand. »Was hält dich davon ab, endlich das zu tun, was du immer wolltest? Das ist deine Gelegenheit. Und wer weiß, vielleicht wird es besser, als du ahnst.«

»Das glaube ich nicht.« Ich fuhr mit der Zungenspitze über meinen Gaumen, wo sich ein Stückchen Haut gelöst hatte.

»Bullshit! Das kannst du gar nicht wissen, wenn du es nicht ausprobiert hast.«

»Ich wüsste gar nicht, wem ich das Buch geben sollte.«

»Das ist doch erst einmal sekundär. Wichtig ist doch, dass du es schreibst. Was danach ist, wird man dann sehen.«

Ich dachte an mein Skriptbuch, das oben auf dem Schreibtisch lag. Mum hatte es mir zu meinem Abschluss an der Uni geschenkt, damit ich meine Ideen – falls ich denn welche hätte – notieren konnte. Im Laufe der letzten Jahre war ganz schön was zusammengekommen.

»Ich könnte es ja mal versuchen«, sagte ich zaghaft.

»Sehr gut. Das ist der Spirit, mit dem wir Frauen arbeiten sollten«, jubelte Alice. »Ich finde, darauf sollten wir einen trinken.« Ich hob meinen Becher an und prostete ihr zu. »Dummerchen, doch nicht mit Tee!«

Ich warf einen Blick auf die Uhr. Es war kurz vor sechs. »Ist es nicht ein bisschen früh für Alkohol?«

»Ach, irgendwo auf der Welt wird schon Abend sein«, verwarf Alice meine Bedenken.

»Ich habe nur Rotwein da«, sagte ich entschuldigend.

»Gut, dass die liebe Alice an alles gedacht und eine Flasche Prickelndes mitgebracht hat.« Sie bückte sich nach ihrer Tasche, die die Ausmaße eines Koffers hatte, und zog eine Flasche Prosecco hervor. »Gekühlt und bereit, getrunken zu werden.«

Ich gab mich geschlagen. »Na dann!«

Lachend stand ich auf, um die Gläser zu holen.

Amelie

14

Ich legte den Stift beiseite. Ich hatte den ganzen Tag an der Ausarbeitung des Plots für mein erstes Buch gesessen. Nach dem Gespräch mit Alice hatte mich die Idee, ein Buch zu schreiben, nicht mehr losgelassen. Gleich am nächsten Tag hatte ich mein Skriptbuch zur Hand genommen. Ein Fehler, denn ich hatte die darauffolgende Nacht kaum geschlafen. Immer wieder waren meine Gedanken um die Geschichte gekreist. Auf der anderen Seite besser, als wachzuliegen und an Jasper oder Harry zu denken. Der Tierarzt hatte sich in meinen Kopf geschlichen und tauchte dort von Zeit zu Zeit auf.

Mein Handy klingelte. Ich steckte mir ein Stück Schokolade in den Mund. Quasi als Stärkung.

»Hallo, Pumpkin«, flötete Mums Stimme.

»Hi, Mum.« Wenn Mum anrief, würde es erfahrungsgemäß mindestens eine Stunde dauern, bis sie wieder auflegte.

»Wie geht es dir?«

»Gut.«

»Wirklich?«

» Ja. Wieso? «

»Du klingst irgendwie merkwürdig.«

Ich schluckte die Schokolade in meinem Mund herunter. »Besser?«

»Ja. Was war denn los?«

»Ich hatte Schokolade im Mund.«

»Pumpkin, du weißt doch, dass Zucker nicht gut für dich ist.«

»Mum, ich bin keine vier Jahre alt.«

»Als ob ich das nicht wüsste.« Sie klang beleidigt.

»Wie geht es dir denn?«, versuchte ich den Ball zurückzuspielen.

»Ich bin zwar ziemlich verärgert, dass meine neuen Schuhe von Louboutin noch nicht gekommen sind, aber ansonsten geht es mir gut.«

Mum hatte seit der Trennung von meinem Vater einen Schuhtick entwickelt. Ich hatte keine Ahnung, wie viele Paare sie schon besaß, aber sie versicherte mir stets, dass es noch immer nicht genug waren.

»Hast du schon was von Jasper gehört?«

Verdammt. Ich hatte gehofft, um das Thema herumzukommen. Seit Alice' Besuch vor vier Tagen druckste ich um das Handy herum. Ich hatte seitdem zwei Versuche gestartet und beim ersten Klingelton wieder aufgelegt.

»Nö.«

»Dieser verdammte Mistkerl.«

»Ist schon okay. Ich bin ganz froh.«

»Froh? Warum?«

»Weil ich immer noch mit mir beschäftigt bin. Ich habe keine Kapazität, um mich mit Jasper auseinanderzusetzen.«

Mum seufzte. »Gefällt es dir denn in Chipping?« Ich erzählte ihr von meiner Zeit hier und dem Treffen mit Alice. »Ach du meine Güte, das sieht ja ganz so aus, als ob du dich dort wohlfühlst.«

So wie sie es sagte, klang es, als ob es ein Ding der Unmöglichkeit wäre.

»Ehrlich gesagt, ja.«

»Und du bist auf den Kater gekommen?«

Ich lachte. »Zorro liegt genau in diesem Moment neben mir und schnurrt zufrieden.«

»Ein Mann in deinen Armen wäre mir lieber«, konterte Mum. »Du sollst schließlich nicht als alte Jungfer enden.«

»Ich bin erst seit ein paar Wochen unfreiwilliger Single. Was erwartest du von mir?«

»Als ich deinen Vater verlassen habe, habe ich mich erst mal kopfüber ins Leben gestürzt und hatte eine Affäre nach der anderen.«

»Ich erinnere mich noch gut daran.«

Mum hatte uns damals gefühlt jeden Monat einen neuen Mann an ihrer Seite vorgestellt – bis Milton aufgetaucht war und ihr Herz im Sturm erobert hatte. Milton war seitdem ihr stiller Begleiter und so etwas wie ein Ersatzdad für mich und William.

»Ich hatte den schlechtesten Sex meines Lebens mit deinem Vater«, plapperte sie weiter.

»Das will ich gar nicht wissen!«

»Jetzt hab dich nicht so. Du bist schließlich erwachsen, wie du selbst festgestellt hast.«

In meinen Augen waren Eltern so etwas wie asexuelle Wesen. Bis heute war ich der Ansicht, dass meine Eltern niemals Sex miteinander gehabt hatten und wir Kinder auf wundersame Weise entstanden waren.

»Trotzdem wäre ich dir sehr verbunden, wenn du diese Art von Information für dich behalten könntest«, bat ich sie. Ich wedelte mit der Hand in der Luft, um die Bilder von meinen Eltern, nackt im Bett liegend, zu verdrängen. Mum seufzte theatralisch. »Ich habe wieder angefangen zu schreiben«, teilte ich ihr mit, in der Hoffnung, das Thema Sex endgültig abschließen zu können.

»Einen erotischen Roman?«, stichelte sie weiter.

»Haha. Sehr witzig, Mum. Nein, einen Liebesroman.«

»Das klingt doch vielversprechend. Wobei sich Erotik besser verkaufen lässt. *Sex sells!* Diese Regel galt schon immer.«

»Trotzdem bleibe ich beim Liebesroman.«

»Du könntest doch wenigstens ein paar winzig kleine Sexszenen einbauen, um das Ganze ein wenig aufzupeppen.«

Ich rollte mit den Augen. »Mum!«

»Schon gut. Hauptsache, du bist beschäftigt«, sagte sie gnädig. »Ich habe dir gar nicht von meinem Besuch bei Harrods erzählt …«

Das restliche Gespräch bestand daraus, dass Mum mir ausführlich ihre Einkäufe schilderte, immer wieder durch sphärische Störungen unterbrochen, die dem schlechten Telefonnetz geschuldet waren.

»Pumpkin!«, scheppere Mums Stimme durch das Mikrofon.

Ich hatte das Handy auf Lautsprecher gestellt und mich parallel darangemacht, mir und Zorro Essen zuzubereiten, da mein Magen schon wieder rumorte. Seit ich in Chipping Campden war, schien sich das zu einem Dauerzustand zu entwickelten.

Hastig nahm ich das Handy wieder ans Ohr. »Mum?«

»Hörst du mir überhaupt« noch zu?« Misstrauen schwang durch den Hörer.

»Ja. Mir ist nur gerade ein bisschen schlecht.«

»Hast du genug gegessen?«

Ich hatte heute Morgen eine ordentliche Portion Porridge in mich hineingeschaufelt. »Ja ich mache mir gerade ein Brot.«

»Gut. Essen ist wichtig. Männer mögen Frauen mit Kurven.«

Im Geiste gab ich ihr recht, auch wenn mich Mum im gleichen Telefonat wegen meines Zuckerkonsums gescholten hatte. Annie hatte geradezu fantastische Kurven. Ich bildete mir ein, dass ein Schönheitschirurg dafür verantwortlich war. Ein tröstlicher Gedanke. Ich war zwar schlank und nicht allzu üppig gebaut, aber dafür war alles an mir natürlich.

»Milton und ich gehen heute ins Theater, und ich möchte vorher noch zum Friseur. Was meinst du, würden mir ein paar rosa Highlights stehen?«

»Nein, bitte keine rosa Highlights. Das tragen diese abgehalfterten Amerikanerinnen, die den ganzen Tag in Vegas vor den einarmigen Banditen sitzen.«

»Na gut. Dann eben blonde Highlights. Du, ich muss los.« Mum ertrug es nicht, wenn jemand das Gespräch zuerst beendete, deshalb war es immer sie, die den Zeitpunkt der Verabschiedung bestimmte. »Pass auf dich auf, Schätzchen. Ich liebe dich.«

»Ich dich auch, Mum.«

Ich warf einen Blick auf die Uhr. Es war kurz nach drei. Ich musste mich beeilen, wenn ich noch pünktlich zum Nachsorgetermin für Zorro in der Praxis sein wollte.

Amelie

15

Mein Herz klopfte, als ich die Tierarztpraxis von Harry betrat. Zorro hatte es sich wie üblich auf meiner Schulter gemütlich gemacht. Alice strahlte mich vom Empfang aus an. »Da seid ihr ja.«

»Hi, Alice.«

»Na, mein Hübscher.« Sie kraulte Zorro zwischen den Ohren. Mein Kater miaute begeistert. Er und Alice hatten sich bei ihrem letzten Besuch im Cottage angefreundet. »Du bist gleich an der Reihe. Harry macht gerade eine Maniküre bei Mrs Smiths Papagei.« Ihr Mundwinkel zuckte.

Ich grinste. Im Geiste sah ich, wie Harry mit einer winzigen Feile die Nägel des Papageis stutzte und in Form brachte. Eine Aufgabe, die ich nicht von einem Tierarzt vermutet hätte.

In diesem Moment ging die Tür vom Sprechzimmer auf und Harry kam in Begleitung einer älteren Dame herausspaziert.

»Sie dürfen nicht so lange mit den Nägeln warten«, hörte ich ihn mit ermahnender Stimme reden.

»Versprochen, Doktor«, versicherte Mrs Smith eifrig. Ihr kirschrot übermalter Mund lächelte selig.

»*Süßer Doktor! Süßer Doktor!*«, hallte die Stimme des Papageis klar und deutlich zu uns.

Harry verzog keine Miene. Bewundernswert, wie der Mann die Ruhe behielt.

»Danke, Doktor Lisiter.« Mrs Smith flatterte mit den blau bemalten Augendeckeln.

Ich schätzte sie auf siebzig. Ihre Hände waren von Arthrose gezeichnet, das Gesicht sah aus, als hätte man ein Netz darübergelegt.

»Bis bald, Mrs Smith.«

»*Zuckerschnute, komm, küss mich!*«, gurrte der Papagei im Tonfall der alten Dame.

Alice gluckste neben mir. Ich konnte mich nur mit Mühe beherrschen, nicht laut loszulachen.

Harry ignorierte den Papagei. Stattdessen wanderte sein Blick zu uns. Ein Lächeln zierte sein markantes Gesicht. »Amelie.«

Ich hob die Hand zum Gruß. Die ältere Frau kam in unsere Richtung gewackelt. Zorro richtete sich auf und streckte den Kopf neugierig vor.

»Alarm! Alarm!«, kreischte der Vogel. Das Vieh war anscheinend nicht nur laut, sondern auch intelligent genug, um eine Katze zu erkennen.

Erschrocken sah seine Besitzerin zu uns hoch.

»Keine Sorge, Zorro tut niemandem was«, rief ich ihr zu.

Wie auf Kommando fauchte Zorro.

»Das sehe ich.« Mrs Smith eilte für eine gebrechliche alte Frau erstaunlich schnell an uns vorbei.

»Mistvieh!« Die Stimme des Papageis verschwand nach draußen.

»Das war ja wie im Film«, kommentierte ich.

»Das war nichts im Verhältnis zu dem Kram, den ich mir anhören musste.« Harry grinste. »Wie schön, dich zu sehen.«

Er beugte sich vor und gab mir einen Kuss auf die Wange. Sofort wurde mein Gesicht von einer brennenden Wärme geflutet. Mit dieser Art der persönlichen Begrüßung hatte ich nicht gerechnet.

Alice' Blick wanderte von mir zu Harry und wieder zurück. Ich zuckte schmunzelnd mit den Schultern. Es klingelte, und Alice eilte hinter den Tresen.

»Wie geht es Zorro?« Harry führte mich in das Sprechzimmer.

»Gut, soweit ich es beurteilen kann.« Ich nahm den Kater von meinen Schultern und setzte ihn auf den OP-Tisch. »Er hat den Verband gleich am nächsten Tag abgerissen, aber ich fand, dass alles gut aussah, deshalb habe ich es gelassen.«

Harry nickte. »Und wie geht es deinem Knie?«

»Prima. Ich merke nichts mehr.«

»Das freut mich zu hören.« Seine Augen scannten jeden Millimeter meines Gesichts. Ich räusperte mich unsicher. »Du hast dich mit Alice angefreundet.« Es war eine Feststellung.

»Ja, wir haben uns beim Yoga näher kennengelernt, und sie hat mich besucht.«

Er nickte. »Wenn Alice jemanden mag, dann von ganzem Herzen. Ich kenne keine treuere Seele als sie.«

»Deshalb ist sie wohl auch noch hier bei dir«, sagte ich.

Es brachte mir Spaß, den selbstsicheren Harry ein wenig aus der Ruhe zu bringen.

»Wie meinst du das?«, fragte er prompt. »Hat sie was über mich gesagt?«

»Na ja ...« Ich zögerte, um den Moment noch ein wenig auszukosten.

»Das ist nicht fair. Ich habe ihr nur verboten, Clarke behilflich zu sein, weil ich Angst hatte, er könnte es falsch verstehen ...«, stammelte er.

»Hey, war nur ein Scherz«, erlöste ich ihn grinsend. »Alice hat kein Wort über dich gesagt.«

Das war eine Lüge. Natürlich hatten wir über Harry gesprochen. Alice hatte immer wieder beteuert, was für ein toller Boss und Mann er war. Das ging so weit, dass ich sie gefragt hatte, ob sie in ihn verliebt war. Sie hatte es vehement abgestritten mit den Worten: »Der wäre mir viel zu nett. Ich brauche einen harten Typen, der mir sagt, wo es langgeht.«

Zumindest würden wir uns, was unsere Männerwahl anbelangte, nicht in die Quere kommen.

»Gut.« Er fing sich wieder. »Na dann wollen wir mal.« Seine schlanken Finger tasteten Zorros Bauch ab. »Sehr schön. Du scheinst dich gut um den kleinen Racker zu kümmern.«

Zorro leckte Harry genüsslich über den Handrücken, während dieser versuchte, seine Herztöne abzuhören.

»Ja. Ich gebe ihm die Milch wie verordnet und dazu noch Vitamine.«

Unauffällig verfolgte ich Harrys Bewegungen. Er war beim Friseur gewesen. Seine hellbraunen Deckhaare waren mit Wachs in Form gebracht. An den Seiten waren sie kürzer und brachten seine wohlgeformten Ohren zur Geltung. Um seinen Mund lag ein leichter Bartschatten. Seine haselnussbraunen Augen blickten konzentriert auf Zorro.

Es war schön zu beobachten, wie behutsam dieser große Mann mit dem kleinen Kätzchen umging und wie viel Liebe in seinen Bewegungen lag. Es war offensichtlich, dass Harry sein Beruf Spaß machte und er mit ganzem Herzen dabei war.

»Zorro ist in absoluter Bestform«, lautete Harrys abschließendes Urteil. »Er hat gut an Gewicht zugelegt und weist keine Spuren einer Mangelernährung auf. Seine Reaktionen sind gut, und sein Fell glänzt.« Er hob den Kopf. Unsere Blicke trafen sich. Sofort verspürte ich ein Kribbeln im Bauch. »Zorro kann froh sein, dass du ihn gefunden hast.«

Ich lächelte. »Genaugenommen hat er mich gefunden.«

»Ja, manchmal wird man zu seinem Glück gezwungen«, sagte Harry und sah mich dabei so komisch an.

Ich tippelte nervös auf den Zehenspitzen. Mein Gesicht brannte. »Tja, ähm, bist du fertig?« Harrys Augenbrauen zogen sich fragend zusammen. »Also, ich meine, mit Zorro?«

»Ja, natürlich.« Er strich dem Kater über den Rücken. »Du bist wirklich bildhübsch.«

Sein Blick wanderte zu mir.

Ich war verwirrt. Meinte er jetzt mich oder Zorro? Ich verkniff mir die Frage und nickte stattdessen.

»So, und jetzt werfe ich noch einen Blick auf dein Knie.«

»Was, jetzt?« Ich hatte die Sache mit meinem Knie total verdrängt. Bis auf das Pflaster und ein paar blaue Flecken erinnerte nichts mehr an meinen Sturz.

»Ja, ich muss noch die Fäden ziehen.«

»Oh. Das habe ich völlig vergessen.«

»Aber ich nicht.« Harry deutete auf den OP-Tisch. »Magst du dich kurz setzen? Dann schaue ich es mir an. Ist nur eine Sache von zwei, drei Minuten. Außer du möchtest lieber zu Rylee.«

Für einen Moment war ich versucht, darauf einzugehen und mich von Rylee verarzten zu lassen, aber dann blickte ich in seine feuchtbraunen Augen und setzte mich auf die Liege. Sollte er zu Ende bringen, was er begonnen hatte. Alles andere wäre ein Affront gegen ihn gewesen, auch wenn er es nicht zugab.

Ich versuchte die Hose hochzuziehen, sodass mein Knie frei lag. Fehlanzeige. Das Mistding war zu eng und rutschte genau bis zur Mitte meiner Wade. Ich würde mich wohl oder übel der Hose entledigen müssen.

Ausgerechnet heute Morgen hatte ich mich für einen meiner ältesten Slips entschieden, wo das Gummi leicht ausgeleiert war und dessen Farbe an Schlamm erinnerte.

»Könntest du mir bitte eine Decke oder so geben?« Ich deutete auf meine Jeans. Harry runzelte die Stirn. »Ich würde ungern nackt vor dir stehen.«

Ich hatte eine gewisse Scheu, mich vor einem attraktiven Mann wie Harry zu entblößen. Zumal wir kein normales Arzt-Patient-Verhältnis hatten.

»Ach so. Natürlich.« Er reichte mir die Decke und wandte sich ab, um eifrig am OP-Tisch alles vorzubereiten.

Ich wickelte mir das kratzige Ding um die Hüfte. Anschließend öffnete ich den Reißverschluss meiner Jeans und ließ den Stoff bis zu den Fesseln runter. »Fertig!«

Harry sah mich mit verdutztem Gesichtsausdruck an. Zorro rieb sich begeistert an meinem nackten Bein.

»Ähm, du müsstest ein Stück näherkommen, damit ich genügend Licht habe«, bat er mich schließlich.

Ich nickte und tippelte in seine Richtung. Leider hatte ich meine Rechnung ohne Zorro gemacht, der beschlossen hatte, quer zu meiner Fußrichtung zu laufen. Ich strauchelte.

»Ahhh!« Instinktiv ließ ich die Decke los und ruderte verzweifelt mit den Armen. Dank der Jeans um meine Fesseln konnte ich keinen Schritt machen. Ich kippte wie eine gefällte Eiche nach vorne.

Mit einer Art Hechtbagger war Harry bei mir und fing mich auf.

In diesem Moment ging die Tür auf und Alice kam ins Zimmer gestürmt. Als sie mich und Harry sah, blieb sie abrupt stehen.

Ihr Blick wanderte von mir zu Harry und wieder zurück. »Was geht denn hier ab?«

»Also das ist jetzt nicht so, wie es aussieht«, stotterte Harry.

»Wie sieht es denn aus?«, fragte sie mit einem diabolischen Grinsen auf dem Gesicht. *Die Ratte.*

»Amelie ist gefallen, und ich habe sie aufgefangen.« Harry machte ein schuldbewusstes Gesicht, wie ein kleiner Junge, den man beim Klauen erwischt hatte.

»Und dabei hat sie sich die Hose ausgezogen?« Sie zwinkerte mir unauffällig zu. Ich konnte ein Grinsen nur mit Mühe unterdrücken.

»Ich wollte ihre Narbe ... ähm, das Knie ...« Harry schluckte. »Herrgott noch mal, Alice!«

»Ach so.« Alice grinste.

Harry atmete aus und ließ mich los. Sein Blick wanderte von meinem Gesicht runter zu meinen Füßen. Für einen winzigen Augenblick blieb sein Blick an meinem Slip hängen. Seine Mundwinkel zuckten. Lachte er mich etwa aus?

Rasch hob ich die Decke hoch und wickelte sie mir um die Hüfte. Harry und Alice warteten.

Vorsichtig hüpfte ich auf den Tisch. Zorro folgte meinem Beispiel und nahm auf meinem Schoß Platz, während Harry die Wunde untersuchte.

»Sieht hervorragend aus.« Alice reichte Harry ein winziges Skalpell. Mit zwei geschickten Bewegungen hatte er die Fäden durchtrennt und zog sie mit einer Pinzette heraus. »Das war's.« Er klebte ein Pflaster über die Stelle. »Ich denke nicht, dass man in einer Woche noch etwas davon sieht.«

»Danke.«

Es klingelte, und Alice eilte nach draußen. Harry drehte mir den Rücken zu, damit ich mich anziehen konnte.

»Fertig«, gab ich bekannt, nachdem ich den Reißverschluss zugezogen hatte.

Harry stand immer noch mit dem Rücken zu mir. Ich bewunderte sein breites Kreuz. Gegen ihn war Jasper fast schmächtig gebaut.

Er drehte sich wieder zu mir.

»Sag mal, hast du Lust, morgen mit mir was trinken zu gehen?«, fragte ich, einer spontanen Eingebung folgend.

Ich hatte ein schlechtes Gewissen. Ich hatte Harry ziemlich harsch abgewiesen, dabei hatte er bisher nichts weiter getan, als mir zu helfen. Eigentlich war er doch ganz nett. Also nicht nur eigentlich. Ich mochte Harry – mehr als ich zugeben wollte.

Seine Augen blitzten freudig auf. »Gerne.«

»Wirklich?« Ich sah ihn ungläubig an.

Aus irgendeinem Grund hatte ich mit einer Absage gerechnet. Schließlich hatte ich ihn ordentlich vor den Kopf gestoßen.

»Ja, außer das Angebot war nicht ernst gemeint.« Er musterte mich misstrauisch.

»Doch. Na klar«, stammelte ich.

Er lächelte. »Gut. Woran hast du gedacht?«

»An einen Drink. Ganz unkompliziert.« Ich betonte das ›unkompliziert‹.

Er sollte nicht den Eindruck bekommen, dass wir uns auf dem Weg zu einem romantischen Dinner zu zweit befanden.

»Was hältst du vom *Red Lion*?«, kam es, wie aus der Pistole geschossen.

»Ist das der Pub mit diesem Redgy?«

»Allerdings. Wobei das eher gegen das *Red Lion* spricht. Wenn Redgy dich sieht, wird er sich auf dich stürzen.«

»Wieso?« Ich hatte keine Ahnung, was Harry meinte.

»Weil du die schönste Frau in Chipping Campden bist, und noch dazu neu hier. Quasi FAZ«, Harry grinste, »*Frischfleisch auf Zeit.*«

»So nennt ihr das also!«

»Ich nicht, aber Redgy. Davon abgesehen ist er ein cooler Typ.«

Ich schüttelte den Kopf. »In einem anderen Leben vielleicht.«

»Aber es ist auch total egal, was Redgy denkt. Ich bin bei dir und werde dich verteidigen.« Harry schlug sich gegen die Brust.

»Du hast wohl zu viele Ritterfilme gesehen«, witzelte ich.

»Den einen oder anderen.«

Ich verschränkte die Arme vor der Brust. »Ich kann ganz gut auf mich selbst aufpassen.«

»Den Eindruck habe ich auch. Du hast es zumindest geschafft, den Geist von Mary Elisabeth für immer in die Flucht zu schlagen.« Harry zwinkerte mir zu. Ich lachte. Sein Humor gefiel mir. »Wäre acht Uhr für dich okay? Ich muss noch zu Smith auf die Farm und nach dem Rechten schauen. Ich könnte dich auf dem Weg abholen.«

»Das klingt gut.«

»Prima, dann bis morgen. Ich freue mich.«

»Ich mich auch«, sagte ich aufrichtig.

Ich reichte ihm die Hand. Sofort prickelte meine Haut, und mein Magen machte wieder Purzelbäume. Seit ich in Chipping Campden angekommen war, machte mein Magen ohnehin, was er wollte. Harry hielt meine Hand einen winzigen Augenblick zu lange fest umschlossen. Dabei fixierte er mich, und sein wunderschön geschwungener Mund lächelte.

»Tja, ähm, ich geh dann mal«, riss ich mich los.

Ansonsten würde ich der Versuchung nicht widerstehen können, ihn zu küssen. Ein Bedürfnis, das mich schon zum zweiten Mal in seiner Nähe überkam. Was war nur los mit mir?

Ich machte auf dem Absatz kehrt und flüchtete.

Alice kam mir im Flur entgegen. »Warum so eilig? Seid ihr schon fertig?«

»Ja.« Zorro maunzte auf meiner Schulter. »Ach du Schande«, entwich es mir.

Ich hatte den Kater bei meinen Plänen vergessen.

Alice blieb stehen. »Was?«

»Ich habe Harry gefragt, ob er mit mir ausgeht, und dab—«

»Du hast was?!«, unterbrach mich Alice.

»Ich habe Harry um einen Drink gebeten. Er hat schließlich Zorro das Leben gerettet.«

»Du übertreibst. Wenn man es genau nimmt, hast *du* dem Kater das Leben gerettet.«

»Aber Harry hat ihn behandelt«, beharrte ich.

Alice zog eine Grimasse. »Okay. Harry ist ein Held.«

»Irgendwie schon. Außerdem war ich ganz schön fies zu ihm«, gestand ich meiner Freundin. »Ich würde das gerne mit einem Drink wiedergutmachen.«

»Hey.« Sie hob die Hände in die Luft. »Meinen Segen hast du.«

Ich nickte. »Aber ich habe im Eifer des Gefechts Zorro völlig vergessen.«

»Ich denke, der Kater kann durchaus ein paar Stunden alleine zu Hause bleiben.«

Ich sah schräg hoch zu Zorro, der mich mit seinen grünen Augen treudoof ansah.

»Aber er ist doch noch so klein«, gab ich zu bedenken.

Alice seufzte. »Ich könnte ihn nehmen.«

»Echt jetzt?«

»Wenn du noch mal so blöd fragst, ziehe ich mein Angebot zurück.«

Ich umarmte sie. »Danke, Alice.«

Sie winkte ab. »Schon gut.«

»Ich besorge dir auch einen guten Wein.«

»Das klingt doch vielversprechend. Ich komme ab jetzt immer.«

Ich lachte glücklich. »Pass auf, sonst nehme ich dich beim Wort. Dann bis morgen.«

Mit diesen Worten ging ich nach draußen, immer noch damit beschäftigt zu verdauen, was gerade passiert war.

Ich hatte ein Date.

»Wie sehe ich aus?« Ich drehte mich vor dem Spiegel.

Alice saß gelangweilt auf dem Bett und betrachtete mich kritisch.
»Ungefähr so sexy wie meine Oma, wenn sie zu einem Date im Altersheim geht.«

»Echt?« Ich ließ mich frustriert auf das Bett sinken.

»Nein, das war ein Scherz! Du siehst hammermäßig aus. Wenn Harry dich so sieht, bekommt er auf der Stelle einen Ständer.«

»Alice!« Ich sah meine Freundin vorwurfsvoll an.

Diese zuckte mit den Schultern. »Ich sage nur, wie es ist. Du siehst aus wie eine Sexbombe. Das wird das Doktorchen ganz schön in Wallung bringen.«

»Das geht nicht«, sagte ich entschieden und machte mich an meinem Reißverschluss zu schaffen.

Alice war aufgesprungen. »Was machst du da?«

»Ich ziehe mich um.«

»Auf keinen Fall. Du gehst genau so!«

»Aber ich möchte nicht, dass Harry unser Date missversteht.«

Alice nahm meine Hand. »Harry ist ein anständiger Kerl, der dich offensichtlich mag. Ich bin mir sicher, dass er nicht einfach über dich herfällt.«

»Ich habe aber ein schlechtes Gewissen.« Schon den ganzen Tag hatte ich an Jasper denken müssen und daran, ob es falsch war, was ich tat.

»Du kannst doch einfach einen Abend mit ihm genießen, ohne dich gleich schlecht zu fühlen«, erriet Alice meine Gedanken.

»Aber ich bin verheiratet.«

»Auf dem Papier. Falls ich dich erinnern darf: Dein Typ vögelt eine andere.«

»Hm.« Ich spielte gedankenverloren mit meinem Ehering.

Alice richtete sich auf. »Es ist doch so: Wenn Männer Liebeskummer haben, besaufen sie sich erst mal ordentlich und nehmen die nächste willige Blondine mit nach Hause, um sich ihre Männlichkeit zu beweisen. Wir Frauen verkriechen uns mit unserer besten Freundin und heulen uns die Seele aus dem Leib, bis wir aussehen wie Zombies und uns garantiert kein Typ mehr will. Ich sage dir, genieß dein Leben, solange du kannst. Unsere Eierstöcke fangen an zu schrumpeln, und die Hormonproduktion geht bereits nach unten. In ein bis zwei Jahren wirst du dir das erste Mal überlegen, ob du dich einer Botoxbehandlung unterziehen sollst, und trägst figurformende Unterwä ...«

»Hör auf!«, unterbrach ich sie. »Du hast mich überzeugt.«

»Gut.« Alice nickte, zufrieden mit ihren Überredungskünsten.

Harry

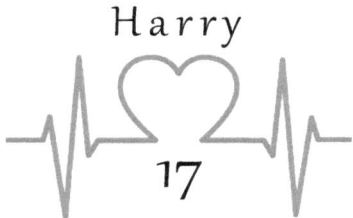

17

Mein Herz klopfte vor Aufregung bis zum Hals, als ich die Klingel drückte. Ich musste nicht lange warten. Schritte waren zu hören.

»Harry! Pünktlich wie die Maurer!« Alice stand mit einem breiten Grinsen vor mir. »Du hast dich ganz schön in Schale geworfen, Doktorchen.«

Ich stöhnte. »Ich habe mir lediglich meinen Kittel ausgezogen ...«

»... und dir die schickste Hose angezogen. Mir machst du nichts vor! Wir kennen uns schon ein paar Jahre«, unterbrach sie mich.

Im Gegensatz zu mir hatte Alice sich in ihre Freizeitkleidung geworfen, wie sie es bezeichnete. Schwarze Leggings und eine lockere Bluse dazu.

Schritte kamen herbeigeeilt, und Amelies Kopf tauchte hinter Alice' Rücken auf.

»Hallo, Harry.« Amelie trat vor.

Ihre Haare waren zu einem Bun am Hinterkopf zusammengebunden und schimmerten rotbraun wie das Laub im Herbst. Einige Strähnen hatten sich gelöst und fielen auf ihre Schultern, was ihr einen sexy Look verlieh. Dem Anlass entsprechend hatte sie sich eine hautenge schwarze Hose und eine lockere Bluse angezogen. Ihre Augen schimmerten noch blauer als sonst. Sie sah atemberaubend sexy aus.

»Hallo, Amelie.« Ich lächelte. »Du siehst toll aus.«

»Danke.« Sie lächelte zurück, ihre Augen strahlten.

Ich konnte mich nicht erinnern, jemals eine hübschere Frau gesehen zu haben. Amelie hatte eine natürliche Schönheit, die heutzutage, wo Frauen sich mit Make-up zukleisterten, wirklich selten war.

»Tja dann ...« Ich reichte ihr meinen Arm. »Wollen wir?«

»Ja, gerne.« Sie hakte sich bei mir unter. »Bis später, Alice.«

»Lasst euch Zeit. Der Kerl und ich werden uns hier vergnügen, und ich habe gesehen, dass du einen guten Rotwein im Regal stehen hast.«

Alice lachte ihr typisches heiseres Lachen, mit dem sie schon so manchem Mann den Kopf verdreht hatte. *Die armen Irren.*

Ich mochte sie als Mensch, aber als Frau wäre sie mir zu anstrengend. Alice würde eher einen Löwenbändiger als einen Mann an ihrer Seite brauchen.

»Das machen wir«, versicherte ich.

Amelies blumiger Duft wehte zu mir rüber. Unauffällig atmete ich ein. Wir gingen zum Rover. Dabei spürte ich Alice' Blicke, die sich in meinen Rücken brannten. Ich öffnete Amelie die Beifahrertür.

»Danke.« Sie glitt mit einer angeborenen Anmut auf den Sitz. Ich bewunderte heimlich ihr nahezu perfektes Profil.

»Ich habe mir überlegt, dass wir vielleicht lieber in einen anderen Pub gehen. Im *Red Lion* kennt mich jeder.«

»Du hast wohl Angst, dich mit mir sehen zu lassen«, erwiderte Amelie lächelnd.

»Was?!« Ich plusterte mich auf. Mit meiner Idee hatte ich genau diesen Eindruck nicht erwecken wollen. »Ganz und gar nicht. Ich dachte nur, damit wir etwas ungestörter sind.« Aus dem Augenwinkel sah ich, wie Amelie bei dem Wort ›ungestört‹ zusammenzuckte. »Also, ich meine das natürlich so, dass wir uns unterhalten können, ohne dass uns alle zwei Minuten jemand unterbricht. Aber das *Red Lion* ist natürlich auch voll in Ordnung.«

Amelie atmete aus. »Nein, lass uns ruhig das andere Lokal probieren. Das klingt nach einer guten Idee.«

»Gut. Dann würde ich in den *Honeypot* fahren. Der liegt keine Viertelstunde entfernt und ist der gemütlichste Pub, den ich kenne – das *Red Lion* ausgenommen.«

»Das klingt interessant.« Amelies Blick war auf mich gerichtet. In ihren Augen schimmerten winzige goldene Punkte.

»Na dann los.« Ich startete den Motor.

Der Rover fuhr spielend über den unebenen Weg, bis wir die Straße erreicht hatten.

Ich hatte lange mit Jake darüber gesprochen, wohin ich Amelie ausführen konnte. Schließlich war es unser erstes Date, das ich mir hart erkämpft hatte. Ich war mir ziemlich sicher, dass sie mir keine zweite Chance geben würde, wenn ich diese vermasselte. Ich musste vorsichtig vorgehen. Jemand, der sich wie sie die Finger verbrannt hatte, war sensibel und achtete auf die kleinsten Zeichen. Mir ging es schließlich ähnlich. Die Sache mit Rylee lag zwar schon eine Weile zurück und ich hatte meinen Frieden mit den beiden gemacht, aber trotzdem war ich vorsichtig. Amelie war schließlich eine verheiratete Frau, auch wenn der Ehemann ein ziemlicher Idiot zu sein schien. Ich hatte keine Lust, das gleiche Drama noch einmal zu erleben.

»Mein Gott, ist das schön.« Amelie deutete mit der Hand auf die untergehende Sonne hinter den Hügeln von Chipping Campden.

»Ja, ich liebe die Natur hier. Während meines Studiums habe ich mich ständig hierher gesehnt«, gestand ich ihr.

»Hast du die Praxis übernommen?«, fragte Amelie interessiert.

»Nein, ich habe sie mir selbst aufgebaut. Seit ich denken konnte, wollte ich Tierarzt werden. Meine Eltern hätten es lieber gesehen, wenn ich Humanmedizin studiert hätte.«

Ich lachte bei dem Gedanken an die entsetzten Gesichter meiner Eltern, als ich ihnen von meinen Plänen erzählt hatte. Letztendlich hatten sie mich bedingungslos unterstützt und mir trotz ihres geringen Einkommens das Studium ermöglicht.

»Wenn ich an Tierärzte denke, sehe ich immer Katzen und Hunde vor mir.« Amelies Mundwinkel zuckten. »Aber dass du auch Papageien behandelst, hätte ich nicht gedacht.«

»Du würdest dich wundern, mit was für Tieren die Leute zu mir in die Praxis kommen. Vom Leguan bis zur Kuh fällt alles in meinen Aufgabenbereich.«

»Das klingt, als ob dir die Arbeit Spaß macht.«

»Ich liebe meine Arbeit. Sie ist abwechslungsreich, und ich habe mit Menschen und Tieren zu tun. Tatsächlich sind die Tierbesitzer oft schwieriger als die Tiere selbst.«

Amelie kicherte. »Das kann ich mir vorstellen.«

Gegenüber unserem letzten Treffen wirkte sie deutlich gelöster.

»Da wären wir.« Ich deutete auf die Lichter des alten Gebäudes.

»Ist das süß!«, quietschte Amelie begeistert.

Ihre Augen leuchteten bei dem Anblick des verwitterten Hauses, das nur noch von den Rosen zusammengehalten wurde, die es einhüllten wie eine rosa Wolke.

»Warte, bis du es von innen siehst. Sarge und Brian haben den Pub in ein Kleinod verwandelt.« Ich parkte am Seitenstreifen direkt davor.

Aus dem Augenwinkel sah ich, wie Amelie einen Blick in den Rückspiegel warf, um den Sitz ihrer Haare zu kontrollieren.

»Du siehst toll aus«, sagte ich.

Sie drehte ihr Gesicht zu mir. »Danke. Du siehst auch nicht schlecht aus für einen Tierarzt.«

»Nur für einen Tierarzt?« Ich tat entrüstet.

»Nein.« Amelie schüttelte lachend den Kopf. »Überhaupt.«

Zufrieden stieg ich aus und öffnete die Beifahrertür. »Madame, wenn ich bitten darf.«

Ich reichte ihr die Hand. Sie schenkte mir ein Lächeln, und mein Herz machte einen freudigen Hüpfer. Ihre Hand lag in meiner wie ein Vögelchen, zart und weich. In ihren Pumps reichte sie mir bis zur Nasenspitze.

Wir traten durch die schwere Holztür ins Innere des Pubs. Leises Gemurmel schlug uns entgegen. In der Luft hing der Duft von Alkohol und würzigen Kräutern. Knurrend meldete sich mein Magen zu Wort. Ich hatte den ganzen Tag kaum etwas gegessen. Redgy Meiers Stute hatte beschlossen, heute ihr Fohlen zu bekommen, und ich war dem Tier den ganzen Nachmittag nicht von der Seite gewichen.

Amelies Blick wanderte neugierig durch den Pub.

»Gefällt es dir?«, flüsterte ich ihr zu. »Noch haben wir die Gelegenheit abzuhauen.«

Amelie kicherte. »Es ist echt toll.«

»Freut mich. Ich mag die Atmosphäre hier sehr gerne.«

»Harry!« Brian, der Besitzer, hatte uns entdeckt und winkte mir vom Tresen aus zu. Wir schlängelten uns an den Besuchern vorbei zu ihm.

»Brian.« Ich begrüßte den Wirt mit Handschlag. Der Mann hatte Hände wie Klodeckel, die ordentlich zupacken konnten. »Darf ich dir vorstellen?« Ich deutete auf meine Begleitung. »Das ist Amelie Walsh.«

»Hi. Wo hast du denn diese wunderschöne Frau die ganze Zeit versteckt?« Brian machte für seinen fülligen Körper eine erstaunlich elegante Verbeugung. »Brian Conley.«

»Amelie Walsh.« Sie strahlte ihn an. »Was für ein wunderschöner Pub. Ich dachte, so etwas gibt es nur im Film.« Pure Begeisterung sprach aus ihrer Stimme.

»Freut mich, dass er dir gefällt. Du bist neu hier, oder?«

»Ja. Ich habe Little Brown Cottage gemietet.«

»Ach, dann warst du das, die den Geist von Mary verscheucht hat.« Brian zwinkerte ihr zu. »Marge Putnam hat es Sarge erzählt.«

»Die alte Plappertasche.«

Marge hatte ein durchaus einnehmendes Wesen und schaffte es immer wieder, den Menschen aus ihrer Umgebung Informationen zu entlocken. Sie und Sir Edmund waren häufig gesehene Gäste in meiner Praxis, was daran lag, dass Marge ihren Hund ständig gnadenlos überfütterte.

»Das ist die Frau mit dem berühmten Mops!«, stellte Amelie fest.

»Genau die«, bestätigte Brian mit einem Kopfnicken.

Sarge kam um die Ecke gefegt. Sie hatte ein vollbeladenes Tablett in der Hand. »Harry!« Sie stellte das Tablett ab und umarmte mich herzlich. Sarge war fast so groß wie ich und mit ihren kurzen Haaren und den derben Zügen äußerst burschikos im Aussehen, aber mit einem Herz aus Gold. »Wie schön, dich zu sehen.« Sarges Blick fiel auf Amelie. »Und Sie sind die neue Frau, die das Herz unseres lieben Harrys erobert hat.«

Ich stöhnte innerlich.

»Ähm, so würde ich mich nicht gerade bezeichnen«, entgegnete Amelie erstaunlich ruhig.

»Amelie hat ein Katzenbaby gerettet und es zu mir gebracht …«

»… und da hast du dich gleich auch noch dem größeren Kätzchen angenommen.« Sarge grinste.

Auch Amelie lächelte.

»Sarge, benimm dich«, raunte Brian seine Frau an. »Das sind unsere Gäste.«

»Man wird doch wohl mal einen Scherz machen dürfen. Amelie hat mich verstanden.« Sarge lächelte Amelie zu.

»Schon gut. Ehrlich gesagt war ich es, die Harry um einen Drink gebeten hat, weil er sich so rührend um Zorro gekümmert hat«, sagte Amelie.

»Endlich eine selbstbewusste Frau. Davon gibt es leider viel zu wenige. Wo möchtet ihr sitzen?« Sarge deutete auf einen Tisch in der Ecke, der gerade frei geworden war.

Ich warf Amelie einen fragenden Blick zu.

»Ja, der sieht super aus.«

Einem Impuls folgend, legte ich den Arm um Amelies Taille. Gemeinsam gingen wir durch das Lokal und ernteten wohlwollende Blicke. Ich erkannte einige bekannte Gesichter unter den Gästen, jedoch niemanden, der mir nahestand.

Wir nahmen Platz.

»Was wollt ihr trinken?« Sarge stand neben uns. Brian hatte sich wieder hinter seinen Tresen verkrochen.

»Ein Glas Chardonnay gerne«, bat Amelie.

»Für mich ein Ale.«

»Kommt sofort.«

»Wie gefällt es dir bisher bei uns?«, startete ich die Unterhaltung, nachdem Sarge verschwunden war.

»Ehrlich gesagt liebe ich es hier. Die Leute sind so nett, und ich habe das Gefühl, echte Freundinnen gefunden zu haben«, gestand sie mit einem verlegenen Lächeln.

Ich fragte mich, wie ihr Leben in Oxford wohl gewesen war. Ich wurde das Gefühl nicht los, dass sie ziemlich einsam gewesen war. Unsere Blicke trafen sich. Ein angenehm warmes Gefühl breitete sich in meinem Bauch aus.

»Oxford kommt mir gegen Chipping Campden schrecklich laut und unpersönlich vor.«

»Dann zieh doch einfach hierher. Was hält dich noch in Oxford?«, fragte ich hoffnungsvoll.

Ich hatte mich bereits einmal in eine Frau verliebt, von der ich dachte, sie würde wieder wegziehen. Zwar war Rylee geblieben, aber nicht meinetwegen.

Amelie schüttelte den Kopf. »Ich würde gerne, aber …« Sie machte eine Pause, als würde sie nach den richtigen Worten suchen. »Erst einmal muss ich meine private Situation klären.«

Sarge kam mit unseren Drinks zurück. »Wohl bekomm's.«

»Danke.« Wir prosteten uns zu.

Mit ihrer natürlichen Anmut setzte Amelie das Glas an ihren Mund. Ihre roten Lippen hoben sich glänzend dagegen ab. Vorsichtig nippte sie am Wein. Er schien ihr zu schmecken, denn sie leckte sich mit der Zungenspitze über die Unterlippe, als sie das Glas absetzte.

Wie es sich wohl anfühlte, diese Lippen zu küssen?

»Um auf deine Frage zurückzukommen.« Sie spielte nervös mit ihrem Glas. »Ich weiß noch nicht, wohin die Reise geht. Mein Mann und ich haben seit Wochen nicht mehr miteinander gesprochen. Ich habe keine Ahnung, wie er sich unsere Zukunft vorstellt.«

Beim letzten Satz zuckte ich zusammen. Dachte Amelie noch über eine gemeinsame Zukunft mit ihm nach? Frustriert nahm ich einen tiefen Schluck aus meinem Glas.

Ihr Blick wanderte zu mir. »Harry, ich möchte dir keine falschen Hoffnungen machen.«

Ich nickte stumm.

War sie noch in ihren untreuen Ehemann verliebt? Mit einem Mal war ich mir nicht mehr sicher, ob das Date eine gute Idee gewesen war. Meine Gefühle für sie waren eindeutiger Natur. Seit ich sie das erste Mal gesehen hatte, fühlte ich mich geradezu magisch von ihr angezogen. Aber ich hatte keine Lust, ein zweites Mal für einen anderen Mann sitzengelassen zu werden. Ich konnte und wollte nicht mit einem Ehemann konkurrieren.

»Ich muss meine finanzielle Situation klären und mir überlegen, wie ich mich positioniere«, fuhr sie fort.

»Liebst du deinen Mann noch?« Die Frage lag mir schon eine ganze Weile auf der Zunge.

Amelie legte den Kopf leicht schräg. »Jasper wird immer ein Teil von mir sein. Er war meine erste große Liebe.« Sie sah mich traurig an. »Aber ich weiß auch, dass das, was zwischen uns war, kaputt ist.« Ihr Brustkorb hob und senkte sich, als würde sie schwer atmen. »Nein, ich glaube nicht, dass es Liebe ist, was ich für ihn empfinde. Aber ich hasse ihn auch nicht für das, was er mir angetan hat. Ich bin einfach nur zutiefst verletzt und ein wenig verloren.« Sie schwieg für einen Moment, bevor sie fortfuhr. »Immerhin dachte ich, ich würde mein Leben mit ihm verbringen. Das kann man nicht so einfach abschütteln.«

Durch meinen Kopf wirbelten die Gedanken. Sie liebte Jasper nicht mehr! Das hatte sie selbst gesagt. Das war zumindest ein Anfang – eine Chance. Aber es war auch klar, dass ich vorsichtig vorgehen musste.

»Ich kann verstehen, wenn du jetzt gehen möchtest«, sagte sie mir leise. »… Was ich allerdings sehr schade fände.«

»Ich habe nicht vor zu gehen«, erwiderte ich mich rauer Stimme. »Im Gegenteil. Ich bin froh, dass wir darüber gesprochen haben.« Ich schnappte mir ihre Hand. »Es macht mir nichts aus. Ich wusste ja, auf was ich mich einlasse, als ich deine Einladung angenommen habe. Allerdings wusste ich nicht, wie du zu deinem Mann stehst. Das macht vieles klarer.«

»Gut.« Sie schenkte mir ein warmes Lächeln, das mein Herz zum Schmelzen brachte.

Eines stand fest: Amelie Walsh war eine Frau, um die es sich zu kämpfen lohnte, auch wenn es eigentlich gegen meine Prinzipien verstieß.

Ich hatte mich zu Hause schlaugemacht und den Namen ihres Ex-Mannes gegoogelt. Jasper Walsh war ein äußerst attraktiver Mann mit stechenden Augen und einer gewissen Arroganz um den Mund herum. Die Presse feierte ihn als die neue Schauspielhoffnung Großbritanniens. Dagegen anzukommen war eine echte Herausforderung. Aber noch schlimmer wäre es gewesen, wenn Amelie sich ihrer Gefühle zu ihm nicht im Klaren wäre.

»Auf einen schönen Abend!« Wir prosteten uns zu.

Ich hatte den Eindruck, als wäre eine unsichtbare Mauer zwischen uns zusammengebrochen. Auch Amelie wirkte gelöst.

»Weißt du was?« Sie kicherte.

»Was ist denn so komisch?«

»Ich dachte, du und Alice wärt ein Liebespaar. Ich war direkt ein bisschen eifersüchtig.« Sie blinzelte.

Das klingt wie ein kleines Liebesgeständnis, jubelte es in meinem Kopf. Schließlich war man ja nicht ohne Grund eifersüchtig.

»Niemals!« Ich schüttelte energisch den Kopf. »Alice und ich kennen uns schon seit der Schulzeit. Sie ist eher so etwas wie eine Schwester für mich. Aber ein Paar – das würde nicht gutgehen. Apropos Alice. Sie hat mir erzählt, dass du ein Buch schreibst.«

»Ich muss ein Hühnchen mit ihr rupfen.« Ihre Augen funkelten angriffslustig.

»Ach was. Sie ist keine von den ganz schlimmen Plappertaschen. Sie war einfach total begeistert.«

»Aber sie hat ja noch nichts von mir gelesen«, erwiderte Amelie. Sie nahm einen Schluck aus ihrem Glas.

»Alice hat ein gutes Gespür. Erzähl doch mal.«

»Interessiert es dich wirklich?«

»Sonst würde ich nicht fragen«, antwortete ich gespielt beleidigt.

»Also gut. Dann bin ich gespannt, was du als Mann zu der Story sagst.« Sie holte tief Luft. »Es geht um eine alleinerziehende Mutter in Brooklyn, die sich mit der Arbeit in einer kleinen Bäckerei über Wasser hält. Eines Tages gewinnt sie bei einem Kreuzworträtsel eine Reise nach Paris …«

***

»Oh mein Gott, jetzt habe ich den ganzen Abend geredet.« Amelie sah mich mit glänzenden Augen an.

Auf ihren Wangen lag ein rötlicher Schimmer, als hätte sie einen Hauch zu viel Rouge aufgelegt. Sie sah atemberaubend schön aus.

»Überhaupt nicht. Ich habe jede Minute davon genossen«, antwortete ich aufrichtig.

Während sie von ihrer Buchidee erzählt hatte, hatte ich sie unauffällig beobachtet. Ihre Begeisterung war ansteckend. Wenn sie nur halb so gut schrieb, wie sie erzählte, würde das Buch ein Erfolg werden. Ihre Hände hatten sich wie flatternde Vögel durch die Luft bewegt. Die Leidenschaft, mit der sie gesprochen hatte, hatte mich überrascht – genau wie die ganze Frau mich überraschte.

Mit Amelie zusammen zu sein, war ein einziges Wechselbad der Gefühle. Mal war sie verletzlich, um einem gleich darauf selbstbewusst entgegenzutreten. Sie war ungeschickt, gleichzeitig waren ihre Bewegungen von Eleganz geprägt. Ihr Gesicht spiegelte ihre Emotionen wider, um Sekunden später verschlossen zu sein.

Ich war fasziniert von der Vielschichtigkeit dieser Frau. Noch nie hatte ich einen Menschen getroffen, der mich derart gefangen hielt. Nach ihren Erzählungen konnte ich es kaum noch abwarten, das fertige Buch in der Hand zu halten.

»Aber jetzt weiß ich überhaupt nichts über dich«, holte sie mich aus meinen Gedanken.

Ich winkte ab. »Ach, da gibt es nicht viel zu erzählen.«

»Das stimmt doch gar nicht«, widersprach sie heftig. »Wo hast du studiert? Wo leben deine Eltern? Was sind deine Hobbys?«

»Gleich so viele Fragen auf einmal.« Ich lachte. »Ich bin in Chipping Campden geboren. Meinen Abschluss und Doktor habe ich am *Royal Veterinary College* in London gemacht.«

»Wann warst du fertig?«, unterbrach Amelie mich. Ich nannte ihr das Jahr. »Da habe ich gerade angefangen zu studieren. Du bist ja ein richtig alter Sack.« Sie kicherte.

»Hey, ich bin gerade vierunddreißig geworden. Das ist nicht alt.« Ich schaute so streng wie möglich.

»Nein, das war ein Scherz.« Amelie lächelte nachdenklich. »Warst du mal verheiratet?«

»Nein. Bisher hat es nie zu einer Ehe gereicht.« Ich fuhr mit dem Finger über das Glas und wischte einen Tropfen weg.

»Bei mir hat es gereicht, und du siehst ja, wo ich gelandet bin«, sagte sie bitter. »Ich hätte auf meine Familie hören sollen. Meine Mutter und mein Bruder waren total dagegen.«

»Du hast einen Bruder?«

»Ja. William. Er ist in der Armee. Hast du Geschwister?«

Ich schüttelte den Kopf. »Nein, meine Eltern haben mich gesehen und dachten wohl, dass einer von meiner Sorte reicht.«

Amelie lachte. »Lebt deine Familie auch in Chipping Campden?«

»Meine Eltern sind vor ein paar Jahren nach Mousehole gezogen. Meine Mutter wollte schon immer am Meer leben, und als beide in Rente gegangen sind, haben sie ihren Traum wahrgemacht.«

»Das ist wie bei meiner Mum«, erwiderte sie. »Als sie sich von meinem Dad getrennt hat, hat sie ihr Leben völlig umgekrempelt.«

»Wie mir scheint, ist man niemals zu alt für einen Neuanfang«, murmelte ich nachdenklich.

Amelie nahm ihr Glas in die Hand. »Auf meinen Neuanfang in Chipping Campden und auf das Buch.«

Ich schmunzelte. Wie es aussah, war Amelie einem neuen Leben gegenüber offener, als sie vorgab.

Vielleicht auch einer neuen Liebe?

»Das gefällt mir. Darauf trinke ich gerne.«

Unsere Gläser stießen klirrend gegeneinander.

Amelie

18

Harry führte mich nach draußen. Dabei legte er wie selbstverständlich seinen Arm um meine Taille. Eine sehr intime Geste. Das Gleiche hatte er bereits beim Betreten des Pubs getan, und ich hatte ihn gelassen, auch wenn es im ersten Moment ungewohnt gewesen war. Ich hatte es genossen. Ich mochte Harry Lisiter. Sehr sogar.

Harry war ein guter Zuhörer und hatte interessiert Zwischenfragen gestellt. Seine Bemerkungen waren witzig und geistreich gewesen. Ich hatte mich so gut amüsiert wie schon lange nicht mehr.

Die frische Abendluft schlug uns entgegen. Ich fröstelte leicht.

Harry sah mich besorgt an. »Ist dir kalt?«

»Nur ein bisschen.«

Ich hatte den Satz noch nicht ausgesprochen, da hatte Harry bereits sein Jackett ausgezogen und es mir über die Schultern gelegt. Er war ein Gentleman durch und durch. Eine Rarität in der heutigen Zeit.

Ein Paar kam uns mit einem Hund an der Leine entgegen.

»Harry!«, rief die Frau erstaunt aus.

Es dauerte einen winzigen Augenblick, bis ich sie erkannte.

»Rylee«, riefen Harry und ich unisono.

»Jake«, fügte Harry noch hinzu.

Wir blieben stehen.

Das war also der berühmte Jake. Unauffällig musterte ich Chipping Campdens Bürgermeister.

Jake war eine äußerst attraktive Ausgabe seiner Spezies. Markante Gesichtszüge, ein Dreitagebart, leuchtend blaue Augen. Dazu die athletische Figur eines Zehnkämpfers. Kein Wunder, dass Rylee sich in ihn verliebt hatte, wobei ich Harrys aristokratisches Gesicht lieber mochte.

»Was macht ihr beide denn hier?«, hörte ich Harry fragen. Er musterte seinen Freund intensiv.

»Wir waren in Cirencester zum Essen eingeladen, und Ben musste plötzlich dringend sein Geschäft erledigen.« Es klang wie eine Entschuldigung. Jakes Blick fiel auf mich.

»Das ist Amelie. Amelie Walsh«, beeilte Harry sich zu sagen.

»Höchste Zeit, dass wir uns endlich kennenzulernen. Ganz Chipping Campden feiert dich schließlich als Befreierin von Mary Elisabeth.« Jake reichte mir die Hand. Er hatte die Ausstrahlung eines Mannes von Welt. »Rylee kommt aus dem Schwärmen gar nicht mehr heraus, und Harry redet auch seit Tagen von nichts anderem mehr.«

Zum Glück war es dunkel und niemand konnte sehen, wie ich rot wurde bei so viel Lob. Rylee verpasste Jake einen Stoß in die Seite. Fast hätte ich laut aufgelacht.

»Jake übertreibt mal wieder«, versuchte sie, die Worte ihres Verlobten abzumildern.

»Keineswegs.« Jake grinste breit. »Wie hat es dir im *Honeypot* gefallen?«

»Sehr gut. Das war ein guter Tipp von dir. Danke, Jake.« Ich lächelte.

Aus dem Augenwinkel sah ich, wie Rylee ihr Gesicht ebenfalls zu einem breiten Grinsen verzog.

Jakes Augenbraue schnellte nach oben. »Na ja, also Harry …«

Rylee klopfte ihrem Verlobten auf die Schulter. »Schon gut, Schatz. Wir wissen ja, dass ihr wie Zwillinge seid, die bei der Geburt getrennt wurden.«

Ich gluckste leise.

»Sehr witzig«, brummte Jake. »Ich habe nur einem Freund geholfen, eine passende Location für einen gemütlichen Abend zu finden, ohne dass alle zwei Minuten eine Patientin neben dem Tisch auftaucht und von ihrem Haustier erzählt.« Wir lachten alle. »Und wie gefällt es dir bei uns?«, fragte Jake an mich gewandt.

»Chipping Campden ist toll. Du kannst stolz darauf sein.« Jeder, mit dem ich bisher über Jake gesprochen hatte, war begeistert von dem Bürgermeister. Sogar Mr Howard hatte nur Gutes zu berichten.

»Das bin ich auch. Ihr müsst uns unbedingt mal besuchen«, schlug Jake vor.

Ich mochte seine offene Art, die perfekt zu der von Rylee passte. Die beiden waren ein echtes Traumpaar. Ben bellte leise.

»Ich fürchte, wir müssen weiter«, entschuldigte sich Jake.

Harry nickte seinen Freunden zu. »Es war schön, euch zu treffen.«

»Sehen wir uns morgen beim Yoga?«, fragte Rylee.

»Auf jeden Fall. Ich freue mich schon die ganze Woche darauf«, erwiderte ich.

»Dann geht es dir wie mir.« Rylee lachte. »Bis morgen.«

Jake klopfte Harry auf den Rücken. »Bye Kumpel.« Er drehte sich zu mir. »Hoffentlich bis bald. Rylee und ich wären zutiefst beleidigt, wenn ihr nicht vorbeikommt.«

»Alles klar«, erwiderte ich lächelnd. »Bis bald.«

Die beiden gingen weiter.

»Das ist also der berühmte Jake«, murmelte ich leise, sodass die beiden mich nicht hören konnten. »Ich finde, die beiden passen perfekt zusammen.«

Harry warf mir schweigend einen Seitenblick zu. Im gleichen Moment fiel mir ein, dass er ebenfalls gedacht hatte, er und Rylee würden zusammenpassen.

»Also … ich meine … so wie sie vor mir gestanden haben …«

»Schon gut«, lenkte Harry ein. »Ich habe bereits vor langer Zeit meinen Frieden damit gemacht. Unsere Abmachung damals war eine blöde Idee. Liebe kann man eben nicht erzwingen, die kommt von ganz alleine.« Sein Blick ruhte auf mir.

Sofort verspürte ich wieder das Kribbeln, das ich immer bekam, wenn Harry mich ansah. Ich nickte, ohne meinen Blick von ihm zu nehmen. Selbst in der Dunkelheit konnte ich seine markanten Gesichtszüge erkennen. Eine Strähne hatte sich gelöst und fiel ihm ins Gesicht. Einem Impuls folgend, schob ich sie mit den Fingern zurück. Harry zuckte.

»Entschuldige, du hattest da …« Ich deutete auf seine Stirn.

Was war nur in mich gefahren?

Er nickte. Seine Augen hielten mich noch immer gefangen. Für einen Moment dachte ich, er würde mich küssen. Ich streckte ihm unbewusst mein Gesicht entgegen.

Harry zögerte. »Ich denke, wir sollten gehen.«

Er legte wieder den Arm um meine Taille und führte mich zum Wagen. Ich war verwirrt. Wegen meiner eigenen Gefühle und wegen Harry. Er hätte mich küssen können.

Warum hatte er es nicht getan?

Schweigend gingen wir zum Auto.

***

Während der ganzen Fahrt redeten wir kaum. Jeder hing seinen Gedanken nach. Langsam rollte der Rover die Einfahrt zum Cottage hoch, bis er zum Stehen kam.

»Danke für den schönen Abend«, sagte Harry mit rauer Stimme.

»Ich habe zu danken«, erwiderte ich. »Das nächste Mal kommst du zu mir und ich koche für uns.«

Ein Lächeln lag auf seinem Gesicht. »Ich wüsste nicht, was ich lieber täte.«

»Du weißt noch gar nicht, ob ich kochen kann«, scherzte ich.

»Ich bin mir sicher, dass du eine gute Köchin bist. Genauso, wie ich mir sicher bin, dass es nicht deine Schuld ist, was mit deiner Ehe passiert ist.«

Ich schluckte. Sein letzter Satz hatte mich kalt erwischt. »Nein, aber wenn sich Paare trennen, sind immer beide schuld.«

Er stutzte. »Wahrscheinlich hast du recht. Trotzdem finde ich, dass du nicht zu sehr mit dir hadern solltest.«

»Das ist nicht immer so leicht«, gab ich zu bedenken.

»Trotzdem glaube ich fest daran, dass in dir viel mehr Talent schlummert, als du es selbst von dir denkst.« Harry beugte sich zu mir. »Gute Nacht, bezaubernde Amelie.«

Sein warmer Atem strich über meinen Hals. Seine Lippen berührten meine Wange. Es war eine flüchtige Berührung. Winzige wohlige Schauer breiteten sich von dort über meinen Rücken aus. Mein Atem stockte. Für einen Augenblick wünschte ich mir, er würde mich küssen.

Leider tat er mir den Gefallen nicht. Stattdessen zog er sich mit einem Ruck zurück. Seine Augen schimmerten wie zwei Seen in der Dunkelheit. Er streckte die Hand aus und strich mir über die Wange. In dieser Geste lag so viel Zärtlichkeit, dass es mir den Atem nahm. Mein Herz hämmerte gegen meine Brust.

Mit einem Mal bekam ich es mit der Angst zu tun. Das hier war keine gute Idee. Ich hatte einen Ehemann. Ich war verheiratet. Ich musste zuerst Klarheit in die ganze Situation bringen. Ich musste mit Jasper reden. Wenn mein Leben nicht im totalen Chaos versinken sollte, durfte ich nicht irgendwelchen Gefühlen nachgeben, die durch meine Hormone ausgelöst wurden.

»Gute Nacht.« Ich öffnete die Tür und stieg so schnell wie möglich aus.

»Amelie«, hörte ich ihn rufen.

»Gute Nacht.« Ich winkte, ohne mich noch einmal umzudrehen.

Ich spürte, wie mir sein Blick zur Haustür folgte. Dann sprang der Motor an. Ich drehte mich um, doch Harry hatte den Wagen bereits gewendet. Nachdenklich sah ich ihm hinterher, bis die Lichter hinter dem nächsten Baum verschwanden.

***

Der Mond schien durch mein Fenster und tauchte das Schlafzimmer in silbernes Licht. Ich war hundemüde, aber der erlösende Schlaf wollte sich nicht einstellen. Sobald ich die Augen schloss, tanzte Harrys Gesicht durch meinen Kopf.

Der Abend mit ihm war wunderschön gewesen. Es hatte mir gefallen, dass er mir zugehört und sich offensichtlich für mich und für das, was ich dachte, interessiert hatte.

Wenn ich mit Jasper ausgegangen war, hatte meist er geredet. Nicht, dass ich ihm deshalb einen Vorwurf machte. Zuerst hatte ich es genossen, mir seine kleinen Anekdoten anzuhören. Erst in den letzten Monaten meiner Ehe war mir aufgefallen, dass sich all seine Geschichten fast ausschließlich um ihn selbst drehten. Auf der anderen Seite: Was hätte ich groß erzählen können? Ich hatte schließlich den ganzen Tag in der Wohnung gesessen und Termine koordiniert oder Jasper bei seinen Texten geholfen. Ich hatte mich in einer Art Mikrokosmos bewegt, in dem sich alles um Jasper drehte.

Ich hatte mir selbst eine Falle gestellt. Vor lauter Verliebtsein und Bewunderung hatte ich mich selbst in diese Situation gebracht. Ich hatte relativ schnell nach unserer Hochzeit gemerkt, dass wir bis auf die Liebe zueinander wenig Gemeinsamkeiten hatten. Von mir initiierte gemeinsame Unternehmungen waren kläglich gescheitert. Jasper und ich hatten grundverschiedene Ansichten in Bezug auf

Freizeitaktivitäten. Jasper liebte es, sich zu jeder Tages- und Nachtzeit mit Menschen zu umgeben. Ich hingegen lag auch gerne mal auf dem Sofa und las.

Es waren so viele Kleinigkeiten. Ich mochte scharfes Essen, Jasper behauptete immer, es würde seiner Verdauung nicht guttun. Ich liebte lustige Filme oder Dramen, Jasper mochte Thriller oder Krimis.

Jaspers Betrug war nur ein Resultat unseres Auseinanderlebens gewesen. Wir hatten beide unseren Teil dazu beigetragen.

Seit ich in Chipping Campden angekommen war, fühlte ich mich eigenartig befreit, als wären alte Lasten von mir abgefallen. Das Leben hatte eine Leichtigkeit bekommen, die ich seit langer Zeit nicht mehr gespürt hatte. Ich tat nichts weiter als zu essen, zu schlafen, einzukaufen und zu schreiben. Aber genau dieser Rhythmus füllte mich aus, und die Stunden flossen nur so dahin, während ich am Computer saß und arbeitete.

Harry. Meine Gedanken wanderten erneut zu dem attraktiven Tierarzt. Sein lächelndes Gesicht tauchte hinter meinen geschlossenen Lidern auf, und mit ihm kam der Wunsch, ihn zu küssen. War Harry ein guter Küsser?

Heute Abend war er zurückhaltend gewesen. Ich konnte mir vorstellen, dass er nach seiner letzten Erfahrung vielleicht Angst hatte, sich auf eine neue Beziehung einzulassen. Auf der anderen Seite wirkte er durchaus interessiert. Ich wurde einfach nicht schlau aus dem Mann.

Seufzend warf ich mich auf die andere Seite und wartete, dass sich der erlösende Schlaf endlich einstellte.

Amelie

19

»Ich habe gehört, du hattest ein Date mit unserem Tierarzt«, meinte Lucy mit einem spitzbübischen Grinsen auf dem Gesicht.

Wir standen im Yogastudio. Die meisten Frauen waren schon gegangen. Nur Lucy, Alice, Rylee und ich waren übriggeblieben. Zorro entspannte sich auf der Matte und beobachtete uns. Ich hatte die Stunde wie immer genossen. Mein Körper war entspannt und leicht. Die Kopfschmerzen, die mich heute Morgen beim Aufstehen geplagt hatten, waren verschwunden.

»Ja, wir waren im *Honeypot*«, erwiderte ich.

Auch wenn wir uns erst kurze Zeit kannten, hatte ich das Gefühl, mich unter Freundinnen zu befinden, denen ich alles erzählen konnte. Eine völlig neue Erfahrung für mich, nachdem der einzige wirkliche Freund in den letzten zwei Jahren mein Ehemann gewesen war. Und selbst das hatte sich als Trugschluss herausgestellt.

»Und wie war's?« Lucy sah aus, als ob sie jeden Moment vor Neugierde platzen würde.

Rylee kicherte. »Die beiden haben ziemlich verliebt ausgesehen, als Jake und ich sie getroffen haben.«

»Das war nur ein einfaches Date«, beeilte ich mich zu sagen.

Ich wollte nicht, dass meine Freundinnen falsche Schlüsse zogen, nur weil Harry und ich einmal miteinander ausgegangen waren.

»Ein einfaches Date. So, so, so.« Alice spitzte den kirschroten Mund. »Dafür war das Doktorchen aber den ganzen Tag äußerst gut gelaunt. Ich dachte, er hätte endlich mal wieder guten Sex gehabt.«

»Alice!« Ich gab ihr einen Schubs. »Das war nur ein netter Abend. Wirklich! Mehr war nicht!«

Lucy sah mich fragend an. »Hat er dich geküsst?«

»Nein.«

»Oh, wie schade«, sagten Alice, Rylee und Lucy bedauernd.

»Harry ist ein Freund …«, fuhr ich fort.

»… der dir gefällt«, vollendete Alice den Satz.

»Vielleicht!«, gab ich lachend zu.

Tatsächlich war ich einem weiteren Date mit dem heißen Tierarzt nicht abgeneigt. Harry hatte mir heute Morgen eine WhatsApp-Nachricht geschickt und sich für den schönen Abend bedankt. Ich hatte sofort geantwortet. Eine wilde Schreiberei hatte sich daraus entwickelt, die in einem Anruf von Harry geendet hatte. Wir hatten fast eine Stunde miteinander geplaudert und dabei festgestellt, dass wir die gleichen Filme mochten.

»Nur gut, dass Melissa nicht da ist«, bemerkte Rylee. »Sonst wüsste bereits ganz Chipping Campden von deinem Date mit dem heißen Doktor. «

»Oh Gott, bloß nicht!« Ich schlug die Hände vor dem Gesicht zusammen.

Das Letzte, was ich gebrauchen konnte, waren irgendwelche weiteren Lügengeschichten. Davon hatte ich in meinem Leben gerade genug.

»Noch jemand Tee?« Lucy hob das Tablett in die Höhe.

Dankbar nahm ich einen Becher. Mein Mund fühlte sich an wie ausgetrocknet.

»Wie kommst du mit deinem Buch voran?«, fragte Alice beiläufig.

Die Gespräche erstarben, und alle Blicke waren auf mich gerichtet.

»Ähm, gut. Ich habe die ersten fünfzig Seiten geschrieben.«

»Das ist mehr als die meisten hier in zehn Jahren schreiben«, sagte Alice und stellte sich neben mich. »Ich bin froh, wenn ich für meinen Onkel zu Weihnachten eine Karte mit drei Zeilen zusammenbekomme.«

Alle lachten.

»Aber das ist voll cool«, fuhr Lucy fort.

»Irgendwie schon.« Die Begeisterung der Frauen ehrte mich. »Das ist ein Traum von mir. Ich wollte schon immer schreiben, aber durch Jaspers Arbeit als Schauspieler hat mir einfach die Zeit gefehlt.«

»Hast du schon einen Verlag im Auge?«, wollte Rylee wissen.

Ich winkte ab. »So weit bin ich noch lange nicht.«

»Ich melde mich schon mal als Testleserin an, solange es kein Krimi ist«, flötete Rylee. »Blut gibt's in meinem Leben genug.«

»Nein, ein Liebesroman. Krimis waren noch nie mein Ding. Dafür habe ich eine zu lebhafte Fantasie. Ich mag Liebesromane. Es entspannt mich ungemein, wenn ich abends vor dem Einschlafen noch ein paar Seiten lesen kann – wenn Jake mich lässt.« Rylee kicherte.

»Lalalalalaa!« Lucy hielt sich die Ohren zu. »Jake ist mein Bruder. Das will ich gar nicht wissen.« Wieder brachen wir in Gelächter aus.

»Kommst du zum Festival?«, fragte Lucy.

Ich schaute sie irritiert an. »Festival?«

»Nächste Woche ist das große *Streetfood-and-Music-Festival*. Besucher aus ganz England kommen deswegen hierher. Du musst mitkommen. Alle sind da. Das ist *das* Ereignis in Chipping Campden.«

»Wirklich?« Ich war so beschäftigt gewesen, dass ich davon nichts mitbekommen hatte.

»Ja. Das ist echt toll«, versicherte Alice mir. »Überall werden Foodtrucks aufgebaut, und auf der Bühne treten Musiker auf.«

»Das klingt ganz gut.« Ich schlürfte einen Schluck Tee.

»Wir hatten schon einige Musiker und Bands da oben stehen, die später richtig Karriere gemacht haben«, lockte Alice.

»Dazu musst du wissen, dass Alice einige von ihnen persönlich unter ganzem Körpereinsatz betreut hat«, fügte Lucy grinsend hinzu.

Alice streckte Lucy die Zunge raus. »Ich erkenne Talent eben, wenn ich es sehe. In meinem nächsten Leben werde ich Talentscout.«

»Man nennt das auch Groupie!« Lucy blickte mit Unschuldsmiene in die Runde.

Alice verschränkte die Arme vor der Brust.

»Dann ist es also abgemachte Sache, dass die Yogiletten gemeinsam aufs Festival gehen?« Rylee sah fragend in die Runde.

»Ich weiß es noch nicht so genau«, antwortete ich. »Mir ist im Moment nicht nach Feiern.«

»Ach, komm schon.« Alice hakte sich bei mir unter. »Zusammen wären wir das Dreamteam.«

»Außerdem: Wer mit dem heißen Tierarzt ausgehen kann, der kann auch aufs Foodfestival«, beharrte Lucy weiter.

»Von mir aus«, gab ich klein bei.

Alice nickte zufrieden. »Sehr schön.«

Lucy warf einen Blick auf ihre Armbanduhr. »Oh Mist, ich muss los. Heute Abend ist Klassenkonferenz. Dabei fällt mir ein: Haben wir dich schon in die WhatsApp-Gruppe der Yogiletten aufgenommen?«

Ich schüttelte den Kopf. »Nein. Bisher jedenfalls nicht.«

Lucy, Rylee und Alice tauschten kurze Blicke.

»Dann wird es höchste Zeit. Wenn ich mal kurzfristig absagen muss oder es sonst etwas zu klären gibt, läuft fast alles über die Gruppe.« Lucy zog ihr Handy hervor und tippte meinen Namen ein. »Deine Nummer?«

Ich diktierte ihr meine Handynummer. Es plingte leise in meiner Handtasche.

Lucy grinste breit. »Willkommen bei den Yogiletten!«

Amelie

20

Die folgende Woche verging im Flug. Dank des guten Wetters hielt ich mich fast den ganzen Tag draußen auf. Ich hatte die alte Sitzecke unter dem großen Walnussbaum gesäubert und mich dort mit meinem Laptop häuslich eingerichtet. Zorro hatte ich sein Kissen danebengelegt, wobei der Kater meistens im Garten herumlief und Schmetterlinge jagte, die es sich auf den Blumen gemütlich gemacht hatten.

Die Worte sprudelten aus mir heraus, und meine Finger flogen nur so über die Tasten. Meine Protagonistin war eine starke Frau, die trotz aller Widrigkeiten, die ihr das Leben bereitete nicht ihren Glauben an die wahre Liebe verloren hatte. Das Schreiben half mir dabei, meine Gefühle für Jasper zu sortieren und Abstand zu allem zu gewinnen. Mit jedem Satz, den ich schrieb, fühlte ich mich freier.

Ich musste an Harry denken. Wir waren gestern in seiner Mittagspause im *Tolkes* verabredet gewesen. Es war Harrys Idee gewesen, und ich hatte jede Minute in seiner Gegenwart genossen. Dabei hatte er keinerlei Versuch gestartet, mir in irgendeiner Form näherzukommen. Im Gegenteil; ich hatte die ganze Zeit den Eindruck gehabt, dass er darauf bedacht gewesen war, die körperliche Distanz zwischen uns aufrechtzuerhalten. Im Gegensatz zu mir. Ich hatte immer wieder auf seinen Mund starren müssen und mir dabei überlegt, wie es sich anfühlen würde, ihn zu küssen.

Das Handy klingelte und riss mich aus meinen Gedanken.

»Hallo, Mum.«

»Du lebst!«, schepperte ihre Stimme an mein Ohr.

»Wieso sollte ich nicht leben?«

»Weil du dich seit Ewigkeiten nicht mehr bei mir gemeldet hast. Ich war kurz davor, zu dir zu fahren.«

Ich runzelte die Stirn. »Mum, ich habe dich erst vor zwei Tagen angerufen.«

»Das ist eine lange Zeit, wenn man nicht weiß, ob das eigene Kind noch lebt.«

Ich schmunzelte angesichts ihrer übertriebenen Sorge.

»Mir geht es prima. Wie geht es dir?«, lenkte ich das Thema auf neutralen Boden.

»Gut. Meine Schuhe sind endlich gekommen.«

»Na, wenn das deine Sorgen sind, ist die Welt ja in Ordnung«, murmelte ich.

»Milton hat Ende des Monats ein paar Tage frei …«, fuhr Mum fort, ohne auf meine Bemerkung einzugehen. Sie war eine Weltmeisterin des selektiven Hörens und nahm nur wahr, was sie wollte. Der Rest fiel in eine Art schwarzes Loch des Hörvermögens und verschwand für immer. »Wir dachten, das wäre doch eine prima Gelegenheit, um dich zu besuchen. Wir würden mit dem Auto kommen. Was hältst du davon?«

Zorro sprang mit einem Satz auf die Bank und sah mich mit einem *Wer-ist-der-Mensch-mit-der-lauten-Stimme*-Blick an.

Ich formte mit dem Mund die Worte: *Das ist Mum.*

Zorro wackelte mit den Ohren, als hätte er mich verstanden, und kletterte auf meinen Schoß, um ein Nickerchen einzulegen. *Katze müsste man sein*, dachte ich amüsiert.

»Amelie!«

»Entschuldige. Es wäre toll, euch zu sehen. Aber bitte versprecht euch nicht zu viel. Hier gibt es keine teuren Läden und Boutiquen wie in Oxford.«

»Aber Liebes, das weiß ich doch. Darum geht es schließlich nicht. Ich habe Sehnsucht nach meinem Kind.« Sie seufzte theatralisch. »Ich weiß nicht, was ich verkehrt gemacht habe, dass mich beide Kinder bestrafen, indem sie so weit wie möglich von mir wegziehen. Du in dieses Dorf, und William nach Afghanistan.«

»Mum, das meinst du nicht ernst. William ist in der Armee. Er wohnt nicht dort.«

»Es fühlt sich aber so an.«

»Und ich brauchte einen Neuanfang. Weg von Jasper und unserem Leben dort.«

»Hm.«

»Ich liebe dich. Du bist die beste Mum der Welt«, versicherte ich.

»Ach Schätzchen, und ich liebe dich. Ich hätte mir nur gewünscht, dass du nicht das Gleiche durchmachen musst wie ich mit deinem Vater.«

»Das mit mir und Jasper ist anders.«

»Ich habe ihn in der Stadt beim Einkaufen gesehen.«

Ich horchte auf. »Und?«

»Er war nicht alleine. Diese Frau war bei ihm. Ich wollte es dir eigentlich nicht erzählen.« Ich knabberte an meiner Unterlippe. Jasper und Annie waren also noch zusammen. »Amelie. Es tut mir leid.«

»Mum, kein Problem. Er lebt sein Leben – und ich lebe meins«, sagte ich entschieden.

»Gut, dass du es so siehst und nach vorne blickst.«

»Ich versuche es zumindest«, murmelte ich.

Obwohl ich es gewusst hatte, tat es weh, die Gewissheit zu haben, dass Jasper und Annie ein Paar waren. Mein Magen rumorte. Seit der Sache mit Jasper hatte er ein Eigenleben aufgenommen und spielte zu den unmöglichsten Zeiten verrückt. Auch gestern im *Tolkes* mit Harry hatte ich mit einer leichten Übelkeit zu kämpfen gehabt.

Langsam beschlich mich die Angst, dass ich mir ein Magengeschwür geholt hatte. Der ganze Stress mit Jasper. Mein Umzug nach Chipping Campden. Das war alles ganz schön viel gewesen. Vielleicht wäre es besser, einen Arzt einen Blick darauf werfen zu lassen.

»Ich freue mich auf dich«, holte Mum mich aus meinen Gedanken.

»Ich mich auch auf euch. Bitte richte Milton liebe Grüße aus.«

»Das mache ich, und du pass auf dich auf.«

»Versprochen. Ich hab dich lieb, Mum.«

»Ich dich auch.«

Mum legte auf. Mein Magen machte erneut einen Hüpfer.

Kurzentschlossen wählte ich die Nummer von Rylees Praxis.

»Praxis von Doktor Adams. Sie sprechen mit Jessica Stukes«, meldete sich Rylees Sprechstundenhilfe äußerst professionell.

»Hi, Jessica.« Ich spielte nervös mit einer Haarsträhne.

» Amelie!« Sie klang überrascht, von mir zu hören. »Ist was passiert?«

»Nein, nichts Schlimmes. Ich habe seit Tagen diese ständig wiederkehrende Übelkeit und habe gehofft, dass Rylee mir etwas dagegen verschreiben kann.«

»Na klar. Könntest du jetzt vorbeikommen? Bei uns ist gerade nicht viel los.«

»Ja, natürlich. Gib mir zwanzig Minuten.« Ich klappte den Laptop zu. Zorro blinzelte verschlafen.

***

»Hallo, Amelie«, begrüßte Rylee mich freundlich. Sie hatte die Haare zu einem lockeren Knoten hochgebunden. Selbst in dem schlichten weißen Kittel sah sie einfach fantastisch aus. »Was kann ich für dich tun?« Ihr Blick wanderte prüfend über mein Gesicht.

»Wahrscheinlich ist es nichts. Nur eine Lappalie.« Es war mir leicht unangenehm, meiner neugewonnenen Freundin als Patientin gegenüberzustehen. »Aber ich habe Magenprobleme, die nicht weggehen.«

Sie nahm hinter ihrem Schreibtisch Platz und deutete mir an, mich auf den Stuhl davor zu setzen. »Hast du Schmerzen?«

Ich schüttelte den Kopf. »Überhaupt nicht. Einfach ein flaues Gefühl in der Magengegend, kombiniert mit Erbrechen.«

»Hm. Wie sieht es mit der Verdauung aus?«

»Alles so weit normal. Bis auf die konstante Übelkeit ist nichts.« Wahrscheinlich hielt Rylee mich jetzt für einen Hypochonder.

»Keine Schmerzen. Keine Krämpfe. Keine Begleiterscheinungen?« Ich verneinte. Rylees Stirn lag in Falten. »Merkwürdig. Wenn es dir nichts ausmacht, würde ich dich gerne untersuchen.« Sie zeigte auf die Liege. »Am besten, du machst den Bauch frei.«

»Muss ich mir Sorgen machen?«

Ich neigte nicht zu übermäßiger Besorgnis. Ich war achtundzwanzig Jahre alt, hatte kein Übergewicht, rauchte nicht und trank nur gelegentlich ein Glas Alkohol. Ich trieb regelmäßig Sport und schlug auch sonst nicht über die Stränge.

Ich zog mein Shirt hoch und legte mich auf die harte Unterlage. Rylee rieb die Hände aneinander und tastete meinen Bauch ab.

»Ich kann nichts Auffälliges finden.«

»Wahrscheinlich bilde ich mir das Ganze nur ein«, murmelte ich.

»Dass man sich Erbrechen einredet, ist eher unwahrscheinlich. Hattest du schon immer einen nervösen Magen?« Ich nickte. »Hast du Gewicht verloren?«

Meine Jeans saßen wie immer. Ich hatte sogar das Gefühl, ein wenig zugenommen zu haben. »Ich glaube nicht. Könnte das am Stress liegen? Ich hatte ziemlich viel um die Ohren mit Jasper und so.«

»Das wäre eine Möglichkeit. Stress kann die unterschiedlichsten Effekte auf Menschen haben. Kopfschmerzen, Magenprobleme, Schwindel, Tinnitus, Menstruationsprobleme – um nur ein paar zu nennen. Wann hattest du das letzte Mal deine Tage?«

Der letzte Satz traf mich wie ein Schlag. In meinem Kopf herrschte absolutes Vakuum. Alles um mich herum verschwamm.

»Amelie?«, rief Rylees Stimme mich von irgendwo weit entfernt.

Mein Herz schlug wie verrückt gegen meine Brust, und ich wurde von einer Welle der Übelkeit erfasst. Ich versuchte, die letzten Daten meiner Periode auf die Reihe zu bekommen.

»Amelie, alles okay mit dir?« Rylees Gesicht tauchte verschwommen vor meinen Augen auf.

»Nein«, krächzte ich.

»Was ist los?« Sie schnappte sich meine Hand. »Dein Puls rast, und du schwitzt.«

»Ich bin schwanger!«, stieß ich keuchend hervor.

Rylee ließ meine Hand fallen. »Was?«

»Ich bin so dumm.« Die Leere in meinem Kopf war völliger Panik gewichen. »Die ganze Zeit dachte ich, ich hätte eine Magenverstimmung. Dabei bin ich schwanger.« Ich schlug die Hände vors Gesicht. »Das ist eine einzige Katastrophe.«

»Bist du dir sicher?«, fragte Rylee typisch nüchtern.

»Nein, sicher bin ich mir nicht«, gab ich kleinlaut zu. »Aber ich kann mich nicht daran erinnern, wann ich das letzte Mal meine Tage hatte. Ich war so mit dieser ganzen Trennungsgeschichte beschäftigt, dass ich überhaupt nicht mehr darauf geachtet habe.«

»Was nicht verwunderlich ist. Weißt du, wer der Vater ist?«

»Jasper. Es kann nur Jasper sein.« Eine Träne kullerte über meine Wange und tropfte auf den Linoleumboden.

Rylee legte mir ihre Hand unter das Kinn und zwang mich, ihr in die Augen zu sehen. »Wir machen einen Schwangerschaftstest. Dann wissen wir genau, ob es stimmt. Was hältst du davon?«

Ich nickte stumm. Rylee stand auf und machte sich an einem Schrank zu schaffen. Jetzt, wo mein Denkvermögen zurückgekehrt war, glichen meine Gedanken einem Sturm. *Ich bin schwanger. Jasper ist der Vater. Was wid nun passieren? Was wird Jasper sagen, wenn er davon erfährt?*

Wie oft hatte ich mir ein Kind von Jasper gewünscht, und nie war etwas passiert. Ausgerechnet jetzt musste ich schwanger werden. Das war nicht fair.

»Hier.« Rylee reichte mir den Teststab. »Die Toilette ist nebenan.«

***

»Positiv!« Rylee hielt mir den Teststab unter die Nase. »Du bist schwanger. Allerdings würde ich gerne noch einen Bluttest mit dir machen um wirklich hundert Prozent sicher zu gehen.«

Ich brach in lautes Schluchzen aus.

Jessica kam ins Zimmer gestürmt. »Alles okay?«

»Bitte sag den Patienten im Wartezimmer, dass ich einen Notfall habe und es etwas dauern kann«, hörte ich Rylees Stimme. »Und würdest du uns bitte einen Tee bringen?«

»Jawohl, Boss.« Jessica verschwand wieder.

Ich heulte laut auf. Tränen verschleierten meine Sicht. Hysterische Weinkrämpfe hatten noch nie zu meinem Repertoire gehört, aber jetzt gab es kein Halten mehr. Für einen Moment hatte ich das Gefühl, mich in einem fahrenden Auto zu befinden, dessen Bremsen nicht funktionierten, und mit Vollgas auf einen Abgrund zuzurasen.

»Hey, so schlimm ist es nicht.« Rylees warme Arme umfingen mich. »Ein Baby ist nicht das Ende der Welt.«

Ich schniefte. »In meinem Fall schon!«

»Du weißt, dass du Optionen hast.« Rylee sah mir ernst ins Gesicht.

Ich zog lautstark die Nase hoch. »Wie meinst du das?«

»Es ist noch nicht zu spät. Du könntest das Baby abtreiben oder später zur Adoption freigeben.«

Ich schwieg. Ich hatte mir immer ein Kind gewünscht, auch wenn es wohl keinen ungünstigeren Moment dafür gab. Ich würde es unter keinen Umständen wegmachen lassen.

»Ich werde das Baby behalten«, sagte ich mit zittriger Stimme.

»Bist du sicher? Du musst die Entscheidung nicht heute treffen. Du hast noch Zeit.«

Ich schüttelte den Kopf. »Nein. Darüber brauche ich nicht nachzudenken. Ich werde das Baby behalten.«

»Gut. Das ist ganz alleine deine Entscheidung.«

Es klopfte. Jessica kam mit einem Tablett bewaffnet ins Sprechzimmer. Wortlos stellte sie es neben uns ab. Fragend sah sie erst Rylee und dann mich an. Wahrscheinlich dachte sie, ich hätte Krebs oder irgendetwas anderes Schreckliches. Warum sonst brach eine erwachsene Frau in Tränen aus?

»Ich bin schwanger«, beantwortete ich ihre stumme Frage.

»Oh. Herzlichen Glückwunsch.«

»Dankeeee.« Ich brach erneut in Tränen aus.

Jessica setzte sich neben mich auf die Liege und nahm meine Hand. Eingekeilt zwischen Rylee und Jessica ließ ich meinen Tränen freien Lauf. Ich hatte keine Ahnung, wie lange es dauerte, bis ich meinen Heulkrampf endlich überwunden hatte. Als es vorbei war, fühlte ich mich völlig leer und wie in Watte gehüllt. In meinem Kopf drehte sich alles.

»Hier.« Jessica reichte mir einen Becher. »Das ist gut fürs Baby und für die Seele.«

Dankbar nahm ich einen Schluck.

»Was willst du jetzt tun?«, fragte Rylee.

»Keine Ahnung«, antwortete ich dumpf.

Ich würde es Jasper sagen müssen. Schließlich war er der Vater. Was würde er sagen? Was würde Annie sagen, wenn sie erfuhr, dass die Ex-Noch-Ehefrau ihres Geliebten schwanger war? Was für eine verzwickte Situation.

»Du solltest als Erstes zum Frauenarzt gehen. Du bekommst dort einen Mutterpass und wirst professionell überwacht, damit es dir und dem Baby gut geht.« Rylee stand auf und kritzelte eine Adresse auf einen Zettel. »Dr Benson ist sehr nett und noch dazu ein sehr guter Arzt. Seine Praxis ist nicht weit entfernt in Morton-in-Marsh.«

»Ich danke dir. Für alles.« Ich zwang mich zu einem Lächeln und erhob mich.

»Dafür nicht.« Rylee lächelte. »Das ist doch selbstverständlich.«

In meinem Kopf tobte ein Wirbelwind. »Bitte sag es niemanden.«

»Auf keinen Fall. Ich habe ärztliche Schweigepflicht«, versicherte Rylee mir.

»Natürlich«, murmelte ich. »Entschuldige. Ich bin total durcheinander.«

»Verständlich.« Rylee öffnete mir die Tür. »An deiner Stelle würde ich erst mal in Ruhe über alles nachdenken. Ein Baby ist doch etwas Tolles. Sieh dir nur Lucy an.«

Ich erinnerte mich an Lucys Worte bei unserem ersten Gespräch. *»Damals ist für mich eine Welt zusammengebrochen, aber mittlerweile denke ich, dass es das Beste war, was mir passieren konnte.«*

Würde ich später auch so darüber denken? Mein Magen zog sich zusammen. Ich musste Jasper sagen, dass er Vater wurde.

Rylee beugte sich zu mir. »Du schaffst das. Da bin ich mir ganz sicher.«

Hoffentlich.

Amelie

21

Gedankenverloren spielte ich mit Zorro in der Küche, während Alice uns einen Tee zubereitete. Vor mir lagen Broschüren, die mir Dr. Benson mitgegeben hatte.

Warum Schwangerschaftsvorbereitungskurse?
Vorbereitungen für mein Baby
Schwanger für Dummies
Die leichte Geburt
Das Neugeborene

Allein bei den Bildern in den Prospekten hatten sich meine Nackenhaare aufgestellt. Eine Abtreibung war in einem völlig neuen Licht erschienen, als ich das schmerzverzerrte Gesicht einer Frau und die Nahaufnahme der Vagina mit einem herauskommenden Babyköpfchen gesehen hatte.

Aber dann war der Arzt mit dem kalten Ultraschallkopf über meinen noch flachen Bauch gefahren. Auf dem Bildschirm war meine Gebärmutter aufgetaucht – mit einer übergroßen Erbse darin, die sich als mein Kind herausstellen sollte. Winzige Arm- und Beinanlagen waren bereits zu erkennen. Parallel hatte ich den mechanisch klingenden Herzschlag des Embryos zu hören bekommen. Als ich dieses winzige Wesen gesehen und noch dazu gehört hatte, war etwas mit mir passiert. Eine Flut von Emotionen hatte mich überrollt. Verwirrung, Ungläubigkeit, Freude, Liebe.

Ich hatte eine unbeschreibliche Liebe zu der Erbse in meinem Bauch gespürt. Ab diesem Moment war ich mir so sicher wie noch nie, dass es kein Zurück mehr für mich gab. Ich würde dieses Baby bekommen – ob mit Jasper oder ohne. Das spielte ab jetzt keine Rolle mehr. Ich würde für dieses kleine Wesen in meinem Bauch da sein.

»Trink, das hilft.« Alice stellte die dampfende Tasse vor mir auf dem Tisch ab. »Du wirst bestimmt eine tolle Mutter.«

»Ach du Scheiße! Mum!« Ich sprang auf.

Zorro maunzte genervt auf, landete aber sicher auf seinen Pfoten.

»Was?« Alice sah mich an, als hätte ich nun endgültig meinen Verstand verloren.

»Meine Mutter hat sich zusammen mit ihrem Lebensgefährten für das übernächste Wochenende angekündigt.« Ich spürte, wie das Blut aus meinem Kopf in meinen Bauch absackte. Mir wurde schwindelig. Ermattet sank ich auf meinen Stuhl zurück. Das Letzte, was ich jetzt brauchte, war meine überdrehte Mutter, die mir gute Ratschläge gab.

»Bis dahin hast du ja noch ein bisschen Zeit, dich an den Gedanken, Mutter zu werden, zu gewöhnen«, tröstete Alice mich.

»Das ist nicht das Problem. Die Frage ist, wie ich meiner Mutter beibringe, dass sie Oma wird.« Ich stöhnte.

»Die freut sich bestimmt. Ich habe genau das gegenteilige Problem. Jedes Mal, wenn ich ein Kilo mehr wiege, fragt mich meine Mutter sofort, ob ich schwanger bin. Den letzten Mann, den ich ihr vorgestellt habe, hat sie gleich gefragt ob er sich Kinder wünscht.« Sie verdrehte die Augen.

»Du kennst meine Mum nicht«, erwiderte ich. »Die erlebt gerade ihren zweiten Frühling und erzählt jedem, sie wäre vierzig.«

»Dann kann sie die Erbse ja als ihr Kind ausgeben.« Ich musste unwillkürlich lachen. »Na siehst du.« Alice tätschelte meine Hand. »Mit Humor erträgt es sich gleich leichter. Außerdem kann es dir egal sein. Du bekommst das Baby, nicht deine Mum.«

»Auch wieder wahr. Aber ich muss es ihr beibringen.«

»Wenn du willst, übernehme ich das für dich.«

»Bloß nicht! Dann redet Mum nie wieder ein Wort mit mir.«

»Hast du es Jasper schon gesagt?«

Dumpfes Kopfschütteln. Ich hatte das Handy mehrmals in die Hand genommen und seine Nummer aufgerufen, aber im letzten Moment aufgelegt, da mir der Mut gefehlt hatte.

»Willst du es ihm denn sagen?« Alice setzte sich neben mich.

Zorro, der seine Chance auf Streicheleinheiten gekommen sah, sprang auf ihren Schoß.

»Hm.« Ich spielte mit der Tasse in meiner Hand. Seit meinem Besuch bei Rylee in der Praxis dachte ich an nichts anderes. Ich hatte die letzten Nächte wachgelegen und alle Möglichkeiten im Geiste durchgespielt. Letztendlich war ich zu dem Ergebnis gekommen, dass es keinen Sinn hatte, es zu verheimlichen. Über kurz oder lang würde Jasper davon erfahren. Ich wollte nur noch auf den richtigen Augenblick warten. Schließlich hatten wir seit Wochen kaum Kontakt. »Ja.«

»Worauf wartest du dann noch?« Alice schob das Handy über den Tisch zu mir. »Ruf ihn an. Schließlich hat der Mistkerl dir das alles eingebrockt. Dann soll er auch an deinem Elend teilhaben.«

Obwohl mir nicht danach war, musste ich lächeln.

»Jetzt?« Zweifelnd starrte ich auf das Handy.

»Selbstverständlich. Du willst doch, dass du und das Baby gut versorgt seid. Also los, ruf an.« Sie gab dem Handy einen Stups, sodass es fast in meinem Schoß landete.

Mit zittriger Hand nahm ich das Telefon und wählte Jaspers Nummer. Es klingelte, und ich hielt den Atem an.

»Amelie?« Ungläubigkeit lag in seiner Stimme.

»Hallo, Jasper.« Ich blinzelte gegen die Tränen an, die sich in meine Augen geschlichen hatten.

Es war wirklich erstaunlich, aber seit ich wusste, dass ich schwanger war, war ich nur noch am Heulen.

»Weinst du?« Er klang bestürzt.

Alice gab mir einen sanften Stoß in die Seite. Ihr Mund formte lautlos: *Sag es ihm.*

Nächtelang hatte ich mir die Worte zurechtgelegt, aber jetzt, da es so weit war, herrschte absolutes Vakuum in meinem Kopf.

»Ich bin schwanger!«

So viel zum ›richtigen Moment‹. Nur Jaspers Atem war zu hören.

»Zwölfte Woche.«

Immer noch kein Wort.

»Ich werde das Baby behalten.«

Lautes Atmen.

»Du bist der Vater, auch wenn es dir nicht gefällt. Im Gegensatz zu dir war ich treu.«

»Amelie …«

»Du liebst mich nicht mehr, und ich … Ich liebe dich auch nicht mehr. Aber ich weiß sicher, dass ich das Baby lieben werde, und ich hoffe, du tust es auch«, fuhr ich fort.

Alice hielt ihre Daumen in die Luft.

»Amelie, ich weiß nicht, was ich sagen soll«, ertönte es rau an meinem Ohr.

»Dann sag einfach nichts. Ich wollte nur, dass du es weißt.« Ich schluckte schwer.

Minutenlanges Schweigen. Ich hatte schon Angst, Jasper könnte einfach aufgelegt haben. Vielleicht war er auch eines plötzlichen Herztodes gestorben.

»Wann soll …« Jasper machte eine kurze Pause. »Wann kommt das Baby?«

»Am fünfzehnten März.«

»Ich glaube nicht, dass ich so weit bin, Vater zu sein.«

War ich so weit, Mutter zu werden? Ich war achtundzwanzig. Ich hatte ein abgeschlossenes Studium, aber keinen Job, und wie es aussah auch keinen Mann. Mein Blick fiel auf das Ultraschallbild, das mir der Arzt mitgegeben hatte.

»Diese Frage stellt sich nicht mehr«, entgegnete ich ruhig. »Du bist bereits Vater eines Zellklumpens, der in meiner Gebärmutter heranwächst und im März zur Welt kommt.«

Jasper schwieg.

»Pass auf. Ich bin auch nicht begeistert von der Idee, Mutter zu werden. Aber je schneller wir uns damit abfinden, desto besser.«

»Wollen wir uns treffen?«

»Nein, noch nicht. Ich glaube, es ist besser, wenn du in Oxford bleibst und ich hier in Chipping Campden.«

»Chipping Campden«, wiederholte er.

»Ja, ich lebe jetzt in Chipping Campden. Aber das tut ja nichts zur Sache. Ich wollte einfach, dass du es weißt.« Ich kaute auf meiner Unterlippe herum. »Bist du noch …« Mein Magen machte einen nervösen Hüpfer. »Seid du und Annie noch zusammen?«

Ich musste es aus Jaspers Mund hören.

»Ja. Annie wohnt jetzt bei mir.«

Ich zuckte zusammen, als hätte er mir eine Ohrfeige verpasst. Annie lebte jetzt in unserer Wohnung und schlief in meinem Bett. Ich hätte es mir denken können, aber es ausgesprochen zu hören, war etwas anderes.

»Wirst du es ihr sagen?«

»Ja, ich denke, das sollte ich.«

»Tja, ich lege dann mal auf.«

»Mhm.«

»Ich melde mich, wenn es etwas Neues gibt.« Ich legte auf.

»Das lief doch richtig gut«, beglückwünschte Alice mich.

»Na ja, ich weiß nicht.« Ich starrte trübsinnig aus dem Küchenfenster nach draußen, wo die Sonne schien.

»Ich finde, du hast dich wacker geschlagen. Was hat er gesagt?«

»Dass er nicht bereit ist, Vater zu werden.«

»Was für ein Arsch. Dann sollte er sein Ding mal ein bisschen besser unter Kontrolle halten. Das kann nun mal passieren, wenn man mit einer Frau schläft, die noch dazu die Ehefrau ist.« Alice schnaubte. »Männer sind manchmal solche schwanzgesteuerten Arschlöcher.«

»Jasper wollte nie Kinder. Das Kondom ist geplatz.t«

»Ah, okay. Das kann passieren«, erwiderte Alice.

Ich schwieg. Jasper war damals schrecklich aufgeregt gewesen. Ich hatte ihn damit beruhigt, dass ich nicht in der fruchtbaren Zeit war.

»Warum nimmst du ihn immer in Schutz?«

»Wie? Was meinst du?«

»Na ja, immer wenn die Sprache auf deinen betrügerischen Ex-Noch-Mann fällt, nimmst du die Rolle seines Anwalts ein«, stellte Alice fest.

Ich stutzte. War es tatsächlich so, wie Alice sagte?

»Er war die Liebe meines Lebens. Er hat mir nichts getan.«

»Außer dass er dir das Herz gebrochen und dich betrogen hat. Was muss noch alles passieren, dass du erkennst, was für ein Idiot der Typ ist? Wäre er ein echter Mann, hätte er die Ehe beendet, bevor er mit seiner Managerin im Bett gelandet ist. Aber er hat es vorgezogen, dich zu betrügen, um dich schön weiter in seiner Küche als Hausangestellte zu behalten. Und jetzt hat er nicht mal den Mumm, zu dir zu stehen, wo du ihn am meisten brauchst, sondern heult dir am Telefon vor, dass er noch nicht bereit ist, Vater zu sein. Der Mann ist wie ein Kind, das Angst davor hat, erwachsen zu werden.« Alice verschränkte die Arme vor der Brust.

Ihre Worte trafen mich wie ein Faustschlag in die Magengrube. Ich schluckte trocken.

Verdammt. Aus ihrem Mund klang alles so logisch, aber in meinem Kopf und in meinem Herzen sah Jasper ganz anders aus. Ich hatte mich im ersten Moment, als ich ihn gesehen hatte, Hals über Kopf in ihn verliebt. Als wir uns in diesem schäbigen Standesamt das Jawort gegeben hatten, hatte ich nur seine Augen gesehen. Ich war der festen Überzeugung gewesen, dass wir ein Leben lang zusammenbleiben würden.

»Jasper ist kein schlechter Mensch«, murmelte ich. Meine Stimme klang wie das Krächzen eines Raben.

Alice starrte mir entgegen. »Hörst du mir überhaupt zu?«

»Ja, aber du kennst ihn nicht. Er ist Schauspieler. In seinem Leben ist kein Platz für ein Kind.«

Ich hatte im Prinzip immer gewusst, dass es so war. Jasper war selbst wie ein Kind, das ständig Aufmerksamkeit suchte. Ich hatte es nur nicht wahrhaben wollen und mich damit vertröstet, dass er irgendwann einsehen würde, wie schön es war, ein Baby zu haben. Genau wie ich lange Zeit die Tatsache negiert hatte, dass ich mehr und mehr in seinen Schatten getreten war. Nicht Jasper hatte mich zu dem gemacht, was ich war – eine Frau ohne eigene Ziele und Träume –, sondern ich hatte mich in diese Rolle begeben.

Alice seufzte. »Dir ist echt nicht zu helfen.«

»Die einzige Person, die mir helfen kann, bin ich selbst.« Ich nahm die Hand meiner neugewonnenen Freundin. »Aber ich bin trotzdem froh, dass du hier bist.«

Amelie

22

Ich fuhr mit dem Rad die High Street entlang. Es war ein wunderbarer sonniger Tag, und ich hatte mir ein leichtes Sommerkleid übergezogen, das meinen leichten Bauch gut kaschierte. Es würde nicht mehr lange dauern, bis die Vorboten des Herbstes mit Regen und sinkenden Temperaturen in Chipping Campden Einzug hielten.

Zorro, der es sich im Korb gemütlich gemacht hatte, streckte den Kopf nach vorne, um sich den Fahrtwind um die Ohren wehen zu lassen. Der Kater und ich waren mittlerweile ein eingespieltes Team.

Wenn ich nachts ins Bett ging, kuschelte Zorro sich an mein Bettende, was sich als ziemlich praktisch herausstellte, denn endlich hatte ich keine kalten Füße mehr. Wenn ich morgens aufstand, trottete er mit mir ins Bad und leckte sich ausgiebig sein Fell, während ich duschte. Unsere Mahlzeiten nahmen wir gemeinsam ein, und wenn ich am Schreibtisch im Garten saß, leistete er mir Gesellschaft.

Am besten schienen ihm jedoch unsere Ausflüge mit dem Fahrrad zu gefallen. Im Dorf war Zorro mittlerweile mindestens genauso bekannt wie Sir Edmund. Nur dass er im Gegensatz zu dem Mops keine eigene Webseite und Fans auf der ganzen Welt hatte.

Auf der Hauptstraße war einiges los. Die Vorbereitungen für das angekündigte *Streetfood-und-Music-Festival* liefen auf vollen Touren. Überall wurde gehämmert und gebaut. Der Parkplatz hinter der Markthalle war bereits leergeräumt worden. Einige Foodtrucks hatten dort geparkt und bereiteten alles für den morgigen Ansturm vor. Über der High Street wurden Girlanden aufgehängt, und gleich am Dorfeingang war ein großes Schild mit der Aufschrift ›Herzlich willkommen‹ angebracht worden.

Mrs Perkins stand vor ihrem Antiquitätenladen und winkte mir zu. Ich hatte mich paarmal mit ihr unterhalten. Ich mochte die alte Dame mit den lebhaften Augen. Sie hatte etwas Beruhigendes an sich.

»Hallo, Mrs Perkins. Wie geht es Ihnen?« Ich hielt an. »Ist das nicht ein herrlicher Tag?«

»Ja, hoffentlich hält das gute Wetter noch ein paar Tage an. Morgen ist schließlich das Festival. Ich bin schon ganz aufgeregt. Unmengen von Touristen werden das Dorf stürmen und hoffentlich auch das eine oder andere kaufen.« Sie zwinkerte mir zu.

»Das kann ich mir vorstellen.« Ich deutete auf die bunte Girlande über unseren Köpfen. »Die Dekoration sieht richtig hübsch aus.«

»Ja. Sie werden sehen, morgen wird es noch prächtiger werden mit den ganzen Menschen und der Musik.« Das Gesicht der älteren Dame leuchtete. »Beim letzten Mal bin ich dieses scheußliche Bild losgeworden, das jahrelang an der Wand hing. Das Ehepaar, das es gekauft hat, war völlig begeistert davon.«

Ich grinste. »Über Geschmack lässt sich bekanntlich streiten.«

»Und wie geht es Ihnen, meine Liebe?« Ihre veilchenblauen Augen musterten mich eindringlich. »Sie sehen ein bisschen blass um die Nase herum aus.«

»Ich habe Magenprobleme.« Ich senkte den Kopf, damit sie nicht sah, dass ich log. Zeitgleich hasste ich mich dafür. Aber solange meine Schwangerschaft noch nicht offiziell war, wollte ich die Unbeschwertheit noch ein wenig genießen.

»Waren Sie schon beim Arzt?«, bohrte Mrs Perkins weiter.

Meine Güte, die Frau war ja schlimmer als Mum.

»Ja. Es ist nichts Ernstes«, versicherte ich.

Zum Glück miaute Zorro in diesem Moment.

»Dich habe ich nicht vergessen.« Mrs Perkins strich dem Kater über den Rücken. »Ich habe doch noch ein Leckerli für dich.«

Sie verschwand im Laden. Ich war selbst schon bei ihr zu Gast gewesen. Nachdem ich den Geist von Mary verscheucht hatte, wollten mich plötzlich alle Dorfbewohner bei sich einladen. Mrs Perkins hatte da keine Ausnahme gebildet.

Wenn man ihr Geschäft betrat, hatte man auf der Stelle das Gefühl, in eine andere Zeit katapultiert zu werden. Überall tickten alte Uhren. Möbel aus allen Epochen stapelten sich fast übereinander. Kostbare Ölgemälde von kitschig bis schön hingen dicht an dicht an den Wänden. Dazwischen thronte die alte Dame wie eine Königin. Meist trank sie Tee und legte Patiencen, bis Kundschaft kam.

»Da bin ich wieder!« Mrs Perkins war zurück und hielt Zorro eine Handvoll Kekse unter die Nase.

Wenn es so weiterging, konnte ich Zorro bald ins Dorf rollen. Der Kater schnupperte kurz daran, um sich wenig später den ersten Keks genüsslich einzuverleiben.

»So, wir müssen weiter. Meine Mutter und ihr Lebensgefährte kommen mich nächste Woche besuchen.«

Ich wollte alles im Haus haben, um Mum milde zu stimmen, wenn sie von meinem Umstand erfuhr. Erfahrungsgemäß würde sie die Tatsache, dass sie Großmutter wurde, in eine mittelschwere Lebenskrise werfen, die nur mit viel Alkohol und gutem Essen geheilt werden konnte.

»Wie schön, dann lerne ich auch mal Ihre Mutter kennen.« Mrs Perkins lächelte großmütterlich.

»Ich habe ihr schon von Ihrem Antiquitätengeschäft vorgeschwärmt«, antwortete ich. »Wir kommen bestimmt vorbei, und so wie ich meine Mutter kenne, wird sie auch etwas kaufen wollen.«

»Liebes, das muss sie nicht. Ich bin einfach froh, wenn mich nette Menschen besuchen.« Sie tätschelte meine Hand. »Sie sollten in Ihrem Zustand auf sich aufpassen, Kindchen.«

Ich stockte. Mrs Perkins' Augen blickten gütig zu mir herauf.

»Aber woher wissen Sie …?« Ich legte instinktiv die Hände auf meinen Bauch.

»Ich habe drei Kinder, zwölf Enkel und sechs Urenkel. Da bekommt man ein Auge dafür. Sie haben dieses typische Leuchten in den Augen.«

»Ich hatte gehofft, dass es nicht so offensichtlich ist«, gestand ich ihr.

»Keine Sorge, Ihr Geheimnis ist bei mir sicher.« Sie zwinkerte mir zu.

»Das ist lieb von Ihnen. Ich würde es meiner Mutter gerne persönlich sagen.« Allein bei dem Gedanken wurde mir ganz schlecht. »Und Sie wissen ja, wie schnell hier alles die Runde macht.«

»Ich bin mir sicher, Ihre Mutter wird begeistert sein. Ich erinnere mich noch daran, wie meine Tochter zu mir kam, um mir zu sagen, dass ich Oma werde. Die Arme war total aus dem Häuschen. Sie hatte Angst, ich könnte sie verstoßen, weil sie keinen Vater für das Kind hatte. Das törichte Ding. Als ob eine Mutter ihr Kind deshalb weniger lieben würde.« Sie tätschelte erneut meine Hand. »Ich bin mir sicher, Ihre Mutter wird sich freuen, wenn Sie ihr ein bisschen Zeit lassen, sich mit dem Gedanken anzufreunden. Es ist schließlich nicht leicht für uns Frauen, zu erkennen, dass wir nicht mehr jung sind. Für mich ist es, als wäre es gestern gewesen, dass meine Kinder klein waren.«

»Ich werde Ihren Rat beherzigen«, versprach ich.

»Gut, aber lassen Sie sich nicht länger von mir aufhalten«, verabschiedete sich Mrs Perkins.

»Ach was. Ich mag es, mich mit Ihnen zu unterhalten.«

Gemütlich fuhr ich weiter, bis ich den kleinen Supermarkt erreicht hatte. Selbst hier stand alles im Zeichen des Festivals. Mr Howard hatte eine rot-blau-weiße Girlande über seinen Laden gehängt, und im Schaufenster prangte das offizielle Poster mit dem Hinweis: *Hier Festival-Bier.*

Gutgelaunt betrat ich den Laden. Wie immer thronte Mr Howard hinter seiner Kasse. Mittlerweile wusste ich den Grund dafür. Von hier aus hatte er den besten Überblick über den Laden und die Vorgänge auf der Straße. In unseren wenigen Gesprächen war mir aufgefallen, dass Mr Howard bestens über die Geschehnisse im Dorf Bescheid wusste. Was zum Teil auch daran lag, dass das Radio mit seinem Lieblingssender NCCR mit Melissa Grant als Moderatorin ununterbrochen im Hintergrund dudelte. Max konnte ich nirgendwo entdecken. Wahrscheinlich war er in der Schule.

»Guten Tag, Mrs Walsh.« Mr Howard kam freudig hinter seinem Tresen hervorgeeilt. »Amelie, ich habe Sie schon vermisst.« Seine grauen Äuglein blitzten freudig auf. »Sie haben doch wohl hoffentlich nicht bei der Konkurrenz eingekauft?«

»Das würde ich niemals tun.«

»Mit was kann ich Ihnen heute behilflich sein?«

Ich reichte ihm die Einkaufsliste. Seine Augen flogen kurz über meine Aufstellung. Zorro hatte es sich in der Zwischenzeit auf meiner Schulter bequem gemacht.

„Wie geht es Ihnen?", startete Mr Howard unseren üblichen Smalltalk.

»Meine Mutter und ihr Lebensgefährte kommen nächste Woche zu Besuch.« Ich schluckte bei dem Gedanken.

»Das wird bestimmt aufregend.« Er lächelte. Dabei blitzten seine gelben Zähne zwischen dem blassen Rot seiner Lippen hindurch.

»Da liegen Sie richtig«, murmelte ich.

»Mütter können ziemlich anstrengend sein.“

»Sie sprechen mir aus der Seele«, grinste ich.

Er reichte mir die Liste zurück. »Na dann legen wir los.«

Das war eine Art Ritual zwischen uns. Ich erzählte ihm, was ich gesehen und gehört hatte, und er half mir, meine Einkäufe zu finden.

»Aber wollen Sie die Liste nicht behalten?« Er konnte sich unmöglich jeden einzelnen Posten gemerkt haben.

»Fotografisches Gedächtnis.« Er tippte sich mit dem Zeigefinger gegen die Stirn. »Ist alles hier drin.«

»Beeindruckend. Das hätte ich auch gerne.«

»Ist Fluch und Segen zugleich.« Mr Howard verzog das Gesicht. »Manchmal habe ich das Gefühl, mein Kopf platzt gleich.«

Ich nickte mitleidig. »Das kann ich mir vorstellen.«

Wir schlenderten nebeneinander durch die Regalreihen. Mr Howard trug meinen Korb. »Werden Sie zum Festival kommen?«

»Meine Freundinnen haben mich dazu überredet, sie zu begleiten.«

Mir war immer noch nicht nach Feiern zumute. Der Besuch meiner Mutter lag mir schwer im Magen. Noch dazu die Schwangerschaft. Ich würde einmal über das Festivalgelände schlendern und mich dann unauffällig aus dem Staub machen.

Es dauerte knapp eine halbe Stunde, bis ich den Laden wieder verließ, allerdings nicht, ohne versprochen zu haben, dass ich morgen auf einen kurzen Besuch vorbeikommen würde. Max würde meine Einkäufe später mit dem Wagen vorbeibringen.

Ich schob das Fahrrad mit Zorro im Korb über den Bürgersteig.

»Guten Tag, Sergeant Winterbottom«, grüßte ich den lokalen Polizisten beim Vorübergehen.

»Mrs Walsh.« Sergeant Winterbottom zwirbelte seinen Schnurrbart und warf mir begehrliche Blicke zu.

Ich schenkte ihm ein Lächeln. Ich hatte zwar nicht vor, ein Verbrechen zu begehen, aber es war immer gut, sich mit den örtlichen Behörden gutzustellen.

Ich beeilte mich weiterzukommen. Vor einem kleinen Modegeschäft blieb ich stehen. Es würde nicht lange dauern, bis ich mir neue

Sachen kaufen müsste. Mit jedem Tag meiner Schwangerschaft wuchs der Bauch, und wenn man den Büchern, die mir Dr Benson mitgegeben hatte, glauben konnte, würde ich mich in absehbarer Zeit in eine Aubergine verwandeln.

»Amelie!«

Ich drehte mich freudig um.

Harrys Haare schimmerten feucht, als wäre er gerade aus der Dusche gesprungen. Er trug eine schwarze Jeans und dazu ein T-Shirt, das die Muskeln an seinen Oberarmen betonte. Bisher hatte ich ihn entweder im Arztkittel oder mit Jackett gesehen. Ich fand, dass ihm der lässige Look äußerst gut stand.

»Wie schön, dich ...« Harry lächelte. »Pardon, Zorro! Wie schön, *euch beide* zu sehen.«

»Ich freue mich auch.« Was der Wahrheit entsprach. Ich freute mich sogar so sehr, dass mein Herz ein paar Extraschläge einlegte. »Was treibst du hier?«

Es war noch früh, und normalerweise war Harrys Praxis bis zum späten Nachmittag geöffnet.

»Ich hatte gerade ein wenig Luft und habe ein paar Kleinigkeiten eingekauft, die mir gefehlt haben.« Er hob eine Tüte hoch. »Und du?«

»Das Gleiche.« Harrys Blick fiel auf den Korb, wo Zorro gemütlich lag. »Max bringt die Sachen später vorbei«, erklärte ich schmunzelnd.

»Du hast den alten Griesgram um den Finger gewickelt. Nicht schlecht! Mir würde sein Sohn meine Sachen nicht nach Hause tragen, auch wenn ich blutend auf der Straße liegen würde.«

»Ein paar Vorteile muss es haben, eine Frau zu sein«, erwiderte ich.

Er legte den Kopf leicht schräg. »Sag mal, hast du Lust, mit mir auf das Street-Festival zu gehen?« Seine wunderschönen feuchtbraunen Augen sahen mich liebevoll an.

»Ich habe den Mädels versprochen, mit ihnen über das Festival zu schlendern.« Ich glaubte, Enttäuschung in seinem Blick zu sehen. »Ich kann ja fragen, ob du mitkommen kannst«, sagte ich zögerlich.

Verdammt. Ich war eine verheiratete Frau und noch dazu schwanger. Das waren zwei Gründe, nicht mit einem Mann auszugehen, der mich offensichtlich mehr als nur gut fand. Und – was noch viel wichtiger war – den ich mehr als gut fand. Jedes Mal, wenn ich Harry sah, überkam mich das Bedürfnis, mich an seine breite Brust zu werfen und seinen herrlich männlichen Duft in mich aufzusaugen.

»Wirklich? Das würdest du tun?« Ein Lächeln spielte um seinen Mund.

»Na klar!«

Ich war doch nur eine schwache Frau mit Gefühlen und jeder Menge Hormonen, die dank der Schwangerschaft in meinem Blut kreisten.

»Prima.« Seine Augen leuchteten begeistert auf. »Du wirst es nicht bereuen. Ich würde dich gegen acht abholen.«

»Einverstanden. Ich freue mich!« Ich stieg aufs Fahrrad und trat in die Pedale.

Alice und die Mädels würden nicht schlecht staunen, wenn ich ihnen von meinen Plänen erzählte. Zorro sah zu mir hoch. Seine Augen schienen zu sagen: *Na, wenn das mal gut geht.*

***

»Kommst du noch mit ins *Red Lion*?«, fragte Lucy nach der Yogastunde.

»Nein, ich bin hundemüde.« Wie zum Beweis gähnte ich herzhaft. Die Erbse in meiner Gebärmutter schien mir sämtliche Kräfte abzusaugen.

»Ach komm schon.« Alice flatterte mit den Augendeckeln. »Nur auf ein *Dandelion and Burdock*. Bei Redgy ist bestimmt die Hölle los.«

»Kannst du vergessen. Das wirkt bei mir nicht«, kommentierte ich. »Nee, echt nicht. Ich bin heute wirklich kaputt.«

Alice und Rylee nickten wissend.

»Ist alles okay mit dir?«, fragte Lucy besorgt. »Was macht der Magen?«

»Tja, also deswegen wollte ich sowieso noch mit dir sprechen«, druckste ich herum.

»Wegen deines Magens? Da ist Rylee wohl die bessere Adresse«, verwies Lucy mich nichtsahnend.

»Das betrifft aber dich.« Ich holte tief Luft. Ich hatte den ganzen Tag darüber gebrütet, ob ich Lucy von meiner Schwangerschaft erzählen sollte. Ich wollte den Kreis der Mitwisser so klein wie möglich halten, aber irgendwie kam es mir komisch vor, dass Rylee und Alice Bescheid wussten und Lucy nicht. Schließlich waren alle drei Frauen meine Freundinnen. »Ist es okay, wenn man als Schwangere Yoga praktiziert?«

Lucys Kinn klappte nach unten. »Willst du damit sagen, dass du schwanger bist?«

»Ja, so ungefähr.« Ich grinste schief.

Lucy breitete die Arme aus und drückte mich. »Glückwunsch! Wer hätte das gedacht! Du wirst eine echte Mum, so wie ich.«

Tränen brannten in meinen Augen. Die Schwangerschaft hatte mich in eine laufende Heulboje verwandelt. Ich weinte ständig. Wenn eine Fliege vor mir tot auf dem Boden lag, kamen mir die Tränen. Ganz zu schweigen von irgendwelchen Dokumentarsendungen über Kinder in armen Ländern. Erst gestern hatte ich Zorro das Fell nass geweint, als ich im Fernsehen eine Sendung über Babys gesehen hatte.

Ich zog das Ultraschallbild hervor, das ich seit meinem Besuch bei Dr Benson immer bei mir trug. »Das ist die Erbse.«

Lucy, Rylee und Alice beugten sich vor, um das winzige Ding in meinem Bauch zu bewundern.

»Sieht schon aus wie ein richtiges Baby«, brummte Alice.

»Ja.« Ich verspürte das unbändige Glücksgefühl, das mich jedes Mal überkam, wenn ich das Bild betrachtete.

»Wahnsinn! Wie weit entwickelt die Embryos zu diesem Zeitpunkt schon sind.« Alice starrte völlig fasziniert auf das Bild.

»Ja. Selbst wenn ich gewollt hätte«, sagte ich leise, »nachdem ich die Erbse gesehen habe, hätte ich es nicht übers Herz gebracht ...«

»Sprich nicht weiter«, bat Lucy. »Weiß der Vater Bescheid?«

Ich berichtete von meinem Telefongespräch mit Jasper.

»Was für ein Arsch«, lautete Lucys abschließendes Urteil.

»Das Gleiche habe ich auch gesagt«, meldete sich Alice aus dem Hintergrund zu Wort.

»Und ich habe es gedacht.« Rylee legte mir ihre Hand auf die Schulter.

»Ihr tut ihm Unrecht. Er hat immer gesagt, dass er keine Kinder möchte – zumindest jetzt«, verteidigte ich Jasper, was mir ein Stirnrunzeln von Alice einbrachte.

»Außerdem bist du ja nicht alleine auf der Welt«, warf Rylee ein. »Du hast uns.«

»Ihr seid so lieb zu mir«, murmelte ich schluchzend.

»Hey, wir sind Freundinnen.« Alice legte die Arme um mich. »Dafür sind wir da. Stimmt's, Mädels?«

Rylee und Lucy nickten.

Ein warmes Gefühl durchströmte mich angesichts der drei Frauen, die so unerwartet in mein Leben getreten waren und mir mittlerweile näher standen als alle Freunde, die Jasper und ich gehabt hatten.

»Und was sagt deine Familie?«, wollte Lucy wissen.

Ich gab ein lautes Stöhnen von mir. »Mein Bruder hat auch noch keine Ahnung. Wenn der erfährt, dass Jasper mich geschwängert hat, kommt er mit einem Kampfjet rübergeflogen und verprügelt ihn höchstpersönlich.«

Alice kicherte. »Das klingt nach einem ziemlich sympathischen Vertreter seiner ansonsten ziemlich rücksichtslosen Gattung.«

»William ist der beste Bruder, den man sich wünschen kann.«

»Bis auf Jake natürlich«, ergänzte Lucy lächelnd.

»Du hast gar nicht erzählt, dass dein Bruder bei der Armee ist«, sagte Alice. »Hast du mal ein Foto?«

Ich zog mein Handy aus der Tasche und öffnete die Fotogalerie. Ich tippte auf das Bild, das Mum kurz vor Wills Abreise aufgenommen hatte und uns beide zeigte. Will hatte seine Uniform an und sah äußerst schneidig aus.

Alice pfiff anerkennend durch die Zähne. »Die Sahneschnitte ist dein Bruder?!« Sie riss das Handy an sich. »Oh mein Gott, der sieht aus wie Maverik aus *Top Gun*.«

»So, jetzt beruhig dich wieder und lass uns auch an deinem Glück teilhaben.« Rylee nahm Alice das Handy aus der Hand. »Nicht schlecht. Den würde ich auch nicht von der Bettkante schubsen.«

»Hey, ihr sprecht hier von meinem kleinen Bruder«, schimpfte ich konstatiert darüber, dass meine Freundinnen William wie ein Sexobjekt betrachteten.

Alice machte einen Schmollmund. »Man wird doch wohl mal sagen dürfen, dass er scharf aussieht.«

»Das schon, aber so wie du ihn ansiehst, muss man ja befürchten, dass du ihn dir nackt vorstellst«, erwiderte ich.

»Allerdings stelle ich mir den Jungen nackt vor! Diese Muskeln! Ich wette, er hat ein Sixpack.«

»Hat er, aber nicht für dich«, sagte ich bestimmt. »William ist erst siebenundzwanzig.«

»Ich stehe auf Männer in Uniform, und noch dazu auf jüngere Männer.« Alice grinste frech. »Außerdem sind es nur läppische drei Jahre, die uns trennen. Ich will ihn ja nicht gleich heiraten.«

»So, genug davon.« Ich nahm mein Handy wieder an mich. »Jetzt wisst ihr ja, wie mein Bruder aussieht.«

»Und wo ist er stationiert?«

»In Afghanistan.«

»Okay, das ist nicht gerade um die Ecke«, sagte Lucy trocken.

Wir schwiegen.

»Versteht ihr jetzt, warum das alles nicht so einfach ist?«, meinte ich schließlich.

»Ja. Ich würde sagen, du hast ein paar Baustellen offen«, bemerkte Rylee.

»Apropos.« Alice sah mich fragend an. »Bleibt es bei morgen?«

Ich öffnete den Mund, um die Sache mit Harry zu klären.

»Wenn ihr nichts dagegen habt, würde ich gerne Jake mitbringen«, kam mir Rylee zuvor.

Alice nickte. »Klar. Dann sind wir eben zu fünft.«

»Bei mir gibt es auch eine kleine Änderung«, gestand Lucy. »Harper will unbedingt mitkommen, und ich kann für später keinen Babysitter finden.«

»Das bedeutet, du bist abends nicht mehr dabei«, stellte Alice fest.

»Tut mir leid.«

»Kein Thema, wir haben auch ohne euch Spaß!« Alice hakte sich bei mir unter. »Nicht wahr, Amelie?«

»Also, deshalb wollte ich auch mit euch sprechen«, fing ich erneut an.

Alice funkelte mich an. »Nicht du auch noch!«

»Harry möchte, dass ich mit ihm aufs Festival gehe. Ich wollte ja nicht, aber er hat mich so lieb gefragt, da konnte ich nicht Nein sagen.«

»Verräter!« Alice warf mir einen schiefen Seitenblick zu.

»Ich kann ihm noch immer absagen.«

»Auf keinen Fall! Sonst bin ich schuld, dass ihr nicht zusammen-kommt oder – was viel schlimmer ist – dass Harry schlechte Laune hat.« Ihre Mundwinkel kräuselten sich.

»Du bist so gut zu mir!« Ich gab meiner Freundin ein Küsschen auf die Wange.

»Ich weiß, ich weiß.«

Harry

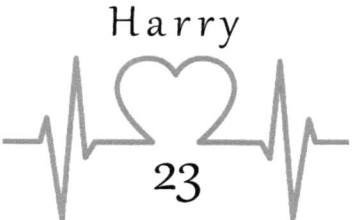

23

»Du triffst dich also mit Amelie. Obwohl du weißt, dass sie verheiratet ist«, stellte Jake fest und trank aus seinem Bierglas.

Wir hatten es uns an unserem Stammplatz am Fenster vor dem Kamin gemütlich gemacht. Im Winter war es hier kuschelig warm. Jetzt im Sommer waren die Fenster geöffnet, und angenehm frische Luft strömte herein.

»Niemand mit Verstand würde eine Klassefrau wie Amelie betrügen und sie dann auch noch gehen lassen. Ich an seiner Stelle würde auf Teppichhöhe kriechen und versuchen, sie zu überzeugen, zu mir zurückzukommen.« Ich spürte, wie die Wut in mir hochkroch.

»Du bist aber nicht er.«

»Klugscheißer. Als ob ich das nicht wüsste.« Ich trank von meinem kühlen Ale.

»Hat sie denn signalisiert, dass sie was von dir will?«

»Nicht direkt.« Ich überlegte. »Aber bei unserem Date hatte ich das Gefühl, dass sie auch Interesse hat.«

Ich dachte an unsere Verabschiedung im Auto. Es hatte mich meine ganze Überwindung gekostet, sie nicht in die Arme zu nehmen und zu küssen. Sie hatte wunderschön ausgesehen, als das Mondlicht auf ihr Gesicht gefallen war. Ihre Lippen hatten verführerisch geschimmert und ihr Duft hatte mich eingehüllt. Aber letztendlich hatte mein Verstand gesiegt. Ich musste sie auf mich zukommen lassen. Sie war diejenige, die entscheiden musste, was – oder besser wen – sie wollte.

»Harry, alter Freund, sei vorsichtig. Das ist kein Spiel – sie ist verheiratet. Auch wenn ihr Typ vielleicht ein Idiot ist, ist er immer noch ihr Ehemann. Ich habe keine Lust, dass mein bester Freund von irgendeinem wildgewordenen Wahnsinnigen verprügelt wird.«

»Mach dir keine Sorgen. Ich kann ganz gut auf mich selbst aufpassen.« Ich lächelte. Jakes Fürsorge ehrte mich. »Außerdem hatte ich wie gesagt nicht den Eindruck, dass es den Typen interessiert, was seine Frau so treibt. Sie ist immerhin alleine hier, und soweit ich es verstanden habe, hat er keine Anstalten gemacht, sie zurückzuholen.«

»Rylee und Lucy mögen Amelie total. Lucy meinte, sie wäre die beste Yogaschülerin, die sie jemals hatte.«

»Alice und Amelie haben sich auch angefreundet.« Meine Sprechstundenhilfe war von ihrer neuen Freundin völlig angetan. Ich hatte Alice dabei beobachtet, wie sie Katzenvitamine eingepackt hatte. Mit Sicherheit waren die für Zorro bestimmt gewesen, denn nicht nur Amelie hatte das Herz meiner spröden Sprechstundenhilfe erobert.

»Da schau mal einer an. Alice und Amelie. Die beiden sind so grundverschieden, wie ich es mir nur vorstellen kann.«

»Ja, vielleicht. Das erinnert mich ein wenig an uns beide.«

Jake nickte. »Das Gleiche habe ich auch gedacht.«

Wir prosteten uns zu.

»Wie läuft es bei dir?«, erkundigte ich mich. Die Bürgermeisterwahlen standen im nächsten Jahr an.

»Gut. Ich habe viel zu tun. Meine Berater arbeiten bereits an der Kampagne.« Jake streichelte seinen Hund, der es sich neben dem Sessel gemütlich gemacht hatte.

»Dann willst du also sicher wieder kandidieren?«

Eine rein rhetorische Frage. Jake hatte schon mehrfach signalisiert, dass er sich wieder aufstellen lassen würde. Jetzt, mit Rylee an seiner Seite, waren seine Chancen, wiedergewählt zu werden, noch besser.

»Ja. und ich zähle auf deine Stimme.«

»Hey, ich habe dich schon gewählt, als du dich zum Klassensprecher hast aufstellen lassen.«

Jake grinste breit. »Ach, dann warst du das!«

»Blödmann.«

Meine Gedanken wanderten zu Amelie. Ich konnte es kaum abwarten, sie morgen wiederzusehen. Wir hatten seit unserem ersten Date viel miteinander gesprochen – bei stundenlangen Telefonaten, viel zu kurzen Treffen im *Tolkes,* während meiner Mittagspause und Spaziergängen durch Chipping Campden, wann immer es sich einrichten ließ. Manchmal hatte ich das Gefühl, in ihr eine Seelenverwandte gefunden zu haben. Wir hatten ähnliche Interessen und teilten die gleiche Liebe für französische Filme.

Vielleicht hatte ich doch noch Chancen, das Herz der schönen Städterin zu erobern. Da war nur das klitzekleine Problem mit dem Ehemann. Man konnte eine Ehe nicht einfach wegwischen wie einen unliebsamen Fleck. Wenn ich Amelies Herz für mich gewinnen wollte, würde ich wohl oder übel ihren Ehemann mit in Kauf nehmen müssen. Er war ein Teil von ihr, das hatte sie mehr als deutlich gemacht.

Ich hatte schon einige Scheidungen in meinem Umfeld miterlebt, und keine war ohne größere Verletzungen über die Bühne gegangen. Alles, was ich über Jasper wusste, deutete darauf hin, dass er versuchen würde, das Bestmögliche für sich aus der Situation herauszuholen.

Ich konnte nur hoffen, dass Amelie nicht schwach werden würde, wenn es hart auf hart kam. Sie war zwar nach außen hin selbstbewusst, aber ich hatte auch die andere, verletzliche Seite von ihr kennengelernt.

Am Ende blieben die Zweifel. Meine und ihre. Ich war mir immer noch nicht sicher, wie ich Amelies Verhalten einschätzen sollte. Würde sie ihren Mann wirklich verlassen und uns eine Chance geben?

Amelie

24

Es klingelte an der Haustür. Ich warf einen letzten Blick in den Spiegel. Ich hatte mir besondere Mühe mit meinem Make-up gegeben – schließlich wollte ich Harry beeindrucken. Ich war den ganzen Tag mit einer gewissen Vorfreude auf den heutigen Abend durch die Gegend gelaufen.

Mit klopfendem Herzen öffnete ich die Tür.

»Hallo, Amelie.« Harry stand mit einem Blumenstrauß in der Hand vor mir.

Ich starrte ungläubig auf die wunderschönen Rosen in seiner Hand. »Für mich?«

»Vielleicht ein bisschen oldschool, aber ich konnte einfach nicht daran vorbei, als ich sie gesehen habe.« Er streckte mir den Strauß entgegen.

»Die sind wunderschön«, murmelte ich.

»Nicht so schön wie du«, erwiderte Harry wie aus der Pistole geschossen. Sein Blick glitt bewundernd über mein Sommerkleid hinweg bis zu den schlichten Pumps.

»Danke.« Ich machte keck einen Knicks und hob die Rockenden ein wenig an, sodass sie wie Flügel seitlich abstanden. »Du siehst aber auch nicht schlecht aus.«

In der dunklen Hose, der Weste und den braunen Schuhen dazu wirkte Harry wie ein englischer Lord. Er hatte seine störrischen Haare mit Gel gebändigt und sich frisch rasiert. Zu meiner Überraschung trug er einen Helm unter dem Arm. Ich spähte hinter seinen Rücken und entdeckte einen Roller, der ein paar Meter vom Haus entfernt stand.

Er war meinem Blick gefolgt. »Ich dachte, angesichts der Parksituation fahren wir mit der Vespa.«

»Ich bin noch nie mit einem Roller gefahren«, gestand ich ihm.

»Dann wird es höchste Zeit.« Er grinste. Dabei bildeten sich auf seinen Wangen kleine Grübchen, die ihn wie einen Schuljungen aussehen ließen.

Zorro kam von hinten angetrabt und drängte sich an meinen Beinen vorbei, um einen Blick auf unseren Besucher zu werfen.

»Na, Zorro.« Harry ging in die Knie und streichelte dem Kater über das Fell, was Zorro mit begeistertem Schnurren belohnte.

Ich grinste. »Er mag dich.«

»Hoffentlich nicht nur er.« Harry sah zu mir hoch. Sofort kribbelte es in meinem Bauch.

Hastig wandte ich mich ab, um nicht meinen außer Kontrolle geratenen Hormonen zu erliegen und Harry womöglich zu küssen. Seit er vor meiner Haustür aufgetaucht war, konnte ich an nichts anderes mehr denken. Ich hatte genug Probleme. Eine Liaison mit dem hiesigen Tierarzt würde meine Situation nicht vereinfachen.

»Moment, ich stelle nur schnell die Blumen in die Vase. Du kannst gerne reinkommen.« Ich machte eine einladende Handbewegung.

Harry trat ein, während ich davoneilte, um eine Vase zu finden.

»Schön hast du es hier.« Seine Stimme hallte durch den Flur.

»Ja, finde ich auch.« Ich hatte eine Vase im Küchenschrank gefunden und füllte sie mit Wasser. Gleichzeitig versuchte ich, meinen Herzschlag zu beruhigen.

»Ich liebe Wohnküchen.«

Ich drehte mich um. Harry stand im Türrahmen und beobachtete mich. »Ich fühle mich auch pudelwohl hier, obwohl die Möbel nicht so mein Stil sind. Ich mag es lieber etwas heller.«

Meine Hände zitterten vor Aufregung. Hektisch stellte ich die Vase mit den Rosen auf den Küchentisch. Prompt schwappte das Wasser über und tropfte auf mein Kleid.

Mist!

Harry eilte herbei und reichte mir ein Küchentuch, das ich über die Stuhllehne gehängt hatte. »Hier, bitte.«

Unsere Hände berührten sich. Winzige Stromschläge zogen meinen Arm hoch.

Was ist nur los mit mir?

»Danke.« Ich betupfte die Stelle, damit keine Flecken blieben. Zum Glück war es nur Wasser.

Harrys Mundwinkel zuckten. Es schien ganz so, als würde er sich über meine schusselige Art amüsieren.

Ich legte das Tuch beiseite und warf einen Blick auf die Rosen. »Die sehen wirklich traumhaft aus.«

»Das finde ich auch.« Sein Blick hing noch immer auf mir.

Das Kribbeln in meinem Bauch verstärkte sich, und mit ihm das Bedürfnis, Harry zu küssen. »Tja, ähm, von mir aus können wir los.«

»Prima. Der Roller wartet schon auf uns.«

Wir gingen in den Flur. Zorro folgte uns.

»Meinst du, es ist wirklich okay, wenn ich den Kater alleine lasse?«, fragte ich.

»Zorro ist jetzt absolut überlebensfähig.« Harry schmunzelte. »Du brauchst wirklich kein schlechtes Gewissen zu haben. Du solltest dir lieber Sorgen machen, ob er dir nicht die Bude auseinandernimmt. Dein Kater ist in der Pubertät.« Er bückte sich. »Stimmt's?«

Zorro sah Harry mit diesem *Ich-habe-keine-Ahnung-wovon-du-sprichst*-Blick an.

»Das würde er niemals tun.« Ich streichelte Zorro zum Abschied ein letztes Mal.

»Hoffentlich sieht er das auch so.« Harrys Augen funkelten belustigt.

»Okay. Ich bin so weit.« Ich schenkte ihm ein Lächeln. Gleichzeitig hoffte ich, dass er das leichte Zittern in meiner Stimme nicht bemerkte.

Ich fühlte mich wie ein Teenager vor dem ersten Ball. Ich drehte mich um. Zorro saß im Flur und sah mich mit großen Augen an. Er wirkte ganz klein und verlassen.

Ich war kurz davor umzudrehen.

Harry, der meinen Blick aufgefangen hatte, grinste. »Er wird es überleben.«

»Ich weiß.« Schweren Herzens ließ ich die Tür ins Schloss fallen.

Die Wettervorhersage hatte Wort gehalten. Es war ungewöhnlich warm. Lediglich ein paar rosa Wolken hingen wie zerrissene Schleier am Himmel.

»Du musst gar nichts machen. Setz dich einfach hinter mich, und dann geht es los.« Harry setzte seinen Helm auf. Ich folgte seinem Beispiel, wohlwissend, dass das Ding meine Haare komplett plattdrücken würde. Aber das spielte in diesem Moment keine Rolle. Ich wollte schließlich nicht die Zicke spielen.

Ich nahm hinter Harry Platz. Die Jeansjacke, die ich vorsichtshalber mitgenommen hatte, wickelte ich um meine Taille. Mein Puls schaltete angesichts der körperlichen Nähe einen Gang höher. Um sitzen zu können, musste ich meinen Oberkörper gegen Harrys Rücken lehnen. Nicht, dass es mir unangenehm gewesen wäre – ganz im Gegenteil. Aber genau das war ja mein Problem.

Er warf mir über die Schulter einen fragenden Blick zu. »Bereit?«

Ich nickte. »Alles bestens.«

»Gut. Dann halt dich fest.«

Ich legte meine Arme um Harrys Taille. Dabei spürte ich seine Muskeln unter dem dünnen Stoff seines Hemdes. Er gab Gas, und der Roller schoss nach vorne. Ich griff fester zu und klammerte mich an ihn. Sein feiner Duft stieg mir in die Nase.

Der Roller holperte über den unebenen Untergrund, und ich rutschte noch dichter an Harry heran, wenn das überhaupt noch möglich war. Er lenkte das Gefährt geschickt durch das Gelände, bis wir die Straße erreicht hatten. Nun glitt der Roller wie auf Schienen über die Straße. Ich genoss den kühlen Fahrtwind, der meine Haut streichelte. Mein Rock flatterte im Wind und gab den Blick auf meine gebräunten Beine frei. Die letzten Wochen im Garten hatten dazu geführt, dass meine ansonsten blasse Haut einen schönen Goldton angenommen hatte.

Die Landschaft flog an uns vorbei. Apfelbäume, deren Äste vor Last schwer nach unten hingen. Blumenwiesen und die Hügel der Cotswolds. Es war einfach traumhaft schön.

Ich konnte von dem Anblick gar nicht genug bekommen. Wieder einmal wurde mir der krasse Unterschied zu meinem Leben in der Stadt bewusst. Ich genoss jeden Augenblick dieser viel zu kurzen Fahrt. Die ersten Häuser tauchten vor uns auf. Mehrere Busse und unzählige Autos standen in der provisorisch errichteten Parkzone. Menschenmassen bewegten sich zum Festplatz bei der Markthalle.

Wir schlängelten uns an den Besuchergruppen vorbei bis unmittelbar zum Eingang des Festivals. Harry trat auf die Bremse.

»Da wären wir.« Er nahm den Helm ab und fuhr sich mit gespreizten Fingern durch die Haare.

Ich folgte seinem Beispiel. Ein kurzer Blick in den Seitenspiegel zeigte mir, dass ich weniger erfolgreich als er damit war. Meine Haare sahen aus wie weich gekochte Spaghetti. Ich seufzte.

»Du siehst toll aus!«, sagte Harry. Wie es aussah, hatte er meine Bemühungen doch bemerkt.

»Wirklich?« Ich war es nicht gewohnt, dass man mir inflationär Komplimente machte.

»Du bist die schönste Frau hier weit und breit.« Er beugte sich zu mir und gab mir einen zarten Kuss auf die Wange. »Schön, dass du mitgekommen bist«, flüsterte er mir ins Ohr.

In meinem Bauch hoben die Schmetterlinge zum Flug ab.

»Harry, Amelie!« Alice kam in Begleitung von Lucy und einem jungen Mädchen auf uns zu.

Harry trat einen Schritt zurück. Erst jetzt fiel mir auf, dass ich unbewusst die Luft angehalten hatte. Ich nahm einen tiefen Atemzug.

»Hallo, ihr zwei«, begrüßte uns Alice. Ihr Blick fiel auf die Vespa. »Ihr seid mit dem Roller gefahren? Wie … gemütlich.« Sie zwinkerte mir zu.

»Bei dem Verkehr die beste Wahl«, sagte Harry und begrüßte die beiden Frauen mit einem Kuss auf die Wange. So wie er mich gerade geküsst hatte.

Vielleicht sollte ich der Sache weniger Bedeutung beimessen, als ich es getan hatte.

»Darf ich vorstellen«, sagte Lucy zu mir, »das ist meine Tochter Harper.« Der Stolz in ihrer Stimme war nicht zu überhören.

»Hi, Harper. Ich bin Amelie«, stellte ich mich dem Mädchen vor.

Sie war zierlich gebaut und hatte wunderschön glänzende braune Haare, die ihr über die Schultern fielen.

»Mum hat schon viel von dir erzählt. Du bist die Schriftstellerin, deren Mann ein Idiot ist«, erwiderte die Kleine.

»Harper!«, ermahnte Lucy sie.

»Schon okay.« Ich musste lachen. »Sie hat ja recht!«

Die Kleine war ein aufgewecktes Kind mit den Augen ihrer Mutter.

»Seid ihr schon über das Festival gelaufen?«, fragte Alice.

»Nein, wir sind just in diesem Moment angekommen«, sagte Harry.

Lucy nahm die Hand ihrer Tochter. »Wir waren gerade auf dem Weg nach Hause. Harper muss ins Bett.«

»Mama bitte. Nur noch eine halbe Stunde«, bettelte die Kleine.

»Nein, wir sind schon länger geblieben, als wir wollten«, erwiderte Lucy mit diesem typischen Tonfall, der Müttern zueigen war, wenn es keinen Verhandlungsspielraum mehr gab.

»Okay.« Harper gab sich geschlagen.

»Na dann. Schlaft gut.« Harry schnappte sich meine Hand.

Aus dem Augenwinkel sah ich Alice' breites Grinsen. Sie sah aus wie ein Breitmaulfrosch kurz vor dem Platzen. Ich warf ihr einen *Halt-die-Klappe-oder-du-bist-tot*-Blick zu. Zum Glück sagte sie nichts.

***

»Ich glaube, ich könnte ein Bier vertragen«, sagte Jake, der zu uns gestoßen war. Wir standen vor einem der Foodtrucks auf dem Parkplatz. Die Luft war erfüllt vom köstlichen Duft nach Würstchen und Pulled Beef. Um uns herum herrschte eine ausgelassene Stimmung. Laute Rufe, Gelächter und Musik waren überall zu hören. »Ich habe einen ganz trockenen Mund vom vielen Reden.«

Wir waren einmal über das ganze Gelände gelaufen und hatten uns die Stände angeschaut. Wir hatten sogar die alte Mrs Perkins besucht. Es war voll geworden, und noch schien der Strom der ankommenden Besucher nicht abzureißen.

»Da bin ich dabei«, rief Rylee, die neben ihm stand.

»Ich auch«, meldete sich Harry zu Wort und warf mir einen fragenden Blick zu.

Ich schüttelte den Kopf. »Für mich gerne ein *Dandelion and Burdock*.«

»Kein Bier?«

»Nee, mir ist nicht nach Alkohol.« Ich wandte mich ab, damit er mir meine kleine Lüge nicht ansah.

»Und du, Alice?«, fragte Harry.

»Für mich auch Bier.« Alice stand zur Musik wippend neben mir.

Die Sonne war untergegangen. Über unseren Köpfen leuchteten die Lichterketten, die quer über das gesamte Gelände gespannt waren.

»Hier.« Jake stellte die Getränke auf den Tisch. Harry reichte mir meinen bestellten Pulled-Beef-Burger.

»Danke.« Der Burger roch einfach köstlich. Ich nahm einen kräftigen Biss.

»Wie ich sehe, haben sich deine Magenprobleme in Wohlgefallen aufgelöst«, bemerkte Harry.

»Ja, ähm, ich denke schon«, quetschte ich ertappt mit vollem Mund hervor.

»Gut. Das gefällt mir.« Er grinste und biss ebenfalls in seinen Burger.

»Ich finde, diese Foodtrucks sollten immer hier stehen«, verkündete Alice. »Das Zeug ist so verdammt lecker.«

Ich leckte mir mit der Zunge über die Lippen. »Da bin ich ganz bei dir.«

»Du hast da was.« Harry deutete auf meinen Mund.

Ich wischte mit der Hand darüber. »Wo?«

»Weg.« Seine Augen hingen noch immer auf meinem Mund.

»Wirklich?«, fragte ich irritiert.

»Ja, aber ich sehe so gerne, wie du isst.« Er lächelte. »Du hast dann so einen seligen Gesichtsausdruck.«

Mein Magen machte einen kleinen Hüpfer. »Ha, das liegt daran, dass der Burger der absolute Hammer ist.«

»Sag mal, was haltet ihr davon, wenn wir uns in Richtung Bühne bewegen? Die neue Band fängt gleich an zu spielen, und wenn wir uns beeilen, bekommen wir noch gute Plätze«, schlug Rylee vor.

Die Bühne befand sich ungefähr zweihundert Meter von unserem Standpunkt entfernt. Einige Besucher hatten sich bereits davor aufgebaut. Auf dem Podium standen zwei Männer mit Gitarren.

»Ja, gute Idee.« Ich schob mir den letzten Rest meines Burgers in den Mund und folgte den anderen in Richtung Bühne.

Harry hatte sich wieder meine Hand geschnappt und ging wie ein Schutzschild vor mir. Ich bewunderte sein breites Kreuz und den selbstsicheren Gang. Dort, wo er auftauchte, machten ihm die Leute Platz. Er hatte so etwas wie eine angeborene Autorität, ohne zu dominant oder gar arrogant zu wirken. Alice folgte uns. Rylee und Jake bildeten das Schlusslicht.

Wir schafften es bis in die vordere Reihe. Von hier hatte man einen genialen Blick auf das Geschehen auf der Bühne. Ich grinste Harry an. »Perfekt!«

»Freut mich. Ich habe alles gegeben.«

»Das ist schon alles?«, neckte ich ihn.

Der Blick aus seinen braunen Augen war hypnotisierend. »Würdest du denn gerne mehr haben?«

»Ähm, also …«, stotterte ich verlegen. Mein Herz schlug mir bis zum Hals.

»Da ist die Band!«, rief Alice und deutete auf die Bühne.

Erleichtert, einer möglichen Antwort entkommen zu sein, drehte ich mich nach vorne. Mittlerweile hatten sich eine Frau und ein Schlagzeuger zu den beiden Gitarristen auf die Bühne gesellt. Alice hatte in der Zwischenzeit Blickkontakt zu einem gutaussehenden Fremden aufgenommen, der zwei Meter von uns entfernt stand.

»Ich bin gleich wieder da«, rief sie mir zu. Ihr roter Mund lächelte spitzbübisch.

Die ersten Töne wurden angestimmt. Ein Ruck ging durch die Menge. Alle drängten nach vorne. Schützend stellte sich Harry hinter mich. Jake tat das Gleiche bei Rylee.

Harrys Nähe war alles, was ich wahrnahm. Von seinem Körper ging eine unglaubliche Wärme aus, die auf mich abstrahlte. Ich hatte das dringende Bedürfnis, mich an ihn zu kuscheln. Wie sollte ich nur die nächsten Stunden überstehen, ohne ihm um den Hals zu fallen?

***

»Ich weiß nicht, wie es dir geht, aber das ist der schönste Abend seit langer Zeit«, schwärmte ich.

Die erste Band hatte dem Publikum ordentlich eingeheizt. Alle hatten getanzt. Ich war froh, dass ich das Kleid angezogen hatte. Meine Haut war vom Tanzen mit einem feuchten Film überzogen.

Nun war ein Sänger in Begleitung seiner Band auf die Bühne getreten und verzauberte das Publikum mit seiner samtweichen Stimme. Jake und Rylee waren gegangen, um ein paar Freunde zu begrüßen.

»Das finde ich auch.« Harrys Gesicht war gerötet. Seine Augen leuchteten wie Scheinwerfer.

Der Sänger stimmte ein neues Lied an. Eine Ballade über eine junge Frau, die nach Barcelona zurückkehrte, wo sie ihre erste große Liebe erlebt hatte.

Harry stellte sich ganz dicht hinter mich und legte seine Arme um meine Taille. Ich drehte meinen Kopf zu ihm. Er sah mich voller Zuneigung an.

Stumm legte ich meinen Kopf an seine Brust. Gemeinsam wiegten wir uns im Takt der Musik.

Feuerzeuge und Handys wurden gezückt und in die Höhe gehoben. Einige Besucher hatten sogar Wunderkerzen dabei. Über allem spannte sich der Sternenhimmel. Die Stimmung um uns herum war geradezu magisch. Ich genoss Harrys Nähe. Sein Atem traf auf meinen Rücken. Ich schauderte leicht.

I will love you till the end of time …

Harry beugte seinen Kopf zu mir. Den Bruchteil eines Wimpernschlags später lagen seine Lippen auf meinem Hals. Ich hielt ganz still, aus Angst, er könnte aufhören. Mein Magen machte Purzelbäume, mein Herz hörte auf zu schlagen, um dann wie ein Rennpferd loszugaloppieren. Seine Arme hielten mich fest umfangen.

Langsam wanderte sein Mund hoch zu meinem Ohrläppchen, um daran zu knabbern. Ich streckte mich und legte meinen Kopf zur Seite, um ihm mehr Platz für seine Liebkosungen zu bieten. Ich hatte die Augen geschlossen und gab mich ganz diesem herrlich erregenden Gefühl hin.

Harrys Zunge spielte frech mit meinem Ohr, um dann langsam eine Spur meinen Hals entlang nach unten zu ziehen. Seine Arme lagen glühend heiß um meine Taille, und ich hatte das Gefühl zu verbrennen.

Ich hätte noch ewig so stehen, der Musik lauschen und dabei Harrys Zärtlichkeiten genießen können.

Die Band beendete ihr Lied und Harry seine Küsse. Blinzelnd sah ich zu ihm hoch. In seinen Augen spiegelten sich die Lichter wie goldene Punkte wider. Sein Mund, der so wunderbare Dinge tun konnte, schimmerte feucht. Er sah wahnsinnig heiß aus.

Vergessen waren alle meine Vorsätze, nicht schwach zu werden. Ich begehrte diesen Mann so sehr. Vielleicht lag es an den Hormonen, die in Unmengen durch meine Blutbahn rauschten und meinen Verstand benebelten?

Man las ja immer wieder in einschlägigen Fachzeitschriften, dass Frauen während der Schwangerschaft ein getrübtes Einschätzungsvermögen ihrer selbst hatten und Dinge taten, die sie normalerweise nicht tun würden. Aber was war schon normal in meinem Leben?

Außerdem, wenn sich mein Mann mit einer anderen vergnügen konnte, konnte ich doch wohl die Zärtlichkeiten eines Mannes genießen, der offensichtlich mehr für mich empfand als nur Freundschaft. Jawohl!

Ich war schließlich eine emanzipierte Frau, die seit Neuestem auch auf eigenen Beinen stand. Noch dazu war ich schwanger. In meinem Bauch wuchs eine Erbse heran, die möglichst viele positive Gedanken ihrer Mutter brauchte, um sich prächtig zu entwickeln. Ich wollte schließlich ein zufriedenes Kind auf die Welt bringen. Harrys Liebkosungen förderten quasi die Entwicklung meines Kindes. Ich konnte mich also ruhigen Gewissens von ihm küssen lassen.

Mit der Entschlossenheit einer werdenden Mutter, die nur das Beste für sich und ihr Kind wollte, stellte ich mich auf die Zehenspitzen und küsste ihn. Vergessen waren die Leute um uns herum.

Seine Lippen fühlten sich genauso an, wie ich es mir vorgestellt hatte. Ich schlang meine Arme um seinen Hals und zog mich noch dichter an ihn heran. Seine Zungenspitze strich über meine Unterlippe und löste wohlige Schauer bei mir aus.

Ja, mehr davon!

Seine Hand fuhr langsam meinen Rücken hinunter und blieb genau oberhalb meines Pos glühend heiß liegen. Ich stöhnte leise. Seine Zunge trennte meine Lippen. Er schmeckte genauso gut, wie er roch. Ich presste mich gegen ihn. Die Hormonausschüttung meines Körpers stieg in astronomische Höhen, denn ich konnte an nichts anderes mehr denken als an Sex. Am besten jetzt und hier. Unsere Zungen neckten sich. *Lieber Gott, lass ihn nicht mehr aufhören*, flehte ich innerlich.

Leider tat mir das Universum den Gefallen nicht. Der Sänger hatte sein Lied beendet und Harry seinen Kuss. Um uns herum entbrannte tosender Applaus.

Widerwillig lockerte ich meinen Griff. Ich spürte mein Herz bis in die Ohrläppchen pulsieren. Blinzelnd öffnete ich die Augen.

Harrys Gesicht schwebte direkt vor mir. Ein heißer Strahl fuhr mir durch den Unterleib, als ich in seinen Augen die gleiche Leidenschaft und Lust sah, die ich verspürte.

Pfiffe ertönten. Ertappt drehte ich mich um, um festzustellen, dass sie der Band und nicht uns galten. Der Sänger nahm das Mikrofon in die Hand.

»Ein letztes Lied für alle Liebespaare unter uns.«

Wortlos schlang Harry seine Arme um mich und hielt mich fest. Über uns funkelten die Sterne. Alles um mich herum war vergessen.

Harry

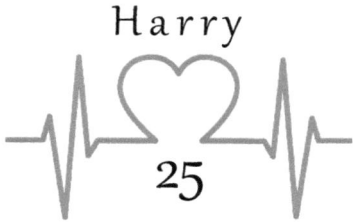

25

Ich warf einen Blick in den Rückspiegel. Amelies Augen waren geradeaus gerichtet. Ich bewunderte ihr feingeschnittenes Profil und ihren geschwungenen Mund, der so verdammt gut küssen konnte.

Der Abend war besser gelaufen, als ich es zu hoffen gewagt hätte. Ich hätte niemals damit gerechnet, dass sie mich küssen würde. Und doch hatte sie es getan. Der Kuss hatte mich umgehauen. Noch nie hatte ich etwas Vergleichbares gespürt. Lust, Leidenschaft, aber auch das Gefühl der tiefen Verbundenheit hatten sich vermischt, während sich unsere Lippen getroffen hatten.

Wir waren bis zum letzten Lied geblieben, Amelie in meinen Armen. Gemeinsam hatten wir der Musik gelauscht. Ich konnte mich an ihrem Gesicht nicht sattsehen. Ihre Augen hatten auf eine Art geleuchtet, wie ich es noch nie zuvor bemerkt hatte. Sie war ganz anders gewesen als bei unserer ersten Begegnung. Die Traurigkeit war verschwunden, was in mir die Hoffnung weckte, dass sie über den Verrat ihres Mannes hinweg und offen für eine neue Beziehung war. Warum sonst sollte sie mich küssen?

Wir hatten den Weg zum Cottage erreicht. Amelies Klammergriff lockerte sich etwas. Von mir aus hätte die Fahrt noch ewig weitergehen können. Ich genoss jede Minute in ihre Nähe. Ihr Herz schlug gegen meinen Rücken, und ihr feiner Geruch wurde vom Wind zu mir getragen.

Ich fuhr den schmalen Weg so langsam wie möglich hoch, ohne dass es auffiel. Mit leisem Bedauern stellte ich den Motor ab. Ich verspürte ein leichtes Zögern, als Amelie ihren Griff löste, als wollte sie sich nicht trennen. Ging es ihr genauso wie mir?

Schweigend stiegen wir vom Roller. Es war dunkel um uns herum. Kein störendes Licht. Nur der Mond, der wie eine silberne Sichel über uns hing. Keine Menschen.

Stumm nahm ich ihre Hand und begleitete sie zum Cottage. Mein Herz schlug wie verrückt. Ich konnte an nichts anderes denken als an die Frau an meiner Seite. Ich schielte unauffällig zu ihr rüber und sehnte mich danach, sie in meinen Armen zu halten.

»Da wären wir«, flüsterte sie, als wir die Haustür erreicht hatten. Mein Blick wanderte zu unseren ineinander verschränkten Händen. Keiner von uns wollte sich von dem anderen trennen. Hier in der Dunkelheit der Nacht waren wir eins.

Sanft zog ich Amelie zu mir. Eine stumme Frage, die sie ebenso wortlos beantwortete, indem sie ihren Körper an mich schmiegte. Glücksgefühle durchfluteten mich.

Amelie. Ihr Name tanzte durch meinen Kopf und entwich meinen Lippen. »Amelie …«

Sie sah mich mit großen unschuldigen Augen an. Ihr Mund war leicht geöffnet. Ich zog sie noch dichter an mich heran, um den letzten Abstand zwischen uns zu überbrücken. Sie war so wunderschön.

Sie stellte sich auf die Zehenspitzen und hob den Kopf. Ein starkes Verlangen, sie zu küssen, ihren Körper zu besitzen, kam in mir hoch – geradezu allgegenwärtig. Aber ich wollte nicht den gleichen Fehler wie damals bei Rylee machen. Noch dazu war Amelie scheu und verletzlich. Zumindest normalerweise. Heute Abend, inmitten der Menschen, war sie hemmungslos und ihr Kuss voller Gier gewesen.

Unsere Lippen streiften sich und hinterließen ein Prickeln auf der empfindsamen Haut. Ich konnte vor Lust kaum noch atmen. Mein Schwanz drückte schmerzhaft gegen meine Hose. Es kostete mich meine ganze Kraft, sie nicht hier auf der Türschwelle zu nehmen.

Ich küsste sie und nahm ihren Geschmack in mich auf. Ich ließ ihre Hand los, um gleich darauf ihren Körper mit meiner zu erkunden. Amelie stöhnte in den Kuss hinein, was meine Lust nur noch mehr entfachte. Ich musste aufhören, wenn ich nicht den Verstand verlieren wollte.

Sanft löste ich mich entgegen meines Verlangens von ihrem Mund, ohne meinen Griff zu lockern. Blinzelnd öffnete sie die Augen. Unsere Blicke trafen sich erneut. Überraschung spiegelte sich in ihren Augen.

»Das war ein wunderschöner Abend«, flüsterte ich, aus Angst, das zarte Band zwischen uns könnte durch meine Stimme zerreißen.

»Ja, das war es.« Ihre Augen schimmerten wie zwei Kristalle.

Ich widerstand der Versuchung, sie erneut zu küssen.

Für einen winzigen Moment huschte der Ausdruck der Enttäuschung über ihr Gesicht. Dann hatte sie sich wieder im Griff. »Schlaf gut, Harry.«

In Zeitlupe lösten wir uns voneinander. Ich hätte sie noch ewig so halten und anschauen können. Ich würde niemals genug von ihrem Gesicht bekommen. Dessen war ich mir sicher.

Ich zwang mich zu einem Lächeln, dabei war alles, was ich wollte, ein Kuss. »Schlaf gut.«

Ohne sich noch einmal umzudrehen, verschwand Amelie im Haus.

Amelie

26

Mit klopfendem Herzen stand ich hinter der Haustür. Das Blut rauschte durch meine Adern. Ich fühlte mich trunken vor Glück. Harrys Kuss hatte mich einfach umgehauen. Ich hatte nicht gewusst, dass ich zu solchen Gefühlsregungen fähig war. Er hatte mit seinem Kuss all meine Ängste und Zweifel über Bord geworfen, und ich war auf dem besten Weg, mich zu verlieben.

Wer hätte das gedacht! Noch vor ein paar Wochen hatte ich das Gefühl, mein Leben wäre vorbei, und jetzt stand ich hinter meiner Eingangstür und hatte Herzklopfen wie ein Teenager bei seinem ersten Kuss. Wie mochte erst der Sex mit Harry sein …?

Ich lauschte mit angehaltenem Atem. Ich spielte mit dem Gedanken, nach draußen zu rennen, ihm erneut um den Hals zu fallen und ihn zu küssen. Ein leises Motorbrummen verriet mir, dass die Gelegenheit verstrichen war. Schade. Ich hätte gerne noch mehr von diesen Küssen genossen.

Zorro kam um die Ecke gefetzt und rieb sich an meinem Bein.

»Na, du hast mich wohl vermisst.« Ich nahm den Kater auf den Arm.

Zorro sah mich mit seinen großen grünen Katzenaugen an, als wollte er fragen: *Na, wie war's?*

»Es war toll. Harry ist der weltbeste Küsser. Hast du das gewusst?« Ich kicherte. »Nein, woher solltest du das auch wissen, du bist ein Kater. Außerdem bist du viel zu jung dafür.« Zorro stieß ein lautes Protestmiauen aus. »Wenn es so weit ist, kannst du mir ja erzählen, wie es war.«

Ich gab ihm einen Stups mit der Nase.

Beschwingt ging ich die Treppe hoch. Ich war viel zu überdreht zum Schlafen. Adrenalin pulsierte durch meinen Körper. Ich konnte an nichts anders als an Harry denken.

Eine laue Brise wehte durch die offenen Fenster ins Schlafzimmer. Im Hintergrund war der Ruf einer einsamen Eule zu hören. Ich dachte an Oxford, wo es niemals wirklich ruhig war. Das Rauschen der Autos war allgegenwärtig. Selbst nachts schien dieser unendliche Strom nicht abzureißen. Mich hatten die Geräusche unserer Nachbarn zwar nie gestört, aber hier draußen merkte ich erst, wie sehr ich von Lärm umgeben gewesen war.

Einer der Gründe, warum der Gedanke, hier zu leben, durchaus verlockend war. Ich erwischte mich immer häufiger dabei, dass ich mir ausmalte, wie es wohl sein würde, für immer hierzubleiben. Gestern erst hatte ich mir eine Für-und-Wider-Liste zu einem Umzug nach Chipping Campden aufgestellt. Hierherzuziehen hatte klar gewonnen. Der einzige wirkliche Minuspunkt waren Mum und Milton, die in Oxford lebten. Ich hatte mir mal wieder eingestehen müssen, dass ich keinen einzigen echten Freund in Oxford hatte. Zumindest hatte sich niemand nach mir erkundigt, nachdem ich Jasper verlassen hatte. Was alleine meine Schuld war. Als ich Jasper kennengelernt hatte, hatte ich meine eigenen Freunde geradezu sträflich vernachlässigt, und unsere neuen Freunde waren stark auf Jasper fixiert gewesen.

Wie es aussah, hatten sich alle unsere Bekannten auf die Seite des berühmten Schauspielers geschlagen. Wer wollte schon etwas mit der grauen Maus aus dem Hintergrund zu tun haben?

Ich setzte mich aufs Bett. Zorro sprang von meiner Schulter und kuschelte sich auf die Decke. Ich ließ die letzten Wochen Revue passieren. Harry war von Anfang an ein Teil davon gewesen. Unsere Begegnung im Zug, wie er mich auf der Landstraße eingesammelt hatte, als ich gedacht hatte, die Welt hätte sich gegen mich verschworen, unser Treffen in der Praxis, nachdem ich Zorro gefunden hatte, unser erstes Date im *Honeypot*, unsere Kurzdates im *Tolkes*, unsere Telefonate … und jetzt der Abend auf dem Festival.

Harry war immer für mich da gewesen. Selbstlos. Ohne mich zu drängen. Er hatte geduldig meine Launen ertragen und sich nie beschwert. Und das, obwohl er offensichtlich mehr als nur Freundschaft für mich empfand. Konnte es uns eine gemeinsame Zukunft geben? War ich bereit, mich auf einen neuen Mann einzulassen?

Mein Blick fiel auf mein Handy. Ich hatte es auf meinem Nachttisch liegen gelassen. Eine WhatsApp-Nachricht leuchtete auf.

Wir müssen reden. Jasper.

Verdammt. Meine Euphorie von eben verflog. Angst breitete sich in mir aus. Die Realität hatte meine schöne Traumwelt mit einer Nachricht zerstört.

Ich konnte nicht einfach so tun, als würde Jasper nicht existieren. Er würde für immer ein Teil meines Lebens bleiben, ob ich wollte oder nicht. Er war der Vater der Erbse. Ich konnte ihn nicht länger ignorieren.

Ich stieß einen tiefen Seufzer aus. Ich konnte noch immer Harrys Lippen auf meinem Mund spüren. Sein Duft war allgegenwärtig und haftete an meinen Sachen.

Zorro stupste mit seiner Nase gegen meinen Ellbogen.

»Das Leben ist nicht fair«, murmelte ich.

Was würde Harry sagen, wenn er erfuhr, dass ich das Kind eines anderen in mir trug? Wir kannten uns schließlich kaum.

Ein Kuss ist nur ein Kuss.

Im selben Moment, wo ich es dachte, wusste ich, dass es eine Lüge war. Dieser Kuss war nicht nur ein Kuss gewesen. Er hatte etwas in meinem Inneren berührt. Es war, als wäre ein Panzer von mir abgefallen, hinter dem sich Gefühle verborgen hatten, die ich nicht mehr für existent gehalten hatte. Mein Blick fiel erneut auf das Display.

Verdammt. Verdammt. Verdammt.

Ich nahm einen tiefen Atemzug. Am liebsten hätte ich mir die Bettdecke über den Kopf gezogen und so getan, als wäre ich nicht da. Aber ich war kein Kind mehr. Ich war eine erwachsene Frau, die noch dazu schwanger war.

Entschlossen tippte ich los. Als ich fertig war, legte ich das Handy beiseite. Wieder tauchte Harrys Gesicht in meinem Kopf auf. Was würde er sagen, wenn er die Wahrheit erfuhr?

Ich verbarg mein Gesicht in Zorros Fell. »Was soll nur werden?«

Amelie

27

»Und, wie küsst Harry so?« Alice saß im Schneidersitz vor mir auf dem Bett.

Es war Sonntagmorgen, und ich hatte beschissen geschlafen. Wilde Träume hatten mich immer wieder hochschrecken lassen. Jasper und Harry hatten die ganze Nacht in meinem Kopf miteinander gerungen. Am Morgen hatte ich mir nicht anders zu helfen gewusst und Alice angerufen.

»Harry ist der Gott des Küssens.« Alleine bei dem Gedanken wurde mir ganz warm im Unterleib. Ich konnte nur hoffen, dass es der Erbse da drin nicht zu heiß wurde.

»Reden wir von demselben Harry?«

»Jep.«

»Mein Boss, Doktor Harry Lisiter, ein Gott im Küssen?« Alice schüttelte energisch den Kopf. »Das kann nicht sein.«

»Doch. Der Kuss war der Knall im All. Ein Mundorgasmus, wie man ihn sich nur wünschen kann. Perfekt. Wahnsinnig. Irre. Reicht das?« Ich lehnte mich zurück.

»Wer hätte das gedacht. Und ich habe immer geglaubt, dass Harry ein Spießer ist.«

»Keineswegs. Aber das ist nicht das Problem.«

»Hat er Mundgeruch?«

»Alice, bleib doch einmal ernst. Nein, hat er nicht.«

»Was dann?«

»Der Kuss an sich.«

»Hä? Wenn ein Mann gut küssen kann, kommt das doch einem Jackpot gleich. Die meisten Männer sind in dieser Hinsicht eher verbesserungsbedürftig. Ich habe da einschlägige Erfahrungen hinter mir.«

»Mhm.«

»Es gibt drei Sorten von schlechten Küssern: Gruppe Eins sabbert dich an, als würde es sich bei deinem Mund um eine Kinderrassel handeln, mit der es zu spielen gilt. Gruppe Zwei, das sind die Forscher und Entdecker, die mit ihrer Zunge in deinem Mund wühlen, als gelte es, dort Ausgrabungen zu leisten. Gruppe Drei ist ein akuter Fall von Zungenlähmung. Die hängen dir ihre Zunge in den Rachen wie ein totes Stück Fleisch, nach dem Motto: Mach damit, was du willst.« Alice schüttelte sich.

Ich kicherte. »Hör auf, sonst kann ich nie wieder einen Mann küssen und muss an dich denken.«

»Trotzdem verstehe ich nicht, was dein Problem ist.«

Ich betrachtete meine rot lackierten Fußnägel. »Jasper hat geschrieben, dass er mit mir reden möchte.«

»Ja und?« Alice sah mich verständnislos an.

»Das liegt doch auf der Hand.«

Sie schüttelte den Kopf. »Für dich vielleicht. Für mich nicht.«

»Ich bin noch immer Jaspers Frau.«

»Das ist mir hinlänglich bekannt.« Manchmal konnte ich sie mit ihrer nüchternen Art an die Wand klatschen.

»Jasper ist der Vater der Erbse. Das kann ich nicht einfach ignorieren.«

»Richtig. Aber du kannst ihn ruhig schmoren lassen und nicht gleich zurückrufen, nur weil der Herr es möchte. Vor allem, nachdem er klar gesagt hat, dass er sich nicht für reif genug hält um Vater zu werden. Du hättest dir das schriftlich geben lassen müssen.«

»Ich bin nicht wie du. Für mich sind die Dinge nicht immer schwarz oder weiß. Jasper hat einen Fehler gemacht, aber er ist deshalb kein schlechter Mensch.«

»Man könnte meinen, ich spreche mit Mutter Theresa persönlich.«

»Ach komm. Ich bin einfach kein Schwein, und du auch nicht.« Ich zog die Beine in den Schneidersitz.

»Du hast ihm schon geantwortet, stimmt's?«

»Ja. Ich habe ihm geschrieben, dass er sich keine Sorgen zu machen braucht. Ich und die Erbse würden schon alleine klarkommen.«

»Du bist zu nett. Das ist der Freibrief für ihn, sich ganz aus der Affäre zu ziehen.«

»Wenn es das ist, was er will, würde er das so oder so machen.«

Ich hatte die ganze Nacht darüber nachgedacht und war zu dem Ergebnis gekommen, dass es das Beste wäre, wenn ich so wenig wie möglich mit Jasper zu tun hatte. Er wollte kein Vater sein, und ich wollte ihn nicht zurück.

»Ja, das mit Sicherheit. Die Frage ist nur, ob dein Jasper das einfach so akzeptiert. Der Typ ist es gewohnt, dass er sagt, wo es langgeht. Er ist ein Alphatier.«

»Aber nur, weil ich ihn die ganze Zeit gelassen habe. Ich war so damit beschäftigt, ihm zu gefallen, dass ich alles abgenickt habe, was er gemacht oder gesagt hat. Ich glaube, er hat verstanden, dass das vorbei ist. Zumindest hoffe ich das.«

»Und Harry?«

»Ja, das ist ein Problem. Ich möchte ihn nicht unter falschen Tatsachen in eine Beziehung locken, um ihm dann zu sagen, dass ich ein Kind von meinem Ex erwarte.«

»Ich an deiner Stelle würde erst einmal schauen, wohin die Reise mit dir und Harry geht. Ein Kuss sagt noch gar nichts. Wenn ich denke, wen ich schon alles geküsst habe und noch nicht einmal mehr den Namen weiß. In meinen Augen bist du ihm zum jetzigen Zeitpunkt keine Rechenschaft über deinen Zustand schuldig.«

Mein Handy brummte auf dem Nachttisch. Ich starrte wie hypnotisiert auf das Display. »Das ist Harry.«

Danke für den wunderschönen Abend. Ich musste die ganze Nacht an dich denken. Sehen wir uns bald?

»Auweia, den hat es tatsächlich erwischt«, sagte Alice trocken.

»Mich auch«, gestand ich. »Ich habe sogar von ihm geträumt.« Ich seufzte. Harry hatte sich vorgebeugt, um mich zu küssen. Genau in dem Moment, als sich unsere Lippen berührt hatten, war plötzlich Jasper mit einem Baby auf dem Arm aufgetaucht. Ich war schweißgebadet aufgewacht. »Scheiße. Ich bin komplett durcheinander.«

»Das sind die Hormone«, sagte Alice bestimmt. »Apropos Hormone. Wann hast du den nächsten Termin beim Frauenarzt?«

»Nächste Woche, wenn meine Mutter wieder abgereist ist.«

Bei dem Gedanken an Mums Besuch wurde mir direkt wieder schlecht. Ein weiteres Problem, das ich lösen musste. Na ja, es war kein wirkliches Problem. Alles, was ich tun musste, war, ihr zu sagen, was Sache war. Genauso wie Harry.

»Kopf hoch. Du schaffst das.«

»Ich kann nur hoffen, dass Mum nicht einen von ihren hysterischen Anfällen bekommt«, murmelte ich.

»Warum müssen alle Mütter nur so schwierig sein?«, überlegte Alice. »Meine hält sich für den Mittelpunkt der Welt. Ich kann mich nicht erinnern, dass sie mal gefragt hat, wie es mir geht. Wenn ich sie anrufe, erzählt sie nur von sich.«

»Also, wenn ich so werde, darfst du mir eine runterhauen und mich daran erinnern, wie unsere Mütter waren«, bat ich sie.

Alice grinste. »Das übernehme ich gerne.«

»Dachte ich mir.«

Wir brachen in lautes Lachen aus.

»Du hast ganz schön Monstertitten bekommen«, bemerkte Alice mit einem Blick auf meine Brüste.

»Das ist wenigstens mal ein positiver Nebeneffekt.« Ich deutete auf den gespannten Hosenbund. »Nicht mehr lange und jeder kann sehen, dass ich schwanger bin.«

Ich dachte wieder an Harry, der nichts von all dem ahnte.

»Und das ist erst der Anfang. Warte, bis du eine Kugel vor dir herschiebst, die so groß ist wie ein Basketball, und deine Beine zu Elefantenfüßen anschwellen.«

»Danke, Alice, jetzt geht es mir gleich viel besser.«

»Dachte ich mir.« Sie warf mir eine Kusshand zu.

Ich schmunzelte. »Ich finde dich auch blöd!«

Es tat gut, eine Freundin wie Alice an meiner Seite zu haben.

»Und schreib diesem liebestollen Mann von einem Tierarzt zurück, dass es dir auch gefallen hat und du es kaum abwarten kannst, ihn wiederzusehen«, befahl sie. »Und wenn dich die ganze Situation so belastet, dann sagst du es ihm bei der nächsten Gelegenheit.«

»Aye, aye, Sir.« Lächelnd tippte ich Harry eine WhatsApp-Nachricht.

Amelie

28

Zum dritten Mal an diesem Morgen arrangierte ich die Blumen in der Vase neu. Zorro lag auf dem Stuhl und wackelte gelangweilt mit den Ohren. Ich wollte, dass alles perfekt war, wenn meine Mutter kam. Ich hatte sogar ihren Lieblingskuchen gebacken, in der Hoffnung, dass sie sich gerade nicht auf irgendeinem Diät-Trip befand und ich sie damit etwas besänftigen konnte. Den Tisch hatte ich bereits gedeckt, und im Kühlschrank war ein Weißwein kaltgestellt. Außerdem hatte ich die Wohnung von oben bis unten geputzt.

Ich warf einen Blick auf die Uhr. Mum und Milton mussten jeden Moment eintreffen.

Ich rannte zum Spiegel im Flur und kontrollierte ein letztes Mal mein Aussehen. Meine Haare waren sorgfältig geföhnt, und ich hatte ein leichtes Tages-Make-up aufgelegt. Die Klamottenfrage war weit schwieriger gewesen. Ich wollte schließlich nicht, dass Mum gleich auf den ersten Blick erkannte, dass ich schwanger war. Ich würde den richtigen Moment abwarten und ihr dann die frohe Botschaft übermitteln. Deshalb hatte ich eine weite Bluse angezogen, die den Bauch verdeckte.

Ich gähnte herzhaft. Nachdem Alice gegangen war, hatte ich Harry zurückgeschrieben. Zu meiner Überraschung war er noch wach gewesen und hatte sofort zurückgerufen. Mit dem Ergebnis, dass wir stundenlang gequatscht hatten. Die Zeit war verflogen, und ehe ich es mich versehen hatte, war es nach Mitternacht gewesen. Ein paarmal war ich versucht gewesen, ihm von der Erbse zu erzählen, aber dann hatte ich mich dazu entschlossen, zu warten, bis wir uns wiedersehen würden. Ich wollte nicht gleich nach dem ersten wirklichen Date mit der Tür ins Haus fallen. Er würde noch früh genug davon erfahren. Schließlich hatten wir uns nur geküsst. Alice wechselte ihre Männer wie andere ihre Unterhosen, und das völlig ohne schlechtes

Gewissen. Wieso sollte ich mir also wegen eines Kusses so viele Gedanken machen?

Das Brummen eines Automotors drang von draußen ins Cottage. Das mussten sie sein!

Mein Magen zog sich zusammen, als hätte ich in eine saure Zitrone gebissen. Die Stunde der Wahrheit war kommen. Ich holte tief Luft, dann drückte ich den Rücken durch und ging hinaus, um meine Besucher zu empfangen.

Miltons Jaguar parkte wenige Meter vor dem Cottage. Obwohl er nie darüber sprach, wussten wir alle, dass Milton äußerst wohlhabend war. Zum Glück – so konnte Mum ihre Vorliebe für Taschen und Schuhe völlig ausleben. Milton war es auch gewesen, der mein Studium mitfinanziert hatte, ohne jemals ein Wort darüber zu verlieren. Er war so etwas wie der gute Geist im Hintergrund unserer Familie. Gerade öffnete er galant die Beifahrertür, sodass Mum bequem aussteigen konnte.

Das Erste, was ich von Mum sah, waren schwarze Pumps mit meterhohem Absatz. Gefolgt von langen gebräunten Beinen, die aus einem Leopardenrock hervorlugten, der gerade mal bis zur Mitte der Oberschenkel ging.

»Huhuuu, Schätzchen!«, rief sie schon von Weitem.

Staksig wie ein Storch im Salat kam sie die wenigen Schritte bis zum Haus gelaufen. Milton folgte ihr mit den Koffern wie ein Angestellter. *Der Gute.*

»Meine Güte, können die hier nicht mal einen vernünftigen Weg bauen?« Sie wirkte höchst empört.

»Hi, Mum. Hi, Milton.« Die Freude darüber, Mum wiederzusehen, mischte sich mit der Angst vor dem, was kommen würde. »Schön, dass ihr da seid.«

Ich gab erst Milton einen Kuss auf die Wange. Sofort hatte ich den typischen Duft von *Cool Water* in der Nase, der ihm anhaftete, seit er das erste Mal in unser Leben getreten war.

»Ich freue mich auch.« Mum gab mir einen Kuss. Wahrscheinlich hatte ich jetzt ein rotes Mal auf der Wange. Zur Bekräftigung ihrer Worte drückte sie mich an ihren Busen, sodass ich fast keine Luft mehr bekam. »So, und nun lass dich mal ansehen.«

Sie trat einen Schritt zurück.

»Wollt ihr nicht erst reinkommen?«, schlug ich hastig vor, um der Untersuchung zu entgehen. »Der Kaffee wird sonst kalt.«

»Du hast schon Kaffee gekocht?« Mum bewegte die Augenbrauen unnatürlich, denn dank einer Botoxbehandlung war ihre Mimik deutlich eingeschränkt.

»Ja, ich dachte, ich mache schon alles fertig«, erwiderte ich schnell. Sie riss die Augen auf. »Das sieht dir gar nicht ähnlich.«

Ich beschloss, nicht weiter auf die Bemerkung einzugehen, und führte die beiden nach drinnen. Entgegen seiner sonstigen Angewohnheiten hatte Zorro sich aus dem Staub gemacht. *Feigling.*

»Meine Güte, man könnte meinen, man betritt das Haus deiner Großmutter.« Mum deutete auf die Bilder entlang des Flurs. »Diese ganzen alten Möbel.«

»Ich fühle mich wohl hier«, erwiderte ich schmallippig.

»Das kann ich mir vorstellen, ich finde es auch recht gemütlich hier«, brummte Milton hinter uns.

»Ich habe ja auch nicht gesagt, dass es mir nicht gefällt. Deine Granny hatte einen guten Geschmack, den sie direkt an mich vererbt hat.« Mum musterte mich prüfend. »Bei dir habe ich manchmal meine Zweifel.«

Ich beschloss, die Anspielung auf meine Klamotten zu ignorieren, und deutete auf die beiden übergroßen Koffer. »Ich dachte, ihr wollt nur zwei Tage bleiben?«

»Man weiß ja nie, was man braucht. Außerdem mag Milton es, wenn ich mich hübsch anziehe. Nicht wahr, Milton?«

»Aber sicher, Liebes.« Er lächelte hilflos.

Ich lotste die beiden die Treppe hoch ins Schlafzimmer. Ich hatte das Bett frisch bezogen und es mir im Nebenzimmer gemütlich gemacht. Milton und Mum sollten es bequem haben. Auch wenn meine Angst noch immer schwer wog, freute ich mich, dass sie hier waren. Ich sehnte mich nach Mums Nähe und ihrem guten Rat. Aber bis es hoffentlich so weit war, musste ich erst einmal Farbe bekennen.

»Das ist wirklich entzückend hier.« Mum klatschte beim Anblick des Schlafzimmers vor Verzückung in die Hände.

Puh, zumindest das war geschafft. Sie war bester Laune.

Milton stellte die Koffer in die Ecke. »Vielen Dank, Elie, dass du dir solche Mühe gemacht hast.«

Milton war der Einzige, der mich so nannte, und ich mochte es.

»Möchtet ihr erst eure Koffer auspacken oder wollt ihr gleich Kaffee trinken?«, fragte ich.

»Angesichts der Tatsache, dass du den Kaffee schon aufgesetzt hast, wird es wohl besser sein, wenn wir gleich mit nach unten kommen.« Mum sah Milton fragend an.

»Ganz wie du möchtest, Liebes.« Er lächelte, und unter seinen Augen bildeten sich unzählige winzige Fältchen.

Mum nickte huldvoll wie die Queen. »Lasst uns Kaffee trinken.«

Von Zorro gab es noch immer keine Spur. Wo hatte sich der kleine Mistkerl versteckt, jetzt, wo ich seinen Beistand gebrauchen könnte?

Den ganzen Weg nach unten machte Mum kleine spitze Bemerkungen zum schlechten Zustand des Hauses und der Größe. Wir gingen in die Küche.

Mum blieb abrupt in der Tür stehen. »Oh mein Gott!«

»Ist was?«, fragte ich.

»Ich muss mich erst einmal an diese Farben gewöhnen.« Sie blinzelte, als hätte etwas sie geblendet.

»Das war eben damals modern«, verteidigte ich die Blümchentapeten an der Wand und die selbst gehäkelten Kissen auf den Stühlen.

»Ja, aber man könnte so viel aus diesem Häuschen machen, wenn man ein bisschen Hand anlegen würde. Findest du nicht, Milton?«

»Ganz wie du meinst, mein Herz.« Milton gab Mum einen Kuss. Sofort wechselte ihre Mimik und ein Lächeln machte sich auf ihrem Gesicht breit.

»Das hast du entzückend gedeckt«, lobte sie mich bei dem Anblick des Küchentisches.

»Danke, aber nehmt doch Platz.« Ich nahm die Thermoskanne zur Hand.

Aus dem Augenwinkel sah ich, wie Mum an dem Kuchen schnüffelte. Ein gutes Zeichen. Das bedeutete, dass sie sich gerade nicht auf Diät befand. Ansonsten hätte sie mich gerügt, dass ich so ungesunden Kram auf den Tisch stelle.

»Ist das Karottenkuchen?«

»Ja, den habe ich extra für dich gebacken.«

Mum verdrehte schwärmerisch die Augen. »Hm, der riecht köstlich.«

»Warte ab, bis du ihn probiert hast. Ich habe das Rezept von Shannon. Das ist die Frau von Travis, dem Besitzer vom *Tolkes*«, plapperte ich los.

»Aha.« Mum spitzte die Lippen. »Hast du zugenommen?« Sie hatte die Gabe, Gewichtszunahmen – und seien sie nur im Grammbereich – wahrzunehmen.

»Genau darüber würde ich gerne mit dir sprechen«, murmelte ich mit gesenktem Kopf.

»Amelie Eliza Walsh«, bellte Mum mit der Stimme eines Generals auf dem Schlachtfeld. »Du siehst mir jetzt sofort ins Gesicht und sagst mir, was mit dir los ist.«

Milton räusperte sich unbehaglich.

»Also, Mum, ich glaube …« Ich holte tief Luft, um mich vor dem Sturm zu wappnen, der zweifellos folgen würde. »Ich bin schwanger.«

So, jetzt war es raus.

»Was willst du damit sagen, du glaubst, du bist schwanger?«, rief Mum mit schriller Stimme und sprang wieder auf. »So etwas weiß man oder weiß man nicht.«

»Ich bin schwanger.« Ich kam mir vor wie ein Orakel, das den Weltuntergang ankündigte.

Mum sah mich mit schreckgeweiteten Augen an. »Nein.«

»Doch.«

»Nein.«

»Doch!«

Mum ließ sich ermattet auf den Stuhl zurückfallen. »Oh Gott. Das ist das Ende.«

»Ich habe keinen Krebs. Ich bin schwanger. Fünfzehnte Woche.«

»Fünfzehnte Woche! Oh Gott.« Sie fasste sich an die Brust, als hätte sie einen Herzinfarkt.

Milton war aufgestanden und legte ihr beruhigend die Hände auf die Schultern. »Hast du Alkohol im Haus?«

»Ja, im Küchenschrank ist Weißwein.« Ich dankte dem Himmel, dass ich daran gedacht hatte.

Milton machte sich am Kühlschrank zu schaffen. Mum saß mit hängenden Schultern und einem Gesicht, das aussah, als würde sie entweder in Tränen oder in einen hysterischen Lachanfall ausbrechen, auf dem Stuhl. Ich konnte nur hoffen, dass Milton sich mit dem Wein beeilte.

»Wer ist der Vater?«

»Jasper.«

»Oh Gott. Musste es ausgerechnet Jasper sein?«

»Jasper ist mein Mann.«

»Ich weiß. Aber er hat so große Ohren. Bist du dir wirklich sicher, dass es Jasper ist?«

Langsam wurde ich wütend. »Mum, was soll das?«

Milton kam eilig mit einem Glas Wein zum Tisch und reichte es Mum wortlos.

In einem Zug hatte sie es geleert. »Mehr.« Sie hielt Milton das leere Glas unter die Nase. »Am besten die ganze Flasche.«

Milton fetzte los.

Mum wedelte mit der Hand vor ihrem Gesicht. »Schwanger. Fünfzehnte Woche. Oh Gott.«

»Mum, wenn du noch einmal ›Oh Gott‹ sagst, schreie ich. Der liebe Gott hat nichts damit zu tun, sondern Jasper und ich.«

»Oh Gott.«

Ich stieß ein frustriertes Stöhnen aus.

Milton war wieder da, diesmal mit der Flasche in der einen und dem Glas in der anderen Hand. »Hier, Liebes.«

Anstatt das Glas zu nehmen, entschied Mum sich gleich dafür, die Flasche an den Hals zu setzen.

Ich wartete geduldig, bis sie fertig war. »Sich zu betrinken, ist auch keine Lösung.«

»Vielleicht nicht, aber es macht die Sache leichter.« Wie zum Beweis leerte sie die Flasche bis zur Hälfte. »Ausgerechnet von diesem Idioten …«

»Mum. Jasper und ich sind verheiratet.«

»Schlimm genug. Aber musstest du auch noch schwanger werden?« Sie schürzte verächtlich die Lippen.

»Es reicht. Jasper ist der Vater, und damit basta.« Ich stemmte die Hände in die Hüften und funkelte sie wütend an. »Je schneller du das akzeptierst, desto besser.«

»Ich werde Oma.« Sie schüttelte den Kopf. »Ich bin nicht bereit, Großmutter zu sein.« Sie warf einen hilfesuchenden Blick zu Milton.

»Liebes.« Er tätschelte ihre Hand. »Natürlich bist du das.«

In diesem Moment hatte sich Mums Freund für immer in mein Herz geschlichen.

Mum sah zu ihm hoch. »Wirklich?«

»Natürlich. Du hast dir doch immer Enkel gewünscht.«

»Aber noch nicht jetzt.« Sie nahm einen weiteren Schluck.

»Mum, das war nicht geplant, aber jetzt ist es da.« Ich hielt ihr das Bild von der Erbse unter die Nase, das ich vorsorglich in die Hosentasche gesteckt hatte.

»Ist das …?« Mum sah zu mir hoch. Ihre Augen schwammen in Tränen. Ich nickte stumm. »Ich werde tatsächlich Oma.« Mit einem Ruck stellte sie die Flasche auf den Tisch.

»Ja, du wirst Oma«, bestätigte ich.

»Seit wann weißt du es?«

»Seit einer Woche«, log ich.

Sie runzelte die Stirn. »Wieso erfahre ich diese Dinge so spät?«

»Weil ich selbst erst damit klarkommen musste.« Ein Kloß hatte sich in meinem Hals gebildet.

»Und wie soll es jetzt weitergehen?« Mum machte eine ausladende Handbewegung. »Du kannst dich schließlich nicht für immer in diesem Kaff verstecken.«

»Ich weiß.«

»Hast du mit Jasper gesprochen?«, bohrte sie weiter.

»Mum, was ist das hier – ein Verhör?«

»Nein, ich versuche nur, mir einen Überblick zu verschaffen, nachdem du es vorgezogen hast, mich im Ungewissen zu lassen.« Sie machte einen Schmollmund.

»Er fühlt sich nicht bereit dafür, so wie du«, sagte ich trotzig.

»Dann ist er vernünftiger, als ich dachte.«

Zorro kam um die Ecke scharwenzelt und blieb verwundert vor Mum stehen. Sie verzog das Gesicht. »Was ist denn das?«

»Das ist Zorro, mein Kater.« *Der alte Feigling.*

Sie seufzte. »Den willst du womöglich auch behalten?«

»Ja.«

»Gibt es noch etwas, was ich wissen sollte?«

»Ich spiele mit dem Gedanken, nach Chipping Campden zu ziehen«, sagte ich bestimmt.

»Dann hör auf zu spielen. Über so etwas macht man keine Witze.«
Mum rieb sich theatralisch die Schläfen.

»Ich meine es ernst. Ich bleibe hier, wenn ich es irgendwie hinbekomme.«

Mum stöhnte. »Ich muss mal kurz in den Garten.«

Ohne Milton, Zorro und mich eines Blickes zu würdigen, schnappte sie sich die Flasche Weißwein und wankte nach draußen. Milton und ich tauschten kurze Blicke.

»Ist doch ganz gut gelaufen«, meinte Milton.

»Na, wenn das gut ist, möchte ich schlecht nicht erleben«, brummte ich, den Tränen nahe.

»Die beruhigt sich schon wieder. Du kennst doch deine Mutter. Gib ihr etwas Zeit.« Er streichelte meinen Arm in väterlicher Manier. »Geht es dir denn gut?«

»Eigentlich schon«, sagte ich leise. Ich dachte an Harry und das ganze Chaos um mich herum.

Mum sang lautstark *If suicide is painless …*

»Ich glaube, ich schaue lieber mal nach ihr, bevor sie noch Blödsinn macht.«

Ich zwang mich zu einem Lächeln. »Ja, kein Problem.«

»Du wirst das schaffen.« Milton klopfte mir auf die Schulter. »Davon bin ich überzeugt. Du bist eine Kämpferin, wie deine Mutter.«

»Danke, Milton.« Nachdenklich sah ich ihm hinterher.

Zorro sprang mit einem Satz auf meinen Schoß und rieb seinen Kopf an meinem Bauch, als wollte er mir sagen: *Ich bin für dich da.* Ich vergrub meinen Kopf in seinem Fell. Tränen fanden ihren Weg in meine Augen. Ich schluckte verzweifelt dagegen an. Ohne Erfolg. Ich kam mir vor wie eine Sprinkleranlage, die sich nicht abstellen ließ.

»Pumpkin.« Mum stand plötzlich wieder in der Küche. »Es tut mir leid. Ich habe mich falsch verhalten.« Sie lallte ganz leicht, was kein Wunder war nach den Mengen von Wein, die sie innerhalb kürzester Zeit in sich hineingeschüttet hatte.

»Mum, ich weiß auch nicht, was ich machen soll«, murmelte ich schluchzend.

»Hey, jetzt bin ich ja bei dir.« Sie nahm mein Gesicht in ihre Hände und zwang mich, ihr in die Augen zu sehen. »Zusammen kriegen wird das schon hin, meine Kleine.«

Es war schon eine Ewigkeit her, dass sie mich so genannt hatte.

»Ach, Mum. Ich bin froh, dass du da bist.«

»Ich auch.« Sie gab mir mit ihren knallroten Lippen einen feuchten Kuss auf die Stirn.

Wahrscheinlich sah ich aus, als hätte mir jemand einen Kopfschuss verpasst, aber das war egal. Hauptsache, Mum war hier. Nun würde alles gut werden – hoffentlich.

***

Am selben Abend stand ich nackt vor dem Spiegel im Badezimmer und begutachtete mich mit kritischem Blick. Meine Brüste, früher ein B-Körbchen, waren quasi über Nacht um eine Größe gewachsen. Der Vorhof meiner Brustwarzen hatte von Hellrosa in einen Ton gewechselt, der mich an die Farbe von Pflaster erinnerte. *Not sexy.*

Mein Blick wanderte weiter nach unten. Zumindest meine Figur war bis auf das Bäuchlein, das sich keck nach vorne wölbte, fast unverändert. Ich legte meine Hände auf den Bauch. Der Gedanke, dass in mir ein Kind heranwuchs, war immer noch unbegreiflich.

Die Badezimmertür flog auf. Mum stand mit weit aufgerissenen Augen in der Tür. Ich stöhnte laut.

»Oh, ich wollte dich nicht beim Masturbieren stören.« Mums Kopf tauchte wieder ab.

»Ich habe *nicht* masturbiert!«, rief ich ihr hinterher.

Zwecklos. Mum blieb verschwunden. Schnell zog ich mir meinen Pyjama an, damit sich kein weiterer Zwischenfall dieser Art ereignete. Mein Handy klingelte.

Wills Gesicht tauchte verwaschen auf dem Display auf. Im Hintergrund war eine Zeltplane zu erkennen. »Hi.«

»Will«, rief ich erfreut. Gleichzeitig meldete sich das schlechte Gewissen.

Will war der Einzige, der noch nicht von der Schwangerschaft wusste.

»Wie geht's? Hast du Mums Anreise gut überstanden?« Er hatte dunkle Schatten unter den Augen und war nicht rasiert.

Ich setzte mich auf den Badewannenrand. »Es lief besser, als ich dachte. Aber du siehst müde aus.«

Er lächelte. »Wir hatten einen Nachteinsatz, und ich habe ein bisschen zu wenig geschlafen.«

»Du solltest mehr auf dich achten«, schimpfte ich.

»Du hörst dich schon an wie Mum.«

»War der Einsatz denn erfolgreich?«

»Ja. Meine Einheit wird demnächst in die Bergregion verlegt.« Wenn Wills Einheit verlegt wurde, bedeutete das immer, dass es einen neuen Brennpunkt gab. Ich schluckte. »Hey, Sis, mach dir keine Sorgen. Es geht mir wirklich gut«, sagte Will betont fröhlich. »Aber du sieht ein bisschen blass um die Nase aus.«

»Du kennst doch Mum. War ein anstrengender Tag.« Ich erzählte ihm von meiner Begegnung mit Mum gerade.

»Das ist wieder typisch!« Mein Bruder lachte. »Ich liebe Mum, aber ich bin sehr froh, dass ich nicht mehr zu Hause wohne.«

»Ich vermisse dich.«

»Ich dich auch. Vielleicht bekomme ich im Dezember Urlaub. Dann komme ich dich besuchen.«

»Wirklich?« Bis Dezember war es noch lange hin. Bis dahin würde ich mich längst in eine watschelnde Schwangere verwandelt haben. So lange konnte ich nicht warten. Ich musste es ihm erzählen, schließlich war er schon von klein auf mein Vertrauter.

»Ja. Aber das hängt vom Erfolg der Mission ab.«

»Und was ist das für eine Mission?« Ein plötzliches Hungergefühl nach Kuchen überkam mich.

»Das Gleiche, was wir hier gemacht haben. Die Region stabilisieren.« Will sprach nicht gerne über seine Arbeit.

»Warte, ich nehme dich kurz mit in die Küche.« Auf Zehenspitzen schlich ich den Flur entlang. Aus dem Schlafzimmer drang leises Kichern zu mir. Rasch ging ich weiter.

»Nett hast du es da«, stellte Will fest.

»Ja, finde ich auch.« In der Küche angekommen, stopfte ich mir eine Ladung Karottenkuchen in den Mund.

»Seit wann isst du um diese Uhrzeit noch Kuchen?« Seine Augen waren ganz nah an der Kamera und musterten mich kritisch.

»Also, da ist etwas, was ich dir sagen muss«, quetschte ich hervor. Ein Krümel flog auf das Display des Handys und blieb darauf kleben. Will sah jetzt aus, als hätte er einen gigantischen Pickel auf der Nase.

Hektisch wischte ich ihn mit den Fingern weg. »Aber du darfst dich nicht aufregen. Versprochen?«

Will fuhr sich mit den Fingern über den Kopf. »Spuck es aus.«

»Erst versprichst du mir, dass du nicht sauer wirst oder irgendwelchen Blödsinn machst.«

»Amelie, raus mit der Sprache.«

Ich schluckte den klebrigen Brei in meinem Mund herunter. »Ich bin schwanger. Fünfzehnte Woche. Das Kind ist von Jasper.«

»ICH BRINGE DEN MIESEN KLEINEN SCHEIßKERL UM!« Will war aufgesprungen und ballte die Hände zu Fäusten.

»Will, bitte. Ich möchte das Kind bekommen.« Ich erzählte ihm von meinem Besuch beim Frauenarzt und meinem Gespräch mit Jasper.

Er hörte schweigend zu. Dabei malmte sein Kiefer unaufhörlich. »Ich wusste gleich, dass Jasper ein feiges Arschloch ist. Und wie geht es dir dabei?«

»Ganz gut. Ich habe dicke Titten und verwandele mich figurtechnisch in eine Birne.« Ich lächelte traurig.

»Eine hübsche Birne«, korrigierte mein Bruder. »Ich bin mir sicher, du wirst die schönste Schwangere sein, die die Welt jemals gesehen hat.« Mein Herz quoll vor lauter Geschwisterliebe fast über. »Ich könnte versuchen zu kommen.«

»Nein. Das ist schon okay. Mum und Milton sind hier. Und Alice.«

»Alice?«

»Meine Freundin.« Ich erzählte ihm, wie Alice und ich uns angefreundet hatten.

»Das klingt nach einer interessanten Frau.«

Ich lachte. »Ist sie auch. Sie ist selbstbewusst, sexy und steht auf Uniformen.«

»Noch ein Grund mehr, dich zu besuchen.« Er grinste wie ein Schuljunge, der etwas Verbotenes getan hatte. In dieser Hinsicht machte ich mir keine Illusionen. Will war ein Schwerenöter, wie er im Buche stand.

Ich senkte meine Stimme. »Aber da ist noch jemand …«

»Warum flüsterst du auf einmal?«

»Damit Mum mich nicht hören kann.« Will grinste. »Es gibt da einen Mann.« Ich sah ihn mit verschwörerischer Miene an.

»Einen Mann? Du meinst, du …?« Will schüttelte ungläubig den Kopf.

»Ich glaube, ich bin verknallt. Aber bitte sag es nicht Mum, die flippt sonst gleich aus«, bat ich ihn.

»Wer ist es? Kenne ich ihn? Doch nicht James, der immer um dich rumgeschwänzelt ist.« Er verzog das Gesicht zu einer Grimasse.

»James?« Ich schüttelte den Kopf. »Den habe ich seit einer Ewigkeit nicht gesehen.«

»Gott sei Dank.«

»Er heißt Harry und ist der Tierarzt hier.«

»Ein Landarzt, so mit Kühen und so?«

»Er behandelt auch Katzen, Hunde und Kaninchen.«

Wills Mundwinkel kräuselten sich. »Gut zu wissen.«

»Du würdest ihn mögen.«

»Das lass lieber mich entscheiden. Bei Jasper waren wir uns auch nicht einig, und du hast mir beteuert, was für ein toller Mann er ist. Wie toll, haben wir ja jetzt gesehen.« Er sah mich ernst an. »Hauptsache, du bist glücklich.«

»Das bin ich – zumindest meistens, seit ich hier bin. Mir gefällt es in Chipping Campden, auch abgesehen von Harry und Alice. Ich fühle mich wohl hier.«

»Du warst schon immer eher ein Dorfmensch«, sagte Will.

»Das klingt komisch.« Ich zog die Beine hoch.

»Nein. So war es nicht gemeint. Erinnerst du dich an unsere Ausflüge aufs Land, zusammen mit Dad?« Ich nickte. Die Trips mit meinen Eltern gehörten zu den wenigen guten Erinnerungen aus der Zeit mit meinem Vater. »Na siehst du. Das meine ich.« Will hatte mich schon immer verstanden. Besser als jeder andere Mensch. Sogar besser als Mum. »Und was willst du jetzt tun?«

»Das weiß ich nicht. Ich bin völlig durcheinander. Harry hat mich geküsst und mein Leben damit auf den Kopf gestellt.«

»Ich dachte, das hat das Baby schon getan.«

»Ja, aber ich habe nicht geplant, mich zu verlieben.«

»Kann man Liebe planen?« Wieder hatte er den Nagel auf den Kopf getroffen.

Ich hatte weder damals geplant, mich in Jasper zu verlieben, noch jetzt in Harry. Beides war einfach passiert.

»Du bist ganz schön weise für dein Alter«, erwiderte ich.

»Und du steckst ganz schön in der Klemme.« Zwischen Wills Augenbrauen hatte sich eine tiefe Falte gebildet.

»Ich weiß«, sagte ich kleinlaut.

»Du musst es Harry sagen.«

»Aber was ist, wenn er keine schwangere Freundin möchte? Wir kennen uns schließlich noch nicht lange, und ein Baby ist eine ganz schöne Verantwortung.«

»Es gibt nur einen Weg, das herauszufinden.« Ich knabberte an meiner Unterlippe. Ein Mann tauchte seitlich von William auf und flüsterte ihm etwas ins Ohr. Will nickte ernst. »Ich muss Schluss machen. Die brauchen mich.«

»Bitte pass auf dich auf.«

»Du auch auf dich. Ich hab dich lieb.« Seine dunkelgrünen Augen blickten mich liebevoll an.

»Ich dich auch.«

Das Display wurde schwarz.

Amelie

29

»Als Erstes fahren wir ins Dorf und decken dich mit neuen Klamotten ein. So kannst du nicht herumlaufen.« Mum deutete auf meine Hose. Ich hatte den obersten Knopf offengelassen, damit der Bund nicht so gegen meinen Bauch drückte. »Das sieht nicht sehr vorteilhaft aus. So werden die Leute denken, dass du dick geworden bist.«

Wir saßen am Frühstückstisch. Milton hatte neben Mum Platz genommen. Zorro lag zu meinen Füßen unter dem Tisch. Mum hatte darauf bestanden, dass er während des Essens nicht auf meinem Schoß saß.

»Das ist wirklich nicht nötig«, versicherte ich ihr. »Außerdem *bin* ich dick geworden.«

Die Übelkeit der letzten Wochen war durch ein ständiges Hungergefühl ersetzt worden. Vor allem Süßigkeiten zogen mich an wie Magneten. Wenn es so weiterging, würde ich mich bis zum Ende der Schwangerschaft in eine Tonne verwandelt haben.

»Das sehe ich.« Mum wedelte mit der Hand in der Luft. »Keine Widerrede. Milton, Lieber, würdest du uns ins Dorf fahren?«

»Aber natürlich, Liebes. Dann kann ich mich ein wenig umschauen. Ich finde die Gegend absolut reizvoll.« Er lächelte mir zu. »Vielleicht sollten wir uns auch ein Ferienhäuschen hier kaufen.«

»Du lieber Himmel! Kann es sein, dass dir frische Landluft nicht bekommt?«, wischte Mum Miltons Überlegungen mit einem Satz vom Tisch. »Wie kommst du nur auf so eine absurde Idee?« Sie schüttelte den Kopf. »Amelie kommt natürlich wieder nach Oxford. Nicht wahr, Pumpkin?«

So wie sie es sagte, klang es eher wie ein Befehl.

»Wir haben doch schon darüber gesprochen. Ich bleibe hier.« Je länger ich darüber nachdachte, desto sicherer war ich mir. Ich wollte bleiben.

Mums perfekt gezupfte Augenbraue schnellte nach oben, so weit es das Botox zuließ. »Was willst du hier? Du hast hier niemanden, der dich unterstützen kann, und wir sind in Oxford. Ein Baby alleine großzuziehen ist nicht einfach.«

»Ich habe Freunde, die mir helfen.« Ich dachte an Alice, Lucy und Rylee, die mir in der kurzen Zeit mehr ans Herz gewachsen waren als alle Freunde, die Jasper und ich gemeinsam gehabt hatten. An die alte Mrs Perkins, an Mr Howard und seinen Sohn. Sie alle hatten sich mehr um mich gekümmert als jemals jemand in Oxford. Außerdem war da noch Harry.

»Willst du denn, dass dein Kind auf dem Land aufwächst? Wovon willst du leben?« Mum musterte mich mit sorgenvoller Miene.

Milton legte seine Hand auf meine. »Du kannst immer auf uns zählen.«

Ich schenkte ihm ein Lächeln. »Danke, Milton.«

»Dafür brauchst du dich nicht zu bedanken. Du und Will seid doch für mich wie meine Kinder.« Sein Blick glitt liebevoll über mich hinweg zu Mum.

»Ach, mein Liebster.« Sie beugte sich vor und gab ihm einen Kuss. »Ich weiß schon, warum ich mich in dich verliebt habe.«

Ich kämpfte gegen die Tränen an. Milton war mehr Vater für mich und Will gewesen als der Mann, der uns gezeugt und sich nach der Trennung von Mum nicht mehr um uns gekümmert hatte.

Es klingelte an der Haustür. Ich schluckte die Tränen weg.

»Erwartest du Besuch?«, fragte Mum.

»Nicht, dass ich wüsste.« Ich stand auf. »Entschuldigt mich kurz.«

»Natürlich.«

Zorro folgte mir. Wahrscheinlich war er froh, Mum für ein paar Minuten zu entkommen. Ich ging durch den Flur und öffnete die Tür.

»Harry!«, stieß ich überrascht hervor. Bei seinem Anblick reagierte mein Körper in zweifacher Hinsicht. Mein Herz machte einen Hüpfer, mein Magen zog sich zusammen. »Was machst du denn hier?«

Zorro schoss begeistert nach vorne, um Harry zu begrüßen. Harry trat einen Schritt auf mich zu. Sein Gesicht war ganz nahe. »Ich hatte Sehnsucht nach dir.« Sein warmer Atem streifte meine Wange. Er hielt mir ein Gänseblümchen unter die Nase. »Für dich. Der Duft erinnert mich an dich.«

»Oh.« Hitze kroch über mein Gesicht. »Wie süß von dir.« Ich nahm das Blümchen in die Hand.

»Ich musste die ganze Zeit an dich denken.« Sein Blick blieb an meinem Mund hängen.

Mein Körper prickelte. »Ich auch an dich.«

»Ich hatte gehofft, dass du das sagen würdest.« Seine Hände umfassten mein Gesicht. »Wunderbare Amelie.« Er gab mir einen zärtlichen Kuss. »Davon habe ich geträumt.«

»Harry …« Ich musste ihm die Wahrheit sagen. Alles andere wäre nicht fair. Er hatte einmal Pech mit einer Frau gehabt. Er hatte es nicht verdient, ein zweites Mal vor vollendete Tatsachen gestellt zu werden. »Ich muss dir etwas —«

»Liebes, wer ist da?« Mum tauchte im Flur auf.

Ausgerechnet jetzt! Ertappt ließ ich Harrys Hand los. Mum hatte schon immer ein Talent dafür gehabt, im falschen Moment aufzutauchen. Harry schielte hinter meinen Rücken.

»Mum und Milton sind gestern gekommen«, erklärte ich kurz.

Innerlich wappnete ich mich für die Fragen, die zweifelsohne kommen würden.

»Möchtest du mir den jungen Mann nicht vorstellen?« Mum stand hinter mir. Ohne meine Antwort abzuwarten, schnellte ihr Arm an meinem Gesicht vorbei zu Harry.

Harry erwiderte Mums Händedruck galant. »Doktor Harry Lisiter.«

»Walsh. Mrs Katherine Walsh«, stellte sich Mum in James-Bond-Manier vor.

»Du hast mir gar nicht gesagt, dass deine Schwester zu Besuch kommt«, sagte Harry. Ich konnte den Schalk in seinen Augen sehen. Er hatte Mums Charakter mit einem Blick erfasst.

»Ach, wie überaus charmant«, säuselte Mum.

»Das ist meine Mutter«, korrigierte ich ihn, was mir sofort einen bösen Blick von Mum einbrachte, die das kleine Spiel mit Harry mit Sicherheit noch ewig weitergespielt hätte.

»Sie sind Amelies Arzt?«

»Nein, ich bin Tierarzt.«

»Oh. Ein echter Tierarzt.« Mum war immer ein großer Fan der Serie *Der Doktor und das liebe Vieh* aus den Achtzigern gewesen. »Wie überaus interessant.«

»Wie erfreulich, dass Sie das so sehen.« Harry schmunzelte.

Mums Blick wanderte von Harry zu mir und wieder zurück.

»Harry ist ein Freund«, kam ich ihrer Frage zuvor, die sicherlich sonst folgen würde.

Aus dem Augenwinkel sah ich, wie Harrys Augenbraue nach oben schnellte.

»Ein Freund. Soso.« Mum spitzte die Lippen. »Möchtest du deinen *Freund* nicht hereinbitten?« Das war eine klare Aufforderung an mich und keine Bitte.

»Harry wollte nur kurz Hallo sagen«, murmelte ich.

Er sah mich verwundert an. »Für eine Tasse Kaffee würde es schon reichen.«

»Dann kommen Sie doch hereinspaziert, junger Mann.« Mum machte eine einladende Handbewegung.

»Mum, Harry ist zu höflich, um Nein zu sagen«, flüsterte ich ihr verzweifelt ins Ohr.

»Nein, bin ich nicht«, erwiderte Harry fröhlich. Der Mann hatte Ohren wie ein Luchs und machte damit meine Pläne zunichte. *Verdammt.*

»Du hast mir gar nicht erzählt, dass deine Mutter zu Besuch kommt«, flüsterte er mir auf dem Weg in die Küche ins Ohr.

»Habe ich vergessen«, murmelte ich, noch immer damit beschäftigt, einen Ausweg aus dieser Situation zu finden.

Milton, der noch am Küchentisch saß, begrüßte Harry freundlich.

»Dr Lisiter ist der Tierarzt hier«, übernahm Mum die Gesprächsführung. Sie lehnte sich locker gegen die Spüle und beobachtete Harry mit Argusaugen.

»Das ist korrekt«, bestätigte Harry mit einem Kopfnicken.

»Ich habe die ganze Zeit das Gefühl, dass wir uns kennen. Sind wir uns schon einmal begegnet?«

»Auf dem Bahnhof in Oxford«, kam Harry ihr zu Hilfe. »Ich habe Ihrer Tochter beim Koffertragen geholfen.«

»Richtig!« Mum schlug sich mit der flachen Hand gegen die Stirn. »Wie konnte ich einen gutaussehenden Mann wie Sie nur vergessen? Dabei sind Sie mir schon damals gleich aufgefallen. Sie wissen wahrscheinlich, dass meine Tochter verheiratet ist?«

Ich stöhnte.

»Ja, natürlich, Ma'am.« Das Lächeln war aus seinem Gesicht verschwunden.

»Mein Schwiegersohn ist ein ziemlicher Idiot und noch dazu ein Betrüger.« Mum sah Harry scharf an. »Ich hoffe, Sie sind es nicht.«

Ich schoss mit meinem Blick Pfeile in ihre Richtung. »Mum!«

»Schon gut.« Harry legte beschwichtigend seine Hand auf meine. »Ich kann die Sorge deiner Mutter gut verstehen.«

»Wirklich?« Mum wirkte angenehm überrascht. Milton lächelte.

»Aber bitte nennen Sie mich doch Harry«, startete Harry eine erneute Charmeoffensive.

»Sehr gerne. Ich bin Katherine, und das ist Milton.«

»Ich freue mich, dass ich Amelies Eltern kennenlernen darf« sagte Harry.

»Milton ist nicht mein leiblicher Vater«, korrigierte ich ihn. »Auch wenn es sich für mich so anfühlt.« Ich warf Milton einen liebevollen Blick zu, den er mit einem sanften Lächeln erwiderte.

Harry nickte. »Ihr seid aus Oxford angereist?«

»Ja, gestern. Ich muss gestehen, dass ich mir die Gegend nicht so schön vorgestellt habe. Bist du hier aufgewachsen?«

Mum startete ein höfliches Geplänkel, während ich darüber nachdachte, wie ich Harry am besten wieder nach draußen lotsen konnte, bevor Mum die Sache mit der Erbse ausplaudern konnte.

»Aber erklär mir doch«, Mum funkelte mich an, »wenn es meine Tochter schon nicht tut, in welchem Verhältnis ihr zueinander steht.«

Mein Puls schnellte in gefährliche Höhen.

»Kaffee!« Ich sprang entschieden zwischen die beiden. Mum runzelte die Stirn. Milton sah mich ebenfalls verwundert an. »›Ähm, ich habe ganz vergessen, euch Kaffee einzuschenken.«

Harry schüttelte irritiert den Kopf. »Ja, gerne.«

Ich sprintete los, um die Thermoskanne zu holen.

»Du hast meine Frage nicht beantwortet«, nahm Mum den Faden wieder auf.

»Mum, ich habe es dir doch schon gesagt. Harry ist ein guter Freund.« Ich beeilte mich, eine Tasse für Harry aus dem Küchenschrank zu holen.

»Freundschaft ist unter jungen Leuten so ein dehnbarer Begriff.« Sie senkte ihre Stimme. »Ist das zwischen euch *Freundschaft plus*?«

»Mum!« Ich bedachte sie mit dem fiesesten *Du-bist-tot*-Blick, zu dem ich fähig war.

Harrys Mundwinkel zuckten.

»Man wird doch wohl mal fragen dürfen!« Sie schürzte die Lippen.

»Ich weiß nicht, woher du diese prüde Ader hast. Von mir jedenfalls nicht.« Mum stellte sich neben mich und legte den Arm um meine Schultern. »Ich frage nur, weil zu viel ... *Aufregung* in Amelies Zustand nicht gut ist.«

Ich stöhnte. Genau das hatte ich vermeiden wollen. Ich suchte fieberhaft nach einem Ausweg.

Harry stutzte einen Moment. »Ich bin mir durchaus bewusst, dass Amelie in den letzten Wochen einiges durchgemacht hat«, sagte er schließlich. »Aber ich versichere dir, dass ich nichts überstürzen werde.« Er warf mir einen liebevollen Blick zu. »Sie ist eine tolle Frau, und ich bin für sie da.«

Ich atmete erleichtert aus.

»Das ist gut. Eine alleinerziehende Mutter hat es nicht leicht.«

Harry zögerte einen Moment. Dann lachte er. Milton, Mum und ich starrten ihn an.

»Zorro als Baby zu bezeichnen. *Hahaha*. Ich liebe den Humor deiner Mutter.«

»Du hast es ihm nicht gesagt«, schnitt Mums Stimme dazwischen.

Harry hörte abrupt auf zu lachen. Sein Blick schoss zu mir. »Was meint deine Mutter?«

»Dass Amelie schwanger ist«, platzte Mum wie ein Elefant im Porzellanladen heraus.

»Katherine, ich denke, jetzt ist es genug.« Milton hatte sich dazu entschieden, dazwischenzugehen und mir das letzte bisschen Würde zu lassen, das mir geblieben war. Mum öffnete den Mund, schloss ihn jedoch gleich wieder. Harrys Blick war starr auf mich gerichtet.

»Es tut mir leid. Ich wollte es dir vorhin sagen.« Ich wich seinem Blick aus und schaute stattdessen auf meine Hände.

Minutenlang sagte niemand ein Wort.

Harry stand mit einem Ruck auf. »Tja, ich glaube, ich gehe dann mal besser.«

»Aber du hast deinen Kaffee gar nicht getrunken«, wollte Mum ihn zurückhalten.

»Danke, aber ich bin schon viel zu lange geblieben. Auf Wiedersehen, Katherine. Auf Wiedersehen, Milton.«

»Auf Wiedersehen. Hoffentlich sehen wir uns bald wieder«, flötete Mum.

Schweigend folgte ich Harry durch den Flur bis zur Haustür.

»Harry …«

Er sah mich traurig an. »Wieso hast du mir nicht gesagt, dass du schwanger bist?«

»Ich war selbst völlig überrascht, als ich es erfahren habe. Ich musste mich selbst erst mit dem Gedanken auseinandersetzen«, erklärte ich mit zittriger Stimme. »Das Baby war nicht geplant.«

»Aha.«

Ich trat einen Schritt auf ihn zu, doch Harry wich mir aus. Ich presste die Lippen aufeinander. »Ich habe das nicht gewollt. Das mit uns. Mit dem Baby. Das war alles nicht geplant.« Ich machte eine Pause, um meine Gedanken zu sortieren. »Meine Schwangerschaft hat nichts mit uns beiden zu tun. Das betrifft nur Jasper und mich.«

»So naiv kannst du unmöglich sein.« Harry stieß laut die Luft aus. »Es kann dir nicht entgangen sein, dass ich mich total in dich verliebt habe. Natürlich betrifft es auch mich.«

Ich senkte den Kopf. Selbstverständlich hatte ich es bemerkt. Und genauso hatte ich mich in ihn verliebt.

»Du kannst nicht erwarten, dass wir so weitermachen wie bisher. Ein Baby ändert alles. Die ganze Situation. Das mit dir und mir«, Harrys Mund war kaum mehr als ein Strich, »und deinem Mann.«

»Ich weiß«, flüsterte ich. »Alice meinte, ich bräuchte nicht –«

»Du hast mit Alice über das Baby gesprochen, aber nicht mit mir?« Er wirkte verletzt.

»Alice ist meine Freundin. Ich brauchte Rat. Ich wusste nicht, was ich machen sollte. Da ist schließlich noch Jasper.«

Harry zuckte kaum merklich zusammen. »Und was willst du tun?« Sein Blick hielt mich gefangen. »Wie stehst du zu uns?«

Tränen brannten in meinen Augen. »Zwischen uns hat sich von mir aus nichts geändert.« Instinktiv legte ich die Hand auf den Bauch. »Die Frage ist doch eher, wie du dazu stehst.«

Harry legte seine Hand unter mein Kinn. Allein die Berührung genügte, um meinen Körper in komplettem Aufruhr zu versetzen.

Schweigend sah er mich an. Im Braun seiner Augen schwammen kleine goldene Punkte. »Ich wurde bereits einmal von einer Frau für einen anderen verlassen. Ich kann das kein zweites Mal durchmachen. Deshalb beantworte mir bitte eine Frage ... Siehst du für uns beide wirklich eine Chance oder haderst du noch wegen Jasper?«

»Ich will *dich*.« Ich ging auf die Zehenspitzen und küsste ihn.

Harry drängte sich an mich. Seine Zunge stieß in meinen Mund vor. Seine Hand fuhr in meine Haare und zog meinen Kopf leicht nach hinten, sodass ich ihm völlig ausgeliefert war. In diesem Kuss lag keine Zärtlichkeit, sondern wildes Verlangen und Schmerz. Ich keuchte auf. Mein ganzer Körper sehnte sich nach ihm.

Abrupt entließ er mich aus seinem Griff. Ich schwankte benommen. »Amelie, ich brauche Zeit, um über alles nachzudenken.« Seine Stimme klang rau. »Ich kann nicht einfach so tun, als wäre alles normal. Ein Baby, das ist ...«, er suchte nach Worten, »eine verdammt große Sache.«

Ich nickte. Am liebsten hätte ich mich an seine Brust geworfen und ihn festgehalten. Stattdessen blieb ich stumm stehen.

»Pass auf dich auf.« Es klang wie ein Abschied.

Ich kämpfte gegen das Meer von Tränen, das sich meinen Hals hochkämpfte. Ohne ein weiteres Wort machte Harry auf dem Absatz kehrt und ging. Zurück blieb ein Häufchen Elend mit einer Erbse im Bauch.

Harry

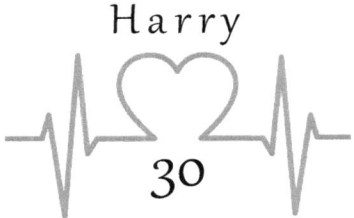

30

»Alter Freund, das ist wirklich hardcore.« Jake klopfte mir mitfühlend auf die Schulter. Wir liefen über die Felder. Es war spät am Nachmittag, und die Sonne stand bereits tief. Die Bäume warfen lange Schatten auf den schmalen Weg vor uns. Ben, Jakes Hund, trotte neben uns her. »Und was hast du jetzt vor?«

»Keine Ahnung.«

Ich schüttelte den Kopf. Ich hatte seit Tagen kein Auge zugetan. Die ganze Zeit drehten sich meine Gedanken nur um eine Frage.

Was soll ich tun?

Die Nachricht über Amelies Schwangerschaft hatte mich total umgehauen. Nicht die Tatsache, dass sie es mir nicht gleich erzählt hatte – das war ihr gutes Recht –, sondern die damit verbundenen Konsequenzen.

Wenn ich mit Amelie zusammen sein wollte, würde ich damit leben müssen, dass sie das Kind eines anderen Mannes in sich trug. Eines Mannes, mit dem sie zudem noch verheiratet war.

Bereits am ersten Tag, als ich sie am Bahnhof gesehen hatte, hatte ich mich in sie verliebt. Die Unsicherheit und die tiefe Verletztheit in ihrem Blick hatten mich geradezu magisch angezogen. Damals hatte ich damit gerechnet, sie nie wieder zu sehen. Später, als ich sie weinend auf der Straße gefunden hatte, hatte ihre Trauer mich zutiefst berührt und meinen Beschützerinstinkt geweckt. Aber seit dem Abend auf dem Festival war es endgültig um mich geschehen, und ich hatte all meine Vorbehalte über Bord geworfen.

Es war mir egal gewesen, wie sehr Rylee mich verletzt hatte. Ich konnte an nichts anderes denken als an Amelie. Alles an ihr faszinierte mich wie bei keiner Frau zuvor.

Der Geruch ihrer Haut, der sich mit ihrem Parfüm zu einer perfekten Mischung kombinierte. Ihre weichen Lippen, die so gut küssen konnten. Diese umwerfenden blauen Augen, die wie das Meer an sonnigen Tagen leuchteten. Der Leberfleck auf ihrer rechten Wange, der die Form eines Herzens hatte. Ihre Art zu lachen, wenn sie dabei den Kopf leicht in den Nacken warf. Ihre Ansichten und Einstellungen zu den alltäglichen Dingen des Lebens.

Ich hatte das Gefühl, eine Seelenverwandte in ihr gefunden zu haben. Ich sehnte mich nach ihr und hatte mir vorgestellt, wie es wäre, ihren Körper zu erforschen und gemeinsam mit ihr eine nie gekannte Lust zu entdecken.

»Wenn ich dir helfen kann, sag es mir bitte«, holte Jakes Stimme mich aus meinen Gedanken. Ben preschte bellend los. Wahrscheinlich hatte er einen Hasen entdeckt.

»Nein danke. Ich muss mir einfach darüber klar werden, was ich will«, antwortete ich zerstreut.

»Liebst du sie denn?«

»Ich glaube, das Wort ›Liebe‹ ist nach den wenigen Wochen, die ich sie kenne, etwas hochgegriffen. Ich finde sie toll. Ich liebe ihre Art zu gehen, wie sie dabei immer so einen kleinen Hüpfer zwischendrin macht. Ich begehre sie wie keine Frau zuvor. Ich höre ihr gerne zu, wenn sie redet und ihre Hände dabei wie aufgeregte Vögel durch die Luft flattern.«

Jake klopfte mir auf die Schulter. »Kumpel, dich hat es ganz schön erwischt.«

»Mhm.« Ich kickte einen Stein weg, der vor uns auf dem Weg lag.

»Ich überlege mir gerade, was ich an deiner Stelle tun würde.« Jake warf mir einen Seitenblick zu. »Wäre Rylee von diesem Idioten von Chefarzt schwanger gewesen.«

Ich sah zu ihm auf. »Und?«

»Granny hat immer gesagt: *Gegen die Liebe ist kein Kraut gewachsen.*« Er schmunzelte. »Und damit hat sie verdammt recht.«

»Was willst du damit sagen?«

»Dass ich Rylee auch schwanger genommen hätte.«

»Das sagt sich so einfach. Aber hier geht es schließlich nicht nur um Amelie und mich. Da ist ein Kind im Spiel, und mit ihm eine ziemlich große Verantwortung. Nachher kann ich das Kind nicht so lieben, als wäre es mein eigenes. Was ist mit ihrem Ex? Was ist, wenn ich ein schlechter Vater bin?«

220

»Ich glaube, diese Frage stellen sich alle werdenden Väter.« Er klopfte mir auf die Schulter. »Wenn ich eines sicher weiß, dann, dass du ein guter Vater wärst. Du liebst Kinder, und Kinder lieben dich.«

»Bleibt trotzdem noch die Frage, ob ich es als das meine annehmen kann.«

»Du solltest einen Schritt nach dem anderen machen. Erst müsst ihr doch überhaupt zusammenkommen. Sex miteinander haben.«

»Jake, sie trägt das Baby eines anderen in sich. Ich weiß nicht, ob ich überhaupt Sex mit ihr haben kann.«

»Aber hast du mir nicht erzählt, dass du gerne Sex mit ihr hättest?«

»Ja.«

»Na, damit hast du doch die Antwort auf deine Frage. Alter, du machst dir viel zu viele Gedanken.« Jake pfiff Ben herbei.

»Ich weiß nicht, ob ich bereit bin, eine so große Verantwortung zu tragen.« Ich schüttelte frustriert den Kopf.

»Frag dich doch einfach mal, was du zu verlieren hast. Du bist jetzt fünfunddreißig Jahre alt. Single. Du hast eine gut laufende Praxis mit einem schicken Häuschen dazu. Du hast tolle Freunde«, Jake grinste breit, »die zu hundert Prozent hinter dir stehen. Egal, wie du dich entscheidest.«

»Danke, Kumpel, das weiß ich sehr zu schätzen.«

»Alles, was dir zum Glück fehlt, ist eine Frau. Wenn Amelie die Richtige für dich ist, wärst du bescheuert, wenn du dir diese Chance auf das große Glück durch die Lappen gehen lassen würdest.«

Ben bellte in weiter Entfernung. Jake stieß einen scharfen Pfiff aus. Ich rieb mit dem Finger an meinem Ohr. »Danke, jetzt bin ich taub.«

»Stell dich nicht so an.« Jake pfiff erneut. Diesmal war ich darauf vorbereitet und nahm Abstand. Noch immer kein Zeichen von Ben.

»Warte, ich schau mal kurz, was los ist.« Ehe ich etwas sagen konnte, war Jake losgejoggt.

Nachdenklich blieb ich stehen und sah meinem Freund hinterher. Meine Gedanken wanderten zurück zu Amelie. Es hatte mir fast das Herz gebrochen, als ich die Traurigkeit in ihren Augen gesehen hatte, als ich gegangen war.

Was hätte ich an ihrer Stelle getan? Hätte ich genauso wie sie gehandelt?

Ich wusste es nicht. Das Einzige, was ich wirklich wusste, war, dass ich bis über beide Ohren in diese Frau verliebt war.

Jake kam in Begleitung von Ben zurück. »Weißt du, was? Wir gehen jetzt ins *Red Lion* und trinken ein kühles Bier. Dann kommst du vielleicht auf andere Gedanken.«

»Gute Idee«, stimmte ich zu. Allerdings bezweifelte ich, dass es helfen würde.

Amelie hatte mich verhext. Ich wusste schon jetzt, dass ich auch in dieser Nacht keinen Schlaf finden würde.

Amelie

31

»Meine Güte, Pumpkin, du kannst dich doch nicht derart gehen lassen«, schimpfte Mum, als ich am Morgen ihrer Abreise in Jogginghose und T-Shirt am Frühstückstisch auftauchte.

Die letzten Tage waren ein Wechselbad der Gefühle gewesen. Ich war völlig am Ende. Harry hatte sich nicht mehr bei mir gemeldet. Keine Nachricht. Kein Wort. Absolut nichts.

»Interessiert doch eh keinen, wie ich aussehe«, brummte ich und nahm mir eine Packung Coco Pops aus dem Küchenschrank.

Ich ließ mich auf den Stuhl fallen und schüttete eine Ladung der braunen Cerealien, die nur aus Zucker bestanden und schrecklich ungesund waren, in die Schüssel.

»So darfst du nicht denken. Mich zum Beispiel interessiert es, und Milton natürlich auch. Stimmt's, Milton?« Mum warf ihm einen hilfesuchenden Blick zu.

»Absolut. Wobei ich finde, dass Elie immer gut aussieht. Ein bisschen blass vielleicht, aber ansonsten gut.« Er schenkte mir ein warmes Lächeln.

Mum versetzte ihm einen Stoß mit dem Ellbogen. »Das ist nicht hilfreich.«

»Mum, lass den armen Milton in Ruhe«, bat ich sie. Ich hatte keine Lust, dass die beiden sich am Ende noch stritten.

»Wie hast du geschlafen?«

»Beschissen.« Lustlos schaufelte ich die Coco Pops in mich hinein.

»Es würde dir besser gehen, wenn du duschen würdest.« Mum schnüffelte an mir.

Ich wich zurück. »Hey, lass das!«

»Du riechst aber etwas streng.«

»Zumindest benutze ich keine chemischen Reinigungsmittel«, murmelte ich. »Das ist gut für das Baby.«

»So ein Blödsinn.« Mum schüttelte den Kopf. »Gut für dein Baby wäre es, wenn du endlich dein Privatleben in den Griff bekommen würdest, anstatt hier den ganzen Tag abzuhängen. Was ist jetzt mit diesem Harry?« Ich brach auf der Stelle in Tränen aus. »Schätzchen.« Sofort war Mum bei mir und wiegte mich in ihren Armen wie damals, als ich noch ein kleines Kind gewesen war. »So schlimm wird es schon nicht sein.«

»Do-hoch«, heulte ich. »Es ist viel schlimmer. Ich habe keinen Mann, dafür Monstertitten, noch dazu muss ich ständig weinen.«

»Ach, das sind die Hormone«, beruhigte Mum mich. »Warte ab, bis der Bauch so groß ist, dass du deine geschwollenen Beine nicht mehr sehen kannst.« Mein Heulen wurde lauter. »Außerdem hast du einen Mann. Keinen sehr netten, aber du hast wenigstens einen.«

»Aber Jasper hat mich betrogen. Außerdem bin ich in Harry verknallt«, nuschelte ich zwischen zwei Schluchzern.

»Also doch!«

»Ja. Natürlich.«

»Aber warum bläst du dann Trübsal, anstatt um ihn zu kämpfen?«
Ich erklärte ihr die ganze Situation. Wie Harry und ich uns kennengelernt hatten. Unser erstes Date. Den ersten Kuss.

Die Worte schienen nur so aus meinem Mund zu fließen. Zu meinem Erstaunen unterbrach Mum mich kein einziges Mal, sondern hörte mir zu.

»Verstehst du, ich kann nichts tun«, beendete ich meinen kleinen Lagebericht. »Und dieses Warten macht mich wahnsinnig.«

Als Harry gegangen war, hatte ich mich wortlos in mein Zimmer verkrochen. Mums Versuche, mich über Harry auszufragen, hatte ich abgeblockt. Schließlich hatte sie aufgegeben und wir waren ins Dorf gefahren, um mich aufzumuntern, wie sie es nannte.

Vier volle Einkaufstüten später und etliche Pfund leichter hatte Milton uns zum Essen ins *Huxley's* eingeladen. Letztendlich war es doch noch ein gemütlicher Abend geworden. Mum und Milton hatten alles getan, um mich auf andere Gedanken zu bringen. Aber nachts, als ich alleine im Bett gelegen hatte, war das ganze Elend wieder über mich hereingebrochen und ich hatte mich in den Schlaf geweint.

»Man kann immer etwas tun«, widersprach Mum entschieden. »Ich habe dich zu einer selbstständigen jungen Frau erzogen. Leider konnte ich nicht verhindern, dass du deine Liebe an einen Mann verschwendest, der dich nicht so liebt, wie du bist.« Sie und Milton tauschten einen kurzen Blick. »Aber ich werde nicht zulassen, dass du dich zum zweiten Mal aufgibst und nicht für dein Glück kämpfst. Liebst du Jasper noch? Wenn es so ist, musst du wissen, ob du ihm verzeihen kannst.« Mum strich mir mit der Hand über den Kopf.

»Deine Mutter hat absolut recht, Elie«, mischte sich Milton in unser Gespräch ein. »Du alleine weißt, was du für Jasper und Harry empfindest. Als ich deine Mum kennengelernt habe, wusste ich gleich, dass ich mein Leben mit dieser Frau verbringen möchte.«

Mum seufzte glücklich. »Ach, Milton!«

»Ich möchte nicht mehr mit Jasper zusammen sein«, sagte ich.

Ich hatte lange darüber nachgedacht, ob ich es der Erbse zuliebe versuchen sollte, und war zu dem eindeutigen Ergebnis gekommen, dass ich nie mehr mit diesem Mann zusammen sein wollte. Obwohl ich die erste Zeit mit ihm nicht missen mochte, gehörte unsere Liebe der Vergangenheit an. Die stürmische Verliebtheit der ersten Zeit war ziemlich schnell einer langweiligen Beziehung gewichen. Wir hätten schon viel früher die Notbremse ziehen und uns trennen sollen. Doch es war sinnlos, sich jetzt noch deswegen Gedanken zu machen.

»Aber mit Harry?«, fragte Milton vorsichtig.

»Ja«, erwiderte ich von ganzem Herzen. »Außerdem möchte ich definitiv in Chipping Campden bleiben«, schob ich hinterher. »Ich fühle mich hier endlich zu Hause.«

Mum und Milton tauschten kurze Blicke.

»Also, deine Mum und ich haben uns unterhalten.« Milton räusperte sich. »Wir würden dich gerne unterstützen, bis die Sache mit Jasper endgültig geklärt ist und du weißt, wie du finanziell dastehst.«

Mum nickte zustimmend.

»Wirklich?«

»Ja. Wir möchten, dass du glücklich bist.« Mum gab mir einen Kuss auf den Scheitel, so wie früher. »Du und die Erbse sollt es gut haben. Das ist das Mindeste, was wir tun können.«

»Dann bist du mir nicht böse, wenn ich in Chipping Campden bleibe?« Ich stand auf.

»Nein, wie könnte ich? Du bist mein Kind. Alles, was ich möchte, ist, dass du glücklich bist.«

»Oh Mum. Ich hab dich lieb.« Ich gab ihr einen Kuss.

»Ich dich auch, Pumpkin. Es tut mir leid, dass wir nicht mehr für dich tun können, als dich finanziell zu unterstützen. Das mit deinem Harry musst du alleine regeln.«

»Ich weiß.« Ich schlang meine Arme um Miltons Hals. »Ich bin so froh, dass es dich gibt, und ich habe dich ganz doll lieb.«

Er gab mir einen Kuss auf die Nase. »Alles wird gut. Hörst du?« Ich nickte unter Tränen. »Und jetzt tust du mir bitte den Gefallen und duschst dich.« Er sah mich liebevoll an. »Wir würden nämlich gerne mit dir zur Bank fahren.«

Ich musste unter Tränen schmunzeln. Zumindest eines meiner Probleme war gelöst. Jetzt musste ich nur noch mit Jasper sprechen, und dann war ich frei für Harry. Wenn er mich noch wollte.

***

Am frühen Nachmittag stand ich frisch geduscht in der Einfahrt und sah dem Jaguar hinterher. Über mir spannte sich ein strahlend blauer Himmel, und es war angenehm warm. Ich hatte mir die Bluse angezogen, die Mum mir bei unserem Streifzug durchs Dorf gekauft hatte. Dazu trug ich eine helle Schwangerschaftsjeans – ebenfalls ein Geschenk von Milton und Mum. Meine Füße steckten in meinen geliebten Birkenstocksandalen.

»Pass auf dich und die Erbse auf.« Mums Kopf ragte aus dem Fenster des Jaguars. Ihre blonden Haare – sie färbte sie sich ständig neu – strahlten in der Sonne wie ein kurzgeschnittenes Weizenfeld.

»Mache ich«, rief ich ihr hinterher.

»Und ruf uns an, wenn es Neuigkeiten gibt.«

»Versprochen!«

»Wasch dich ordentlich!«

Ich verzichtete, darauf zu antworten.

Mum schickte mir Flugküsse. Milton hupte laut.

Traurig wartete ich, bis der Jaguar hinter der nächsten Biegung verschwunden war. Zorro schmiegte sich an meine Waden.

»Wir sind wieder unter uns«, murmelte ich und nahm ihn auf den Arm. Sofort krabbelte er auf meine Schulter, wo er wie ein schwerer Kloß sitzen blieb. »Was machen wir beiden Hübschen jetzt?«

Ich warf einen Blick auf die Uhr. Genug Zeit bis zum Abendessen, um noch an meinem Manuskript zu arbeiten. Ich war gut vorangekommen, und es fehlten mir nur noch wenige Kapitel bis zum Ende.

Zorro und ich gingen hinein, um meine Schreibsachen zu holen. Ich hatte ein Storyboard angelegt, das ich neben meinen Laptop auf den Tisch unter dem Walnussbaum legte. Um mich herum summten die Bienchen. Es herrschte eine friedliche Stimmung. Gutgelaunt arbeitete ich. Zorro legte sich neben mich auf die Bank und döste. Meine Finger flogen nur so über die Tasten. Alles um mich herum verschwand, und ich tauchte in meine Geschichte ab.

»Amelie!«

Wie in Zeitlupe drehte ich mich um. Ich stieß einen Schrei aus, als ich die hochgewachsene schlanke Gestalt am Eingang des Gartens entdeckte. Alles drehte sich in meinem Kopf. Instinktiv fasste ich mir an den Bauch, dorthin, wo die Erbse wie eine Made im Speck lag und verantwortlich dafür war, dass ich dick und unansehnlich wurde.

Mein Ehemann kam auf mich zu. Im Hintergrund war ein vorbeifahrendes Motorrad zu hören.

»Jasper«, stieß ich heiser hervor. Ich war aufgesprungen.

Er hielt die Hand schützend vor die Augen. »Hier hast du dich also versteckt.«

»Ja, hier habe ich mich versteckt«, wiederholte ich dümmlich. Das letzte Mal hatte ich Jasper an unserem Hochzeitstag gesehen.

»Freust du dich denn gar nicht, mich zu sehen?« Mit wenigen anmutigen Schritten war er bei mir.

Er musterte mich aus seinen braunen Augen. Er hatte abgenommen, und seine hohen Wangenknochen traten stärker als gewöhnlich hervor. Um seinen Mund lag ein harter Zug, der mir bisher nicht aufgefallen war. Trotzdem sah er unglaublich gut aus. Der Anzug, den er trug, saß wie angegossen und war mit Sicherheit eine Maßanfertigung. Ebenso wie das weiße Hemd, das unter dem dunkelblauen Stoff hervorblitzte. Jasper hatte schon immer Wert auf gutsitzende Kleidung gelegt. Mit einem Mal war ich froh, dass ich meine neuen Klamotten trug.

Ich verzichtete darauf, auf seine Frage zu antworten. Selbst wenn ich wollte, hätte ich keinen Ton herausgebracht. Wie so oft in Jaspers Nähe fehlten mir einfach die richtigen Worte.

Seine Augen scannten mein Gesicht. »Das Landleben scheint dir zu bekommen«, lautete sein abschließendes Urteil. »Du siehst atemberaubend schön aus.«

Er war schon immer ein Mann der Superlative gewesen.

»Danke«, stammelte ich.

Er kam noch einen Schritt auf mich zu. Unsere Körper berührten sich fast. Der schwache Duft seines Aftershaves wehte zu mir rüber. Vertraut und doch so fremd.

»Willst du mich gar nicht begrüßen?«

Ehe ich reagieren konnte, hatte er sich zu mir gebeugt und gab mir einen Kuss. Seine Arme umfassten mich und pressten mich an ihn. Ich war unfähig, mich zu bewegen, und ließ ihn gewähren. Alles war so vertraut. Die Art, wie er seinen Kopf legte, während er mich küsste, und sogar sein Geschmack. Nur das Gefühl war anders. Dort, wo früher Liebe gewesen war, war jetzt … absolut nichts.

Jasper entließ mich aus seinen Armen. Ich war wie betäubt, noch immer unfähig, etwas zu sagen. Wir hatten seit Wochen kaum miteinander gesprochen, und nun stand er plötzlich vor mir und küsste mich. Das war einfach zu viel.

Ich schwankte und musste mich am Tisch abstützen, um nicht zu fallen. Zorro sprang alarmiert auf die Beine und stellte die Nackenhaare auf.

»Was ist das denn?« Jasper deutete auf meinen Kater, der ihn feindselig musterte.

»Das ist Zorro«, antwortete ich mechanisch.

»Zorro.« Seine Mundwinkel kräuselten sich. »Origineller Name.«

»Den hat Alice ihm gegeben.«

»Alice?«

»Meine Freundin.«

»Du hast eine Freundin gefunden.« So wie er das sagte, klang es gerade so, als ob es ein Wunder wäre, dass jemand mit mir befreundet sein wollte.

Das war der Moment, wo mein Verstand endlich wieder zu arbeiten begann. »Ja. Eine, die hoffentlich nicht mit dir ins Bett steigt.«

»Zwischen mir und Annie ist es aus.« Jasper verzog das Gesicht zu einer trauernden Maske. Das gleiche Gesicht, das er für seine letzte Rolle einstudiert hatte.

»So schnell.« Ich brauchte einen Moment, um die Information zu verarbeiten. War er deshalb gekommen?

»Es hat nicht funktioniert zwischen uns.«

»Du erwartest doch nicht etwa von mir, dass ich dich bedauere.« Kein Wort bisher über das Baby.

»Wie geht es dir?«, wechselte Jasper seine Taktik. Er beobachtete mich wie eine Raubkatze kurz vor dem Angriff.

Demonstrativ legte ich die Hände auf meinen Bauch. »Gut.«

»Ich habe dich vermisst. Sehr sogar.« Immer noch kein Wort zu unserem Baby. Es war, als ob die Tatsache, dass ich schwanger war, für ihn nicht existierte.

»Ach wirklich?« Ich konnte kaum glauben, was ich da hörte.

»Ja, ohne dich ist die Wohnung so leer«, schnurrte er mit samtweicher Stimme.

»Aha. Das ist ja zum Glück noch nicht lange so.«

Wie hatte ich jemals glauben können, dass ich Jasper noch liebte?

»Du fehlst mir.« Er warf mir einen reuevollen Blick zu.

»Das bezweifle ich stark.«

»Amelie, ich brauche dich. Du gehörst zu mir. Wir sind ein gutes Team, du und ich.« Allein die Wortwahl hörte sich an wie in einem schlechten Theaterstück. »Du bist immer noch meine Frau …«

»… und schwanger, falls es dir entgangen ist.«

»Deshalb wollte ich auch mit dir reden.«

»Du hast mir bereits am Telefon ziemlich deutlich klargemacht, was das du nicht bereit bist Vater zu werden.«

Er fuhr sich mit der Hand durch die wohlfrisierten Haare. »Das war dumm von mir. Ich war einfach total überrascht, als du es mir erzählt hast.« Er sah aus, als würde es ihm wirklich leidtun. »Du musst mich auch verstehen. Ich dachte, zwischen uns ist es aus, und dann sagst du mir, dass du schwanger bist. Die Dreharbeiten für meinen neuen Film beginnen in wenigen Tagen. Ich brauche einen freien Kopf. Aber jetzt bin ich hier. Das sagt doch mehr als alle Worte.« Er trat noch einen Schritt auf mich zu. »Ich möchte dich bitten, mit mir nach Hause zu kommen und es noch einmal mit mir zu versuchen.«

Nach Hause? Chipping Campden war jetzt mein Zuhause. Der Gedanke, nach Oxford zurückzukehren, war mir zuwider, abgesehen von dem Rest, der damit zusammenhing.

Ich fühlte mich vor den Kopf gestoßen. »Du erwartest also von mir, dass du hierherkommst, dich entschuldigst und alles wieder gut ist?«

»Na ja, es ist mir klar, dass es eine Weile dauern wird, bis sich alles wieder normalisiert hat. Aber ich bin mir sicher, dass wir es zusammen schaffen.« Er hörte sich für mich nur noch an wie die Hauptfigur in einem seiner Filme.

Mit einem Mal fragte ich mich, wie ich auch nur eine Sekunde hatte glauben können, dass Jasper der Richtige für mich war. Dieser Mann, der vor mir stand, hatte nichts mit einem liebenden Ehemann zu tun. Dieser Auftritt diente nur dazu, mich für seine Zwecke einzuspannen. Der Satz, wir seien ein gutes Team, hallte noch in meinen Ohren nach. Ja, wir waren ein Team gewesen, aber nur gut für ihn, nicht für mich.

Sein Blick wanderte über mein Gesicht hinunter bis zu meinen Brüsten, wo er für meinen Geschmack einen Augenblick zu lange verweilte.

»Ist das«, er machte eine Kopfbewegung, »Natur?«

Ich warf ihm einen eisigen Blick zu. »Was denkst du denn?«

»Tschuldigung. Das war nur eine Frage. Ich war die letzten Monate schließlich kein Teil deines Lebens«, erwiderte er vorwurfsvoll.

»Was nicht meine Schuld ist. Du hast mich betrogen. Du wolltest das Baby nicht und warst nicht bereit, Vater zu werden, falls ich dich erinnern darf.«

Jasper runzelte die Stirn. »Meine Güte, Amelie, dass du immer so schwierig sein musst.«

»Es reicht.« Ich hob die Hand. »Ich habe genug gehört.« Ich drückte den Rücken durch und sah Jasper ins Gesicht. »Ich möchte die Scheidung.«

Ein entferntes Brummen war zu hören.

»Ach komm schon, Amelie.« Ohne zu zögern, schnappte er sich meine Hände. »Ich habe einen Fehler gemacht …« Ich zog die Augenbrauen hoch. »Okay, vielleicht auch zwei …« Mit einem Ruck hatte er mich an sich gezogen. »Aber ich liebe dich.«

»Der einzige Mensch, den du wirklich liebst, bist du selbst.«

»Und was ist mit dem Baby?« Er legte die Hände besitzergreifend auf meinen Bauch. »*Unserem* Baby. Ich bin schließlich der Vater.«

»Das wirst du auch immer bleiben. Aber ich möchte nicht, dass du noch länger Teil meines Lebens bist.«

Sämtliche Farbe wich aus seinem Gesicht. Seine Hände lagen noch immer warm auf meinem Bauch. Fassungslosigkeit stand ihm ins Gesicht geschrieben. »Du willst dich wirklich von mir trennen?«

Es war das erste Mal, dass ich den Eindruck hatte, sein wahres Gesicht zu sehen und keine aufgesetzte Maske.

»Das hast du bereits getan, als du Annie zu dir ins Bett geholt hast.« Entschlossen trat ich einen Schritt zurück und schob seine Hände weg von meinem Bauch. »Ich möchte, dass du gehst und mich mein Leben leben lässt.«

»Das habe ich nicht gewollt.« Jasper schüttelte traurig den Kopf. »Ich wollte dich nicht verletzen, Amelie. Niemals.«

Unsere Blicke verhakten sich. Für einen Augenblick standen wir uns gegenüber wie damals auf dem schäbigen Standesamt.

»Hast du mich jemals geliebt? Ich muss es wissen.« Ich hielt unbewusst die Luft an.

Ein schmerzvolles Lächeln huschte über sein Gesicht. »Ja, das habe ich. Von ganzem Herzen.«

»Gut. Ich dich auch.«

Ich holte tief Luft. Ich dachte an meine Eltern, die sich voller Hass und Bitterkeit voneinander getrennt und zwei verstörte Kinder zurückgelassen hatten. Einzig Milton war es zu verdanken, dass William und ich ohne größeren Schaden aus der Sache hervorgegangen waren. Ich wollte nicht, dass die Erbse das Gleiche durchmachen musste wie ich.

»Du bist der Vater meines Kindes, und wenn du es auch möchtest, würde ich mir wünschen, dass du Teil seines Lebens wirst.«

»Das wäre schön«, flüsterte er kaum hörbar. Ich sah ihm fest in die Augen, konnte jedoch nichts als Wahrheit darin entdecken.

»Ich weiß nicht, ob es immer leicht wird. Aber wir sollten versuchen, einen Weg zu finden, der es uns ermöglicht, so normal wie möglich miteinander umzugehen.«

»Einverstanden.«

»Ich habe einen Freund«, gestand ich ihm. Sein Mund zuckte. »Es ist noch ganz frisch. Sein Name ist Harry. Er ist ein toller Mann.« Jasper nickte stumm. »Ich habe ihm gesagt, dass ich schwanger von dir bin, und ich weiß nicht, ob er bereit ist, diese Verantwortung auf sich zu nehmen. Aber ich würde mich sehr glücklich schätzen, wenn er es tut, und du solltest es auch.« Ich machte eine Pause. »Kannst du mir das versprechen – unserer alten Liebe willen?«

Jasper lächelte unglücklich. »Ich verspreche es dir.«

»Danke.« Ich stieß erleichtert die Luft aus. Ein riesiger Stein war mir vom Herzen gefallen.

Wir umarmten uns.

»Ich wünsche dir alles Glück der Erde.« Jasper gab mir einen Kuss auf die Wange.

»Ich dir auch.«

Eine Traurigkeit, die ich nicht erwartet hatte, lag in seinen Augen. Ich hätte schwören können, dass er weinte. »Leb wohl, Amelie.«

»Leb wohl, Jasper.«

Mit einem bittersüßen Gefühl sah ich dem Mann, den ich mal geliebt hatte, hinterher, bis er verschwunden war.

Harry

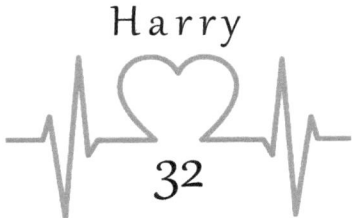

32

»Ich bin so ein gottverdammter Idiot!« Ich raufte mir die Haare. Ich bekam das Bild von Amelie mit diesem Typen nicht aus dem Kopf.

»Was ist passiert?« Jake saß vor mir und sah mich bedauernd an.

Er gab Redgy ein Zeichen, uns zwei Bier zu bringen. Im *Red Lion* war die Hölle los. Ich hätte es vorgezogen, in etwas ruhigen Örtlichkeiten meinen Kummer auszuleben, aber das *Red Lion* war nun mal Jakes und meine Lieblingskneipe.

»Nachdem wir gesprochen haben, habe ich noch mal über alles nachgedacht. Ich habe versucht, mir über meine Gefühle zu Amelie klar zu werden«, fing ich an.

»Und, bist du zu einem Ergebnis gekommen?«

»Ja. Zumindest dachte ich das.« Ich holte tief Luft und vertrieb die Bilder aus meinem Kopf. »Also habe ich mich auf den Roller gesetzt und bin zu ihr gefahren. Ich Idiot wollte ihr sagen, dass ich in sie verliebt bin und es für mich okay ist, dass sie schwanger ist.«

»Das ist doch gut«, unterbrach Jake mich erneut.

»Wenn du mich mal ausreden lassen würdest, wüsstest du, warum es nicht okay ist«, herrschte ich ihn ungehalten an.

»Whoa! Ruhig, Brauner.« Jake hob beschwichtigend die Hand in die Luft. »Ich bin dein Freund, nicht dein Feind.«

»Tschuldigung«, sagte ich reumütig. »Ich bin heute einfach nicht ich selbst.«

»Schon gut, Kumpel.« Er klopfte mir auf die Schulter. »Wir machen alle mal harte Zeiten durch.«

Redgy kam mit dem Bier auf uns zu. »Hallo, Jungs.« Er nickte uns zu. »Alles klar bei euch?«

»Alles bestens«, knurrte ich.

»Oh, da hat jemand aber besonders gute Laune. Mann, Junge, dir scheint doch sonst die Sonne aus dem Arsch. Was ist los mit dir?«

Redgy baute sich neben meinem Sessel auf. Der Mann war so massig, dass er einen Schatten warf.

»Ich habe keine Lust, darüber zu reden«, antwortete ich.

»Du kannst dem lieben Redgy alles anvertrauen. Ich bin Wirt, das ist fast so, als hättest du einen Psychologen vor dir. Schweigegelübde und so.« Er verschränkte die tätowierten Arme vor der Brust.

»Das glaubst du ja wohl selbst nicht«, erwiderte ich, ohne hochzuschauen.

»Ey, was willst du mir damit sagen?«

»Redgy, lass gut sein. Harry hat Liebeskummer.«

Die Augen des Wirts traten hervor wie bei Scrat, dem Eichhörnchen von *Ice Age*. »Liebeskummer! Haha.«

Ich sah wütend hoch. »Das ist nicht witzig.«

Redgy klopfte mir auf die Schulter. »Keine Frau ist es wert, dass du ihretwegen Trauer flaggst. Schau mich an! Ich lege mich bei den Weibern nie fest. Verspreche nichts, was ich nicht halten kann, und führe ein zufriedenes Leben. Keine Frau, die mir dazwischenquatscht. Dafür gibt es genügend Ladys, die gerne mal die Nacht mit dem lieben Redgy verbringen und ihren Spaß haben.«

Redgys und meine Vorstellung vom Leben klafften deutlich auseinander. Wahrscheinlich würde er noch mit sechzig hinter dem Tresen stehen und den Frauen auf die Brüste starren.

»Danke, Redgy, ich werde deinen Rat berücksichtigen. Aber in diesem Fall liegen die Dinge leider anders.«

»Die Kleine aus Little Brown Cottage, was?« Er leckte sich über die Lippen. »Heißer Feger, aber für meinen Geschmack etwas zu schüchtern. Nichts für ungut, Doc.«

Manchmal hasste ich es, dass jeder im Dorf über alles Bescheid wusste. So weit mir bekannt war, hatte Amelie das *Red Lion* noch nie besucht, und trotzdem hatte sogar Redgy eine Meinung zu ihr.

Ich winkte resigniert ab. »Kein Problem.«

»Außerdem gibt es kein Weib, deren Kuss so gut schmeckt wie ein echtes Ale.«

»Warum wirst du nicht Prediger?« Ich zwang mich zu einem Lächeln. »Dann hören dir die Menschen wenigstens zu.«

»Sehr witzig, Doc.« Redgy verschwand wieder.

»Hey, der hat es nur gut gemeint«, ermahnte Jake mich.

Ich würde mich bei Redgy entschuldigen, aber nicht heute. Heute wollte ich meinen Kummer in Bier ertränken. Unsere Gläser stießen aneinander. Ich stürzte das Bier herunter. *Ahh. Schon besser.*

»Hey, hey, langsam!« Jake klopfte mir auf den Arm. »Erzähl mir lieber, was genau passiert ist. Du bist also zu ihr gefahren.«

Ich holte tief Luft. »Als ich ankam, stand ein Porsche mit Oxforder Kennzeichen in der Einfahrt. Ich habe geklingelt, aber niemand hat aufgemacht. Also bin ich um das Haus in den Garten gelaufen.« Mein Magen zog sich zusammen, als hätte ich in eine saure Zitrone gebissen. »Da waren Amelie und ihr Ex. Die beiden haben sich miteinander unterhalten. Plötzlich hat er Amelie geküsst.«

Ich brach ab. Der Schmerz drohte mich von innen aufzufressen.

Jake legte seine Hand auf meine Schulter. »Das tut mir echt leid.«

Ich nickte düster. »Ich habe wirklich gedacht, dass das zwischen mir und Amelie etwas Besonderes ist. Ich habe nächtelang mit mir gerungen, ob ich bereit bin, das Kind eines anderen Mannes als das meine anzunehmen. Als ich dann in ihrem Garten stand und gesehen habe, wie sie …« Ich trank den Rest des Bieres und gab Redgy ein Zeichen, uns zwei neue zu bringen. »Am liebsten hätte ich dem Typen eine reingehauen. Erst verpisst sich der Kerl mit einer anderen, dann taucht er aus dem Nichts wieder auf.«

Ich knallte mit der Faust auf den Tisch. Einige der Gäste drehten sich zu uns um. Ich hob beschwichtigend die Hand und zwang mich zu einem Lächeln. Daraufhin wandten sie sich wieder ab. Ich rutschte tiefer in meinen Sessel.

»Ich verstehe nicht, wie Amelie dem Mann, der sie betrogen und sich wochenlang nicht bei ihr gemeldet hat, einfach so verzeihen kann.« Ich schüttelte den Kopf.

Das Bild von dem Kuss kam mir wieder in den Sinn. Amelie, wie sie zart und zerbrechlich vor dem schlanken Mann gestanden und ihn geküsst hatte. Alles hatte so vertraut ausgesehen. Ich war mir vorgekommen wie ein Spanner, der in eine intime Szene hineingeraten war.

»Wahrscheinlich ist das so eine Sache zwischen Mann und Frau. Die beiden sind immerhin verheiratet. Okay, er hat sie betrogen, aber auf der anderen Seite ist sie mit seinem Kind schwanger. Ich schätze, das ist ein ziemlich triftiger Grund, um dem Ehemann zu verzeihen«, meinte Jake.

»Ich verstehe die Frauen nicht. Als sie mich nach unserem letzten Treffen verabschiedet hat, hatte ich den Eindruck, dass ...« Ich holte mir das Bild von Amelie vor Augen. »Ich hatte den Eindruck, dass sie mit ihrem Mann abgeschlossen hat. Warum hat sie mir sonst gesagt, dass sie mich will?« Ich tippte mir gegen die Brust. »*Mich!* Sie hat es gesagt, Mann.«

Ich war enttäuscht und verletzt bis in die Zehenspitzen. Es war das zweite Mal in meinem Leben, dass ich eine Frau verlor, bevor ich eine Chance bekommen hatte, sie wirklich kennenzulernen.

Jake schüttelte den Kopf. »Da versteh einer die Frauen.«

»Sag ich doch!«

Redgy brachte die zweite Runde Bier. Wortlos nahm ich einen kräftigen Schluck aus dem Glas.

Amelie

33

»Hat sich Harry noch mal bei dir gemeldet?« Alice kaute intensiv auf ihrem Kaugummi herum.

Wir saßen in der Küche und tranken Tee.

Ich schüttelte traurig den Kopf. »Kein Wort. Noch nicht einmal eine WhatsApp-Nachricht. Es ist, als wäre er vom Erdboden verschluckt.«

»Ich kann dir versichern, das ist er nicht. Kommt seit einer Woche schlecht gelaunt in die Praxis und scheißt jeden an, der nicht bei drei auf dem Baum ist. Der Mann ist nicht mehr er selbst«, brummte Alice. »Wenn das so weitergeht, kündige ich.«

»Warum redet er nicht mit mir?« Ich starrte auf meine Fußnägel, wo der rote Lack an mehreren Stellen abgeplatzt war. »Ich habe versucht, ihn anzurufen, aber er nimmt nicht ab.«

»Soweit ich weiß, hängen er und Jake jeden Abend im *Red Lion* herum und besaufen sich zusammen. Zumindest hat Rylee mir das erzählt.«

Tränen hatten sich in meine Augen geschlichen. Ich schniefte leise. Seit Tagen lag ich nachts wach und dachte an nichts anderes als an Harry. Sobald ich die Augen schloss, hatte ich sein Gesicht vor mir. Sogar in meinen Träumen verfolgte er mich.

Gestern war ein Brief von Jaspers Anwalt eingetroffen, in dem mir mitgeteilt wurde, dass Jasper die Scheidung eingereicht hatte. Ein unendliches Gefühl der Erleichterung hatte sich mit einer tiefen Traurigkeit gemischt. Zum einen war ich froh, dass endlich ein Schlussstrich unter mein vorheriges Leben gezogen wurde, und zum anderen war ich traurig, dass unsere Ehe so kläglich gescheitert war. Ich hatte einige bittere Tränen darüber vergossen.

»Zumindest ist die Sache mit Jasper geklärt«, sagte ich. »Morgen habe ich das Treffen mit Betty wegen Little Brown Cottage.«

»Du willst das Cottage wirklich kaufen?« Alice sah mich an.

»Ja. Die Erbse und ich brauchen schließlich ein Zuhause.« Wie auf Kommando gab Zorro, der auf meinem Schoß lag, ein lautes Miauen von sich. Ich lachte. »Zorro natürlich auch.«

Mum hatte mich zwei Tage nach Jaspers plötzlichem Auftauchen angerufen. Ich hatte ihr von seinem Besuch und von meiner Entscheidung, mich endgültig von ihm zu trennen, erzählt. Sie hatte erstaunlich ruhig reagiert und sich für mich gefreut.

»Endlich bist du diesen Mistkerl los«, waren ihre Worte gewesen. In ihren Augen war Jasper ohnehin nie gut genug für mich gewesen.

»Wie willst du den Kauf finanzieren?«, holte Alice mich aus meinen Gedanken.

Ich lächelte. »Mum und Milton haben angeboten, mir zu helfen. Milton hat gesagt, das wäre ein Teil meines Erbes.«

Mum hatte erzählt, dass sie und Milton nach ihrem Besuch bei mir lange darüber diskutiert hatten, was wohl das Beste für mich sein würde. Sie waren wie ich zu dem Ergebnis gekommen, dass Chipping Campden ein wunderbarer Ort war, um ein Kind großzuziehen. Mum hatte zwar noch immer leichte Bedenken wegen der Entfernung, aber ich hatte ihr mehrfach versichert, dass sie und Milton immer gern gesehene Gäste in Little Brown Cottage wären. Milton hatte wieder mit seiner Idee angefangen, sich hier ein Ferienhaus zu kaufen, was Mum endgültig überzeugt hatte.

»Ziemlich großzügig von den beiden.«

»Absolut.«

»Und was ist mit deinem Ex?«

»Da ist nicht viel auf der hohen Kante. Das meiste haben wir für die Wohnung und den Porsche ausgegeben. Aber Jasper hat die Vaterschaft anerkannt und mir versprochen, Unterhalt für sein Kind zu zahlen.«

»Zumindest fair«, meinte Alice. »Jetzt musst du nur hoffen, dass er das auch vor dem Scheidungsrichter sagt.«

»Ich bin mir sicher, Jasper wird seinen Teil für die Erbse beisteuern.«

Bei unserem letzten Gespräch hatte Jasper deutlich signalisiert, dass er sich um alles kümmern würde. Ich hatte den Eindruck gehabt, dass er sich langsam mit der Rolle des werdenden Vaters anfreundete. Er hatte sogar etwas von regelmäßigen Besuchen erwähnt. Ich war mir allerdings nicht so sicher, ob ich mich darüber freuen sollte. Im Moment war es mir ganz recht, dass wir ein paar hundert Kilometer Abstand zwischen uns hatten. Vielleicht später, wenn die Scheidung durch war und die Emotionen nicht mehr so hoch kochten.

»Was macht dein Buch?«, wechselte Alice abrupt das Thema.

»Ist fertig. Ich habe heute die letzten Zeilen geschrieben.«

»Das sagst du mir erst jetzt!« Alice sprang auf. »Das ist doch eine riesige Sache!«

»Sorry, aber ich hatte den Kopf so voll mit anderen Dingen, da habe ich es vergessen.«

Ein Lächeln huschte über mein Gesicht bei dem Gedanken daran, wie ich das Wort ›Ende‹ unter die letzten Zeilen des Manuskriptes geschrieben hatte. Es war ein erhebendes Gefühl gewesen, gemischt mit leichter Traurigkeit, meinen liebgewonnenen Figuren, die mich die letzten Wochen begleitet hatten, Goodbye zu sagen. Ich hatte mit ihnen gelitten und gefühlt. Ihr Schmerz war mein Schmerz gewesen. Wie ich war meine Protagonistin durch ein Tal der Tränen gegangen, mit dem kleinen Unterschied, dass sie ihr Glück gefunden hatte.

»Her damit! Wo ist es?« Alice fuchtelte mit den Händen in der Luft.

»Liegt auf dem Tisch im Wohnzimmer.«

Alice stürmte los. Sekunden später war sie wieder da, mit meinem Manuskript in der Hand. »Wow!« Sie strich ehrfürchtig über die Seiten. »Du hast es echt geschafft.«

Ich schmunzelte. Ihre Freude über mein Buch war ansteckend. Ich war tatsächlich stolz, dass ich es geschafft hatte.

»Darf ich es lesen?«

»Natürlich, du bist doch meine Freundin und wahrscheinlich die Einzige, die es jemals lesen wird.«

»So ein Blödsinn.« Alice tippte mit der flachen Hand auf das Papier. »Das könnte dein Weg aus deiner finanziellen Misere sein.«

Ich runzelte die Stirn. »Wie meinst du das?«

»Aber das liegt doch auf der Hand. Du musst das Buch veröffentlichen!«

»Wie? Ich habe keinerlei Beziehungen zu Buchagenten oder Ähnlichem. Weißt du, wie schwer es ist, ein Buch zu einem Verlag zu bekommen? Ganz davon abgesehen glaube ich nicht, dass irgendwer mein Buch lesen möchte.«

»Das ist doch Quatsch, und das weißt du«, widersprach Alice energisch.

»Du hast es doch noch nicht einmal gelesen. Wie kannst du da wissen, ob es gut ist?«

War ich wirklich so gut, dass andere das Gleiche empfinden würden, wenn sie mein Buch lasen? Ich bezweifelte es stark. Der Einzige, der jemals etwas von mir gelesen hatte, war Jasper gewesen, und wenn es stimmte, was er gesagt hatte, waren meine Texte nicht mehr wert als ein Schulaufsatz.

»Vertrau mir«, bat Alice und legte ihre Hand auf meine. »Ich lese, seit ich ein kleines Mädchen bin. Meine ganze Familie hat sich immer über mich lustig gemacht, weil ich den ganzen Tag meine Nase in Bücher gesteckt habe. Heute fehlt mir oft die Zeit, aber meine Leidenschaft für gute Bücher ist ungebrochen ...«

Während Alice auf mich einredete, wanderten meine Gedanken zu Harry. Ich fragte mich, was er wohl gerade tat. Ob er an mich dachte? Was würde er sagen, wenn er wüsste, dass ich mein Buch fertig hatte? Die letzten Wochen hatte er mich stets ermutigt weiterzuschreiben. Wie Alice hatte er mir den Eindruck vermittelt, dass er fest an mich glaubte.

Eine starke Sehnsucht überfiel mich. Ich vermisste ihn so sehr. Die Gespräche mit ihm. Das gemeinsame Lachen. Seine Zärtlichkeiten. Vermisste er mich?

»Amelie?«

»Entschuldige«, murmelte ich traurig.

»Bist du noch bei mir?«

»Ich habe an Harry gedacht«, gestand ich. »Ich vermisse ihn.« Tränen brannten in meinen Augen.

Alice legte den Kopf leicht schräg und musterte mich mit einem intensiven Blick. »Lass mich mal machen.«

Ich sah meine Freundin verwirrt an. »Was meinst du? Harry oder das Buch?«

»Beides.«

Harry

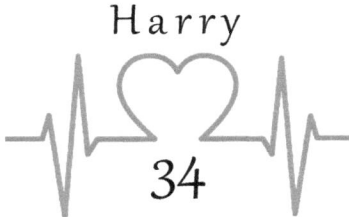

34

»Würdest du mir bitte die Spritze reichen?«, bat ich Alice.

Vor mir auf dem OP-Tisch lag der Hund der Palmers. Die Bulldogge war vor deren Haus von einem Auto angefahren worden. Der Fahrer war abgehauen und hatte das Tier blutend auf der Straße liegen gelassen. Eile war geboten, denn das Tier hatte reichlich Blut verloren, dementsprechend schlecht war sein Allgemeinzustand. Ich hatte bereits eine Bluttransfusion angehängt und den Hund in einen leichten Dämmerschlaf versetzt.

»Alice.«

Schweigen.

»Die Spritze bitte.« Ich sah kurz zur Seite, wo Alice regungslos mit eiserner Miene stand. »Jetzt!«

Wortlos reichte mir meine Assistentin die Spritze. Mrs Palmers, die am Kopfende stand, sah verwundert zu mir rüber. Ich ließ mich nicht weiter beirren und konzentrierte mich auf das arme Tier vor mir. Ich injizierte die Nadel mehrfach rund um die Wunde, um sicherzugehen, dass die Stelle betäubt war. Mrs Palmers beobachtete mich mit Argusaugen. Alice stand stumm wie ein Fisch neben mir und nahm die leere Spritze entgegen.

»Zuerst werde ich die Wunde säubern«, sagte ich. Mrs Palmers nickte, die Lippen aufeinandergepresst. »Alice. Die Tupfer bitte.«

Was war nur los mit ihr? Wir waren ein eingespieltes Team. Normalerweise reichte sie mir die Sachen, bevor ich nach ihnen fragte.

Ich machte mich an die Arbeit, die Wunde des Tieres zu versorgen. Ich gab Alice erneut ein Zeichen, mir den Tupfer zu reichen. Mit einem hörbaren Schnauben gab sie mir Gewünschtes. Irritiert blickte ich zu ihr auf. Sie starrte mich mit Eisesmiene an.

Seit heute Morgen sprach Alice nur das Nötigste mit mir. Für gewöhnlich tranken wir zusammen Kaffee, doch heute hatte sie die

Küche verlassen, als ich sie betreten hatte. Dabei hatte sie mich mit einem Blick bedacht, der mir die Haare zu Berge stehen ließ.

»Wird Terry wieder gesund?« Mrs Palmers Stimme zitterte.

»Natürlich, Mrs Palmers. Ich denke, in ein paar Tagen ist er wieder wohlauf. Terry hat Glück gehabt.«

»Mehr Glück als andere!«, kommentierte Alice bissig, gerade so laut, dass ich sie verstehen konnte.

Mrs Palmers, die wohl ein extrem gutes Gehör hatte, sah mich fragend an. »Was meint Ihre Assistentin?«

»Dass andere bei unserem Doktor nicht so gut wegkommen«, antwortete Alice, bevor ich den Mund aufgemacht hatte.

»Alice!«

»Ich sage nur die Wahrheit«, schnippte sie zurück. Mrs Palmers Blick sprang von mir zu Alice. »Keine Sorge, ich rede nicht von Tieren.« Alice tätschelte die Hand der Frau. »Ihrem Terry geht es bestimmt bald wieder gut. Wenn es um Tiere geht, ist der Doktor ein Genie. Leider kann ich das Gleiche nicht von Menschen behaupten.« Ihre Augen schossen Pfeile in meine Richtung.

Mrs Palmers atmete erleichtert durch. »Achso.«

»Ich denke, ich kann den Rest alleine machen«, sagte ich mit dem letzten bisschen Zurückhaltung, das ich noch besaß. Ich war kurz davor zu explodieren.

»Ganz wie du willst.« Klirrend ließ Alice die Schere in die Nierenschale vor sich fallen. »Du findest mich draußen. Auf Wiedersehen, Mrs Palmers, und gute Besserung für Terry.« Mit diesen Worten rauschte sie aus dem Raum.

»Was haben Sie denn verbrochen?«, fragte Mrs Palmers, kaum dass Alice die Tür hinter sich geschlossen hatte.

»Das frage ich mich auch«, murmelte ich. Wobei ich schon eine leise Ahnung hatte.

Ich beeilte mich, die Wunde zu nähen. Je schneller ich fertig wurde, desto eher konnte ich mit Alice reden.

Mrs Palmers wich mir nicht mehr von der Seite.

»Ganz ruhig, mein Guter«, flüsterte sie ihrem Hund ins Ohr.

Ich legte das Wundpflaster über die Naht. Die Nachricht, dass Alice und ich uns gestritten hatten, würde ohne Zweifel ihre Runde im Dorf machen.

***

»Auf Wiedersehen, Mrs Palmers. Wenn die Nacht ruhig verläuft, können Sie Terry morgen Vormittag abholen.«

»Meinen Sie nicht, es wäre besser, wenn ich Terry mit zu mir nehmen würde?«, schlug Mrs Palmers zögerlich vor.

»Nein. Ich rate Ihnen dringend, Terry für eine Nacht hier zu lassen. Dann kann ich später nach ihm schauen und ihm die nötigen Medikamente verabreichen.« Meine Wohnung befand sich direkt über der Praxis. Einer der Gründe, warum ich mich damals für dieses Haus entschieden hatte.

»Einverstanden«, sagte sie schließlich. Es war ihr anzusehen, dass ihr die Entscheidung nicht leichtfiel.

Gemeinsam trugen wir den Hund nach nebenan in die *Pension*, wie wir den Raum nannten, in dem die Patienten untergebracht wurden, die zur Beobachtung bleiben mussten. Alice hatte bunte Bezüge für die Körbchen darin genäht. An der Wand stand eine große Kommode, in der das medizinische Zubehör untergebracht war. Alice hatte darauf bestanden, dass alles nett aussah und nicht wie in einer Klinik.

»Das ist ja richtig hübsch«, sagte Mrs Palmers, als wir Terry in eines der bunten Körbchen legten. Die Erleichterung war ihr deutlich anzusehen.

»Wir wollen doch, dass sich unsere Patienten wohlfühlen.« Ich reichte ihr zum Abschied die Hand. »Machen Sie sich keine Sorgen. Ich passe gut auf Terry auf.«

»Danke Doktor.“« Sie bückte sich und gab Terry einen Kuss. »Bis morgen, mein Mausebärchen.«

Ich begleitete Mrs Palmers hinaus. Normalerweise übernahm Alice diese Aufgabe, aber heute lief nichts wie sonst. Der Empfangstresen war verwaist, das Wartezimmer leer. Wo steckte Alice?

»Alice?« Keine Antwort. Vielleicht war sie auf Toilette. Ich zog meinen Kittel aus und hängte ihn in mein Sprechzimmer. »Alice?«, rief ich erneut.

»Ich bin bei Terry.« Anscheinend hatte sie beschlossen, doch mit mir zu sprechen.

Alice kniete vor Terrys Käfig und streichelte die noch immer benommene Bulldogge.

»Hier steckst du also.« Ich stellte mich vor sie, die Hände in die Hüften gestützt. Sie würdigte mich keines Blickes. »Alice, ich rede mit dir.«

Immer noch keine Reaktion.

»Alice, ich bin dein Boss!«

Endlich sah sie hoch. »Mein Dienst hat vor genau fünf Minuten geendet. Wenn du mir also etwas sagen möchtest, was die Praxis oder meine Arbeit anbelangt, würde ich vorschlagen, wir verlegen das Gespräch auf morgen.« Ihre Augen funkelten angriffslustig. »Ich bin nur wegen Terry hier.« Demonstrativ strich sie der Dogge über den Kopf.

»Sag mal, spinnst du jetzt?« Ich tippte mit dem Finger gegen meine Stirn. »Du tust gerade so, als wäre ich dein Feind. Ich bin dein Boss.«

»Das hast du mehr als einmal gesagt. Aber jetzt habe ich Feierabend, und du bist nur noch ein dämlicher Idiot, der nervt.«

»Was soll das?«

»Das frage ich mich bei dir.«

Wir standen uns gegenüber wie zwei Kontrahenten, den Blick starr auf den anderen gerichtet.

»Ich hätte nicht gedacht, dass du so ein Arschloch bist«, platzte Alice heraus.

»Was?« Ich schüttelte den Kopf. Ich hatte keine Ahnung, wovon sie sprach. »Aber warum?«

»Das fragst du mich auch noch?«

»Wen sonst? Schließlich rede ich ja gerade mit dir.«

»Du hast Amelie verdammt wehgetan!«

Ah, daher weht also der Wind.

»So siehst du das also.«

»Allerdings. Das hätte ich nicht von dir erwartet. Von jedem anderen, aber nicht von dir.«

»Dann gibst du mir die Schuld?«

»Wem sonst? Du hast sie schließlich sitzen gelassen.«

»Ich habe nichts dergleichen getan«, erwiderte ich. »Das war ganz alleine Amelies Entscheidung.«

»Das stimmt doch nicht«, beharrte Alice. »Du hast sie einfach stehen gelassen und dich nicht mehr bei ihr gemeldet.«

»Das wundert dich? Schließlich ist sie zurück in die Arme ihres Ehemanns gekrochen.«

»Was?« Alice verschränkte die Arme vor der Brust. Sie sah ziemlich furchteinflößend aus. »Ist es das, was du denkst? Oder hast du Angst, weil sie schwanger ist?«

»Das mit dem Baby steht auf einem ganz anderen Papier. Tatsache ist, dass sie mich gar nicht will. Ich habe mit eigenen Augen gesehen, wie sie den Typen geküsst hat!« Ich schnaubte. »Kein schöner Anblick, kann ich dir versichern.«

Alice wirkte überrascht. »Du warst bei Amelie?«

»Ja. Ich wollte ihr sagen, dass …« Ich fuchtelte mit der Hand, als könnte ich den Gedanken wegwischen. »Ist auch egal. Spielt eh keine Rolle mehr.«

»Doch, tut es«, beharrte Alice. »Was wolltest du ihr sagen?«

»Dass ich in sie verliebt bin!«, blaffte ich.

Alice schwieg.

»Aber das spielt keine Rolle mehr, denn sie ist ja bei ihrem Mann.«

»Hat sie dich angerufen?« Alice tippte mit den Füßen auf den Boden. *Tipp. Tipp. Tipp.*

»Ja, aber ich bin nicht rangegangen.«

»Du bist ein noch größerer Idiot, als ich es angenommen habe«, lautete ihr vernichtendes Urteil.

»Hast du nicht verstanden, was ich dir gesagt habe?« Ich funkelte sie wütend an. »*Amelie ist zu ihrem Mann zurückgekehrt!*«

»Und woher weißt du das so genau?«

»Weil ich es gesehen habe. Er hat sie geküsst. Im Garten. Vor meinen Augen. Mehr Beweise brauche ich nicht.«

»Wie ich gesagt habe: Du bist ein echt blödes Arschloch. Ich dachte, dass ein Mann mit deiner Bildung etwas mehr Grips hat.«

»Wie redest du denn mit mir?«, sagte ich empört. »Ich habe nichts falsch gemacht.«

»Doch, hast du.« Alice lehnte sich zu mir. »Du hast ihr keine Chance gegeben, sich zu erklären. Du hast das, was du gesehen hast, für bare Münze genommen und sie verurteilt.«

Terry jaulte leise. Die Narkose ließ nach und der Hund sehnte sich nach seiner gewohnten Umgebung. Ich streichelte ihm beruhigend über den Kopf.

»Amelie ist nicht mit ihrem Mann zusammen. Jasper hat die Scheidung eingereicht«, platzte Alice heraus. »Und wenn du mit ihr gesprochen hättest, dann wüsstest du das auch.« Sie schnaubte wie ein Stier kurz vor dem Angriff.

Der Boden unter meinen Füßen schwankte. In meinem Kopf drehte sich alles. Ich hatte Alice' Worte zwar gehört, aber mein Verstand hatte sie noch nicht verarbeitet. Mir fiel sinnbildlich die Kinnlade runter. Wahrscheinlich sah ich aus wie ein vollkommener Idiot. Wenn es stimmte, was Alice sagte, sah ich nicht nur so aus, sondern war es zu allem Übel auch noch. »Sie ist nicht mit ihrem Mann zusammen?«

»Nein, ist sie nicht.«

»Aber er hat sie geküsst.«

»Er dachte, er könnte sie überzeugen, zu ihm zurückzukehren.«

»Dann ist sie nicht …?« Ich schüttelte fassungslos den Kopf.

»Nein, ist sie nicht.«

Schweigen legte sich zwischen uns.

»Aber … dann ist sie frei?«

»Herr, schick Hirn vom Himmel! Wie oft soll ich es noch wiederholen? Amelie hat den Typen in den Wind geschossen. Sie ist offiziell wieder Single. Ein ziemlich schwangerer Single.«

»Und ich dachte …« Endlich war die Erkenntnis eingesickert. Meine Beine drohten nachzugeben, und ich ließ mich auf den Boden fallen. »Ich bin so ein Idiot!«

»Endlich hat er es kapiert.« Alice hob die Hände in die Luft, als würde sie mit einer höheren Macht Zwiesprache halten. »Das hat aber auch gedauert.«

»Was soll ich jetzt machen?« Ich sah erst Terry und dann Alice fragend an.

»Den Hund brauchst du nicht anzustarren, der kann dir keinen Rat geben«, sagte Alice prompt. »Aber ich rate dir, dich so schnell wie möglich auf den Weg zu Amelie zu machen und ihr endlich zu sagen, wie du zu ihr stehst.«

Ich nickte stumm.

»Harry.« Alice nahm meine Hand. »Worauf wartest du? Das ist deine Chance, der Vater von Amelies Kind zu werden.« Ich stutzte. »Weißt du, ich sehe es so: Du bist in Amelie verknallt, und sie in dich. Das Baby kommt erst im März auf die Welt. Das ist noch massig Zeit für euch, um herauszufinden, ob ihr wirklich füreinander bestimmt seid, und für dich, in die Rolle des Vaters hineinzuwachsen.«

»Aber ich möchte Amelie nicht verletzen. Was ist, wenn ich merke, dass es mit uns nicht klappt?«

»Das ist wieder mal typisch Mann! Ihr hört viel zu sehr auf den Verstand statt aufs Herz. Amelie ist eine erwachsene Frau, die sich der Situation bewusst ist. Denk nur an Lucy.«

»Was ist mit Lucy?«

»Wenn alle Männer so denken, würde Lucy nie wieder einen Kerl finden. Harper ist schon sechs Jahre alt. Das bedeutet, jeder Mann, der an Lucy interessiert ist, muss auch Harper von sich überzeugen. Dagegen ist deine Mission das reinste Kinderspiel. Die Erbse kennt ja dann nur dich als ihren Vater.«

»Und was schlägst du vor, was ich tun soll?«

»Muss ich dir das wirklich sagen?«

»Nein.« In Grunde meines Herzens wusste ich längst, was ich wollte. »Hast du eine Ahnung, wo Amelie jetzt ist?«

»Im Moment nicht, aber ich weiß, wo du sie in knapp einer halben Stunde findest.« Alice grinste schief.

Amelie

35

Etwas verloren blieb ich stehen. Der Raum war nicht groß, aber freundlich gestaltet. Durch die bodentiefen Fenster hatte man einen atemberaubenden Blick in den Garten des Hauses. Im Hintergrund lief leise klassische Musik. In der Luft hing ein zarter Lavendelduft.

Mehrere Schwangere standen mit ihren Männern zusammen und unterhielten sich angeregt. Einige der Frauen sahen aus, als wären sie kurz vorm Platzen, bei anderen war wiederum nicht viel mehr als ein winziges Bäuchlein zu sehen. Es wurde geplaudert und gelacht. Für die meisten war der Kurs wohl mehr ein nettes Beisammensein als eine Vorbereitung auf das, was uns allen bevorstand: die Geburt. Ein Vorgang, bei dem ein Baby der Größe eines Fußballs durch einen viel zu engen Kanal gequetscht werden sollte. Allein bei dem Gedanken daran brach mir der kalte Schweiß aus.

Ich konnte nicht verstehen, warum auch nur eine der anwesenden Frauen noch lachen konnte, während ich mir fast in die Hosen schiss. Ich kam mir zwischen den Pärchen etwas verloren vor. Ich warf einen Blick auf die Uhr. Alice hatte noch fünf Minuten, bis die Stunde anfing. Sie hatte mir hoch und heilig versprochen, mich zum Vorbereitungskurs zu begleiten.

Eine Frau betrat den Raum. Sie war schlank, hatte lange braune Haare und einen seligen Gesichtsausdruck, als wäre ihr soeben der Heilige Geist persönlich erschienen.

Sie klatschte in die Hände. Sofort stellten alle ihre Gespräche ein. Ihre selbstsichere Art ließ darauf schließen, dass es sich bei ihr um die Lehrgangsleiterin handelte.

»Guten Abend, meine lieben werdenden Eltern«, flötete sie zuckersüß. Mir wurde schlecht. »Ich freue mich, dass ihr so zahlreich erschienen seid und wir gemeinsam die verschiedenen Phasen der Schwangerschaft und Geburt durchleben werden.«

Oh mein Gott, ich wollte auf keinen Fall mit dieser Singdrossel die Geburt der Erbse durchleben. Ich warf einen hilfesuchenden Blick zur Tür. *Wo bleibt Alice?*

»Als Erstes möchte ich mich vorstellen. Mein Name ist Hannah. Ich bin seit vierunddreißig Jahren staatlich geprüfte Hebamme und werde diesen Kurs leiten.« Wieder dieses beseelte Grinsen. »Darf ich euch bitten, auf den Matten Platz zu nehmen?« Hannah deutete auf einen Schrank an der Wand. »Ihr könnt euch gerne Kissen herausnehmen, um es euch bequem zu machen.«

Kissen klang gut. Je größer die Erbse wurde – eigentlich war sie ja schon lange keine Erbse mehr, sondern eher ein Apfel –, desto mehr drückte sie mir auf meine Blase und das Steißbein.

Sofort tobten die Teilnehmer auseinander, um sich einen Platz zu suchen. Ich schnappte mir ein Kissen und sah mich nach einem freien Fleckchen um. Eine der Matten war nicht besetzt. Umständlich ließ ich mich nieder. Das Kissen stopfte ich mir unter den Po.

Soweit ich es überblicken konnte, war ich die einzige Teilnehmerin ohne Begleitung. Zwei der Pärchen bestanden aus zwei Frauen.

»Sehr schön. Dann würde ich vorschlagen, wir starten mit einer kleinen Vorstellungsrunde.« Hannahs Blick wanderte in meine Richtung. Hastig senkte ich den Kopf. Ich würde auf keinen Fall anfangen. Als ich wieder aufblickte, hatte die Leiterin des Kurses eine junge Frau ins Visier genommen, die mit ihrem Mann gekommen war. »Mögt ihr anfangen?«

»Gerne. Ich bin die Laura, und das neben mir ist mein Freund Jonathan. Wir sind im fünften Monat schwanger.« Ein glückseliges Lächeln von beiden folgte.

Ich stöhnte innerlich. Wenn das so weiterging mit diesem Überschuss an Glück, würde ich den Raum fluchtartig verlassen müssen.

»Wir freuen uns schon sehr auf unser Baby. Es ist ein Kind der Liebe«, fuhr die junge Frau fort.

Ich stöhnte erneut auf. Leider etwas zu laut, denn plötzlich waren alle Blicke auf mich gerichtet.

»Ist alles in Ordnung?« Hannah sah mich mit zitroniger Miene an.

»Jaja«, versicherte ich schnell.

Ich musste zwar gleich kotzen, wenn ich mir noch länger diesen Glückscheiß anhörte, aber das behielt ich angesichts der vielen Anwesenden für mich. Ich wollte schließlich nicht gleich als das Gruppenschwein dastehen.

Wo blieb Alice? Mit ihr hätte ich wenigstens meinen Spaß. So fühlte ich mich einfach nur überflüssig und alleingelassen.

Das erste Pärchen war fertig mit der Vorstellung. Alle applaudierten. Das nächste Paar, diesmal die beiden Frauen, war an der Reihe.

»Ich bin Mary, das ist Sue«, stellte sich die Schwangere vor. »Das ist unser erstes Baby. Wir sind in der einundzwanzigsten Woche und sehr gespannt darauf, was uns erwartet.« Brandender Applaus ertönte.

Als Nächstes war ein älteres Paar an der Reihe, das ausführlich von seinen vergeblichen Versuchen, schwanger zu werden, erzählte.

»Bei mir ging es schneller, als mir lieb war!« Für meinen Zwischenruf erntete ich böse Blicke. Also beschloss ich, lieber nichts mehr zu sagen.

Es folgte ein Lehrer-Ehepaar. Ich blickte gelangweilt aus dem Fenster, wo gerade die Sonne glutrot hinter dem Garten versank.

»Hallo?« Eine Hand wedelte vor meinem Gesicht. Ich blinzelte. »Würdest du dich bitte vorstellen, nachdem wir dich ja schon ein paarmal hören durften?«, bat Hannah mich. Der etwas genervte Unterton in der zuckersüßen Stimme war nicht zu überhören.

Ich leckte mir über die Lippen. Ich fühlte mich schrecklich allein.

»Ich bin Amelie.« Ich fand, das war genug an Information.

Alle schauten mich fragend an. Aus dem Augenwinkel sah ich, wie Mary und Sue miteinander tuschelten.

In diesem Moment ging die Tür auf. Ich schnappte laut nach Luft, als ich den dunkelblonden Haarschopf erkannte.

»Entschuldigen Sie bitte mein Eindringen. Mein Name ist Dr Harry Lisiter. Ich hatte noch einen Notfall und bin deshalb zu spät.« Sein Blick wanderte über die Reihen der Paare zu mir. Tränen schossen mir in die Augen. »Ich bin der Mann von Amelie.«

Ich bin der Mann von Amelie!

Sein letzter Satz hallte in meinen Ohren nach. Vielleicht litt ich gerade unter Halluzinationen. Ich blinzelte, doch Harry blieb. Das war tatsächlich Harry, der da im Raum stand und dümmlich lächelte!

Ich schluckte. Hatte er den letzten Satz wirklich so gemeint, wie ich ihn verstanden hatte?

»Ähm, wie schön, dass du es geschafft hast. Bitte nimm doch Platz«, bat Hannah ihn sichtlich irritiert.

Harry schlängelte sich an den Matten vorbei zu mir. Die Blicke des gesamten Kurses folgten ihm. Mein Herz schlug mir bis zum Hals, als er vor mir stehen blieb. Unsere Blicke trafen sich.

»Es tut mir leid. Ich bin ein Idiot.« Ich zitterte am ganzen Körper, während er mir in die Augen sah. »Alice hat mir alles erzählt.«

»Alles?«

»Alles!« Er ging in die Knie und nahm meine Hand. Ein warmer Kloß breitete sich in meinem Bauch aus. Eine Träne kullerte mir die über die Wange. Harry gab mir einen zärtlichen Kuss. »Nicht weinen. Ich bin doch hier, und ich habe nicht vor, dich oder die Erbse alleine zu lassen.«

Ich schluchzte, lachend vor Glück. Es war mir egal, was die anderen Teilnehmer dachten. Ich war normalerweise ja schon hormongesteuert, aber in meinem jetzigen Zustand schien sich mein Verstand mehr und mehr zu verabschieden und den Hormonen komplett das Feld zu überlassen. Harry war gekommen. Das war alles, was zählte. Mein Herz schäumte über vor Glück.

»Bitte setzt euch jetzt hinter eure Partner«, schepperte Hannahs Stimme dazwischen.

Das unsensible Ding. Von einer Lehrgangsleiterin für Schwangere hätte ich wirklich mehr Empathie erwartet.

Ohne zu zögern, platzierte Harry sich hinter mir auf der Matte.

»Ich bin bei dir«, flüsterte er mir warm ins Ohr. Sein Mund streifte meinen Hals. »Und bei der Erbse.«

Er legte die Hände von hinten auf meinen Bauch. Ich konnte nicht aufhören zu grinsen. Wahrscheinlich sah ich aus wie ein Breitmaulfrosch. Harrys Körper strahlte eine unglaubliche Wärme ab. Ich kuschelte mich an ihn und fühlte mich geborgen wie in einem Kokon.

***

»Ich dachte, ich würde dich nie wiedersehen«, flüsterte ich.

Harry und ich saßen im Wohnzimmer von Little Brown Cottage. Zorro hatte es sich zu unseren Füßen gemütlich gemacht und schlief. Wahrscheinlich war er genauso erleichtert wie ich.

»Das Gleiche habe ich auch gedacht, als ich gesehen habe, wie du Jasper küsst.« Harry strich mir eine Haarsträhne aus dem Gesicht.

»Er hat mich geküsst. Das ist ein erheblicher Unterschied!«, protestierte ich. »Ich war einfach so verdattert, dass ich ihn habe machen lassen. Es hat sich so vertraut und gleichzeitig so falsch angefühlt. Ich musste dabei die ganze Zeit an dich denken.«

»Das ist zumindest beruhigend«, murmelte Harry.

Ich gab ihm einen Klaps auf die Schulter. »Hey, Jasper hat mich kalt erwischt. Ich hätte nie damit gerechnet, dass er nach Chipping Campden kommen würde. Als er plötzlich vor mir stand, wusste ich im ersten Moment gar nicht, was ich sagen soll. Aber als er angefangen hat, davon zu reden, was für ein gutes Team wir waren, war mir ziemlich schnell klar, was er von mir wollte.«

»Ist das der einzige Grund, warum du ihn verlassen hast?« Ich hörte das Zittern in Harrys Stimme.

»Nein, natürlich nicht. Ich habe ihn verlassen, weil ich mich längst in dich verliebt habe.« Ich gab ihm einen Kuss. »Aber warum hast du so lange gebraucht, um dich für mich zu entscheiden?«

»Als ich gehört habe, dass du schwanger bist, musste ich erst einmal ein paar Fragen für mich klären.« Er küsste meine Nasenspitze. Unsere Blicke trafen sich. »Bis ich dich getroffen habe, habe ich mir darüber keine Gedanken gemacht.«

»Du hast nie darüber nachgedacht, Kinder zu bekommen?«

»Doch, natürlich habe ich mir Kinder gewünscht … irgendwann mal. Aber bisher gab es keine Frau in meinem Leben, bei der ich ernsthaft mit dem Gedanken gespielt habe.«

»Noch nicht einmal Rylee?

Er schüttelte den Kopf. »Nein. Ich fand Rylee toll, aber über gemeinsame Kinder habe ich nicht nachgedacht. Nur um das klarzustellen: Rylee und ich sind über das Küssen nicht hinausgekommen.«

»Gut zu wissen. Es tut mir leid, dass ich dich vor eine so schwierige Wahl gestellt habe.« Es musste wahrlich überraschend für Harry gewesen sein, zu erfahren, dass die Frau, die er geküsst hatte, schwanger von einem anderen war. Ich nahm sein Gesicht in meine Hände. »Du bist mir zu nichts verpflichtet. Ich finde dich toll.«

»Toll? Hmm. Ich habe mir ein bisschen mehr erwartet als nur toll.« Er lächelte schief.

»Eigentlich finde ich dich sogar ziemlich toll.«

»Ich habe mich Hals über Kopf in dich verliebt, und es gibt nur eine Möglichkeit, herauszufinden, ob du die Richtige für mich bist.« Sein warmer Atem streichelte meine Haut.

»Sex?« Ich grinste breit.

Er lachte. »Vielleicht auch das! Allerdings habe ich eher daran gedacht, mit dir Zeit zu verbringen, um zu sehen, was passiert. Ich möchte für dich da sein. Ich möchte bei dir sein, wenn das Baby kommt. Und ich möchte derjenige sein, der die Erbse auf dem Arm hält. Ich möchte bei dir —«

Ich legte meinen Zeigefinger auf seinen Mund. »Pssst.« Mein Blick glitt über sein markantes Gesicht und blieb an seinen Lippen hängen. Mein ganzer Körper kribbelte. »Beginnen wir doch erst mal mit dem Sex …«

Ohne zu zögern, legte Harry seine Lippen auf meinen Mund. Es war ein wunderbarer, zärtlicher Kuss. Er schmeckte so, wie ich ihn in Erinnerung hatte, nur viel, viel besser.

Harry legte seine Arme um meine Taille. Mit einem Ruck hatte er mich zu sich auf den Schoß gezogen. Ich schlang meine Beine um seine Hüfte und presste meinen Unterleib gegen seinen. Ich wollte ihn. Seit wir uns das erste Mal begegnet waren, begehrte ich ihn. Seine Hand fuhr durch meine Haare. Er bog meinen Kopf nach hinten, sodass mein Hals frei lag. Sein Mund wanderte nach unten, den Hals entlang, und hinterließ eine feuchte Spur. Als sein Atem darauf traf, schauderte ich vor Lust. Ich stöhnte laut.

Harry lachte heiser. Unsere Lippen fanden sich erneut. Ich spürte die feste Beule in seiner Hose. Er widmete sich unterdessen den Knöpfen meiner Bluse. Mit spielerischer Leichtigkeit öffnete er Knopf für Knopf. Der seidige Stoff fiel zur Seite, und ich saß nur noch in BH und Hose vor ihm. *Wow, das ging schnell.*

»Du bist so wunderschön«, hauchte er, den Blick auf meine Monster-Schwangerschaftstitten gerichtet, die förmlich aus meinem BH quollen.

Ich hatte es bisher noch nicht geschafft, mir einen dieser schrecklichen Schwangerschafts-BHs zuzulegen, die aussahen wie zwei Zirkuszelte, die man miteinander verbunden hatte. Zum Glück, denn im Moment kam ich mir ziemlich sexy vor.

Ich kicherte. »Einen Vorteil muss die Schwangerschaft haben.«
Harrys Hände glitten zu meinem Rücken, und der BH fiel kurz darauf von mir ab. Meine Hormone hatten längst das Kommando übernommen. Meine Brüste streckten sich ihm entgegen, als hätten sie nur darauf gewartet, von ihm verwöhnt zu werden.

Seine Hände wanderten zu meinen Brüsten. Als er sie berührte, lief ein Zittern durch meinen ganzen Körper. Wir küssten uns erneut. Gierig und voller Lust. Er knetete meine Brüste. Ich streckte mich ihm entgegen, stöhnte laut vor Lust. Unsere Unterleiber rieben kreisend aneinander.

Ich wollte seine Haut auf meiner spüren. Eilig zog ich ihm das Shirt über den Kopf. Ich verharrte einen Moment beim Anblick seines nackten Oberkörpers. Seine Haut schimmerte goldbraun im Licht. Er sah aus wie eine Statue. Fast zu perfekt, um wahr zu sein. Einzig die Sommersprossen auf seinen Schultern erinnerten daran, dass er ein Mann aus Fleisch und Blut war.

»Du bist echt heiß«, murmelte ich.

Mein Mund wanderte zu seiner Brustwarze. Gierig nahm ich sie zwischen die Zähne und knabberte daran.

Harrys Kehle entwich ein heiseres Stöhnen. »Amelie, was machst du mit mir?«

»Das Gleiche könnte ich dich fragen«, sagte ich heiser.

Mit einem Ruck hob er mich hoch, und ehe ich mich versah, landete ich rücklings auf dem Sofa.

Zorro sprang mit einem erbosten Miauen auf und sah uns vorwurfsvoll mit großen Augen an. Harry und ich tauschten kurze Blicke. Ich konnte unmöglich Sex haben, während mein Babykater dabei zusah.

»Entschuldige mich kurz«, sagte Harry und stand auf. Er hatte wohl den gleichen Gedanken wie ich gehabt. »So, mein Lieber, das ist etwas für Erwachsene und nicht für Teenager.« Lachend trug Harry den Kater nach draußen.

Ich lag auf dem Rücken, damit beschäftigt, meinen Herzschlag zu beruhigen. Ich konnte nur hoffen, dass die Erbse sich im Tiefschlaf befand und nichts von den Aktivitäten ihrer Mutter mitbekam.

»Da bin ich wieder.« Harry beugte sich über mich.

Ich grinste. »Das wäre auch ganz schön blöd von dir gewesen, wenn du nicht wiedergekommen wärst.«

»Bist du dir sicher?« Seine braunen Augen glühten.

»Mehr als sicher.« Ich schlang die Arme um seinen Hals und zog ihn zu mir runter. »Und jetzt lass uns endlich die Dinge tun, nach denen ich mich seit Wochen sehne.«

»Nichts lieber als das.« Mit diesen Worten machte er sich daran, das zu vollenden, was wir begonnen hatten.

***

»Mein Gott!«

»Harry genügt«, gluckste Harry, der unter mir lag.

Ich gab ihm einen Stups. »Werd bloß nicht größenwahnsinnig.«

»Das hast du gesagt, nicht ich«, verteidigte er sich.

»War es für dich genauso unglaublich wie für mich?«

Er grinste. »Das fragen normalerweise nur Männer«.

»Ich weiß, aber ich bin ein bisschen aus der Übung«, gestand ich ihm. »Ich brauche die Rückmeldung, schließlich muss ich wissen, was ich verbessern kann.«

»Untersteh dich, irgendetwas zu ändern.« Er zog mich zu sich. »Das war der beste Sex meines Lebens.«

Ich kicherte. »Wobei es mir noch besser gefallen hätte, wenn es dein bester erster Sex gewesen wäre.«

»Bist du etwa eifersüchtig?«

»Normalerweise nicht, aber in deinem speziellen Fall schon.« Seine Brusthaare kitzelten mich an der Nase.

»Das freut mich zu hören.« Er streichelte mir sanft über den Bauch. »Wie geht es der Erbse?«

Ich lächelte. »Ich glaube gut.«

»Drehst du dich bitte mal auf den Rücken, ich muss kurz mit der Erbse reden.«

Ich erfüllte ihm diesen Wunsch.

Sanft streichelten Harrys Hände meinen Bauch. Er beugte sich nach unten. »Hallo, du da drin.« Sein Mund schwebte nur wenige Zentimeter über der kleinen Kugel, in der sich die Erbse versteckt hielt. »Ich hoffe, deine Mum und ich haben dich eben nicht zu sehr gestört.« Ich kicherte. »Wir kennen uns zwar noch nicht so lange, aber ich finde sie ziemlich klasse. Wenn du nichts dagegen hast, würde ich gerne mehr Zeit mit deiner Mum verbringen.« Ich lauschte mit angehaltenem Atem. »Sie ist eine tolle Frau, musst du wissen.« Tränen der Rührung stiegen mir in die Augen. »Ich glaube, ich bin auch ganz okay. Deshalb denke ich, wir würden ein gutes Paar abgeben. Ich würde mich freuen, wenn du das genauso siehst. Ich würde nämlich gerne für dich sorgen und bei dir sein, wenn du beschließt, zur Welt zu kommen.«

Jetzt war es endgültig um mich geschehen. Tränen kullerten über meine Wangen. Ich schniefte leise.

Harrys Lippen berührten meinen Bauch. »Bis es so weit ist, passe ich auf deine Mum auf, damit es euch beiden gut geht.«

»Oh Harry«, stieß ich hervor.

»So, und jetzt wäre es gut, wenn du dich wieder schlafen legen würdest, denn ich habe vor, deine Mum ein zweites Mal zu vernaschen.« Harry rutschte zu mir hoch.

Unsere Blicke trafen sich. Ich lächelte unter Tränen.

»Wäre das auch für dich okay?«, fragte Harry.

»Der Sex oder die Sache mit der Erbse?«, witzelte ich.

»Am besten beides.«

Amelie

36

»Wie geht es dir?« Alice kam in die Küche gestürmt. In ihren Haaren schmolzen Schneeflocken. Ihr Gesicht war von der Kälte gerötet.

Der Winter hatte über Nacht Einzug gehalten. Als ich heute Morgen aus dem Schlafzimmerfenster geschaut hatte, war die Landschaft von einer weißen Decke überzogen gewesen. In Oxford mit den vielen Autos würde sich der Schnee innerhalb kürzester Zeit in grauen Matsch verwandeln. Hier in Chipping Campden glitzerte er auch am Nachmittag noch in unschuldigem Weiß.

»Wie es einem so geht, wenn man seine Füße nicht mehr sehen kann und einen Gymnastikball verschluckt hat.« Ich deutete auf die monströse Kugel, wo einst ein flacher Bauch gewesen war. »Beschissen! Danke der Nachfrage.«

»Ach komm schon, so schlimm wird es schon nicht sein.« Alice grinste wie ein Honigkuchenpferd. Sie zog die Jacke aus und hängte sie über den Stuhl.

»Noch viel schlimmer!« Seit heute Morgen hatte ich schreckliche Rückenschmerzen. Noch dazu tanzte die Erbse Samba auf meiner Blase, und ich musste alle zwei Minuten aufs Klo rennen. Ich war froh, wenn das Elend endlich vorbei war und ich die Erbse in den Händen hielt. Aber bis dahin musste ich noch eine Weile durchhalten.

Zorro kam schnurrend um die Ecke getrottet, um unseren Gast zu begrüßen.

»Na, Tiger. Wie geht es dir?« Alice beugte sich hinab, um den Kater zwischen den Ohren zu kraulen. »Du bist ganz schön groß geworden.«

Ich lächelte. Zorro hatte in den letzten Monaten einen ordentlichen Schub gemacht und war zu einem ausgewachsenen Kater herangereift. Obwohl er tagsüber auf Streifzügen unterwegs war, kletterte er jede Nacht zu mir ins Bett, um sich an meine Füße zu kuscheln. Selbst

Harry hatte sich nach anfänglichem Protest daran gewöhnt, dass der Kater bei uns im Bett schlief.

»Möchtest du auch einen Tee?«, fragte ich.

»Gerne, wobei ein Sekt passender wäre.« Das Grinsen auf Alice' Gesicht wurde noch breiter, wenn das überhaupt noch möglich war.

»Hä?« Ich sah auf die Uhr. »Ist es nicht ein bisschen früh dafür?«

»Ja, aber man feiert mit Sekt.«

»Was gibt es denn zu feiern?« Ich stand auf, um den Wasserkessel auf den Herd zu stellen. Im Hintergrund prasselte leise das Feuer im Kamin. »Hast du einen Mann kennengelernt?«

»Nein. Leider.« Sie verzog das Gesicht. »Aber bevor wir feiern, muss ich erst ein Geständnis ablegen.«

»Oh, jetzt machst du mir Angst.« Ich drehte mich zu ihr und lehnte mich gegen die Spüle.

»Also, du musst mir versprechen, dass du nicht sauer wirst.«

»Ich weiß doch noch gar nicht, worum es geht.«

»Eben! Versprich es!«

Ich seufzte. »Von mir aus.«

»Also …« Alice leckte sich über die Lippen. »Du weißt, dass ich total begeistert von deinem Buch war.« Ich nickte stumm. »Nun …«, druckste sie. »Ich habe es an einen Verlag geschickt.«

»Du hast *was*?«

»Ja, und was soll ich sagen?« Sie zog einen Brief aus ihrer Tasche und wedelte damit herum. »Sie haben dir einen Vertrag angeboten.«

Der Raum schien sich um mich zu drehen. Ich schnappte nach Luft. Es dauerte einen Moment, bis ich begriffen hatte, was Alice gerade gesagt hatte.

»Die wollen mein Buch veröffentlichen?«, wiederholte ich sicherheitshalber. Seit ich schwanger war, schien meine Hirnleistung nachgelassen zu haben.

»Allerdings!« Triumphierend breitete Alice den Brief vor mir auf dem Tisch aus.

Ich ließ mich auf den Stuhl plumpsen und nahm den Brief zur Hand. Meine Augen flogen über die Zeilen und blieben an der Summe hängen, die dort geschrieben stand.

»Was?!« Für einen Moment setzte mein Herz aus, um dann loszugaloppieren.

Alice hüpfte auf und ab. »Unglaublich, nicht?«

»Oh mein Gott! So viel Geld. Meinst du, die haben sich vielleicht vertippt?«

»Nope. Das ist der Vorschuss, den sie dir zahlen. Ich habe mich als deine Agentin ausgegeben und nachgefragt, weil ich es selbst nicht glauben konnte.«

Ich strahlte sie an. »Du Miststück!«

»Ich weiß!«

»Dann bin ich endlich unabhängig und muss mir kein Geld mehr leihen.« In meinem Kopf drehte sich alles.

Alice lachte. »Genau.«

»Wahnsinn! Ich bin eine echte Schriftstellerin.« Ich klatschte vor Begeisterung in die Hände.

Unwillkürlich musste ich an Jasper denken, der nie an mich geglaubt hatte. Der würde Augen machen, wenn er erfuhr, dass seine Ex-Frau ein Buch veröffentlichte.

Wir waren seit diesem Monat offiziell geschieden. Wie es das Gericht selbst gesagt hatte, war es eine kurze und unkomplizierte Scheidung.

Jasper hatte den Anstand besessen und sein Verschulden zugegeben. Ich war froh gewesen, dass er sich als fair erwiesen und mir meinen Anteil unseres Geldes ausbezahlt hatte. Zusammen mit Miltons großzügiger Beigabe hatte ich den Kauf von Little Brown Cottage problemlos abwickeln können.

»Das bist du«, bestätigte Alice.

»Wer hätte das gedacht?«, murmelte ich glücklich. »Noch vor einem halben Jahr glaubte ich, mein Leben wäre vorbei, und jetzt sitze ich hier mit einem Vertrag in der Hand, einem Mann an meiner Seite und einem Baby im Bauch.«

»Hey, du hast die beste Freundin vergessen!«

»… und der besten Freundin, die sich eine Frau nur wünschen kann.« Ich reichte Alice die Hand.

Amelie

Epilog

Ich stöhnte laut.

»Wo ist dein Koffer?« Harry raste durch das Cottage wie ein aufgescheuchtes Kaninchen. Sein Gesicht war gerötet, seine Haare standen zu allen Seiten ab.

Ich atmete langsam aus, dabei gab ich ein leises Stöhnen von mir.

»Oben im Schlafzimmer.«

Harry sah mich besorgt an. »Schon wieder eine?«

»Mach dir keine Sorgen.« Schwerfällig wie ein gestrandeter Wal richtete ich mich aus meiner sitzenden Position auf.

»Was machst du?« Harry stürzte nach vorne, um mich zu stützen.

»Hey, ich bin nicht krank. Ich bekomme ein Baby.«

»Ich weiß.« Er blickte gestresst auf die Uhr. »Aber die Wehen kommen jetzt alle fünf Minuten.«

»Nur alle fünf!« Ich sah panisch hoch.

Gefühlt hatte ich alle zwei Minuten eine Wehe. Ich war jetzt schon fix und fertig.

Mein Handy klingelte. Harry ging zum Tisch und reichte es mir. »Deine Mum.«

Oh Gott, das Letzte, was ich jetzt gebrauchen konnte, war meine hysterische Mutter. »Hi, Mum.«

»Hallo, Pumpkin. Milton und ich haben einen kleinen Ausflug zu Harrods gemacht.«

»Wie schön für dich.« Ich atmete bewusst langsam aus, so wie Hannah es uns gezeigt hatte.

»Was zischt da so bei dir?«

»Das war der Teekessel«, log ich.

»Aha. Na ja, auf jeden Fall waren Milton und ich bei Harrods. Stell dir vor, Milton hatte seine Spendierhosen an und hat mir eine neue Tasche von Schlohe geschenkt.«

Ich stutzte. Für einen Moment vergaß ich meine Wehe. »Meinst du etwa Chloé?«

»Ja genau. Habe ich doch gesagt.«

»Mmm.« Die Wehe hatte mich mit voller Gewalt im Griff. Mein ganzer Bauch wurde hart wie ein Fußball. Ein lautes Stöhnen entwich meinem Mund. Meine Beine drohten mir wegzusacken, und ich musste mich am Sofa festhalten.

»Ist bei dir alles in Ordnung?« Die mütterlichen Detektoren, mit denen Mum selbst feinste Schwingungen wahrnahm, waren angesprungen.

Harry, der neben mir stand, schnappte sich mein Handy. »Deine Tochter hat Wehen, und wir fahren jetzt ins Krankenhaus.«

Der Schrei, der am anderen Ende der Leitung folgte, war deutlich zu hören. Ich nahm an, dass Harry mindestens auf dem Ohr taub war. *Geschieht dem alten Verräter recht.*

Ich zeigte ihm einen Vogel. »Spinnst du?«

Er zuckte mit den Schultern. Wahrscheinlich hatte er mich nicht verstanden, da seine Ohren noch von dem Schrei piepten.

Die Wehe hatte wieder nachgelassen. Ich entriss ihm mein Handy. »Mum, es kann noch Stunden dauern.«

»Amelie, bist du das?« Mum klang völlig panisch.

»Nein, ich bin's, die Jungfrau Maria.«

»Amelie, hör auf, schlechte Witze zu machen. Wie geht es dir? Wie weit ist der Muttermund geöffnet?«

»Mum, die Wehen kommen erst …« Eine neue Wehe setzte ein und machte meine Zeitrechnung zunichte.

Anscheinend hatte mein Körper beschlossen, dass es genug des Vorspiels war, und ging in die Hardcore-Phase über. Ich stöhnte laut. Der Schmerz drohte mich innerlich zu zerreißen.

»AMELIE!!!«

Jetzt hatte ich zusätzlich zu den Schmerzen noch Ohrenklingeln.

»Mum«, stieß ich hervor. »Ich habe gerade eine Wehe.« Ich hörte mich an wie der Pate aus selbigem Kinofilm in der Sterbeszene.

»Oh Gott, Milton, wir müssen los«, kreischte Mum. »Das Baby kommt!«

Ehe ich etwas erwidern konnte, hatte sie aufgelegt. *Na toll.* Nicht nur, dass die Erbse gerade versuchte, mit aller Gewalt das Licht der

Welt zu erblicken, dazu kam jetzt noch, dass Mum mit Miltons Hilfe wahrscheinlich einen Düsenjet chartern würde, nur um rechtzeitig zur Geburt ihres ersten Enkels dabei zu sein. Ich fluchte laut. Allerdings mehr wegen der Wehe, die über mich hinwegrollte und mich zu zerreißen drohte.

»Reg dich bitte nicht auf«, rief Harry. »Das ist nicht gut für dich und die Erbse.«

»Sag mir nicht, was ich tun soll!« Ich krümmte mich nach vorne. »Scheiße!«

»Denk daran, was Hannah gesagt hat: Immer schön den Schmerz wegatmen.«

»Diese blöde Kuh! Ich wette, die hat noch nie ein Kind auf die Welt gebracht«, schimpfte ich. »Sonst hätte die nicht so einen gequirlten Scheiß erzählt.«

»Amelie, Liebes, beruhig dich bitte.«

»Versuch du mal, einen Fußball durch ein Wasserrohr zu pressen.« Meine Wehe flaute ab. *Endlich.* Harry schwieg. »Siehst du. Also erzähl mir nicht, was ich machen soll.«

In diesem Moment wurde es nass an meinen Beinen. Ich sah nach unten. Meine Jeans hatte sich dunkel verfärbt, und ich sah aus, als hätte ich mir in die Hose gemacht.

Ein entwürdigender Anblick für eine erwachsene Frau. Noch dazu vor dem Mann, den ich liebte und mit dem ich Sex hatte. Ich war mir ziemlich sicher, das würde das Ende unseres Liebeslebens bedeuten.

Harry war meinem Blick gefolgt und wurde auf der Stelle blass. »Deine Fruchtblase ist geplatzt.«

»Ich weiß«, murmelte ich.

»Am besten, du legst dich hin. Hannah hat gesagt, dass die Gefahr besteht, dass sich ohne das Fruchtwasser die Nabelschnur um den Hals des Babys legt.«

»Und wie dachtest du, dass ich ins Auto komme?«

Meine Nerven lagen blank. Ich hatte mir alles so schön vorgestellt. Ein bisschen Wehen, gefolgt von einer entspannten Fahrt ins Krankenhaus, mit einer darauffolgenden Geburt ohne Blut und ohne Komplikationen. Stattdessen stand ich mit durchweichten Hosenbeinen im Wohnzimmer und hatte Schiss bis in die Knochen.

»Ich trage dich selbstverständlich.«

»Gut, aber ich würde mich wirklich gerne etwas frisch machen.«
Ich deutete auf die Lache zu meinen Füßen.

»Du kannst doch jetzt nicht durch die Wohnung laufen«, schimpfte
er. »Ich hole dir Sachen zum Umziehen.«

Es dauerte nicht lange, bis Harry völlig außer Atem wieder vor mir
stand und mir meine Wechselklamotten reichte. Er ging in die Knie
und half mir beim Umziehen. Als wir fertig waren, kam die nächste
Wehe und hielt mich in Atem.

»Bist du so weit?«

Ich nickte, obwohl ich mich ganz und gar nicht so weit fühlte. Ich
war noch nicht bereit, Mutter zu sein. Was, wenn ich es fallen ließ?
Oder nicht stillen konnte? Oder ich es nicht lieben würde? In meiner
Panik klammerte ich mich an Harry wie eine Ertrinkende.

»Alles wird gut, Peanut!«, nannte er mich bei meinem Kosenamen.
»Wir schaffen das! Komm, ich bring dich jetzt zum Auto.«

Er legte einen Arm um meine nicht vorhandene Taille, mit dem anderen hob er mich an. Er schwankte, als er mein gesamtes Körperge-
wicht auf seinen Händen trug. Immerhin hatte ich in den letzten Monaten insgesamt achtzehn Kilo zugelegt.

»Geht's?« Ich sah hoch. Sein Gesicht hatte sich puterrot verfärbt.

»Kein Problem«, versicherte mein Held.

»Sieht aber nicht so aus.«

»Halt die Klappe!« Er marschierte mit der Eleganz eines Zinnsol-
daten zur Tür. Dabei keuchte er wie ein Walross.

»Harry, lass mich runter.« Es nützte mir nichts, wenn mein Held
mich bis zum Auto trug, um dann mit einem Herzinfarkt zusammen-
zubrechen.

»Ich schaff das. Ich schaff das«, wiederholte er den Satz wie ein
Mantra. »Sag mal, bist du schwerer geworden?«

Fast hätte ich laut aufgelacht. »Ich bin schwanger. Schon vergessen?«

»Okay. Ich glaube, es wäre besser, du würdest gehen«, gab er
schweißgebadet und deutlich kleinlaut zu.

Sanft entließ er mich aus seinen Armen. Gerade rechtzeitig, denn
eine neue Wehe kündigte sich mit heftigen Schmerzen an. Ich
krümmte mich und stützte mich mit den Händen auf meinen Ober-
schenkeln ab.

»Oh Gott!« Ich stöhnte. »Wer noch einmal behauptet, eine Geburt sei das schönste Erlebnis im Leben einer Frau, dem haue ich eine rein!« Harry klopfte mir besänftigend auf den Rücken. »Hey, ich bin keine Kuh, die du beruhigen musst.«

Ich schob seine Hand unwirsch weg. Die Wehe kam mit voller Wucht und nahm mir die Luft zum Atmen.

»Stütz dich ab!« Er umfasste mich. Dankbar ließ ich mich in seine Arme sinken. »Ganz ruhig. Ich bin bei dir. Wir schaffen das.«

Ich wollte erwidern, dass nicht er, sondern ich die beschissenen Wehen hatte, aber eine erneute Kontraktion hielt mich davon ab. Schrittweise kämpften wir uns vorwärts, während ich versuchte, irgendwie weiterzuatmen. Wenn ich diese blöde Hannah erwischte, würde ich sie an ein Bett fesseln, persönlich quälen und ihr dabei raten, den Schmerz *wegzuatmen*.

Alice kam mit dem Fahrrad um die Ecke gebogen. »Ach du Scheiße!«

Wie es aussah, hatte sie die Situation mit einem Blick erfasst. Jedenfalls schmiss sie das Rad in den Rasen und kam zu uns gesprintet.

»In welchen Abständen kommen die Wehen?« Sie sah mich mit sorgenvollem Blick an.

»Alle zwei Minuten«, sagte Harry mit verbissenem Gesicht.

Alice baute sich vor uns auf. »Wo wollt ihr hin?«

»Ins Krankenhaus«, riefen Harry und ich wie aus einem Mund.

»Ich komme mit! Harry, du fährst. Amelie ist völlig durch.«

»Hey, ich kann dich hören«, protestierte ich.

»Umso besser.« Sie nickte. »So, du hältst dich an Harry und mir fest. Sag mir, wenn du so weit bist.« Die Wehe ebbte ab. Ich nickte schwach. »Gut, dann ab ins Auto.«

Gemeinsam schafften wir es ins Auto. Ich legte mich auf den Rücksitz, den Kopf in Alice' Schoß, bevor die nächste Wehe wieder wie eine Dampfwalze über mich hinwegrollte.

»Männer!«, schnaubte Alice. »Wenn es drauf ankommt, sind sie zu nichts zu gebrauchen.«

Ich musste lächeln, obwohl mir nicht danach zumute war. Ich warf einen kurzen Blick aus dem Seitenfenster.

»Was ist mit Zorro?« Ich deutete auf meinen Kater, der durch das Gras zum Auto geschlichen kam.

»Der schafft es für ein paar Stunden auch ohne dich«, schnappte Alice.

»Ich fahre nicht ohne Zorro«, sagte ich entschieden.

»Du kannst doch nicht deinen Kater mit ins Krankenhaus nehmen!«

»Entweder Zorro kommt mit oder ich bleibe hier.« Ich verschränkte die Arme über meinem monströsen Bauch.

»Okay. Gewonnen!« Alice seufzte und öffnete die Autotür. Mit einem Satz sprang Zorro in den Wagen und kuschelte sich vor mich in den Fußraum.

»Hey, Peanut.« Harry drehte sich zu mir und lächelte. »Alles wird gut.« Er beugte sich nach hinten und streichelte meine Hand.

»Ich habe Angst«, sagte ich kleinlaut.

»Dann sind wir schon zu zweit.« Er grinste schief. »Ist schließlich auch mein erstes Baby.«

»Meins auch. Und wenn ihr nicht wollt, dass euer Baby im Auto zur Welt kommt, sollten wir jetzt losfahren«, kommandierte Alice.

Im Geiste sah ich schon die Schlagzeilen vor meinen Augen.

FRAU BRINGT BABY IM AUTO ZUR WELT

Dazu ein Foto von mir, wie ich mit verklebten Haaren ein winziges Baby in den Armen hielt. Dahinter Harry und Alice mit dümmlich grinsenden Gesichtern. *Nein danke!*

Ich richtete mich auf. »Los, Harry, gib Gas!«

Er trat auf das Pedal, und der Rover schoss nach vorne. Holpernd fuhren wir die Einfahrt entlang bis zur Straße.

»Wie lange noch?«, quetschte ich zwischen zwei Wehen hervor.

»Wir brauchen noch zwanzig Minuten«, ließ Harry vermelden.

»Waaas?!« Ich sah Alice panisch an.

»Die Wehen kommen jede Minute«, rief Alice. »Wir schaffen es nicht bis zum Krankenhaus. Das Baby kommt, und zwar bald!«

Harry drehte den Kopf zu uns. »Was soll ich machen?«

»Planänderung! Ruf Rylee an und sag ihr, dass wir kommen.«

Er nickte und schnappte sich das Handy.

»Dem Himmel sei Dank!« Erschöpft ließ ich meinen Kopf zurück auf die Lehne fallen.

Alice strich mir mit ihrer kühlen Hand über die Wange. »Du hat es bald geschafft. Rylee ist eine gute Ärztin und bringt dein Baby auf die Welt.«

Ich blickte zu ihr hoch. »Was ist, wenn mich das Baby vorher von innen zerreißt?«

»Meinst du das ernst?« Sie sah mich an, als ob ein grünes Männchen auf meinem Kopf Samba tanzen würde.

»Ja«, sagte ich kleinlaut. »Harry wird bestimmt nie wieder Sex mit mir haben wollen.«

»Wenn das deine ganzen Sorgen sind! Harry ist Tierarzt, schon vergessen? Der ist weitaus Schlimmeres gewohnt. Wenn er seine Hand in die Kuh versenkt, um das Baby zu holen … Ich kann dir sagen, das ist kein schöner Anblick.«

Ich verzog das Gesicht. »Bäh, hör auf, sonst kann *ich* keinen Sex mehr *mit ihm* haben.« Eine neue Wehe kündigte sich an.

Harry drehte sich mit gehetztem Gesichtsausdruck zu uns. »Wie sieht es aus?«

»Alles so weit in Ordnung. Die Wehen kommen in immer kürzeren Abständen.«

Der Wagen fuhr durch ein Schlagloch. *Rumms.* Ich machte einen Satz und stöhnte laut auf.

»Atmen«, wies Alice mich an. Sie streichelte meinen Kopf. Zorro sah mich aus dem Fußraum mit seinen wunderschönen grünen Katzenaugen an, als wollte er sagen: *Du schaffst das schon.* Ich nickte dem Kater kaum merklich zu. Wenn jemand Ahnung von einem schwierigen Start ins Leben hatte, dann Zorro.

»Harry, du musst Mum anrufen und ihr sagen, dass wir bei Rylee sind«, wies ich ihn mit letzter Kraft an, bevor mich die nächste Wehe wieder fest im Griff hatte.

Ich schrie leise auf. Die Schmerzen hatten ein Maß angenommen, das mir ganz und gar nicht gefiel. Ich würde definitiv kein Kind mehr bekommen, so viel war sicher.

»Mache ich gleich.« Harry stoppte den Wagen vor Rylees Praxis. »Wir sind da!«

»Gott sei Dank!« Ich stöhnte. »Die Erbse hat es ganz schön eilig.«

»Alles klar. Meinst du, du kannst gehen?« Alice sah mich mit großen Augen an.

Zu Rylees Praxis waren es nur wenige Schritte. Harry kam um den Wagen gesprintet und öffnete die Tür.

»Da seid ihr ja«, hörte ich Rylee rufen.

Alice war in der Zwischenzeit ausgestiegen und reichte mir die Hand. Harry stand neben ihr und packte mich unter den Achseln.

»Ganz langsam«, wies Rylee an. »Schritt für Schritt.«

Gemeinsam schafften wir es die drei Treppenstufen hoch zu Rylees Praxis. Jessica wartete schon mit einem Rollstuhl auf mich. Schwerfällig ließ ich mich hineinfallen. Zorro tapste zu mir und sprang auf meinen Schoß.

»Ins Untersuchungszimmer«, wies Rylee ihre Sprechstundenhilfe an. »Harry, Alice, ihr solltet euch die Hände waschen.« Rylee beugte sich zu Zorro. »Und du, mein Lieber, musst hier draußen warten.«

Sie gab Alice ein Zeichen. Zorro maunzte protestierend, als diese ihn hochhob und in Richtung Garten transportierte. Zumindest wusste ich, dass meine Katze gut aufgehoben war. Jessy rollte mich in das Sprechzimmer, dicht gefolgt von Rylee und Harry.

»Wir sind kein Krankenhaus«, sagte Rylee entschuldigend, »Aber du kannst es dir dort so gemütlich wie möglich machen.«

Sie deutete auf die Liege in der Mitte des Zimmers. Ich kam mir ein bisschen vor wie Zorro, als ich ihn damals in Harrys Sprechzimmer gebracht hatte.

Harry und Jessica halfen mir auf die Liege. Ich war froh, als ich endlich lag. Die Wehen kamen jetzt in kurzen Abständen.

»Mir ist schlecht.« Tatsächlich war mir flau im Magen.

Rylee gab Jessy ein Zeichen. Sekunden später hatte ich eine Nierenschale vor dem Gesicht.

Die Übelkeit nahm rasant zu. »Ich glaub, ich muss kotzen.«

»Versuch, dich auf deine Atmung zu konzentrieren.« Harry legte mir seine angenehm kühle Hand auf den Bauch. »Komm. Wir atmen zusammen. Ein und aus.« Ich folgte brav seinen Anweisungen. Tatsächlich wurde die Übelkeit besser. »Na siehst du. Du musst eben nur auf mich hören.« Er gab mir einen zärtlichen Kuss.

»Als Erstes muss ich sehen, wie weit der Muttermund schon geöffnet ist.« Rylee zog sich die Latexhandschuhe an.

Ich nickte mit zusammengepressten Lippen. Schweiß rann mir über die Stirn, und ich war nassgeschwitzt vor Anstrengung. »Alles klar.«

Mit geübten Handgriffen zog Jessy mir die Hose aus, gefolgt von meinem Slip. Anschließend legte sie eine Decke über mich. Harry positionierte sich am Kopfende.

»Wehe, du schaust von der anderen Seite«, knurrte ich.

»Keine Sorge.« Er lächelte. »Ich bleibe hier bei dir.«

Ich klappte meine Beine auseinander. Rylee, die auf einem Stuhl am Liegenende auf mich wartete, begann mit ihrer Untersuchung. Die Tür wurde aufgerissen. Alice und Jake kamen ins Zimmer gestürmt.

»Oh Gott!« Jake hielt sich schützend die Hand vor die Augen, wie ein Vampir, der ins Sonnenlicht geblickt hatte und zu zerbröseln drohte. »Entschuldigt bitte.«

»Das nächste Mal wäre es schön, wenn ihr anklopfen würdet«, schimpfte Rylee.

Jakes Blick wanderte zu seiner Freundin, die zwischen meinen Beinen kniete, mit der Hand in meiner Vagina.

Er war bleich wie eine Wand. »Damit sind jetzt all meine Sexfantasien dahin.«

»Stell dich nicht so an. Du wolltest schließlich auch Kinder!«

Jake ging rückwärts zur Tür hinaus. »Ich mach uns mal Kaffee.«

Wäre ich nicht so mit der nächsten Wehe beschäftigt gewesen, hätte ich laut losgelacht. Hier lag ich, vor mir kniete meine Freundin und untersuchte meinen Muttermund, während meine andere Freundin mir den Rücken streichelte. Mein Freund saß neben mir und hielt Händchen und der Bürgermeister von Chipping Campden war kreidebleich dabei, die Flucht zu ergreifen. Was für ein Szenario!

»Der Muttermund ist neun Zentimeter geöffnet. Es kann jeden Augenblick losgehen. Gut, dass ihr nicht ins Krankenhaus gefahren seid.«

»Erst!« Ich sank für einen Moment erschöpft mit dem Kopf aufs Kissen zurück. Ich war total am Ende. »Kannst du mir nicht etwas gegen die Schmerzen geben? Bitte!«

»Zu spät. Da musst du jetzt durch!«

»*Was?!* Aber die haben mir eine Rückenmarksbetäubung versprochen«, widersprach ich verzweifelt.

»Dafür ist es zu spät. Davon abgesehen, dass ich nicht die nötigen Gerätschaften dafür habe.«

»Ich will eine Narkose«, rief ich hysterisch.

»Das geht nicht mehr«, beteuerte Rylee erneut.

»Ich will die Erbse nicht mehr!« Verzweiflung sprach aus mir. Die Vorstellung, dass ich diese Schmerzen noch länger aushalten sollte, war zu viel für mich. Ich war noch nie besonders tapfer gewesen, wenn es um Schmerzen ging.

»Peanut …« Harry strich eine verschwitzte Strähne aus meinem Gesicht. »Du bist eine starke Frau. Du schaffst das.« Er gab mir einen sanften Kuss. »Wir schaffen das.« Ich nickte unter Tränen. »Konzentrier dich ganz auf meine Stimme«, forderte er samtweich. »Atme. Ruhig. Ein. Aus.«

Er gab laute zischende Geräusche von sich. Dabei hielten mich seine Augen gefangen. Ich folgte seinen Anweisungen. Langsam setzte eine gewisse innere Ruhe ein. Die nächste Wehe ging vorbei, ohne dass ich das Gefühl hatte, es würde mich innerlich zerreißen.

Die nächste Viertelstunde lief alles nach Plan. Die Wehen kamen jetzt in immer kürzeren Abständen.

»Ich glaube, ich muss pressen«, keuchte ich.

»Okay, Amelie, es ist so weit!« Rylee platzierte sich vor mir. Harry stand hinter mir. Seine Hände lagen auf meinem Bauch. Alice hielt jetzt meine Hand.

Die nächste Wehe rollte an.

»Pressen!«, kommandierte Rylee.

Ich schloss die Augen und presste, so stark ich konnte. Alles um mich herum verschwand. Dann ebbte die Wehe ab wie eine Welle, die sich zurückzog.

»Ich kann das Köpfchen sehen!«, jubilierte Rylee.

Die nächste Presswehe kam. Ich krallte meine Finger in Alice' Arm und folgte Rylees ruhigen Anweisungen. Als es vorbei war, lief mir der Schweiß über das Gesicht. Kaum dass ich mich erholt hatte, ging es weiter. Rylee feuerte mich an. Ich sammelte meine letzten Kraftreserven und presste, was das Zeug hielt. Wahrscheinlich presste ich nicht nur die Erbse, sondern sämtliche inneren Organe mit raus. Aber das war mir egal. Hauptsache, es war endlich vorbei.

Ich stieß einen verzweifelten Schrei aus. Dann sackte ich erschöpft auf der Liege zusammen.

»Es ist ein Mädchen«, schrie Rylee. »Du hast ein gesundes kleines Mädchen.«

Ich öffnete die Augen. Tränen liefen über Rylees Gesicht. Sie hob das winzige nackte Bündel in die Luft. Ich kam mir vor wie in der

Anfangsszene von *Der König der Löwen.* Es hätte mich nicht gewundert, wenn jemand im Hintergrund *Nants ingonyama!* gesungen hätte. Alice schluchzte laut. »Sie ist wunderschön!«

Rylee legte mir mein Töchterchen auf den Bauch, sodass ich sie sehen konnte. Ich lachte unter Tränen. Dunkler Haarflaum auf dem Köpfchen meiner Tochter war das Erste, was ich sah. Dann ein rotfleckiges Gesichtchen mit der süßesten Stupsnase, die ich je gesehen hatte. Die Äuglein waren total verquollen. Der Körper war von einer weißlich roten Glibberschicht überzogen, wie bei der Geburt eines Aliens. Trotzdem konnte ich mich nicht erinnern, jemals in meinem Leben ein schöneres Wesen gesehen zu haben.

»Sie sieht aus wie du.« Harry lächelte hinter mir. Tränen liefen ihm über die Wangen und tropften auf mein Shirt.

»Eine kleine Prinzessin«, sagte Jessy, die Rylee assistiert hatte.

»Herzlichen Glückwunsch, ihr beiden.« Jake stand plötzlich im Raum. Auch er hatte Tränen in den Augen.

Mein Herz drohte vor Glück zu zerspringen. Nicht nur, dass das bezauberndste Wesen der Welt auf meinem Bauch lag, noch dazu hielt mich der Mann meines Lebens in seinen Armen und weinte wie ein Schlosshund.

»Hallo, Emmy«, begrüßte ich meine kleine Tochter.

Harry und ich hatten uns nach langem Hin und Her auf drei Namen festgelegt. Emmy, Hazel oder Lily. Aber genau in diesem Moment, wo sie mich mit ihren leuchtend blauen Augen anblinzelte, wusste ich, dass Emmy der Name war, der zu ihr gehörte. Ich warf Harry einen kurzen Blick zu. Er nickte in stummem Einverständnis.

»Möchtest du die Nabelschnur durchtrennen?« Rylee hielt ihm die Schere entgegen. Harry sah mich fragend an.

»Los, das ist dein Teil der Geburt«, forderte ich ihn lächelnd auf.

»Okay.« Er wurstelte sich hinter mir aus der Liege.

Für einen Moment herrschte feierliche Stille, als er die Nabelschnur sauber durchtrennte.

»Gut gemacht, Daddy«, witzelte Jake.

»Warte nur, bis du an der Reihe bist«, entgegnete Harry.

»Möchtest du deine Tochter mal halten?«, fragte ich.

»Ich wüsste nicht, was ich lieber täte.« Ich überreichte ihm das kleine quiekende Bündel. Ein Leuchten zog über sein Gesicht.

»Hallo, meine Kleine. Hier ist dein Daddy.« Er beugte sich über unsere Tochter und hauchte ihr einen zärtlichen Kuss auf die Stirn. »Schön, dass du endlich da bist.«

Rylee und Alice schnieften laut. Meine Augen schwammen in Tränen. Ich konnte mich nicht erinnern, jemals so viel Liebe für zwei Menschen empfunden zu haben.

***

»Ich glaube, ich brauche jetzt einen Schnaps«, sagte Rylee, nachdem sie unsere Tochter gebadet und in Tücher gewickelt hatte.

»Und ich erst!«, warf Jake stöhnend ein. »Das war der reinste Horrorfilm.«

Ich lachte. »Frag mich mal!«

Alice hatte mir geholfen, mich zu waschen und mir bequeme Sachen anzuziehen. Harry hatte seine kleine Tochter auf dem Arm und machte ein völlig entrücktes Gesicht.

Jemand hämmerte wie verrückt gegen die Praxistür, gefolgt von einem Dauerklingeln. Jessy eilte zur Tür.

»WO IST SIE?«

Ich hörte, wie Alice etwas sagte. Sekunden später kam Mum ins Untersuchungszimmer gestürmt. Bei ihr waren Milton und …

»Will!«

Ich richtete mich auf. Will stand in Lebensgröße vor mir. Er sah verdammt gut aus. Braungebrannt und durchtrainiert. Die hellbraunen Haare waren von goldenen Fäden durchzogen, wie bei einem Surfer, wäre da nicht die Uniform gewesen.

»Sis!« Mit wenigen Schritten war er bei mir. Er drückte mich fest an seine muskelgestählte Brust.

»Was machst du denn hier?«, fragte ich atemlos.

Der versprochene Weihnachtsurlaub war aufgrund eines Sondereinsatzes nicht zustande gekommen. Ich hatte ihn schrecklich vermisst, als ich zusammen mit Harry und unseren Freunden unter dem Weihnachtsbaum gestanden hatte.

»Meinst du, ich lasse mir die Geburt meines ersten Neffen —«

»Nichte«, korrigierte ich ihn.

»… meiner Nichte entgehen.« Will strahlte mich an.

»Harry, magst du meinem Bruder unsere Tochter vorstellen?« Ich gab Harry ein Zeichen, der sich die ganze Zeit im Hintergrund gehalten hatte.

Er trat einen Schritt vor. »Endlich sehen wir uns persönlich. Ich freue mich! Du hättest dir keinen besseren Zeitpunkt aussuchen können.«

Er und Will hatten sich bei einem meiner unzähligen Videoanrufe kennengelernt und ein paar Worte miteinander gewechselt.

»Geht mir genauso.« Will lächelte. »Das ist also meine Nichte.« Harry nickte stolz. »Darf ich vorstellen – Emmy.«

Er gab seiner Tochter einen Kuss auf die winzige Stupsnase. Sofort gab Emmy einen dieser entzückenden Quietschlaute von sich.

»Hallo, kleine Schnecke«, begrüßte Will sie. Sein Blick glitt zärtlich über das Gesicht meiner Tochter. »Ich bin's, dein Onkel Will.«

Er streckte seine Hand aus. Sofort schnellte Emmys Händchen nach vorne und umklammerte Wills Zeigefinger.

»Die Schnecke hat schon einen richtig festen Griff«, ließ Will verlautbaren.

Ich schmunzelte. »Sie ist ja auch deine Nichte!«

»Darf die Oma auch mal ihr Enkelchen sehen?« Mum, die sich für ihre Verhältnisse erstaunlich zurückgehalten hatte, drängte sich zwischen Will und Harry.

»Oh mein Gott!«, flötete sie. »Die sieht aus wie du als Baby.«

Ich grinste noch breiter. »Sie ist ja auch mein Kind!«

»Ich finde, damit sollten wir in Serie gehen.« Harry sah zu mir rüber. »Findest du nicht?«

Alice kicherte.

Ich stöhnte gespielt. »Harry Lisiter, darf ich mich vielleicht erst einmal von der Geburt erholen? Frag mich später noch mal.«

»Ich werte das als ein Ja«, erwiderte Will und klopfte Harry auf die Schulter. »Gut gemacht.«

»Das finde ich auch.« Harry schenkte mir ein strahlendes Lächeln, und mein Herz drohte vor Glück zu zerplatzen.

Ende

Danksagung

Ein dickes Dankeschön geht an meine großartige Lektorin. Du bist brillant, liebenswert, verrückt, streng, gut gelaunt und vor allem immer für mich da.

Ein Riesendank geht an meine engagierten Korrektur-Erst-Testleser, die ihre kostbare Zeit opfern und mir helfen, die kleinen Patzer auszumerzen, und mir ihre ehrliche Meinung geben. Ulla, Claudia, Andrea und Gundy – ihr seid großartig.

Außerdem danke ich meinen fleißigen Betalesern, Petra, Nicoll, Christa, Anja, Martina, Christiane, Carolin, Marlen, Susi, Gaby, Anja, Roswitha, Petra die sich mit großer Begeisterung auf meine aktuellen Buchprojekte stürzen und mir ihre Rückmeldung geben. Ihr seid die Besten, Mädels.

Meiner Korrektorin Martina König gehört ein dickes Dankeschön. Du hast es oft schwer mit mir und verlierst trotzdem nie die Geduld und die Freude an der Arbeit.

Ich danke meinen Lieblingsmenschen für ihre Geduld, Unterstützung und die lieben Worte. Ich schätze mich sehr glücklich euch an meiner Seite zu haben.

Meinem Mann Kay. Du bist das Beste, was mir im Leben passiert ist, und ich liebe dich von ganzem Herzen.

Meinen Kindern Lisa und Maximilian. Ich liebe euch.

Euch, meinen Lesern, gehört mein tiefster Dank. Eure Begeisterung und Freude sind das größte Geschenk für mich.